JN059401

戦争とテレピン油

フランダースの声

ステファン・ヘルトマンス

松籟社

Oorlog en terpentijn

Stefan Hertmans

戦争とテレピン油

Oorlog en terpentijn
by
Stefan Hertmans

This book was published with the support of Flanders Literature (www.flandersliterature.be) and Arts Flanders Japan (www.flanders.jp).

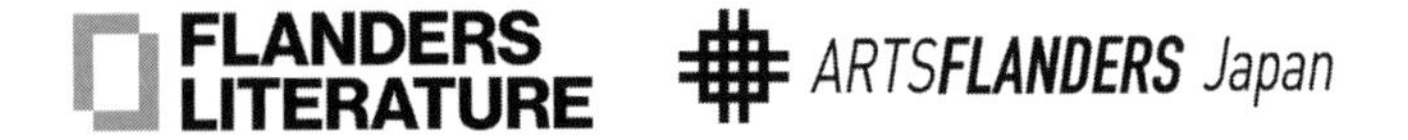

Translated from Dutch by Ano Niime

父に

日々は、黄金と青を纏う天使らが如く、得も言われぬ様で破壊の連鎖の上空に立ちはだかっている

E・M・レマルク

I

一番古い祖父の記憶はオーステンデの浜辺に立つ姿――ナイトブルーの背広を見事に着こなした六十六歳の男性は孫の青いスコップで浅いくぼみを掘ると、自分と妻がいくらか座りやすくなるよう、盛り上がった穴の縁を整える。背中側を少し高くしたのは沖合へ向けて吹く八月の風を避けるためで、それは天高く伸びる筋雲の下を、返す波頭の上を吹き抜けて行く。靴と靴下を脱いだ二人は足指をもぞもぞと動かしながらそっと腰を下ろし、穴の深い部分、ひんやりと湿る砂の感触を味わう――六歳の子供であった私の目には、いつも黒か灰か紺色の服に身を包んでいた年寄り二人が、妙に他愛無いことをしているように見えた。暑い日の浜辺であるというのに祖父はほとんど禿げた頭に愛用のフェルト帽を載せており、染み一つ無い白いワイシャツにいつも通り締められている黒い蝶ネクタイは通常のものより大振りで、二本の飾り紐がそこから垂れ下がり、遠目には翼を広げた黒い天使の影を首元に留めているように見える。祖父の指示に従ってこの風変わりな蝶ネクタイを縫ったのは私の母で、記憶の中の彼は燕尾服の裾を思わせるこんな黒い蝶ネクタイをいつも締めていた。同じものが十個くらいはあったはずで、そのうちの一つは私の部屋のどこか本のあいだで眠っている。遠く遙かな、失われた時の遺物。

三十分ほどするとやはり上着は脱ぎ、金色のカフスボタンを外して左側のポケットにしまうと、次はワイシャツの袖を捲り上げ、というよりも几帳面にちょうど肘の下まで二回綺麗に折り返すのだが、折り返しの間隔は糊を効かせた袖口と同じ幅で、今度はきちんと畳んだ上着を腕に掛けて腰を下ろすと絹の裏地が午の光にきらめき、左腕に上着を掛けた佇まいは印象派の肖像画用にポーズを取っている風に見える。遠くの群衆に向けられたその瞳は、金切り声を上げて水を掛け合う子供たちや、童心に返ったかのように追いかけ合って大声を発し、笑う行楽客の姿に見入っているらしい。その光景はジェイムス・エンソルの躍動感ある絵を思わせたが、英国風の名前を持つこの罰当たりなオーステンデ人の作品を祖父は嫌悪していた。曰(いわ)くエンソルは「ペンキ塗り(クラックポッテル)」であって、「ペンキ塗り(クラックポッテル)」は、「能無し(クレップシーゼン)」と「ごろつき(クルールケスヴォルク)」と並び、祖父が他人に使う土地の罵り言葉で最もきついものだった。「へぼ絵描き」とは近頃の画家を指している。きちんと描くということ、かつて画家という気高き生業(なりわい)の有していた繊細な側面が奴らにはもう理解できないんだ。なにかとこねくり回し、解剖学の決まりを尊(たっと)びもしなくなった上に上塗り(グラッシ)のやり方も知らず、自分で絵具(えのぐ)を混ぜて色を作りもしなければテレピン油(あぶら)を湯水のごとく使い、顔料を自分で磨(す)り潰(つぶ)すコツ、上質の亜麻仁(アマニ)油のことや乾燥促進剤(シッカチーフ)の吹き付け方も知らないときた——偉大な画家がいなくなったのは当然だよ。

風が少し冷たくなり、カフスボタンを上着のポケットから取り出した祖父はシャツの袖を伸ばしてボタンをしっかり留め、上着を羽織ると伴侶が黒いレース地のマンティーラを被(かぶ)るのに手を貸し、肩と暗(あん)灰色(かいしょく)の髪の中できらめく巻き毛とを丁寧に覆う。行こう、ガブリエル、と祖父が声を掛けるや二人は立ち上がり、靴を片手に遊歩道までやや難儀そうに登り始めるのだが、彼のズボンの裾は十五センチほど折り返されたまま、彼女の黒い靴下は靴の中に突っ込まれているので、暗い胴体から伸びる四本の白いふくらはぎが砂の上でゆっくりと同じ動きをするのを私は見ていた。堤防の上に登るために切石(きりいし)の階段の方へ向かっている。二人はその取っ付きのベンチに腰を下ろし、時間を掛けて足に付いた砂をきれいに払い落としてから真っ白な足に黒い靴下を履き、当時はまだ靴紐ではなく「結び紐」と呼ばれていたものを使って靴を閉じ合わせるつもりでいた。

私はといえば、大切にしていた大粒の石のビー玉――地元では「ボンケッテン」と呼ばれていた――で遊んでいた砂のトンネルが崩れてしまうと、寒さに身を震わせ母の方へ走って行く。潮がまた満ちてくるわ、と言いながら母が私を暖めようと体を摩(さす)っていると、積雲(せきうん)が今日初めて背後の砂丘の上空に姿を現す。風が砂丘の頂(いただき)を吹き払う。その光景は、砂丘の髪の毛をくしゃくしゃにし、大きな砂色の動物たちが迫りくる夜に抗って踏ん張る様(さま)を思わせた。

祖父はニスが塗られて光沢のある楡(にれ)材の杖をもう手にしており、少し苛立たしげな様子でみなが遊歩道まで登ってくるのを待っている。それから先頭を切って歩いて行く。背は高くなく、一メートル六十八センチだとよく自分で言っていたが、彼が通るとみなが道を空けた。頭(こうべ)を上げ、一点の陰りなく黒光りする半長靴に折り目が綺麗に付いたズボンを穿(は)き、片腕には無口な伴侶が腕を絡め、別の方には杖を手にして――こんな風に、祖父はやや急(せ)くようにみなの先を歩き、時折振り返っては、そうのろの

ろ歩いていると列車に乗り遅れるぞ、と声を上げる。退役軍人の歩き方、地面に踵を無造作に打ち付けるのではなく、常にまず足指の付け根が先に着くようにして、命ぜられたように、もう半世紀以上そんな風に歩いていた。それからどういう訳か祖父は私の記憶から消え失せるのだが、突然脳裏に呼び覚まされたこの古い情景の鮮やかさに圧倒され、私はその場で眠りに落ちそうになるほどの疲れを覚える。

★

脈絡無く次に現れたのは、彼が静かに咽び泣いている光景——絵を描き、書き物をしていた小卓の席に着いた彼は灰色の上っ張りを羽織り、黒い帽子を頭に載せている。黄がかった朝の光が、蔦の絡み付く小さな窓を透過し降り注ぐ。手にしていたのは数多ものした絵画作品の複製の一つで、模写する絵はいつも美術書から破り取っていた（紙を留めた小さな板は二本の木針で絵具板に固定した）。祖父の手にある絵は覗えなかったものの、頬を涙が伝い、声無くもごもごと口を動かしているのは見えた。ネズミの骨を掘り出したことを伝えようと、私はほかの部屋よりも少し床の高くなっているその部屋へ続く階段を三段上がったところだった。素早くそっと引き返す私の跫音は階段に敷かれた絨毯に和らげられ、部屋のドアは閉めておいたが、その後で祖父がコーヒーを飲みに下りてきたのを見計らって部屋に戻ると、先程の絵が机の上に置かれてあった。それは裸婦像で、観者に背を向ける細身の女性の髪色は暗く、赤いカーテンの前に置かれた長椅子か寝台のようなものに身を横たえ、夢想に耽る穏やかなその表情が青い布切れを襷掛けにしたキューピッドの支え持つ鏡に映り込んでいる。ほっそりとした剝き出しの背中と丸みを帯びた臀部が特に目を引く。それから華奢な肩、首元の優美な巻き毛に目を移すも、こちらに向けられた、淫らといってよいほどの尻に視線が引き戻される。驚いて絵を置き、短い階段を駆け下りた台所には祖父がいる。私の母の傍らに立って聞かせているフランス語の歌は、戦場で憶えたものだった。

★

幼い頃、第一次世界大戦のことを嫌というほど、いつもいつも戦争の話を聞かされていた。爆弾が降り注ぎ、射撃音の激しく鳴り響くぬかるむ大地を舞台とした諸々の英雄的行い、闇の中で叫び声を上げる人影、フランス語で怒鳴られる数々の命令を巡る一切が感情を込めて生き生きとロッキングチェアから語られた――それに続いて、一帯に張り巡らされた有刺鉄線、耳をつんざく榴散弾の爆発音、機関銃がダダダッと唸り声を上げ、照明弾が昏い天高く弧を描き、迫撃砲と榴弾砲が火を噴くや雨霰と降り注ぐ爆弾と砲弾のことが語られるあいだ、紅茶を啜る叔母たちは惚けたように驚いた顔で頷いていたのだが、私自身の頭に残ったものといえば、学校で教わる中世と変らぬほど自分には縁遠い遥かな昔に、祖父が英雄であったに違いないということくらいだった。いずれにせよ彼は私にとっての英雄で、教わったのは剣術にポケットナイフの研ぎ方、暖炉で燃やした木片で描いた下地を消しゴムで慎重に擦って雲を表現する方法に、一枚一枚実際に描かずとも木に茂る無数の葉を表現する方法――祖父の言葉通り、それは芸術の奥義だった。

祖父の話を憶えておく必要が無かったのは幾度となく繰り返し語られたからで、中には芸術と芸術家を巡る実に珍妙な話もあった。晩年のベートーヴェンは、耳が聞こえなくなっていたが故に第九の作曲に没頭していたことは私も知っていたが、ある時聞かされた唖然とするような逸話によると、仕事中に手洗いへ行くのが面倒で「ピアノのそばで用を足し」——祖父の言葉を引用するならば——「人類皆兄弟を謳う清らな歌を山と積もった糞の傍らで書き上げた」という。そんな訳で、私の思い浮かべる聾の大作曲家とは、金色の柱頭を備えるウィーン風の調度で設えられた一室でゲートルに木靴を履き、ピラミッド状に数メートル積もった排泄物の傍らにいる毛量の多いぼさぼさ頭の男で、退屈な日曜の長い昼下がりに交響曲《田園》のアダージョの妙なる調べが響き渡り、両親と祖父母が花柄の茶色のソファーでラジオを背に船を漕いでいるあいだ、私はぴかぴかに輝く小型チェンバロの隣にこんもりとした糞の塊を思い浮かべており、木管とヴァイオリンの合間を縫うようにウィーンの森のカッコウの歌声が奏でられる中、祖父はずっと固く目を閉ざしていた。崇拝するロマン派の天才作曲家への敬意故に、家族の凡庸な姿を一時たりとも視界には入れたくなかったのだ。ずっと後になってから、祖父が一年半ほどのあいだ、文字通り排泄物の山の傍らで生きていたことを知る——あの悲惨な塹壕では、余所で用を足そうと頭を突き出した途端に銃弾で撃ち抜かれてしまう。そんな訳で、祖父が忘れたがっていたことは、断片的な話、異常なほど細部にわたる話の中で繰り返し語られ、地獄に関することであれ天国に関することであれ、彼の内で生涯繰り広げられていた事柄を少しでも理解するには、そうした断片なり細部なりをパズルよろしく組み立てねばならなかった。追い求めていた崇高なるものと、彼を捉えて放さなかった死と腐敗の記憶の狭間での葛藤を。

家でいつも羽織っていた「キールチェ」は、決まって白か灰色の上っ張りで、時代遅れの部屋着と同じくらい丈が短く、中に白いワイシャツを着込んで蝶ネクタイを締めていた。祖父はこれを優雅に着こなす術を心得ていたが、母や祖母がこの古びた綿の上着をどんなに洗っても、熱い湯に漬けても色とりどりの染みの痕は消えなかった。あちこちに付着した虹色の染み、べたべたと付いている指の跡、不注意の産物である謎めいた形の染みの数々と不規則な落書きからなる作品は彼の本業の痕跡だった。

負傷兵として年金生活に早く入り、四十五歳から誰にも邪魔されることなく取り組んでいた祖父の本業とは、自分の楽しみのために絵を描くことだった。来る日も来る日も窓の前に立って絵を描いていたあの小部屋は、亜麻仁油にテレピン油、亜麻布、油絵具の匂いがした。そう、ナイフで小さく切り分けて使う大きな消しゴムの匂いまでも嗅ぎ取れるあの再現不可能な混合物の生み出す雰囲気、甲斐なくも勤勉に偉大な画家たちの模写に費やした果てしなき静謐の時の輝き。模写の達人で、ルネサンス時代より画家たちが用い、今日にまで伝わる古い画具や色の調合の秘儀を知悉していた。教会や礼拝堂のフレスコ画を描いていた亡き父親には生前強く反対されていたが、第一次世界大戦が終わると祖父は故郷の街で素描と油彩の夜間講座に通う。その当時、祖父はきつい手仕事にまだ従事していたものの、絵の勉強をやり遂げ、結婚適齢期が過ぎようとしていた頃には「解剖図の油彩及び素描技能証明書」を手にしていた。

部屋の窓からは川の湾曲するネーデルスヘルデ地区が望め、牧場の牛は気だるげで、朝方やって来た荷船が何隻もその船体を深く水中に沈めているのだが、この平べったい船は夕方になると身軽になって水面から大分姿を現し、来た時より速度を増して街を後にした。祖父はこの眺めを幾度となく、その都度異なる光と色合いで、時間帯や季節、雰囲気の異なるものを描いた。赤い葡萄の樹の葉を一枚一枚すべて描き――芸術は時として高次の幻想の掟に例外を望んだらしい――ティツィアーノやリューベンスの絵の細部を模写するにあたっては我慢強く取り組むべきことを心得ており、木炭か黒鉛で正確に素描し、秘密の方法で色を混ぜ、顔料を希釈し、最初の地塗りは充分時間を掛けて乾かしてから二層目を塗ることで深みと透明感を出す――これが数ある芸術の奥義の二つ目だった。

　樹の梢、雲、布地の皺を描くことに彼は情熱を傾けた。これらの形なき形の内に自らを解放し、光と闇の世界に、油彩で固められた雲に、「明暗法」に、誰も足を踏み入れてこない世界に心を遊ばせていたのは――何が、とは明確に言えないのだが――なにかが、彼の内では壊れていたからだった。内気さは優しさを伴っており、人当たりが良すぎたせいで人に近づかれすぎそうになるのを常に恐れているようにも見えた。また、感じの良い率直さを一段と高潔にしたような生き方をしており、その純真さが彼をして快活にしていた。外から見る限り、ガブリエルとの夫婦生活にはなんの問題もなかった。寄り添って育った二本の古木のように、何十年にも亘ってわずかな光を求め競うように枝を伸ばす二人の単調な日々に変化をもたらすものといえば一人娘の無邪気な陽気さくらい。共に過ごした日々は散り散りになった時の襞の狭間に消え失せる。彼は描き続けた。

　狭い踊り場から階段を三段上って入る小部屋をアトリエとして使っていたが、それは二人の寝室でもあった。昔の人が狭い空間で生活するのを当然としていたのには驚かされる。作業机の向こうにベッドが壁に沿って置かれ、祖母が眠る時に背中を壁に預けたままにできるようになっていたのは、彼女が狭い寝床の中でも祖父から身を離して眠るからだった。皺と雲。梢と水。その画風は明らかに保守的ではあったが、一際(ひときわ)優れた作品に決まって形の曖昧な染みや不思議な形状の抽象的な塊(マッス)が描き込まれているのは、あくまで自然の忠実な模倣の結果であって、描くということは神によって眼前に広げられた手本に倣(なら)うことだと信ずる一介の模写画家たる彼は、根気強く日々作業を進めてその手本を平面に展開して見せねばならない。だが、そこには早世した父親に哀悼の意を忠実に捧げ続ける意味も込められていた。一教会画家であった父、フランシスキュスに。

★

三十年以上ものあいだ、見事な戦前の筆跡で祖父がその記憶を丁寧に認(したた)めた数冊の手記を私は紐解くことなく保管していた。一九八一年に亡くなる祖父は、死の数ヶ月前にそれを私に託した。当時九十歳。生年は一八九一年で、その人生は二つの数字が入れ換わっただけの日付と化してしまったように思われた。この二つの年号のあいだにあった二つの戦争と凄惨な大殺戮の数々、人類史上最も無情なる世紀、近代芸術の誕生と衰退、世界中に広がる自動車産業、冷戦、いくつもの偉大なイデオロギーの出現と衰退、ベークライトの発明、電話(テレフォン)とサクソフォンの普及、工業化、映画産業、プラスティック、ジャズ、航空産業、月面着陸、無数の動物の絶滅、大規模な環境破壊の出現、ペニシリンと抗生物質の開発、一九六八年パリ五月革命、ローマ・クラブ最初の報告書、大衆音楽、ピルの発明、女性解放、テレビの登場、最初のコンピューター――そして忘れ去られた戦争の英雄として生きた彼の長い人生。ノートを託し、記述するよう頼んだ祖父の人生。一世紀近くに及ぶ一人の人間の生、それは別の惑星で始まった。村落に畦道(あぜみち)、馬車、ガス灯、水浴び用の桶、祈りに用いる聖像画に、古ぼけた作り付けの戸棚から成る惑星で、女性が四十(しじゅう)で老女とされた時代、絶対的な力を持っていた司祭たちが、タバコと汚れた下着の臭いを漂わせ、市民階級の反抗的な娘たちが女子修道院に送り込まれた時代、大神学校に司教と皇帝の発する布告の時代、祖父の長き死の闘争の始まる時代である一九一四年、セルビア人ガブリロ・プリンツィプが、上手く命中しなかったものの、その一撃でもって古きヨーロッパの美しき幻想を粉砕し、それによって引き起こされた破局は、彼を、青い目をした小柄な祖父をも襲い、その人生を最後まで支配することになるだろう。

★

十分な時間が確保できてから祖父の回顧録を紐解くつもりでいたのは、読めば圧倒されて、すぐにも彼の人生を自分の言葉で紡(つむ)いでみたくなるだろうと思ったからで、つまりこれを読む時は、拘束されるものが無く祖父に尽くせる態勢が整っていなければならなかった。しかし時は過ぎ行き、あの悲劇の年、一九一四年から百周年という記念の年が逃れようもなく日一日(ひいちにち)と近づいており、それに際しては大量の書籍が出版され、すでに把握不能なほど山とある歴史資料にさらなる本の土手を、エイゼル(イゼール）平原に積まれた砂袋と同じくらい無数の書物を、丹念な調査に基づく記録資料、歴史書、架空の長編小説や物語を加えることになったろうし、私はといえば、祖父の回顧録が手元にあるという特権を有してはいたものの、文書は後生大事に仕舞ったまま一頁も捲ろうとせずにいたのは、自分の子供時代の一部を清算することになると分かっていたからでもあったが、急がねば、またも登場したあの呪われた「大戦」についての本に読者が欠伸をしつつそっぽを向いてしまう頃に出版される物語となりかねなかった。それが記録資料として非常に優れ、第一次世界大戦関係の資料館に所蔵される価値を有するものだと分かってはいたし――要は自分の罰当たりな怠惰さ故に、本来は公的機関にあるべき、体験者の手になる生の証言がここにまた一つ陽の目を見ずにあるということも分かってはいたが、私はそれを仕舞い込んでいた。しかし、その価値故に失敗を恐れる気持ちにも襲われ、一層身動きが取れなくなった。そして、色々な話を祖父が語り聞かせてくれたままに思い起こし、ようやく多くの事柄について真の経緯や背景を理解し始めると、無力さと罪悪感に襲われた。それから再び貴重な年月を無駄にして山とある別の仕事に精を出しているあいだ脇に押しやられた祖父の手記は、慎ましやかな聖遺物箱がごとく、丹念に優美な戦前の字体で記された証言の記録を納めて辛抱強く黙していた。

★

先送りにし、罪悪感を抑え付けているあいだに明るみになった出来事によって、この件は一層急を要するものとなったようだった。一九三〇年に祖父が建てさせた質素な家の玄関間の寄せ木張りの床板が数枚腐っていたのを取り替えようとしたところ、手伝いに来ていた叔父が応接間の下の基礎部分、真っ暗な隅に埃をかぶった墓碑を見つける。叔父は父を呼ぶと、男二人四つん這いになってその墓碑を目指し、懐中電灯で自分の足元を照らす。それは祖父の母の墓碑だった。なんてこった、こんな所に隠してたのか、と父が声を上げるのが聞こえた。上げ蓋のある所まで引き摺ってきたその重い石を二人は運び上げる。この時点でも私は真の経緯を分かっておらず、祖父が世を去ってから早十年ほど経っていた当時、床下のこれほど深くに墓碑を隠した理由は理解できなかったが、二度と日の目を見ることがないようにしようとしたのは明らかだった。それからまた何年も経ってから私が再び目にした墓碑は、蔦に今は覆われている庭の塀に頑丈な金具で父が固定しており、地面から一メートルほどの高さのそれは、彼が昔使っていた車庫の裏手にあった。文言を注意深く読んだのはその時が初めてだった。

セリーナ・アンドリースの魂安らかに眠らん
一八六八年八月九日生
一九三一年九月二十日没
フランシスキュス・マルティーンの寡婦
アンリ・デ・パウの妻

★

目の前にある二冊のノート。一冊目は小さいが分厚く、小口は赤く着色されている。表紙は薄い灰色のクロス装で、戦前のツイード地を書籍用に採寸して被せたように見えた。二冊目のノートはA4に近い大きめのもので、古くさい大理石柄の厚紙の表紙は祖父が好んで壁に施した「大理石風」の模様に少し似ていた。一冊目には一九〇〇年以前のヘントでの貧しい若き日々の回想と、第一次世界大戦の体験の一部が書き留められていた。

一冊目を書き始めたのは七十二歳の時——日付は一九六三年五月二〇日——何が自分の人生を狂わせたのかを誰かに伝えようとしたのかも知れないと思うのは、家族や親族は彼の話に飽き飽きしており、「もう何度も聞いたって」とか「疲れたから寝るね」、「もう行かないといけないから」などと言って話を遮るようになっていたからだ。当時、伴侶のガブリエルが世を去ってから五年が経っていた。いずれにせよ、書くという行為を通じて祖父は服喪を締め括ったのだ。一冊目では、彼の堅固な字体に大きな変化は無い。たいていナイトブルーのインクを使用し、灰色の地方都市で過ごした日々の思い出が詰まった様々な逸話を屈託なく綴(つづ)っている――ウォーターマン社の万年筆は今なお眼前にあり、それが置かれた十九世紀製の鏡台は少し年代物に見えるようにと不規則な木目模様を彼が施していた。元々付いていた大理石の天板はとうに壊れてしまったのだろう、やや不格好に取り付けられた木製の板は、幅が少々足りていなかった。机にしては高すぎるのだが、この小さな鏡台で彼は長年書き物をしていた。簡素な引き出しに色とりどりの油彩の染みが付着しているその小卓は、部屋で執筆をしている私の背後に置いてある。二冊のノートはずっとこの中にしまってあった。二冊目のノートを書き始めたのは、一冊目で屈辱的なまでに貧しかった若い時代についてあまりに細々(こまごま)と記したのを遺憾に思ったためらしく、このノートの冒頭では、一冊目で瑣末な話(プティット・イストワール)をしすぎたこと、そしてすべてもう一度やり直さねばならないが今度はもっぱら戦争の記憶について書くことが宣言されている。そもそも一冊目は一九一六年の途中で頁が足らなくなっていた。

彼はこう続けている。一九一四年から一九一八年の戦争について記した日記の大半が、退屈な少年時代や些細な事柄で占められている。これから記すのはあの戦争についてのみ、真実を誠実に、名誉の為ではなく。神の御加護のあらんことを。ただ私の体験を。私の恐れを。

そうして、すでに記した幾つかの話を要約しつつ、所々(ところどころ)に新しい細部を加えながら一九一九年まで記している。二冊目を占めているのは、心に深い傷を残したエイゼル平原での出来事の数々や自身の負傷とイギリスでの回復期についての細かな記述、そしてリヴァプールでフレスコ画を発見したという、彼にとって大きな意味を有する話だった。二度目に銃弾で負傷した一九一六年以降の記述がより簡潔になっているのは、塹壕内の劣悪な生活の様や手で絞め殺したドブネズミを夜に火で焼くこと、手足を失った仲間の悲鳴、血を流しながら泥の中の有刺鉄線を苦心して巻く作業に機関銃の轟音、榴散弾の炸裂音、地面と四肢が飛び散る様を繰り返し記述するわけにもいかなかったからだろう。とはいえ三度目の英国滞在、すなわち湖水地方のウィンダミアについては再び仔細に綴られている。二冊目の末尾、戦争終結から一年後の一九一九年に至り、スペイン風邪の世界的流行時に起きたあの悲劇を記述する字体は乱れている。語り口はしっかりと冷静さを保っているものの、規律を失ったかのように紙上の行は傾き、左から右へ連なる文字は曲がりくねっていた。以前の整然とした字体を取り戻したかと思うと、再び字はうねり始める。難儀して二冊目の終わりを書き殴っていた頃には八十をとうに過ぎていたはずだ。この頃には様々な色のボールペンを使っており、視力はかなり悪くなっていた。憶えている限り、祖父と過ごした数十年のあいだに一度も眼鏡は新調されておらず、煩悶しつつ紙に綴った文字はほとんど見えなくなっていただろう。十七年掛けて書き留められた、計六百頁もの手書きの記録。記憶は依然鮮明で、実に細かな点まで数多く記されているので、鮮明に残る心の傷が形を取ったものとしか私には思えなかった。二冊目で詳述されている点を一冊目と比べてみると、記憶の塹壕に一層深く沈み込んでいたことが窺われる。生涯囚われていた細部の数々、死を幾度となく目の当たりにする直前の夕暮れ時に見た舞い散る木の葉、死んだ仲間の像、泥濘の臭い、春の訪れと共に砲弾で破壊し尽くされた大地を吹き抜ける生ぬるい風、木っ端微塵に爆破された生け垣に飛び散った馬の残骸。最後の頁には雫の落ちたような染みがある。紙に一つ空いた穴の片側には「晩に」、反対側には「恐慌」という語が記されていた。

★

読了後、落ち着いてから頁を振り、一冊目と二冊目で重複している部分を書き留める作業を始めた。一年以上掛けて回顧録を印字し、実際にあった出来事と、語られなかったことの関係が把握できるようにする。それは困難な作業だった。まず、必要な能力が自分に欠けており、拙さと真摯(しんし)さとを有する古風で優美な文体を真似ることが私には不可能で、そうしようものならわざとらしさが避けられず、他方では、その冗漫な語り口を現代的な言葉遣いに移し替える時、祖父を裏切るような気持ちに苛(さいな)まれる。心の琴線に触れる書き間違いを訂正するだけでも軽い罪悪感を覚えた。この作業を通じてあらゆる文学作品に付随する辛(つら)い真実に直面させられる。まず、実際に起きた話を一度消化し、それを自分なりの仕方で再発見できるよう手放さねばならない。しかし時間にますます急きたてられ、どういう訳か、この仕事は第一次世界大戦が、彼の戦争が百周年を迎えるまでに仕上げねばならないと考えるようになっていた。彼の記憶との私の闘い。

　書記官さながら何百頁もの手稿にこつこつと取り組み、自分の凡庸な文体を呪いつつできあがったのは、祖父の原稿に忠実でありながらその話を自分の経験則に基づいて書き換えるという両義的な試みの成果だった。次いで、場所とキーワードごとに索引を付け、訪れるべき所を書き留め、紛失を恐れて手記の複写を作らせると銀行の耐火金庫に保管した。そしてわずかながら生存している戦争経験者と話してみたが、みな一様に細かなことをためらいがちにぽつぽつと語るくらいしかできなかった。あの河畔の家で生活した人間の中で唯一まだ存命だった娘婿の父には、憶えていることを順番にすべて書き留めるよう頼んだ。父は九十歳だったがまだ壮健で頭は冴えており、断片をつなぎ合わせるのに必要な鎹としての役割を果たしてくれたほか、祖父が何十年ものあいだに色々と陽気に語り聞かせてくれた話は、聖書の外典のごとく微妙に異なるものが多々あったため、ノートのものと比較検討し、すべての話がおおよそ実際にあった程度に近づくよう見てくれた。

★

背後に置かれた古い鏡台に目をやる度、常ならぬ雰囲気を湛える小柄のずんぐりとした人物の姿が目

に浮かぶ。空色の瞳は死後三十年経った今も輝きを失わず、薄い白髪に縁取られた頭部が十九世紀ドイツの哲学者、アートゥア・ショーペンハウアー晩年の有名な肖像画を思わせた。謹厳な精神を有する立派な人物は、そうした気質を育む厳格な節度が現代の生活から失われたせいで近頃はお目に掛かれないと私たち自身口にしている。私には聞こえる彼の呼び声、知らず自分にもうつってしまう、あの声の張り方、物語る時のあの心地よい声域が脳裏に響くも、特定の語ないし文が所々抜け落ちている。彼の漂わせていたあの匂い。昔の画家の、はっきりとはよく分からないなにかの匂い、祖父の、かつてこの世にあった彼自身の匂いは、これを執筆している今となっては遠い昔のもの。古い神話やお話の登場人物のように、過ぎ去りし時の中で彼は実在感を有するが、それはまったく別の仕方、ごく私的な物語の形でだった。そして彼の生涯の痕跡を追ってみてもほとんどのものは失われていたため、たいていは私自身に立ち戻ってくることになり、何がこんな矛盾した仕方で自分と祖父母を結び付けているのかと一度ならず自問した。両親とのあいだにあるような世代間闘争が無かったからなのか。自分たちと祖父の世代のあいだで大きく口を開ける裂け目には、私たちの思い込みから生まれた独自性を巡る闘争があり、時の隔たりは自分の親の世代について知っていることの内よりも、その闘争にこそより重要な真実が在るとの幻想を抱かせる。この肥大した強烈な純朴さ故に私たちは知ろうと欲するのだ。

★

興味深いことに、私自身の世界に関する事柄も細かに記されており、回顧録を読んだことでそこに秘められていた歴史的な意味が明らかとなった。例えば、タイルに落として砕け散ってしまった金の懐中時計のこと。十五歳の私が隠れて吸って吐き気を催した、銀のケースに入っていた切り口が楕円形の煙草（たばこ）。廃屋と化していた葡萄栽培用の温室に捨て置かれた箱の一つに載っていた茶褐色の擦り切れた襟巻き、それにべっとりとこびりついた水っぽい糞（ふん）は温室に迷い込んだクロウタドリのもので、鳥たちは恐慌をきたして窓ガラスにぶつかりつつ闇雲に飛び回った果てに、開いた天窓から再び外の世界に消えて行った。年季の入った銀色の髭剃り（ひげそ）道具一式が収まったケースから立ち昇る、明礬（みょうばん）石と昔の石鹸（せっけん）の鼻を突く匂い。何度も使用されて折り目の裂けたリヴァプールの地図。褒章（ほうしょう）と勲章の納められていた金属の小箱は祖父の死後ずいぶん経ってから見つけたものだった。階段の柱の上に置かれていて、彼が毎週丁寧に磨（みが）いていた重厚な砲弾の銅の薬莢（やっきょう）――祖父は「オビュ」とフランス語で呼んでいた――私は子供の頃それを不格好な花瓶かなにかだと思っていた。

時が少しずつ祖父の秘密を明らかにしてくれた――その大部分がおまけに過ぎなかった長い人生、中世のような暮らしをしていた少年時代、悲惨な体験に埋め尽くされた青年時代、戦争の後で見出し、しかし失われた本物の恋の後に続いた長い長い終章（エピローグ）、諦念の物語、禁欲の苦しみ、子供じみた勇気、敬虔（けいけん）な思いと欲求との狭間（はざま）で揺れる内なる闘い、延々と唱えられる祈りの言葉、跪（ひざまず）き、帽子を傍らに、教会の長椅子の上に置き、薄暗い神の家にずらりと並ぶ聖人画と揺らめく蝋燭（ろうそく）の炎を前に白くなった頭（こうべ）を垂れる――滾（たぎ）る生の感情の渦巻く彼の内面世界はしかし、外からはなにも察することができなかった。

★

いくつもの通りを彷徨い歩き、十年以上も前に離れた自分の生地を新たな眼で見直した。肌寒い春の日、空には祖父が好んで描いた雲が漂う。赤い自転車を初めて買ってもらった自転車屋の古い店構えはまだ残っていたが、店名の文字は掠れていた。アスファルトの道路沿いに点々と屋敷が建っているも、それが設計、建設された一世紀ほど前に意図された快適な生活を思わせるものはこの通りにもうあまり無い。霧雨が降り始め、どの車線ものろのろと車が走っているヘイルニス大通りの向こう側のどこか、鉄道の操車場と運河に挟まれた地区に祖父が子供の頃住んでいた暗い路地があったはずだ。今では外環状道路の一部をこの大通りは成している。当時は背の高い樹々が影を落とす素敵な並木道で、「いいとこのお嬢さん」と祖父が崇敬の念と共に呼んでいた令嬢たちが、夏になると幌付きの軽馬車の窓からクスクスと笑い声をこぼしながら、日曜の昼下がりに自分たちを拝みに集まる小汚い洟垂れ小僧たちを見やっていた。霧がかった冬の朝、このヘイルニス大通りを横切る彼は木靴を履き、ディケンズの物語に出てくる小さな主人公のごとく桶を引き摺っている。ダンポールト地区の「鉄道駅」の裏で機関車の炭水車に石炭を積んでいて体中黒光りさせた男たちに、石炭をいくらか分けてもらえないかと頼みに行くのだ。家に着き、重い桶をルーヴェン・ストーブ[1]の足元に降ろすと、街のどこかの金持ちの家で働いてから疲れ切って帰った母が、今晩は凍えずに済み、温かいものも食べられると喜んだ。それからすぐにぴょんぴょんと片足跳びをしながら学校へ向かい、遅刻を咎められる。語学科目と算数が苦手なのを妹たちに笑われる。ブッドレアとニワトコの生い茂る線路脇の路肩にトウモロコシの粒を植え、凹んだお椀に入れた水を成長する植物に毎日やりに行っていたのだが、ある日それは折られて引き抜かれていた――その出来事について「我が家はあの路地で少しずつ孤立して行った」と注意を促しつつ祖父は記している。

★

通りがかった凡庸な建物の立ち並ぶ住宅地にはかつて「ヘント屠畜場」があった。この場所の記憶は強烈な臭いの感覚と結び付いている。この旧食肉市場は壁の無い屋根だけの構造で、等間隔に立つ鉄柱に繋がれた雄牛たちが足を踏み鳴らし、目を血走らせ、口から粘液を垂れ流しながら鎖を引っ張っていた。解体台の下で踏みにじられた寝藁に血が滴り、肺が山と積まれてできた形の不確かな明るい薔薇色の塊は、ぬるぬるとした物質の中でまだ息づいているように見えた。舌の傍らに転がるのは切り取られた心臓、キロ単位で売られる頭部、「ヒュンセル」――と祖父が呼んでいたのは持ち運びできる竿秤のことで、「ユンステル」という語が訛ったものだった――に吊られた銅盆から見つめる目玉が微動だにしないのは辺りに満ちる死の境界を超越して沈思黙考しているようで、それは戦争を知らない私が人生で目にしたなによりも身近にある死だった。エイゼル河畔で虐殺を目撃した際、境界を越えてしまった徴である飛び出した内臓のそばで彼は嫌悪感を抱きつつ、無意識にこの旧市場に想いを馳せたことも

(1) ベルギーで当時普及していた石炭ストーブの一。上面に金属製の長い台が取り付けられており、調理器具としても使用できるようになっている。

あったに違いない――生はその境界の向こう側で貪欲な死の魔の手から護(まも)られているはずだった。屠殺を待つ羊の目に浮かぶ恐慌と諦念の入り交じった感情を、当時の朗らかな畜産業者たちは別段気にも留めていなかった。あののどかな一九〇〇年頃の地方都市にはあらゆることに掟(おきて)があり、祖父が外でテーブルを渡り歩くみすぼらしい子供だった頃、青い瞳で哀れっぽく見つめればなにかしら投げて寄越(よこ)してもらえたものだった。数オンスの血の腸詰、スープにも使えそうな、乱暴に引き抜かれたあばら骨の一部や出汁(だし)が取れるすじ肉を少し。後年、一緒に画集を見ていて、屠殺された去勢牛を描いたレンブラントの有名な作品が載った頁で祖父は言う。屠畜場の臭いがしてくるくらい良い出来だ。

★

彼の母、セリーヌ・アンドリースは高い教育を受けることを「許された」と記されている——後に妻となる女性の実家同様、母の両親も穀物とジャガイモを商っていた。娘のセリーヌが中等教育を修めた上品な全寮制の女子寄宿学校「ピールス・デ・ラーヴェスホート」は、十九世紀には経済的に恵まれた階層の子女しか入学できない学校だった。彼女はオランダ語のほかにフランス語と英語が話せ、ヴラーンデレン文学の古典であるプリューデンス・ヴァン・ドイセの詩を諳んじ、ヘンドリック・コンシアンスの[2]『ヴラーンデレンの獅子』を読んだことで「ヴラーンデレン民族主義的」となる。学業を終えると、アントウェルペンの貴族、在エーケレンのポッテル・デ・ヴェルデウェイク家にいわゆる「お仕え」をする。そこで上流階級の生活様式に触れたことで、上品な慎み深さといったものが彼女に備わる。際立って強い個性を持った女性であったらしい。祖父は盲目的なまでに自分の母親を讃えている。回顧録で彼女について記す時、そこには節度ある愛情と親密な感情とが入り交じっている。

祖父の父、フランシスキュス・マルティーンは「教会画家」で、下層階級出身の才能に恵まれたこの若者との出会いの経緯は、セリーヌが教区教会に入る際にぶつかった梯子の上でキリストの「十字架の

（2）プリューデンス・ヴァン・ドイセ（Prudens van Duyse 一八〇四～一八五九）、ヘンドリック・コンシアンス（Hendrik Conscience 一八一二～一八八三）はともにロマン主義期のベルギー・オランダ語文学（ヴラーンデレン文学）を代表する作家。当時のベルギーにおけるフランス語支配に対抗する民族主義的作風で知られる。

道行」の第四留を描いた場面を修復していた貧相な画家が転落しかけたという偶然の産物だった。祖父の回顧録を読むまで二人の馴れ初めは謎に包まれており、いつも笑ってはぐらかしていたこの逸話を、彼は丹精込めて書き記していたのだった。彼女が誤って梯子に当たると、きっと上からなにかそばに落ちてきたはずだ——明示されてはいないが、絵筆かパレットナイフ、画家がベルトに下げていた用具のいずれかが。それは人気の無い教会の床石に音を立てて落ち、娘の見上げる先にいた男が驚いて平衡を失いかけると梯子がわずかに壁から離れたので、彼は転落せぬよう素早く梯子に向かって上半身を投げ出した。凛とした顔に笑みを浮かべると娘は歩を進め、聖処女の前で燃える二本の蠟燭のもとに跪いて祈りを捧げたのだが、その二つの炎は二人の魂が静かに寄り添って燃えているようだったと彼女は後に語る。人気無い閑寂な教会で出会った貧相な若者と上流階級の娘——この時代、第三者の同伴無しで若者同士が会うことなどまずなかった。若者が下を見ると、娘のしゃんと高く真っ直ぐな肩を覆う黒いレース地のマンティーラが目に入り、梯子から下りると、教会の入口で遠慮がちに、ややぎこちない様子で彼女を立って待っていた。娘はすぐそばを通り過ぎ、彼に一瞥を投げる。皮肉気な明るい灰色の瞳の娘に彼の魂は澄んだ冷水を浴びせられたような衝撃を受ける。明るい灰色の瞳、しかし髪は黒く、その組み合わせは画家である彼の目を惹き付けたに違いない。それは特別な組み合わせなのだと祖父も後年折に触れて語っており、そのことを良く理解していた。

　フランシスキュスの心は千々に乱れた——何週間ものあいだ、暗い影が入ってくるのを待ち続け、待たされる苦しみについには絶望し、熱を出して病に臥せってしまう。仕事を何日も休み、戻ってこないと職を失ってしまう旨を助任司祭が両親のもとに告げにくる始末だった。セリーヌがようやく教会に再び姿を見せたのは、たいていの人が教会に赴く暇のない平日で、自分のために来たことを彼は悟る。祖父の記述を読むにつけ、大事に育てた娘がこんな文無しと逢引することなど耐えられぬ一家に大騒動が持ち上がったことは間違いない。とはいえ、誇り高き娘がみすぼらしい身なりの夢想的な画家に、そのエル・グレコ風の痩けた顔や絵具のこびりついた骨ばった手、遠慮がちな細い指、やや痩せ形の若者らしい歩き方に心奪われていたのは歴然としていた。この裕福な商人一家は、それと知らず歴史上幾度となくあったことを繰り返していた。富を得た農民が子供らを資産階級風に教育して教養を身に付けさせた結果、子供たちは物質的なものに固執することを厭い、より高貴な幸せを追い求めるようになる。画家との結婚の許しを得るまで彼女の家では何カ月も口論が絶えなかった。かくなる上は家を出て修道院へ入るか、どこでもいいからとにかく出て行くのだと脅し、部屋に閉じこもり、みなの手を焼かせてただ密かに思う。彼のそばにいたい、青い目の教会画家のあの人と、彼のそばにいたい、一緒にもなりたい。自分の美しい娘が修道院へ入ってしまうのは、信心深いジャガイモ農家の父親にとってすら行きすぎた話だった。そうして両親はついに折れる。育ちの良い誇り高きセリーヌは貧しい絵描きをものにしたのだ。

そしてありとあらゆる「ごたごた」も一緒に。金の工面に追われて生活は苦しく、健康状態の不安定なフランシスキュスは夜中に酷く咳き込んでは喘息の発作に襲われ、一家の暮らす粗末な家は湿気が酷い上にどの部屋も狭く、空腹を抱え、次々と生まれた五人のチビたちは始終ぐずって喚き声を上げた。そして夫を六番目の子のように愛しむ。まったく私の絵描きさんたら、と首を横に振って優しく夫をからかう。彼はといえば彼女を崇拝していた——艶やかな髪の巻き毛、首元、すっと真っ直ぐな肩、手首の優美な起伏、完璧な形の爪、彼女が口を開くと躰から発せられる青白い神秘的な輝きを。

★

恋に落ちて喘息持ちの貧しい教会画家と結ばれたせいで、誇り高きセリーヌはあくせくと働いて生活をなんとかやりくりすることに追われる存在となった。いつも黒い服に身を包み、娘時代の踵の高い上品なブーツは家族や同じ路地の住人の中では浮いてしまうので、夫や子供たちと同じ質素な木靴を履き、ブーツは作り付けの戸棚の奥にしまい込んで、ほかの人たちと同じように木靴(ホレブロッケン)の音をカラカラと立てて歩いた。生計の足しにするためありとあらゆる仕事をしていた。一時期は裕福な家庭の洋服を繕う仕事をしていたが、古びたペダルミシンが駄目になり、新しいのを買う余裕は無かったので止(や)めてしまった。役所の書類や親族への手紙、あるいは弁護士への依頼書など、読み書きのできないご近所の代筆をしていたこともある——手紙はフランス語で書かねばならない時代だった。夫が何週間も働きに行けない時は、彼が仕事を失わないよう修道院の尼僧(にそう)のもとで奉仕活動をして機嫌を取る。五人の子供たちにはできる限り栄養のあるきちんとしたものを食べさせた。私の祖父は二番目に生まれ、すぐに二人の弟と妹が一人続いた。セリーヌは街の中心部のフランス語話者の家で掃除婦として働いたこともあったが、稼いだわずかな賃金は、指の隙間から水が零(こぼ)れるように無くなった。その上、住まいはたちまち手狭になり、喘息持ちの夫の体調が良くなる春を待ってから、質が落ちることは避けられないが、同じ家賃でより広い物件を探すことを考え始める。フランシスキュスは一時期ヘントの「慈悲の兄弟会(ブルーデルス・ヴァン・リーフデ)」

の修道院で働いていたが、彼らは無慈悲なまでに安い賃金で食堂全体を描き直させた。それでも一家は信心深く、教会に忠実であり続けた。主任司祭は定期的に一家を訪ね、日々の苦労や近所の諍いを収めた話をセリーヌから聞くと、数日後に神学校生を何名か遣わして自分の豪勢な食卓の残りものを分け与えた。

　フランシスキュスは老朽化してじめじめした家をできる限り修繕し、はがれた目止めや壊れた滑り溝を取り換え、朽ちた梁は補強して、地下室へ降りる階段の腐った踏み段を交換した。シント・アマンスベルフ地区にあるオーストアッケル通りの近くに見つけた新しい住まいが前の家よりも二人は気に入り、夏は低い垣根の向こうに広がる青々とした畑が望め、もう少し先にある土手では山羊に野草を食べさせることができ、この山羊のおかげで子供たちに少なくとも定期的にミルクを飲ませ、自家製の新鮮なチーズを作ることもできた。晩になると、ぎゅうぎゅう詰めになった二階の子供部屋の狭い自分の寝床で、祖父は古びた台所で両親が話している声を聞くことができ、交わされる父の低い声と母の穏やかな返答、交互に歌う大きなクロバエとキジバトの声を耳にしながら安らかな眠りに落ちることができた。その結婚生活について彼はこう記している。「それは深く誠実な愛に満ちたもので、母は咳き込む夫の瘦けた頰を撫でては、時折〈私のだいじな風来さん〉と声を掛け、明るい灰色の瞳を潤ませた」

★

　ユルバンという名は母方の祖父から貰ったもので、みなに好かれる少年だった。がっしりとした体つきに長い巻き毛、硬い拳に無垢な青い瞳をしていた。威厳のある母親の後ろをアヒルのようについて歩き、ふざけたことを言って笑わせ、母に抱き着いたりおどけたりするのが好きな子供だった。木靴で踊り、錫製のコップを持って洗い場に行くと自分の汚れた下着が浸してある石鹸水をこっそり飲んでみる。それから六十年経っても、日曜日に自動車で出掛けるとなれば、いい年をして子供のように楽し気で、戸外に腰を下ろし、滑らかに天高く飛行するボーイングの見事な姿をじっと見つめては、なにもかもが美しい、この世で目にしたものはなにもかも、と言えるような人だった。彼の生の喜びを育んだのは深い闇だった――そのことが回顧録には綿密に記されている。ユルバン・マルティーン、彼はすべてに、そして無に運命付けられており（隠れた才能が色々あったから、と彼の母は笑う）、ユルバンは不屈の生還者であり、しかし同時に繊細かつ感傷的でもあった。七十の時、復活祭の日曜に朝日を立って浴びながら涙を流しては、なんでも裏庭で咲くアヤメの計り知れぬ青の深さに中心部の鮮やかな黄色が相まって動悸を覚え、こういったものが生まれ出ることを理解せずに人が死なねばならないのはなんとも罪深いことだ、と唐突に言ってみせる。

七歳の頃、教理問答の時間に、不可視の存在である神は空に雲が無くとも人間にはその姿が見えないこと、さらには澄んだ夜空の星の彼方にも主のおわす所は見えず、存在が確かめられるならもはや信仰とは言えなくなってしまうので、そうすることもできないと教えられると、彼は突然口を開く。それじゃあ神父様、タツノオトシゴがたくさん天国に浮かんでるとも言えませんか、誰にも見えないんですから。あっけにとられた神父は、顎を留める部品が外れでもしたかのようにあんぐりと口を開けていた。果て無き暗い空間を音も無く漂い、星々のあいだを、時には数光年も離れた星間を行くタツノオトシゴの群れが私の脳裏にこびりつき、神の存在を巡る議論が始まる度に、数多のタツノオトシゴが崇高なる静寂を漂いくるのだった。とはいえユルバン・マルティーンは敬虔なキリスト教徒で、大戦から戻ってきてからは明らかに信心深さに輪が掛かっていた。早朝ミサに参加するため週二回は五時半に起床し、真っ暗な中、染み一つ無いハーフブーツを履くと、地面は凍り、雪が積もるなかを慎重な足取りで教会へ向かう習慣は司祭自ら早朝ミサを中止した日でも変わらず、夏はひんやりと静かな教区教会の中で座し、指でロザリオの数珠を繰りつつ唇を微かに動かしてラテン語の祈りの言葉を念じた。「七苦聖母」(3)のための蠟燭に火を点し、毎週告解へ通い頭を垂れる、そんないかにも実直そうな彼はどんな些細な罪も犯しそうに思われなかった。

★

彼の育った一九〇〇年以前の世界は様々な匂いに満ちていたが、そのほとんどはすぐになくなった。なめし革工場から九月の薄い霧の中に排出されるしつこい臭い、暗い冬の季節に往来する、未精製の石炭を積んだ炭水車、早朝の通りに漂う馬糞の臭い、干し草、薬草、草の匂いなども街中に漂い、少し開

(3) 息子キリストの磔刑を始めとする、聖母マリアの生涯に起きた七つの苦難に因んだ呼び名。「七つの悲しみの聖母」、「七つの嘆きの聖母」などとも。

いた窓のそばにいるまだ寝ぼけ眼(まなこ)の少年は田舎にでも滞在しているような気分になる。古革と湿ったジュートの鼻を衝(つ)く匂いの漂う薄暗い商店では、塩や砂糖、小麦、豆がまだ升(ます)で量り売りされており、包装もされずに買い手が持参した袋や容器に注(そそ)ぎ込まれた――「アン・ヴラック(量り売りで)」と、当時はフランス語の表現で言っていた。四方を囲まれた小さな裏庭からは、芽キャベツや通りで削り取ってきた馬糞、煙草の葉が乾く匂いがする。十九世紀初頭に生まれた自分の祖母について、彼女の黒いエプロン――彼は「前掛け(ヴォールスホート)」と呼んでいた――から子ウサギを使った血ソーセージの匂いがしていたと話していた。

あっけにとられている叔母たちやいとこの真ん中に陣取り、白髪(はくはつ)の老人は何時間も夢中になって語り続けることができた。十九世紀最後の十年間の暮らしの委細、硫黄臭い煙にまみれていた工業化時代初期の少年時代、行商人の掛声(かけごえ)の思い出、路地の端にあった公衆便所の薄い木の扉が閉まる音、その壁面は木蔦(きづた)に覆われ、尿と刺草(イラクサ)の匂いを漂わせていた。早くから父親の本をめくり、ティントレットやヴァン・ダイクの調色板(パレット)に思いを馳(は)せるも、工業化の第一波が押し寄せた時代の陰鬱な日々は彼の考え方に決定的な影響を及ぼしていた。

★

二〇一二年の春のこと。息子と数日ロンドンに滞在したのは、彼の大好きなニューヨークの原型となった街並を見せるためだけでなく、折にふれて十五歳の息子と父親間の「男同士の絆を深め(メール・ボンディング)」、しつけ上の諸々(もろもろ)の争点を乗り越えるためでもあった。教養的なものばかりでうんざりさせたくはなかったので、コヴェント・ガーデンをぶらつき、有名なイタリアレストラン「カルルッチョス」で食事をし、雰囲気のある居酒屋でイギリスビール(ビター)をやりながら互いの意見の相違について和やかに話し合い、そのあと夜のサウス・バンクをそぞろ歩き、地下鉄を駆使して素晴らしい時を過ごした。

とはいえ、息子に反発されないよう気を遣いつつも、明くる日に一つくらいは美術館へ行きたかったのは、始終ちらついている iPhone に教養主義への懐疑心を掻(か)き立てられていたとはいえ、彼が絵画好きなのを知っていたからだった。ヴェネツィアにて十六世紀の若い男性の肖像画の前でしゃがみ込み、パパ、となりに座って。これすごいきれいだよ、と言ったのはまだ八歳の頃だった。そんな訳で、押しつけがましくならないよう気を付けつつ、二人でナショナル・ギャラリーの広大な展示室を巡った。ただし、ホルバインの見事な歪像画(アナモルフォーズ)、《大使たち》のある第四室に自然にたどりつくよう計算はしていた。円錐(えんすい)形の鏡を使って完璧な形の骸骨を見る方法を説明したのだが、息子はなぜこんな風にわざわざ変形させたのかと画家の意図について思案を巡らせていた。人は死を直視できないからかもしれないな、と言ってみたが、あまり説得力は無かったらしい。続いて見せたヴラーンデレンの画家、ヨアヒム・ブーケラールが市場(いちば)の情景を描いた有名な連作《四大元素》は、かつてヘント美術館自慢の一品で、宗教的な要素が背景にほとんど見えない程度に描き込まれているものの、実はかなり露骨にきわどい情景が描かれていることを説明する。当時一般的だった象徴物やその変種、配置や示唆するところを教えた。すると息子は少し考え込む。父親の行きすぎた教養は、行商人をヒモ男、魚屋の女を売春婦、人参と魚を男根、バター用の壺や開きかけた豆の鞘(さや)は女陰(にょいん)だとたちまち連想させてしまうのかと。歩を進めると、唐突にそれが、まったく予期せぬところに現れたので、私は頭を殴られたような衝撃を受けた。

そこに裸の、触れることの叶わぬ彼女が掛けられていた。《ロークビーのヴィーナス》としても知られる、ベラスケスの《鏡のヴィーナス》。祖父がかつて模写したこの絵のことはよく憶えていたが、少なくとも記憶の中の複製画よりもそれは大きかった。祖父のあの中二階の部屋でちらりと見ただけではあったのだが。本物のヴィーナスの髪の毛は祖父の模写よりも明るい——几帳面な複製画家だった祖父がなぜ髪をほぼ真っ黒に塗ったのかは見当が付かなかった。過去へと私は引き戻される——子供の頃、階段を三段駆け上がって祖父の部屋へ飛び込むと、腰掛けた祖父がこの絵の複製画を手にして静かに泣いていたあの日へ。ベラスケスの名作を前に、記憶に取り憑かれ私は立ちつくしていた。少し離れたところでiPhoneをいじっていた息子が声を掛けてくる。「もう行こうよ、年寄りが裸の女性に食い付いてるのはちょっとみっともないって」自分の振る舞いの真相を説明するのは少々骨が折れるので、頷いてみせ、もっと細部までよく見たかったが絵から離れ、最後にもう一度振り返る。父の家にある模写をもう一度見に行かねばならなかった。おじいちゃんは一度しかおばあちゃんの裸を見たことがないんだ。それも偶然にね、と折に触れて父が言っていたのを覚えていた。土曜日の午後、彼女が体を洗っていると祖父が予定よりも早く帰宅したのだ——祖母は彼を家から追い出した時にしか水浴をしなかった。その日、祖母は彼をさんざん罵っては嘆き悲しみ、その後で義母に息子の厚かましい振る舞いについて苦情を訴え、祖父は平身低頭して許しを請わねばならなかった（祖父の母親は賢明にも当たり障りのない返事しかしなかったようだ）。ベラスケスの裸のヴィーナスは実に自然体で温かみがあり、臆せず落ち着き払って堂々たる体躯を気だるげに横たえている——それは絵画の中にしか、絵画芸術の慰めの内、ただそこにしか存在し得ないものだった。この苦い慰めの奥深さを十分に理解したのはナショナ

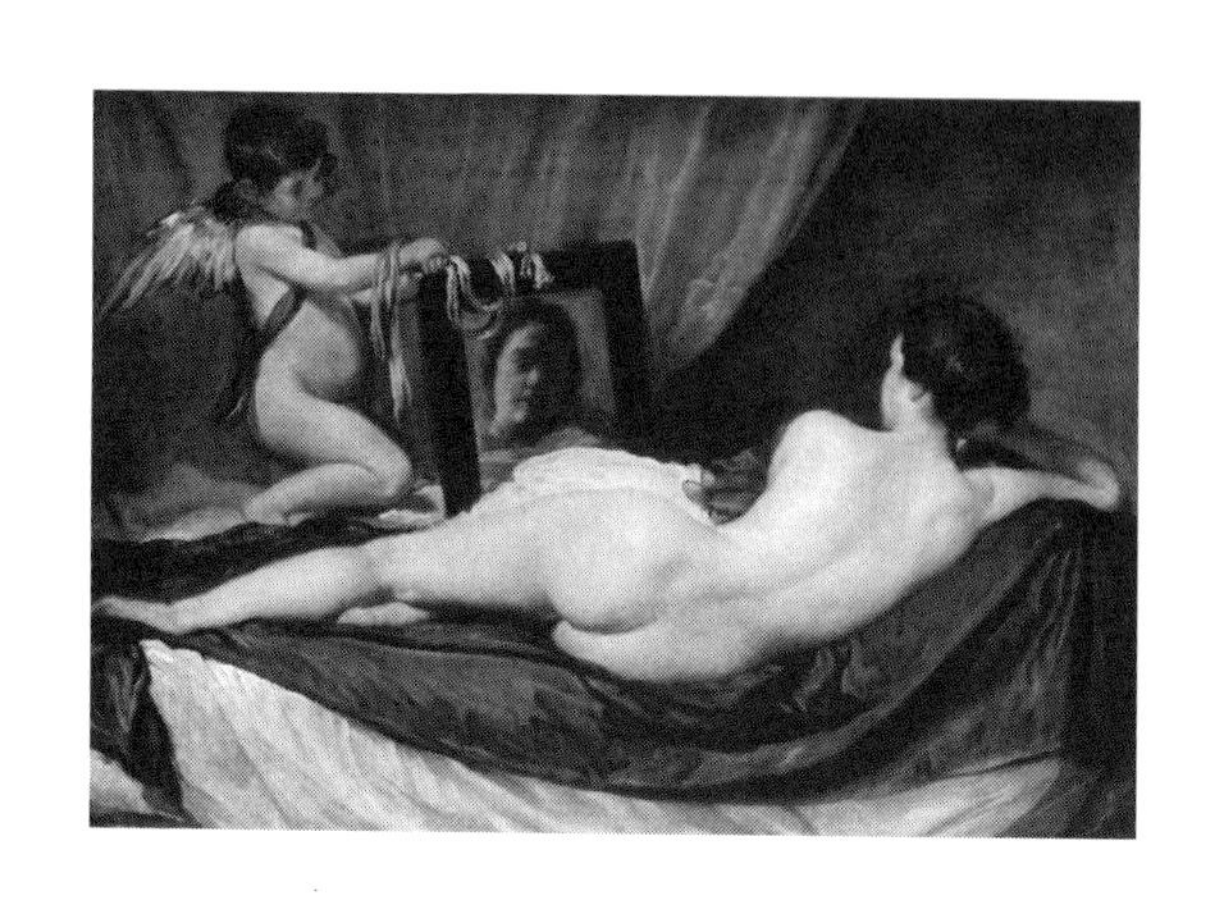

ル・ギャラリーでのあの春の日が初めてで、模写の細部に原作を豊かにできるようななにかがあるのかと考えるようになって以来、それまでは下手な模写だと見なしていた祖父の作品に、まだほかにも秘密が隠されていると考えるようになった。はるか昔の、涙に濡れた顔が再び目に浮かぶ。トラファルガー広場に差し込んだ太陽がプリズムを透過して噴水が真珠のように輝き、茜色、鉛白色、ややコバルトに染まった飛沫が拡散し、そして消える、その色合いの正確さに自信がなく、祖父に聞けばよかったと後悔する。ネルソン提督の像は陽光に抱かれた記念柱の上で暗い天使がごとく、高く、手の届かぬ所に立っている。セント・マーティン＝イン＝ザ＝フィールズ教会の階段に一人の少女が腰掛け、バッハのパルティータを弾いている。聖マルティーンだ、当たり前じゃないか、と私は息子に向かって言う。祖父の苗字はマルティーンで、ここにあるのは彼の守護聖人に捧げられた教会だった。気付いてなかったの、とナショナル・ギャラリーの前でくるくると回るブレイクダンサーから視線を逸らさず息子が言う。二人が知り合う機会の無かったことを思って不意に心が痛む。私の祖先と子孫とが。息子に

目をやり、肩に手を掛けたい気持ちを抑え、訊く。今晩はどこに行こうか。

★

海面下深くを疾走するユーロスターでブリュッセルへ戻る快適な帰路で、自分の若い頃は海峡を——波間をオーステンデからドーヴァーまで緩慢なモーター音を響かせる夜行船に揺られて——渡るのにどれほど時間が掛かったかを息子に聞かせていると、戦時中の一九一五年に祖父が体験した悲惨な航海の話が不意に蘇る。エイゼル前線で二度目の負傷をし、鼠蹊部の真下、大腿部に銃創を負って移送されたのだった。機能回復のため北フランス沿岸の町ディナールへ。スウォンジーにいた義理の兄弟を訪ねようと、近郊の町サン＝マロから療養中の仲間数名と海を渡ってサウスハンプトンへ向かうも、公海に入るや一日半ものあいだ酷い嵐に見舞われる。英国へ着いた頃には疲れ果て、衰弱しきっており、後に戦中で最大の試練の一つとしてこの航海を挙げていたほどだった。私自身も夜行船のことをまだ鮮明に覚えている。ろれつの回らぬ甲板の酔っぱらいたち、夜のひと時横たわって揺られていた固いベンチ、朝日に輝いていた白亜の断崖、そして嵐に見舞われることなく夜が明けた安堵感を。英国への旅は当時もまだ象徴的な意味合いに満ちた航海と結び付いていた。ロンドンに到着するのに半日と一晩掛かったので、一切がより非日常的に感じられた。当時宿泊したケンジントン・ガーデンズの日当たりの良い部屋の記憶。そこでアイルランドの詩人ウィリアム・バトラー・イェイツの詩を読んだ。息子は懐古的な調子の話に耳を傾け、少し思案してから言った。馬鹿みたいだよね、昔はガラスのトンネルがドーヴァー海峡の下を通ってて、タツノオトシゴが上に漂ってるのが見えるんだとずっと思ってたけど、実際には海を渡ってる感じすらしないね。

★

絵画に対する情熱が生まれた訳を祖父は幾度となく聞かせてくれた。しかし、絵画への愛が幼い彼の魂をどれほど強く捉えたのかは回顧録を読んで初めて理解した。自分の父親が——小さな木の腰掛けに座り、右手には刷毛と先端に綿球の付いた木の棒を持ち、色の固まりが綺麗に並ぶパレットは足台に置き、片目を細め背中を屈めつつ——七苦聖母礼拝堂で受胎告知の情景に描き込まれた天使の爪を修復する様を微に入り細を穿って描写している。それから十字架の道行第六留の場面で、不格好に描かれたナツメヤシの葉が一枚色褪せているのを塗り直す。一旦身を引いて修復の出来を確かめると上半身だけ息子の方に向け、輪郭を一部分修整するために先の細い筆を取るよう頼む。チューブ入りの絵具は高価過ぎて買えず、たいていの色を自分で混ぜて作っていた。開いた梨材の小箱の中にあるのは毒性のあるコバルトの粉、甘く香るシエナにセピア、そしてシノピア。上等の亜麻仁油、テレピン油、火酒、乾燥促進剤の入った小瓶。薄いナイフにパレット、貴重なリス毛の古い絵筆。先が丸みを帯びた刷毛、豚毛の平らなブラシ、長いあいだ貯金して買った上等な貂毛の筆が二本。目の粗いものから柔らかなものまで、ありとあらゆる素材の布切れ。鉛筆に木炭、そして瀝青——ユルバンが父の傍らで過ごした果てしない静謐の時を彩った品々。午後のあいだずっと教会の椅子に大人しく腰掛け、父の手の動きを見つめている。時折彼は梯子の上で立ち上がり、肝を冷やす芸当をせねばならない——副祭壇の上方、手が届きにくい所で聖母の坐す雲を覆う蠟燭の煤を取り除き、聖ロクスの大腿部にあるペストの瘢痕に褐色の線を細く入れて強調し、聖クリスピヌスの古風な履物に紐穴を付け直してやり、剝離してしまった聖エリギウスの翠玉色の上衣に明るさを取り戻し、聖アエギディウスの足下、砂漠に生える三本の百合には毒性が極めて強い鉛白を薄く塗って再び輝かせる。

先細になった梯子のてっぺんに父親の脚が、ぼろぼろのズボンと擦り切れた上靴が覗いており、父が壁のフレスコ画に描かれたオリエントの人物の一員にでもなったように感じる。ブラシの触れる柔らかな音が時々力強さを増す——常に青き信仰の空には時として大きく幅広い筆致での塗りが求められる。ステンドグラスを透過した陽光は色付いた光芒となり、黒大理石の床板に色とりどりの染みを投げ掛ける。光の作り出したる透明な柱の中で舞う埃。五号サイズの絵筆を取るよう父に頼まれ、ユルバンは覗き込んだ箱に言われた絵筆を見つけると、途中まで梯子を慎重に登り、危険な体勢で身を乗り出している父に手渡す。再び慎重に梯子を降りると、手を膝のあいだに挟み込んで教会の固い椅子に座る。フランシスキュスは難儀そうに体勢を戻し、少し咳き込むと、袖で顎を拭い、ズボンのベルトに吊した鉄の椀に筆を浸し、キリストの懐妊を告げる天使が降りてくるくすんだ雲に明るい黄色の線を幾つか入れる。ただ静かに、果てしなく続く日々。正午になると母が用意してくれた昼食のサンドイッチを父と分け合って食べる。ゆとりのある時の中身は豚脂に太い腸詰、月末は固くなった山羊の古いチーズだった。パンを嚙っては飲み込み、凹んだ水筒から一緒に水を飲む。教会には鍵が掛けられ、誰にも邪魔されることはない。それはユルバンのささやかな天国。外の騒音はぼんやりとしか聞こえてこない。教会の鐘が時を告げると共に、木組みの機構が回転して軋み、棟に留まっていた鳥たちの飛び立つ羽音が聞こえてくる。

安い柳材で作られた木靴を鳴らし、二人の朗らかな風来坊は帰りの道すがらずっとおかしな歌を歌っている。鉱滓で埃っぽい道沿いに茂るヤマナラシや白楊の葉が乾いた音を立てると、葉が風に舞うのは小さな踊り子がたくさんいるみたいだと父は息子に言う。祖父が驚いて目を上げると、少し前までまとまって一本の樹を成していたものが今や千々に乱れ、見たことのない姿を取ってこちらに手を振ってくる、それは想像を越えた光景が数々披露される舞台。息を飲み、父に包まれた手の温かさを感じる。

★

六十年後、教会墓地で帽子を脇に抱えて立つ彼は、目に涙を浮かべてロザリオの薔薇材の珠を指に挟み、どこか執拗に亡き伴侶ガブリエル・ヘイスのために祈る。墓には小ぶりの礼拝堂のようなものが設えてあり、ステンドグラスには聖霊が白い鳩の姿で描かれている。それを背後に従え壁龕に立つ白大理石の聖処女像は、彼女のもとへ来んとする貧しき者と罪人たちにその腕を広げている。祖父は像の下絵を自ら描いて指示通り石工に作らせた。祖父はシッと注意し、辺りを走り回る私を制する。祖父が墓の前の地面を熊手でならして綺麗な細い筋をつけた所を私が乱暴に踏みつけてしまっていた。教会墓地は私の遊び場だった。温かな六月の陽を浴びながら、グラジオラスと百合のそばを通り過ぎ、花開いたばかりの薔薇やスミレの花壇の脇を、アカシアと若いトネリコの樹の下を駆け抜け、小道を覆う鉱滓に柔らかな葉が反射して生まれた光の染みを目がけて跳ね、通りがかる度に墓石の列の入口に立つ天使の銅像の背を叩き、腹を立てた祖父がすぐに降りろと言いにくるまで太陽で温まった古い墓石の上で寝転んでいた。子供の無邪気さでもって出し抜けに、祖父の両親の墓の場所を訊く。唖然として祖父は老いた瞳で穴が開くほど私を見つめ、もの言いたげだったが、平静を保ったらしく、瑠璃色の生地の袖の埃を払って言う。さあ、帰ろう。見つけられる可能性のまずない場所に祖父が隠した古い墓石を父が驚愕と共に発見するまで、さらに半世紀ものあいだその秘密が私に明かされることはない。長い年月を経て私が一家の墓参りに行った時、祖母の墓に薄く積もった雪の反射する陽光を浴びたマリア像はほとんど透き通って見えた。

★

親愛なるガブリエル

六月の美しい日だ。艀の通り過ぎて行くのがここから見える。あの小卓の椅子に座っていてね、自分で後から木目を描いたあの机だ、覚えているだろう。今日の午後、お前の墓参りに行ってきた。始めは少しだけぱらぱらと降っていて、青空から雫が吹かれて飛んできたみたいだった。すぐに太陽がすっかり姿を見せると、お前の墓石の上に設えてある小礼拝堂の奥のステンドグラスから陽が差し込んできて、子供の頃に教会で目にした光芒を思い出したよ。孫たちは小道を歩いて、お前が埋葬されている列の入口に立っている天使の銅像の脇を通って行った。共同墓地の方を目指して丘を登る様子を見ていたよ。あの子らは墓地が何なのかよく分かっていないし、おしゃべりをしてははしゃぎまわって一時たりとも静かにしていない。帰り道に古くなって傾いた墓のそばに貂の死骸を見つけたんだが、どういう訳か、お前がいなくなってから抱えていた哀しみの一切が、泥まみれの冷たい毛皮の塊に、死んで固くなったこの獣に凝縮されたように感じた。こうも思ったよ。この毛で上等な絵筆が作れるとね。ガブリエル、現役の頃と変わらず私は模範的な兵隊のままで、マリーアにも子供らにも感情的な姿は少しもみせていないよ。

手付かずだった家の引き出しを開けてみた——お前の祈禱書や肌着、ナイトキャップが入っていた。ささやかな聖遺物箱代わりにそのままにしておくよ。私たちの結婚生活は容易なものではなかったし、私が自分の心の奥底にいる悪魔といかに闘っていたかはよく知っていたろう。ガブリエル、主は私たちに多くを与えて下さった、私たちが望んだほどではなかったかもしれないがね。文句を言うには十分過ぎるほどだった。

★

八歳から十二歳くらいまで私は祖父から剣術を習っており、玄関を入ってすぐの廊下の広間で毎週土曜日きっかり十一時から十二時まで、台所からスープの匂いが漂ってくるなかで稽古を受けていた。背後には階段の木製の親柱(おやばしら)があり、そこではぴかぴかに磨かれた第一次大戦時の大きな砲弾(オビュ)の薬莢がきらめいていた。古い温室に置かれた旋盤(せんばん)で根気強く一心不乱に作業をし、祖父はフェンシング練習用の優美な剣、フルーレを木材で二本作ると、金属を薄く削り出してから金槌でささやかに装飾を施した柄(え)を装着する――それは祖父が誇らしさを抑えつつ「冷間鍛造」と呼んでいた技法だった。マスクは着けなかったので、ワインの栓を切ったコルクをフルーレの先端に取り付けてあった。目の前に立ち、灰白(はいしろ)の上っ張り姿で足をぴったりと合わせると、真似するよう命じる。「構(ミーズ・アン・ガルド)え!」とフランス語で指示を出す。「足を真っ直ぐに!」、「背筋を真っ直ぐ伸ばせ!」、「真っ直ぐ前を見ろ!」、「フルーレを立てろ」、「一(アン)、二(ドゥ)」一九〇八年から一九一二年のあの麗しき年月(としつき)に彼が訓練を受けた軍学校でのように、なにもかもが真っ直ぐ、堅苦しいまでに真っ直ぐで非の打ち所が無かった。「一歩前へ、また下がれ、突き……止め（や）。第三の構え（ティエルス）……拳を内転させろ（プロナシオン）！ 拳を外転させて第六の構え（シクスト・アン・シュピナシオン）！ さあ、こい！ 下（ドウスー）！ 下がれ（ルキュレ）！ 休め（ルポ）！……… 構　え（ミーズ・アン・ガルド）！」私は歴史劇の操り人形のように跳（は）ね回り、足が外側にも内側にも向かないようしっかり気を配る。膝は曲げたまま保ち、しかしいつでも前後に俊敏に動けるようでなければならない。巧みな祖父の突きを躱（かわ）しながらも、自分の立ち位置に応じて、木製のフルーレを第六（シクスト）、第四（カルト）、第八（オクターヴ）、第七（セプティーム）――左右の上方、左右の下方を指す四つのフランス語の言い回し――の構えにしようと努める。手首に一撃を受けないよう気を付ける必要があるのは、フルーレは前腕（ぜんわん）ではなく、手首の動きで操らねばならないからだ。

　稽古は一時間で、わざと私に突きを打たせることもあったが、祖父は突きを払う代わりに器用に身を躱すので、私は子牛さながら真っ直ぐ突進し、ドシンと木の親柱にぶつかると、祖父は砲弾の薬莢を私の頭上で器用に受け止めて言う。「まだまだだな」後年、壊れたフルーレの一本を見つけた温室内の大きな桶には土が入っており、そこから古い葡萄の木が生えているのだが、樹齢百年ほどのそれには今ではもう実はほとんど生（な）らない。夏の朝、この木の下で祖父は気に入った葡萄をそこかしこで摘まんでは薄皮と種をはき出していた。この情景と結び付いている音（おと）、空気の漏れる微（かす）かな音が私の子供時代に最も深く刻み込まれているように思えるのは、そこがこの世ならぬ安らぎに満ちた場であったからだ。この情景にいわば彩（いろど）りを添えていた、夏の陽だまり、温かな土、石炭酸（せきたんさん）と潤滑油の微かな匂い。

★

一九〇〇年、少年時代の情景。
だぶだぶの古い靴下に、大きすぎる木靴、灰色の上っ張りといった出で立ちで、女の子みたいなくしゃくしゃの巻き毛に純朴な青い瞳をした彼が修道院に通じる小門の側で行儀よく待っていると、修道女が飯盒を手にやって来て、中にはそれぞれ並々と注がれたスープと肉が数切れ入っている。意気揚々と夕暮れ時の暗がりをダンポールト地区の光るショーウィンドーに沿ってそぞろ歩き、大きな船渠のそばの線路を横切ると、列車が煙を吐きながら動き出して行く駅沿いを進んでラント・ヴァン・ワース大通りとデンデルモンデ通りのあいだにある狭い道を幾つか抜ける――ビーコルフ通り、ゼーム通り、ワス通りを通ってベヘイン会[4]の大居住区のある方へ――通り過ぎた小さな広場に茂る背の高いポプラは数年後に切り倒されてしまう。あの辺りにある小さな駄菓子屋で容器を脇に下ろして一休みし、微かな光に照らされたショーウィンドーに並ぶ美味しそうな品々に目を凝らす。

ニワトコの飴、果実風味の飴、カトリーン・キャラメル、アニスの飴に甘草、リコリスのグミ、サワーグミ、サワーキャンディーなどがガラスの瓶に入れて並べてある。不意に一人の男性が隣に立っており、薄汚れた顔の小僧をまじまじと見て修道院の飯盒に目を落とすと、銅貨を数枚スープへ投げ込んだ。ほら坊主、そいつを拾って菓子でも買いな。ユルバンは当惑して男を見上げ、少しためらうも、袖をまくって生ぬるい脂っこいスープへ腕を突っ込んで硬貨を探す。スープから掬い出した硬貨は口の中で舐めてきれいにし、油っぽい汁の滴る腕に捲っていた袖を戻すと、指をしゃぶってから菓子を幾つか買った。舌鼓を打ちつつ家へ向うも、到着する直前に縁石で足を捻り、落とした飯盒からスープがこぼれてしまったのだが、お菓子をスープと交換したわけではないと言っても母は信じてくれない。罰として夕食を抜かれ、空きっ腹を抱えて風通しの悪い寝室で気を落とし、たわんだ屋根の向こう側で薄暗い時刻に雄鳩が雌鳩に這い登る様子を眺めていた。

★

週に二度、学校を出たばかりの若者が家を訪ねてきた。彼らは貧民救済施設である聖ヴィンセンティユス（ウィンケンティウス）慈善団体の命（めい）で労働者地区へと派遣されていた。ただ雑談をしたり、子供たちが学校で上手くやっているか、問題が無いか聞きにくるだけのこともあったが、たいていはなにか食べる物も持ってきてくれた。ある日、彼らがまた予期せぬ時にやって来る。その頃セリーヌは近所のイタリア人の夫人のもとで掃除婦をしており、彼女はセリーヌのことを「ドンナ・チッラ」と呼んでいた。ユルバンは子供たちだけで家にいた。両親のいない午後はとても長くみな退屈していたので、誰が一口（ひとくち）で一番たくさんサンドイッチを齧（かじ）れるか競い始め、祖父が見事優勝するところだった。連続して四回大きくパンを囓り取り、頬がビーバーのように膨れていたところに聖ヴィンセンティユス会の若者二人がいきなり台所に

（4）ベヘイン（蘭：begijn／仏：ベギーヌ béguine）とは、修道会に所属せず、誓願を立てることもなく（よって「修道女」ではない）、俗人のまま俗世から距離を置いて敬虔な生活を営んだ女性。彼女らが共同生活を営む専用の居住区をベヘインホフ（蘭：begijnhof／仏：ベギナージュ béguinage）という。

現れ、その肩を覆う濃い灰色のコートは垂れた翼を思わせた。弟と姉妹たちは口を一杯にしたまま階段下の暗がりへ逃げ込み、吐き気を催す祖父の前に立つ二人の裁判官は母の所在を丁重だが形式的に尋ねる。祖父の方へ痩せた体を屈める二人はにやりとした笑みを浮かべている。背の高い方の歯は不揃いで黄ばんでいるのが目に入る。口一杯に頬張ったパンがねばねばとした生地の塊になって上顎にくっついてしまう。詰め混みすぎたせいで噛むことも飲み込むこともできそうになく、もう吐き出すことも叶わなかった。眩暈に襲われる。階段の陰で妹と弟たちが吹き出し、鼻を鳴らして笑っているのが聞こえた。体に走る不快感。眼は今にも飛び出しそうだった。二人は訝しげに眉毛を上げて彼を覗き込む。

坊や、舌を無くしちゃったのかい。

少年は息を詰まらせる。涙が溢れ出した。

ちょっと変な子だな、と背の高い方が言うのが聞こえる。

骨張った手がぎこちなく少年の肩をポンと叩く。祖父には、その手がどこにもつながっておらず、片手だけ宙に浮いていて、どんどん大きさを増して自分の首を絞めるような気がした。首を振り、涙を怺えて外へ飛び出し中庭に駆け込むと、パンの塊と一緒に少し前に食べたスープの残りも吐き出す。しゃくり上げながら中へ戻る。二人の姿はもうなかった。台所のテーブルに正方形の券が置いてあり、青いインクで「パン一個券」と印が押してあった。

食券を手に取ると上っ張りに突っ込み、通りへ飛び出す。十五分ほど歩いてパンを受け取れるパン屋へ向かう。温かい服を着てくるのを忘れており、体が震えていた。木靴の乾いた音が通りに響き渡る。到着するとパン屋は閉まりかけていた。店内へ駆け込み、得意気に食券を売り台に掲げて言う。母さんにパンを一つ下さい。

パン屋の女将は食券を検め、顔を真っ赤にしたみすぼらしい身なりの少年を値踏みするように見やると、券を突き返して言う。駄目よ。もうパンはあまり残ってないし、これはお得意さん用の取り置きなの。

通りに出ると、パン屋の女将が鍵を回す音が背中越しに聞こえた。遠く、ダンポールト地区の辺りで蒸気機関車の汽笛が鳴る。霧雨の降る重い空気を渡ってくるくぐもった音。見上げると、くすむ街の上空を雁の群れが三角形の隊列を組んで堂々たる様で飛んで行く。聞き慣れた鳴き声に少し心が和む。矢印にも見える三角形の隊列の指す先にある港の辺り、屋根と樹々の上方に生まれた淡い光の筋が空の低い所でその裂け目をゆっくりと広げ、冷え冷えとした宵闇の到来を告げた。

★

回顧録を読んでからようやく彼の少年時代を把握し始めると、私自身の記憶の内で様々な印象が俄かに湧き起こり、その意味や価値、色と匂いとが明瞭になる。そうしてすでに老いた彼が眼前に立っているのが唐突に見える。就寝しようとしている祖父。上っ張りにシャツ、肌着を脱いだ彼の白い剝き出しの背中を目にしたのはそれが最初で最後だった。肩から背中の窪みまで皮膚に広がる青黒い染みと瘢痕。振り返り、彼は厳しい口調で告げる。行け坊主、さっさと出ろ。私はドアを閉める。翌日、何の傷跡なのか訊いてみる。戦争の？

製鉄所だよ、と短い答え。十三で働きに出たんだ。

★

欠席が多かったので、学校では出来が良くなかったと書かれている。病身の父に必要な薬を貰いに、貧者向けの薬局へ朝方定期的に使いに行かねばならなかったのもその理由の一つだ。医者がラテン語で手書きした書付を手に古めかしい薬局へ赴くと、たいていすでに十名ほど先客のいる硬い長椅子に並んで座り、木の仕切りのあいだから薬剤師がその印象的な禿頭を突出して大声で呼ぶのを待つ。最初の方どうぞ！　すると、誰が一番に来たのかを巡ってちょっとした騒動が起こる。幾人かが我先にと立ち上がり、押し合いへし合いする。罵り言葉を残し窓口がバタンと閉まる。みなが落ち着くと、薬剤師は窓口を再び開け、もう少し慎みのある行動を取って欲しいと求める。すると窓口に並び始め、ぶつぶつ文句を言いながら去って行く。少年の番が回ってくるのは大概最後で、帰宅すると午後も遅くになっている。チョウセンアサガオの毒性のある粉と硝酸カリウムは紙に包んである——効果の疑わしい薬だが、当時は喘息患者に処方されていた。赤く燃えるストーブの向こう側に座る父親は手を横木に預け、喘いでいる。祖父は薄い紙にくるまれた包みを父親の手の近くに置くが、次の咳の発作が始まるまで父はそれに手を付けずにいる。

★

ほかの箇所では人気の無い教会を描写しており、平日の放課後、彼の父親は小さな木の脚立の上に立って聖ペテロの左足を修復している。

ちょっとラピスラズリを取ってくれ、坊や、聖ペテロの上衣の襞を少し明るくするから、それから影用のコバルト、そこだ、おまえの右手側のパレットだよ。次いで父は、祭壇の後方、聖母の傍らの百合の白が剝落しているのを塗り直す。これも受胎告知を描いたものだった。ヴラーンデレン人らしい容貌の娘の横顔は――尖った顎、秀でた青白い額に細く尖った鼻、瞳の晴朗な青――雲の輝きに照らし出され、銀がかった煙の塊が彼女の敬虔な顔にまつわりついている。その横で百合を手に立つ天使の顔立ちは男性的で陰っており、腰に金色の帯を巻き、背後にはきらめく細帯が高くなびいてその先は聖なる煙の中にもぐり込んでいる。帯に書かれた文字は擦れて読めなくなっているが、まだ微かに判別できる古い書体で記された二、三の文字は聖なる秘儀を守り続けているのだろう。一辺が垂直に立っている小板の上で漆喰をいくらか準備せねばならないこともあった――薄っぺらくなったコテでなめらかになるまで素早く混ぜ、糊状のものをできるだけ一息で均等に素早く塗りつける。数分後、布切れに包んだ海綿で表面を一度ならし、乾かしている間に絵筆やぼろ切れ、指先、親指など、あらゆる方法を使って素早く、集中して黙々と修復を行う。少年時代の彼に捧げられた敬虔な雰囲気に満ちるひと時。寒い日は呼気が光芒の中で白く雲のような形を取るのが、日曜のミサで立ち昇る香を思わせた。信仰心を鼓舞する使い古されたパレットの色彩の魔力、教会の大きな門が閉められて重厚な鉄鍵で施錠された後も父と二人きりで中にいられる特権、そして梯子の上から聞こえてくるその鼻歌に、父も描いている絵画の一部になったかのような感覚を覚え、天国へと、石膏と絵具に古いものの匂い、冷気と呼気、ステンドグラスを透過して高みから二人の腕と肩とに降り注ぐ光から成る天の国へと足を踏み入れているような、自分たちが高められて聖書の情景に描き込まれたかのような気がしてくる。それは絵画芸術への畏敬の念であり、私的な寓意画、父と息子の秘め事だった。

★

昼下がりの教会で過ごした日々は幼少時代の天上の時だったが、すぐに地獄が訪れることとなる。徒弟として職に就くのに幾度か失敗した後、「鍛冶屋兼旋盤工兼機械技師」であった叔父エヴァリストのもとで働き始める。まず初めに穿孔機と旋盤の油差し、それから帯鋼の運搬を任された。丸鋼に角鋼、重い鋳鉄の塊、L形鋼、運びにくい鉄板。一月後には親方か同僚と一緒に余所の注文を仕上げる作業を許される。一年半後には日に五十サンティーム稼ぐようになっていた。

この場所で、泥酔した鍛冶屋の息子が燃え盛る炉に頭から落ちるという悲惨な現場事故を目撃する。炉に背を向けてハンマーを打ち下ろしていた鍛冶屋は初めなにも気付かず、呪いの言葉を吐きながら炎の中から息子を引き摺り出すがもう手遅れだった。ぐちゃぐちゃになった顔の形しか判別できず、人の形を幽かに留めた黒焦げの塊から血の滲んだ唾液混じりの粘着質の液体が溢れ出す。焼き魚のように目は白く、黒い穴と化した口から剝き出しになった上の歯が白く輝いていた。バケツを手にした使用人が入ってきて頭部に水を掛ける。焼け焦げた皮膚に水が染み込み、息を詰まらせるシューという音を立てて肉が泡立つなか、瀕死の若者の身体が折れ曲がり痙攣すると、喉を鳴らして息を引き取った。彼の作業服のズボンの股ぐらに黒い染みがやにわに広がる。父親は息子に覆い被さると、見分けの付かなくなった頭を抱え、体を肩に抱き寄せたままなにも言わなかった。数分のあいだ身じろぎもせず、聞き取れぬほどの声でぶつぶつと神を呪い続けていた。自分の眼差しでもって白くなった息子の眼球を穿たんとでもするかのように父親は顔を上げない。工員と見習いたちは立ち尽くして見守っていた。

全員ここから出て行かねえとぶっ殺すぞ、と目も上げずに唐突に発する。一人また一人と外へ出て行くと、だいぶ傾いた日が雨に濡れた厩舎と廂の上で輝いていた。

これが、祖父の初めて目の当たりにした死だった。心理的援助など存在していない時代。家へ帰り、一晩中一言も発しなかった。

翌日以降も鍛冶場へ通うが、戸は閉まったままだった。息子の埋葬日を聞く勇気は持てないでいた。数日後、夜明けの薄闇の中、門で出くわした工員から伝え聞く。「あいつらは息子を獣かなにかみたいに敷地に掘った穴にぶちこんじまって、それを見にきた司祭様の喉元を鍛冶屋は締め上げやがったんだ」鍛冶場は一月以上閉鎖されたままだったので納品が遅れていた。ようやく仕事が再開された時にやって来たのは二名の工員と見習いのユルバンだけだった。仕事場に活気は無く、なにもかも上手く行かず、注文の取り消しが増えて行き、鍛冶場に人のいないことが増え、旋盤は放置された。最後まで残った腕利きの工員が辞職を申し出た。数日後、ユルバンもここを去る。少年がしゃちほこばって口ごもりつつ断って出て行く時も鍛冶屋は作業台から目を上げず、ユルバンの方はズボンの中で漏らしでもしたかのようにちょっと妙な歩き方をしていた。

★

その後の物事は迅速に進んだ。数週間ほど手を尽くし、製鉄所に就職する。最初の数日は耳をつんざく騒音の中ひたすら歩き回るという、弱冠十三歳の少年には厳しい仕事で、炉のそばの灼熱の中、重い鉄の塊を運搬する男たちのあいだでは大声に怒号、下品な冗談が飛び交い、有害な煙が肺を損なった。男たちの中には、火の燃え盛る中での労働で瞳に青白い輝きを湛えている者もいた。炉のそばの溶けた鉄にはまって足首の曲がってしまった男たちもいる。地獄をさ迷うどこか気のいい悪魔を思わせる、諦観した屈強な、寡黙で頑固な男たち。ユルバンのように年若い少年たちには、狭い通路を通って屑鉄で一杯の重い籠を運んで行くことはまだ許されず、炉口のそばに配され、坩堝が傾いて溶けた鉄が耐熱粘土製の排出溝から溢れ出したら、力を振り絞って巨大な木桶の釣り合いを保たねばならなかった。桶に立て掛けた長い柄杓を手にした男たちが祖父の周りに集まってくる。祖父は重い坩堝を慎重に傾け、各自が正確な分量の鉄を鋳型へ運んで行けるようにする。高熱に息が切れ、眼球が眼窩で溶けてしまったように感じられた。鉄の流出が収まると、竿の先に付けた土製の尖った栓で溝が再び塞がれる。火が迸しり、シューッと音を立てて炉口の縁に湧き立つ。時折、蓋が弾け飛んでしまうと、悪魔にでも吐き出されたかのような炎が広範囲に噴出し、扇状に火花が飛び散り、打ち固められた土の床に液状の鋼が気まぐれな線を描いて流れ行くのは噴火する火山の縮図。こうなると大きなシャベルで湿った粘土を全力で掛け、火が建物全体に広がらないようにせねばならない。ある日、その事故は起きた。摩耗していた炉口から蓋が外れてしまったのだが、用意してあった桶に湿った土が十分入っておらず、男たちはユルバンに怒鳴り、傾いた桶を元に戻して、中庭から土を持ってくるまで水平に保っておけと命じる。力を振り絞って水平に保とうとするも、坩堝から炎はたちまち溢れ出す。傾けるなと怒号が飛び、身体が高熱に包まれるのを感じて目は眩み、生きながら火あぶりにされ、頭がぼうっとして耳の中で風の鳴るような音を感じた途端、耳が痛むほどの静寂が訪れる。炎が桶から溢れ出し、手は溶けて無くなってしまったかのようだった。木靴の周りに溢れた鉄が行き場を求めて流れ、灼熱の圧力に靴が軋むのを感じる——足が歪んでしまうことを思うも逃げ出せず、背後の慌ただしい動きを感じる余裕はもはやなく、熱気は母のように彼を抱き、あやし、眠らせ、そして怒号が遠ざかる。彼を魅了する果てしなき天上の光の中に暗い染みが現れ、熱は去る。彼の周囲と炉口に大きなシャベルで土がまかれてあり、次いで竿先の尖った栓が視界に入り、意識らしきものがわずかに戻ってきたかと思うと、シューッという音になにかの湧き立つ音が聞え、吐き気を覚えると、大きな手が伸びてきて自分に呼び掛ける声が耳に届く。来い坊主、急げ。しかし彼は動かない。酷い眩暈、ズボンのポケットからはみ出したハンカチに火が着き、蒼く儚い花が開くがごとく傍らで燃え上がる。彼は視る、しんと静まった日曜日の教会で古いフレスコに父が描いた聖人が天を仰ぎ見るその眼差しを。ここにずっと座っていたかった。帯状にまかれた土の上を通ってきた誰かが彼の肩を摑み、両脇の下に手を入れて引っ張る。ひしゃげた木靴は固まった鉄から離れず、足周りの鉄をはがそうと別の男が鉄梃を手にやって来る。なにもかもが夢のようで、駄目になった木靴からようやく足が脱げて運ばれて行くと、その日に口にしたわずかなものをすべて吐き出した。生温かい霧雨の降りしきる中庭に横たえられているうちに意識を徐々に取り戻し、流れ行く灰色の雲を見つめていた。

あの時からなにかが私の中で変わってしまった、と彼は記している。

彼の母は気付いていただろう、その日の晩にはもう。歩き方が変わり、たくましい首元、がっしりとした肩はどこか違っていた。小柄で骨張った体つきで、製鉄所の仕事が彼を無口にする。炎が高く燃え上がった時の火の粉が工員の背中に降り注ぐせいでできる凹んだ傷跡と瘢痕が初めて背中に刻まれる。その晩、母は彼の瞳に内省的な輝きが宿っているのを認め、夕食の席で彼は一点を見つめたまま、ほかの子供たちの言うことに耳を傾けていない。お腹が空いていない、と言い残し、裏庭に出て低い壁越しに外の様子を眺め、小声で話しながら黒い外衣をひらめかせて通り過ぎる数名の修道女を、別世界から来た見慣れぬ鳥たちを見ていた。裏口の戸が軋み、やって来た父が隣に立つ。ここ何週間かで酷く痩せ、壊れそうな姿はがっしりした若者と対照的で、父はその肩に黙って手を掛ける。

★

ヘントの若い政治家が町の新しい基本計画を構想していることを新聞が報じていた。かつて町の自慢であった南公園は、中心街のど真ん中を貫く形で一九六〇年代に敷設された高速道路の流入口に分断されてしまっていたのだが、これを取り壊して地下トンネル化しようという案だった。道路によってその魂を奪われた古典的な設計の十九世紀風の公園は、ヘントの「セントラル・パーク」となるべく改築され、環境に配慮する新時代の堂々たる先駆けになるという。この高速道路出口は当初より論争の的で、気高き地方都市が収入目当てに誇りを売り渡した証だとして批判されていた。美しいフレール・オルバン大通りとヒュスターフ・カリエ大通り沿いには富裕層向けの集合住宅が建ち並んだが、その眺めを占めるのは依然として高速道路出口のままである。こぢんまりとした花壇にかつてはヴラーンデレンの大詩人カーレル・ヴァン・デ・ウーステイネ(5)の胸像がひっそりと置かれており、その奥の今なお残っている公園部分には国王アルベルト(アルベール)一世の騎馬像が聳え、在りし日は立派な駅のあった公園の端に現在建つ近代建築の裏で、噴水が水を噴き出している。この建物が無かった頃、春に咲いていたベゴニアの色をまだ憶えている。この市立公園にまつわる歴史の多くは失われてしまった――とりわけ十九世紀に作られた動物園と優美な旧南駅。旧動物園には小川と花壇が設えられ、ビザンティン風のカフェテリアがあったが、祖父が十四歳の時に取り壊された。その昔「モインク湿地」のあった場所には、労働者向けの長屋街が形成された。動物園の面影を唯一残す、こぢんまりと落ち着いた雰囲気のモインク公園にはアーチ橋と人工の岩礁が設置されているが、かつて屋敷の立ち並んでいたこの地区には巨大な映画館ができ、ここ十年で騒々しくなった。ここを祖父が近所の少年たちと歩いていた様子を

(5) カーレル・ヴァン・デ・ウーステイネ(Karel van de Woestijne 一八七八〜一九二九)二十世紀初頭のベルギーにおけるオランダ語文学を代表する作家。ヘント出身で特に象徴主義的作風の抒情詩と散文で知られる。

思い浮かべてみる——悪臭漂う肉食獣の檻、幾度も芸をさせられて疲弊した象たち、それを楽しげに見物する市民たちが熱狂した異国趣味は今日でこそ良心的に問題とされるが、当時はまだ議論されなかった。

公園の反対端にあった南駅はかつてヘントの誇りで、宮殿風の建築は広い駅前広場を備え、花壇の中央に建つ噴水の隣に剣闘士の銅像が一体あった。祖父は仕事のない日曜の午後にそこへ赴き——土曜も仕事で週六日が平日だった——近所の少年たちとぶらついたり、切石の欄干の上を滑ったり、駅を出入りする列車を踊り場から眺め、機関車の太い煙突から断続的に吹き出る煤煙と灰の雲をふざけてお互いに掛け合う。南駅の内部は壮観だった。大きな広間の中央部に鋼鉄の梁が渡され、高いガラス張りの天井は当時の様式で、その透明な丸天井から陽の降り注ぐ大きな花壇には、椰子の木、アザレアを始め、ありとあらゆる観賞用の木が植えられていた。明るく広々とした駅前広場も威容を誇っていた。この駅は一九三〇年に取り壊される。現在、地下駐車場から出てくると目に入るのは、一方には近代的な市立図書館、他方にはショッピングセンターで、駅の真向かいに当たるこの場所にはかつて上品な「パークホテル」があった。私よりも若い世代には喪失感などなく、自明なのは忘却の副産物の方だ。一世紀前の様子を想像してみる。四輪馬車の列、飼葉袋を首から提げて辛抱強く待っている馬たち。御者は必ず口髭を蓄え、酒場では石のジョッキからビールを飲み、そこら中に馬糞の臭いが漂っている。駅正面部を飾る堂々たる柱廊を行き来する乗客、手回しオルガンもあったろうか、そして銅像の剣闘士の兜の上で鳩が羽を休めている。ここにいる誰も想像だにしていない、わずか十年後に何が起きるのかを。

★

そこから少し上がった所にある聖ピーテル広場では、当時最新の見世物が定期的に紹介されていた。例えば、日曜日の昼に数ストイヴェル硬貨を払って大きな風船の下に取り付けられた葦の籠に乗り込むと、束になった綱伝いに高く上がって空中で少し停まっているあいだに、遠くまで軒を連ねる旧市街の中世の街並を望み、そしてまた地上に降りてくる。今時の人は無茶をするもんだ、と年寄りたちは言う。落ちる恐怖よりもうぬぼれの方が勝るんだな。それに構わず、少年たちや捻った口髭を蓄えた当時の兵隊たちは夢中になった。ある時、気球が突風で揺れ始めたことや、この催しの関係者の一人で、当時すでに有名だったベルギー人飛行士、ダニエル・キネと握手したことを祖父は誇らしげに記している。飛行士ダニエル・キネは後に意外な箇所で再び登場する。

南公園が幾何学的な構成の古典的な作庭(さくてい)の型に則っていたとするなら、城塞(シタデル)公園は旧動物園と同じく、自然に見えるよう造園するロマン主義的思想に霊感を受けている。ヘントという町は歴史的に、都市化を図る方向と自然の風景を模倣しようとするロマン主義双方の理念に特色付けられており、それが余暇空間の作り方に現れている。

公園名の由来となった古典的様式の城塞自体は、ローマ風の外観を有する入口以外はすべてかなり前に失われており、著名な公園へと姿を変えている――ここは元々兵舎だったのだが、公園とされた当時すでに荒廃しており、基礎の痕(あと)だけがわずかにまだ認められる――滝の裏側にセメントで造られたロマン主義風の洞窟の幾つかは今でも残っており、強(こわ)い髪を逆立たせ、ポケットに手を突っ込んだ少年時代の祖父が木靴でここへやって来て、アヒルのガアガア鳴いている小川で仲間と一緒に平らな石で水切りをしている情景を思い浮かべてみる。

私自身も日曜の午後、当時七十近くだった祖父に手を引かれ、ラテン語の碑――Nemo(ネーモ) me(メ) impune(インプーネ) lacessit(ラケシット)「我に挑みて罰せられぬ者無し」――が記された入口の門をくぐって美術館へ赴き、祖父が賞賛する絵を教えてくれたことを憶えている――一番はエミール・クラウスの手になる光に満ちたあの大作、一八九一年に描かれた冬の情景だろう。《氷上の鳥 *De IJsvogels*(デ エイスヴォーヘルス)》という題のこの作品は、淡い黄色と白が基調となっており、厚い氷の張った川に雪が薄く積もり、木靴を履いた三人の少年が簡素な木の橇(そり)で遊ぼうと立ち動いている。しっかり着込んだ服は灰色、雪だるまが一つ川岸に立ち、刈り込まれたヤナギが並んで生えているらしい遠くには一軒の農家が埋(うず)もれるようにしてある。色彩から迸る凍(い)てつく静寂(しじま)。光と広がる眺望の饗宴(きょうえん)、それに対する祖父の深い悦びの感情は私にも伝わった。あとになっ

て、自分の生まれ年に描かれた作品を見せてくれていたことに気付く——彼が生まれたのは一八九一年二月九日、つまりクラウスがこの絵を描いた厳しい冬の頃ではなかったか。私はブリュッセルのユッケル区にある王立気象台で記録を調べてもらった。この日は冷たい霧が立ち込め、霜が降りるほど寒い日だったことを知って私は想う、レイエ川とスヘルデ川の合流地点を霧が細く流れて行く情景、産褥の床に就いている彼の母、空気圧が低いせいで燃えの悪いストーブの臭い、毛布に包まれた新生児をストーブ脇の粗末な揺籃に寝かせる産婆、そして画家クラウスは卵の殻を思わせる白でもって近所の凍った小川とそこで橇遊びをする少年たちを表現力豊かに描く。子供の頃、祖父は青年へと成長した彼らに出くわしていたかも知れない。

★

私の眼前、書き物机に形の変わった重い灰色の石が鎮座している。横幅十七センチ、縦は八センチ、厚さは四センチ弱の細長い形。完全に左右対称になるよう角は丸く削ってあり、裏も表も真っ平らだった。海岸のあちこちを何千年も転がり続けたこの石は、人の手になるかのように完璧に磨かれていた。自然の完全なる美が偶然に生み出されることの実例としてこれ以上のものはまず考えられまい。旅行から戻ると、祖父は石の平らな表面に民俗風の絵を描いた。暗い色合いで描かれた男性と女性、背景に覗く丘と海、可愛らしいヨットの姿。その上方に細い筆で記された、やや震える黒の大文字。ラパッロ。

この石を祖父から貰ったのは、私が石集めをしていた時期——十二歳くらいだったはずだ。石に描かれた絵に当時は特に関心を持たなかった。祖父がそこになにかを描いていて、自分には理解のできない言葉も添えてあるというだけのことだった——この語が北イタリアの町の名前だと教えてくれたことはすぐに忘れてしまっていた。

祖父の死から十五年後、アメリカの詩人エズラ・パウンドの謎めいた連作長編詩『キャントーズ』を読みこもうとしていた時期、妻とフィレンツェへ向かう途上でラパッロに立ち寄った。古い塔の近くにある砂利浜を歩いていると——驚いたことに、というのも人は往々にして自分の来し方は盲点になっているので——そこには同じ形と大きさの石が転がっていた。あの石はつまりここで拾ったものだったのだ。

人生には様々なことが自分の内面で形を変えて行く時期がある。魅力的な若い妻の肩に腕を回し、重力から解放されたような自由を感じたことを憶えている。太陽と風、海藻と潮の匂い。不意に自分が祖父の肉体に乗り移ったかのように、黒いマンティーラを被った忠実で内気なガブリエルをそばに従えた彼が立っている気持ちになる。ラパッロはカトリック関係の団体が組織した巡礼旅行でローマへ向かう

途中に立ち寄っただけの場所だったが、昼食を取り、その辺を少し散歩するくらいの時間はあったのだろう。黒い服に身を包んだ人々が石だらけの浜をそぞろ歩いているあいだ、この石を拾ってきた祖父にガブリエルはこう言ったはずだ。「ちょっとユルバン、旅行鞄が重くなるでしょう。よしなさいって」 彼はといえば、持ち前のちょっとした意固地さでもって、それを握りしめたままバスに乗り込む——それは五〇年代半ばのことだったはずだ——そして一キロ半もある石をはるばる家まで持ち帰り、ほとんど写真の残っていないその旅の記念の品として、観光地によくあるようなこの絵を描いた。その際、自分自身の旅の思い出を具体的に残す必要性はまるで感じず、紋切り型の感傷的な民俗的図像を描いているのも面白く、この図案は彼が当時幸福な気分であったことを示しているらしい。無論、これが実際に目にしたものであった可能性もあり、祭日かなにかで伝統的な民族衣装に身を包んだ人々がその日本当に街を練り歩いていたのかも知れないが、今となっては確かめようがない。

このローマ旅行は、祖父がその長い人生で行った唯一の外国旅行で、例外は、第一次大戦時に負傷箇所の回復のためにイギリスへ行ったこと、そしてもう一つオスロへの旅があり、後者については残念ながらごく限られたことしか分からないのだが、彼の地の人々が、話の内容こそ分からないものの、きついヘント訛りに似た方言を喋(しゃべ)っていると彼が言い張っていたことは憶えており、私はノルウェーの作家ヨスタイン・ゴルデル[6]と話す機会を持った際に、それがそう間違ってはいないらしいことを確かめた。結果的に、絵の描かれたラパッロの石は彼の旅行に関して私が持っている唯一の記念品であり、そして石たちはとにもかくにもあらゆる言語で黙している。祖父の回顧録には一九一九年までのことしか記されていないので、彼の残る三分の二の人生はこの沈黙に包まれている。

★

ラパッロは田舎だが海に開かれている。哲学者フリードリッヒ・ニーチェはここを逍遥(しょうよう)しつつ、エンペドクレス(彼については詩人フリードリッヒ・ヘルダーリンの本を通じて知ったはずだ)ではなく、ツァラトゥストラを巡る英雄叙事詩の着想を得た。祖父と同じく、第一次世界大戦が引き起こしたものに刻印された詩人エズラ・パウンドがこの地に転居したのは一九二四年で、愛人であったアメリカ人ヴァイオリニスト、オルガ・ラッジが妊娠し、ドイツ語を話す農婦の乳母に子供を預けていた時期だった。パウンドは休みなく放浪を続け、ラパッロへ戻ると『キャントーズ』の執筆に取り組み、イタリアのラジオで「利息(ウスラ)」、つまりユダヤ人の高利貸し業を批判し、ムッソリーニを支持していた。オルガを介して詩人はこのファシスト党の独裁者に個人的に見(まみ)える機会まで得、ユダヤの高利貸し経済について自身の考えをこの総帥(ドゥーチェ)に売り込もうとするも、独裁者は手で払うような仕草と共に、『キャントーズ』は大変「愉しいもの(ディヴェルテンテ)」だったと応じたらしく、パウンドはこの出来事を若干の皮肉を込めて『キャントーズ』で取り上げている。イェイツはラパッロで占星術について著し、ココシュカは湾の眺めを印象主義的な筆致で描き、ジョイスもこの地を訪ねたことがある。エルモア・レナードの犯罪小説『プロント』はラパッロが舞台となっている。

一九四五年五月二日、ムッソリーニが公開私刑で殺害されてから四日後、痛めつけられたその遺体が愛人のものと並んで、ミラノの給油所で屠殺された牛のごとく吊られてまだ人目に曝されていた日、ファシスト詩人は牧歌的なラパッロの自宅からパルティザンに連行される。孔子の書を一冊と中国語の辞書を鞄に突っ込むと彼は移送されて行った。数日後のインタビューでは、ヒットラーはジャンヌ・ダルクで、総帥ムッソリーニは「正気を失った who had lost his head」指導者だ――本当だ（c'est le cas de le dire）――と主張している。気の触れた天才と見なされ、ピーザ近郊の猛獣の檻に留置された。歳を重ねて思慮深くなると、反ユダヤ主義的暴言を恥じ、ラパッロへ戻った彼は詩人アレン・ギンズバーグにこう述べている。I was not a lunatic. I was a moron ――狂っていたのではなく、愚かだったのだ。

長大な詩編『キャントーズ』の中で、海を詠う膨大な謎めいた詩節のいずれに慎ましやかなラパッロの影響があるのかは明らかにできまい。しかし確かなのは、私のいるこの場所に、祖父と同じ青い瞳で同じく頑固なその男がかつて立っていたことで、その姿に黒のボルサリーノを被って鞄に重い石を入れた敬虔な巡礼者が蝕のごとく一瞬重なる。二人に共通点などほとんどなく、祖父はその長い人生でパウ

（6）現代ノルウェー文学を代表する作家。『ソフィーの世界』など日本語訳も多数。

ンドの名すら一度も耳にしたことはないだろう。とはいえどこか似ているところがあり、それは容易には測り難いのだが、私がショーペンハウアーの肖像画を見たときに抱いたのと同じく、極めて捉えにくい類似性から浮かんだ仮初めの連想で——常に私の手から逃れてしまうそれは、別の風習としきたりとに属するなにかだった。ヨーロッパのあの巨大な災禍の時代を生きた人々、彼らについて我々は何を理解しているというのだろう。再び石に目を落とし、指先で繊細な筆致をなぞると、物言わぬ黙せる物体に留め置かれなかったものはなに一つ時の流れに戻らぬことを悟る。石たちは雄弁に語る。黙した冷たい石に残る筆跡を追い、そうして祖父の指使いに触れるのは、死に際してその額に触れたのに似ていて、私は戦き、思ったのだった。この額よりも冷たいものに触れたことなんてあったろうか、どうして目を閉じたきり、話し掛けてくれないんだろう。

★

失われてはしまったが、記憶の中で存在感を増すものもある。その一つが十二歳の時に貰った金の腕時計で、最も辛く、幾度となく蘇る思い出かもしれない。あの短い階段を降りてきた彼が顔を輝かせて応接間に入ってきた途端、なにか私のために特別なことを目論んでいるのが分かった。手を出して御覧、と言うと、小さな宝物をそっと置いてくれる。私は感謝の言葉を述べ、彼を見上げて抱き着こうとすると、時計は私の手から滑り落ち、タイルの上で砕け散った。数え切れぬほど脳裏に蘇ったこの情景、彼の顔に浮かんだ表情、狼狽し、口の中で呪いの言葉を呟く姿、首を振り、瞳を閉じ、怒りを抑えながら砕けた部品を集め、上っ張りのポケットに突っ込むと庭に出て行き、数時間姿を消した——眠れぬ夜にしばしばこの光景が心に浮かび、その都度自分の頭を叩きたくなり、実際にそうしたことも度々あった。

幼い頃の体験が記された一冊目のノートを読み終え、この時計にまつわる事実を知ると、あの瞬間に彼に負ってしまった罪は償いようがないものであったことが分かる。

この時計は元々彼の父親の祖父のもので、家計が苦しくなる度に両親は息子を遣わして値打ちのあるものを質に入れたのだが、それは極めて皮肉なことに「慈悲の山」という名の質屋で——教会関係の施設だったのだが、その控えめな使命を遂行するにおいてはなかなかにがめつかった。この「慈悲の山」の建物は現在もある。バロック様式の大きな建築物は宗教戦争によって困窮を極めていた時代に、信心家ぶったアルプレヒトとイサベラ大公夫妻の命によって一六二〇年から建設され、一六二二年に落成した。現在は立派に修復された建物のファサードに「慈悲の山 Mons Pietatis」とラテン語の銘が今でも掲げられており、建物のあるアブラハム通りの近くにはフラーヴェンステーンを始め、落ち着いた佇まいのプリンセンホフ、リーヴェ河岸そしてヘワット小路がある。一九三〇年以降は市立の資料保管所となっていた。建物前面はヘントで最も早い時期に現れたバロック様式のもので、イタリアの宮殿を思わせるところもある。当時の庶民階級の子供にとって郊外から歴史ある中心街へやってくるのはちょっとした遠出で、この建造物に彼は気圧されたことだろう。ある日、彼の父があの時計を名残惜しそうに手渡し、絶対に落とさないよう念を押す。宝物を握り締め「慈悲の山」の銘が掲げられた戸口をくぐり、無愛想な眼差しを向ける修道女の机に時計を置くと、代わりにいくらかのお金が、受取書と共にそっと寄越される。それを手に少年は家路につく。父が病に伏せることが増えていた苦しい時期には様々なものを「慈悲の山」へ持って行った。母が所有していた数冊のフランス語の本に首飾り、ポニーテールの少女の彫られた象牙が銀枠に象眼されたカメオ、実母から譲り受けた金箔押しの髪留め、銀食器、ブリュッヘ・レースのテーブルクロスは彼女の祖母が十九世紀の中頃に手ずから編んだものだった。数年後、いくらか蓄えができると、フランシスキュスは質に入れた時の代金と同額を祖父に持たせて――「慈悲の山(モンス・ピエタティス)」が貧しい人々から利子を取らないことは建物正面にも記されている――「慈悲の山」へ使いにやり、祖父の代から伝わる時計を買い戻し、やれやれ、なんとかまだ誰にも取られちゃいなかったと悪態をつくと、質に入れたままの母に貰(もら)った真珠の首飾りに思いを馳(は)せていた妻が諌(いさ)める。「ちょっとあなた、キリスト教徒がそんな風に罵(ののし)らないの」

戻ってきた時計は、父の早世後に悲嘆に暮れる母がユルバンに手渡し、これでお前が一家の大黒柱になったのだと言い添える。祖父は時計をポケットに入れ、お守りのようにして軍事訓練のあいだ、四年に亘った戦争中もずっと身につけていた。その繊細な装置はスヒップラーケンでの地獄の戦い、シント＝マルフリーテ＝ハウテムの凄惨な戦闘を生き延び、ヤッベーケとオーステンデ近郊に至るあの伝説的な退却戦と、それにひき続いてマネケンスヴェーレとストイヴェーケンスケルケ間で起きたエイゼル河畔での地獄の数年間を共にしたのだった。海峡を越えてサウスハンプトンへ向かう船上で死を覚悟した時も時計はポケットにあった。エイゼル平原の泥濘(ぬかるみ)の中で鉄条網を張る作業中、時計の数センチ脇に弾丸が命中し、彼の鼠蹊部(そけいぶ)を打ち抜いた。そして私の十二歳の誕生日、不器用な子供の手によってそれは名誉なき死を迎えるのだが、回顧録を読み終えた今、その日は私が祖父に拭(ぬぐ)えぬ罪を負った日としていつまでも記憶に刻み込まれる。すべて調べたところ、この事件があったのは彼が回顧録を書き始める二ヶ月足らず前のことだった。つまり執筆を開始する直前に、私の手によって彼は一番大切な思い出を失ったのだった。

曇天のある日、私はヘントへ車を走らせ、特に明確な目的もなくあの建物の前をただ通り過ぎ、引き返してもう一度通り過ぎ、しんとした道を横切って、上品に修復されたファサードをじっと見つめる。かつて、ここにあれがあり、ここに彼が持ってきたというその事実が幾度も頭を打つ。それを粉々に壊してしまったのだ、彼の若い頃にはもう骨董品となっていた家宝を。あの残骸はどこへいったのだろう。ぴんと張った紐に繋(つな)がれて息を切らせるドーベルマンを連れた男がそばを通り過ぎ、クークーと鳴く鳩の声が聞こえてくる。遅すぎた後悔の念に苛(さいな)まれ、途方に暮れて立ち尽くす。

★

春、日曜の昼に祖父が連れて行ってくれたカウテル広場の広い敷地では、今と比べて当時は慎ましやかな規模の花市が立っていたが、体の前に杖を突いて紺色の上下を着こなした祖父が、たいていはウィーン風のファサードを有する証券取引所の近くの列の先頭で待っていると、野外音楽堂で吹奏楽団が演奏を始める。祖父は楽団の全演目を正確に覚えており、行進曲やビゼーの《アルルの女》の旋律が流れるや、彼がハミングしたり頭をリズミカルに動かしたりするのを幾度となく目にし、数名の吹き手の奏でるためらいがちな音色に、オーボエ、クラリネット、ラッパ奏者と顔を真っ赤にしてボンバルドン[7]でリズムを刻む男が難易度の高い楽譜の奔流（ほんりゅう）の遙（はる）か上方で揺れる橋を渡らされているような印象を受ける。演奏終了後、満足して帰る道すがらよくこう言っていた。昔ここで、ペーテル・ブノワの指揮する合唱団で歌ったこともあるんだぞ。

ヴラーンデレンの偉大なる吟遊詩人にして聖譚曲（オラトリオ）《スヘルデ川》の作者ブノワ。作曲家にとって最高の栄誉とされる、かのローマ賞を獲得した彼はジャック・オッフェンバックがパリに開いたブッフ゠パリジャン座でも指揮をし、「オランダ語叙情劇場」をヘントに設立する。ヴラーンデレンのブラームスと祖父が呼び続けていたブノワは一九〇一年に没している。よってまだ十歳にもなっていない頃、祖父は式典に参加した合唱団で歌ったのだろう。少し調べてみるとその詳細が判明する。一九〇〇年、バイエルン公爵家のエリザベートとアルベルト王子の結婚式と、これに伴う誇り高き街ヘントへの壮麗なる訪問に際して大規模な混声合唱団が組織されたのだが、ここには然るべき選抜をくぐり抜けた児童合唱団もいくつか参加していた。それは大々的な催しだったのだろう。カウテル広場に配置されたオーケストラの演奏は心打つもので、音楽好きであることが当時すでに広く知られていた若き王妃の嗜好に合わせたものであったに違いなく、その名は後にヨーロッパで最も権威ある音楽コンクールの一つ、エリザ

（7）チューバに似た古楽器。

ベート王妃国際音楽コンクールに冠されることになるのだが、数年前にとある著名なヴラーンデレンの指揮者が国王にこう尋ねるのを私は耳にした。「陛下、この時代遅れの見世物はそろそろ止めてはいかがでしょう」それに対して、音楽愛好家であったエリザベート妃の、不幸にも遭難死した夫と同名にして、孫にあたる国王アルベルト二世は、会食者と厚かましい指揮者に気さくに目配せしてみせ、こう応じた。「なかなかやんちゃだね、君は」

ヴラーンデレンの偉大な作曲家がヘントのカウテル広場で行った紀元一九〇〇年の公演は、とにもかくにも祖父の心にずっと刻まれていた。ヘントの児童合唱団を指導する時、ブノワはあの伝説的な太い眉を怒りを込めて釣り上げさえすれば言うことを聞かせられた。画家ヤン・ヴァン・ベールス（子）の描いた有名な絵には彼の人柄が見事に描写されており、印象的な眉毛、疲れた様子の偉大な作曲家の目の下に刻まれた窪みの深さが見て取れる。堂々たる頭部でよく知られる晩年のブラームスと身体的に似ている点が確かに幾つかあることは否めないが、ブノワの頭部は、言うなればブラームス以上にブラームス的だった。後年、かなりブラームス的なブノワのピアノ協奏曲を定期的に聴く機会があったのだが、その際、日曜日にラジオのそばに座る祖父の姿を思い出さずにはいられなかった。目を閉じて指を一本宙にかざし、小声で旋律を細部まで口笛で吹きつつ——ゆっくりとしたテンポのためにそれは容易ではないのだが——指揮するその姿を。楽曲が低い旋律を奏でる部分では、口笛が音を高く外すこともあったが、心を大きく揺さぶられつつ、ただひたすらこんな風に続けるのだった。

★

カウテル広場の次に向かう「ヴェネツィアーナ」、中世の城フラーヴェンステーンのそばにある、レストランに隣接したこの古いアイスクリームパーラーは、時代を感じさせる落ち着いた作りの店で、いつもここでメロンアイスをご馳走してもらった。「ヴェネツィアーナ」というのは一つの嗜(たしな)みだった。詩人たちがコーヒーを飲み、噂話(うわさばなし)をしにやって来て、クピューレ運河沿いに並び建つ古風な館に住まう秘密の愛人自慢をしてみては、新聞を読んだり天気をくさしたりしていた場所だった。高齢となっていたヘントの作曲家ルイ・デ・メーステル、シェーンベルクの近代楽派に属していたとされる彼はしかしペーテル・ブノワに似た印象的な眼差しを有しており、彼がまだそこにどっかと腰を下ろしているのを私はよく目にしていて、彼よりずっと若い隣の夫人は、その落ち着いたアイスクリームパーラーの元給仕だったらしい。アイス好きにとって何世代ものあいだヘントの嗜みであった「ヴェネツィアーナ」は、二〇〇六年に惜しくも無くなってしまうのだが、経営者(パトロン)のニッキ・ザングランドが内装を新しくすることを決め、茶色い羽目板を剝取(はぎと)って一九三〇年代製の心打つ調度を精神性の欠片も無い近代的設備に交換した時に「ヴェネツィアーナの終焉」が始まったと私は今でも思っている。店名となっているヴェネツィアでこそないものの、この町が属するヴェネト州のコルティーナ・ダンペッツォ近郊出身のこの男は、ヴラーンデレンの地方都市に自分が根付かせた伝統の力を見誤っていたらしく、振り返って見れば、当時流行していた無思慮な改装熱に致命的な一撃を加えられたこの店の記憶はメロンの味とずっと結び付いているだろう——この時代、メロンは富裕層の家庭でしか食べられないものだったので、ある日そもそもメロンがどんな形をしているのか知らないことを告白すると、祖父は私を店からほど近い青果市場へ連れて行き、甘く香るカヴァイヨンメロンをすぐに二つ買い求めるも、家ではガブリエルの小言が待っていた。「ユルバン、あなたどうかしたの。そんなもの誰が食べるのよ」

★

祖父が音楽へ寄せる愛情はたいてい物憂げな気分として現れた。ビゼーの叙情的組曲《アルルの女》の軽やかな管楽器の音色、シューベルト作《ローザムンデ》の憂いを帯びた旋律、ヴェルディのオペラ《ナブッコ》における捕虜たちの有名な合唱、なんであれ効果は同じで、青い瞳を潤ませるのだった。他方、ヴァーグナーには嫌悪感と怒りを抱いており、知らぬまに彼は「鉄槌を手にした」偉大な哲学者ニーチェと同じ嗜好を有していた。晩年のニーチェも、ヴァーグナーの神秘的暗闇を満たすゲルマン的阿片の煙よりビゼーにおける南方の光、生の「肯定」と愛を好んでいたことを記している。オッフェンバックに祖父は朗らかな気持ちとなり、軍隊行進曲には活気付けられた。ベートーヴェンの《田園》、中でも爽やかなウィーンの森でカッコウが囀る楽章は暗譜していた。この曲が流れる時に私は祖父の話を思い出し、子供らしい想像力を逞しくして悪臭漂う細部に思いを巡らせていたことはすでに記した通りである。しかし、なによりも彼が愛していたのはビゼーの組曲《アルルの女》前奏曲だった。耳に残る王たちの行進曲の速度、それに続く愁いを帯びた管楽器の旋律、そして悲劇的なまでに劇的な旋律が目まぐるしく転換するその構成は、祖父自身の内にある人格を完璧なまでに体現していたのだろう。さらにこう言うこともあった。ああ、あの南方の光、お前にはどんなものか想像もつかないだろうね、そして黙りこくってしまう。ラパッロの海岸を想っていたのかも知れない。自分に夢中になった男を死へ追いやるこのアルルの女は、ビゼーのオペラ《カルメン》における同名の女主人公、恐ろしき宿命の女カルメンと明らかに同じ系譜にある——恋を野の鳥と呼ぶ彼女は恋人に選択を迫る。あたしを愛するなら用心なさい、愛さないならなおのこと——この二人の女性の類似については語られず、当時のヴラーンデレンの家庭に浸透していた慎み深い良識に従って黙殺された。それ以外彼に何ができただろう。生を焼き尽くすほどの情熱は彼のすぐそばを通り過ぎ、十分深い傷痕を残していた。オペラ一本分の力が込められた忘れ難き前奏曲の暗い展開に、そのことを私は直観的に感じていた。

★

場所とは、空間であるのみならず時間でもある。祖父の思い出を共有するようになって以来、街を見る目が変わった。考えを巡らせ続けていたカウテル広場は、催し事の場所として子供の頃から知っており、日曜の午前、両親の買った切り花の匂い、完璧に補修された野外音楽堂で演奏される管楽器の古めかしい曲と結び付いている。しかし今はもの言わぬ建物の前面を見比べ、ブリュッセル出身の仕立屋トンビュイの店で数ヶ月間見習いをしていた祖父が呼び鈴を鳴らす、「洋服仲買人」ミスター・カルパンティエの店を探してみる。祖父の描写によると、その家は「カウテル広場の名高い文学協会〈クリュブ・デ・ノーブル〉のそば」にあった。文学協会の方は簡単に見つかる。文学、哲学愛好者向けのかなり閉鎖的な団体「クリュブ・デ・ノーブル」は一八〇二年、「ホテル・ファリガン」として知られる建物内に設立され、ロココ風建築、ハプスブルク家の「テレジアン・イエロー」を思わせる色調で上品に修復され、今なお大きな広場で威容を誇っている。ファサードの左右に置かれたアポロとディアナの彫像は見慣れた組み合わせで、右手のアポロは芸術を、左手のディアナは狩りを表わしている――芸術と狩りはともに古くから貴族の愛した嗜みで、特に高貴な身分であることを示す徴(しるし)であった。ウェブサイトによると、一八八四年に修復の手が入った際にこの二つの像は「化粧直し」され、妙なことに、この時にディアナが持っていた弓がアポロの手に渡り、今度はディアナが竪琴の演奏を学ばねばならなくなったらしい。役割を無理矢理交換させられたのは当然妙な話で、「教養豊かな」成り上がり者が当時この街で急増したことの証左であろう。今日もなお、この建物に所在するフランス語文化

志向の文学サークル「ファリガン」は、現在ではほとんどいなくなったヘントのフランス語話者が担ったブルジョワ文化の名残を今に伝える一つで、この極めて閉鎖的で懐古趣味的な世界について記したものの中には、ヘントの女流作家シュザンヌ・リラール[8]の回想録がある。フランス語作家リラールの中編『匿名の告白』は、一九八三年にベルギーの映画監督アンドレ・デルヴォーによって暗く情熱的な『ベンヴェヌータ（歓迎）』として見事に映画化され、主演ファニー・アルダンの忘れ得ぬ官能的演技、繊細な作曲家フレデリック・デヴレーゼの華麗な音楽が花を添えている。美しい舞台となったのは、想像力を刺激する屋敷の建ち並ぶクピューレ運河沿いの一画で、神秘的な雰囲気を湛（たた）える大邸宅の庭は壁に囲われ、資金さえあれば自分が購入したいところだった。

カウテル広場の「洋服仲買人」の店の方は見つけるのに難儀する。「クリュブ・デ・ノーブル」の左手なのか右手なのか。左手にある店舗の前に立つや目に飛び込んでくるその派手な毒々しい緑色の店名からは、中へ入れてもらえるだけでなく、インターネットをすぐに契約して出て行けることが分かる。一階は世界中共通している商売人特有の趣味の悪い内装で、安っぽい黒大理石張りで台無しになっている。しかしその上の四つの階はそれぞれ美しい開廊（ロッジア）を備えており、宮殿のような趣（おもむき）もある十九世紀ブルジョワ風邸宅の典型だった。ホテル右手の巨大な建物は銀行になっている。通りに面して各階十以上の窓があり、前を通る大衆に厚かましくも富を見せびらかすことが道徳的感性の徴と見なされていた時

（8）ヘント出身の小説家（一九〇一〜一九九二）。ヘントのフランス語話者文壇の最後の世代に属する。

代であったとはいえ、戦前でも恐らく個人の住居用ではなかった。そこで私は左手の建物に当たりをつけ、今は目を覆いたくなるほど醜いが、一階部分が上品で洗練された佇まいであった一九〇〇年代初頭の様子を想像してみると、目に浮かぶ十三歳の腕白な少年は日当十サンティームのため、ずり落ちた黒の靴下に木靴を履き、仕上がった洋服の重い山を抱えてあちこち駈けずり回っており、今まさにそこでカルパンティエ氏の呼び鈴を鳴らそうとしている。戸を開ける使用人は女性だろうか、重い包みを受け取るとヘント訛りのフランス語で感謝を述べ、戸を閉める――彼は一サンティーム、あるいは多めに二サンティームをそっと手渡されたかもしれない。今となっては在りし場所の分からなくなってしまった仕立場に走って帰るや否や、厳しい女主人に言いつけられて薪を割り、ストーブに火を入れ、木炭を運んでから作業場へ駆け戻ると、帰りが遅く、手が汚れているというので大目玉を食らう。仕立屋は無愛想に少年を追いやり、学校へ自分の息子を迎えに行かせる。いつしかこれが日課となり、若きブルジョワ階級の息子の通学鞄を持ち、気を付けて二歩下がった距離を保って歩くのは、さもないと早くもプルースト風の尊大さを身につけた十二歳の少年に杖で打たれるからだった。

祖父は書き記してはいないが、二ヶ月後に母が仕立場へやって来て彼を連れ去った時のことは何度となく聞かされていた。前触れ無く部屋の真ん中に現れた彼女、もうさんざん仕事場で叱られていた上に強情な母のとばっちりまで食らうのは願い下げだったので内気な彼は狼狽する。そうならず、彼女は鼻眼鏡越しにじっと見ている仕立屋には目もくれない。大きな仕立台の上で胡座をかき、裁屑にボタンを付ける練習をしていた自分の息子を真っ直ぐ見て言う。「坊や、いらっしゃい。ここでの仕事は終わりです。帰りますよ」それに対し、仕立屋は床を這うゴキブリでも見咎めるように、木靴を履いた誇り高き庶民の婦人を眼鏡を下にずらして見やると横柄にフランス語で言う。「奥さん、礼儀をわきまえていただきたいもので……」彼女は仕立屋の言葉を遮って言い放つ。「トンビュイさん、毎日十サンティームを大事に貯めておかれた方がよろしいでしょうね、礼儀をわきまえて」そして呆然としている息子の手を引っ張って大股で作業場を出て行くと、背後で扉が音を立てて閉まる。

どの話にも通底する母親への畏敬の念は実に深いものだった。誇り高き振る舞いにその自制心、黒髪の印象的な巻き毛、彼女が通ると人々が道を譲ってくれる様子、その明るい灰色の瞳で黙して見つめられた法螺吹きたちが尻尾を巻いて逃げ出したという諸々の話が倦むことなく記されている。あの日、心臓を高鳴らせて彼女の隣を歩き、取り戻した計り知れない自由に彼の心は満たされていた。母より従順な性格の彼に染み付いていた、上流階級に遠慮する性根は生涯変わらなかった。その人生には屈辱と自分自身に対する疑念が絶えず付きまとい、母から受け継いだ気高さとの衝突にしばしば苦しんだ。高齢になるまで、掛付医がやって来るとなると、大きな呼鈴の引手を始め、表玄関の取手、階段の親柱に載せた砲弾の薬莢を一時間前から磨いて「お医者様」が御成り遊ばす際に屋内外の銅製品がことごとく光輝いているよう支度し、どんな些末な診療の際でも医者を前に直立不動でいたのは、一九〇八年に軍訓練学校への入学を許可した無愛想な軍医を前にしているがごとくだった。

★

ずっと引きずっていた心的外傷的出来事、十歳頃のある晩、玄関の薄い扉がドンドンと叩かれる音で起こされると、母親の悲鳴と興奮した男たちの声が家に響く。寝床から這い出し、爪先立って階段を降りると、台所に、ランプの淡い光に照らされて、椅子に座るというよりも寄り掛かった姿勢の父が「頭に傷を負って血まみれ」でいたのだと、この話をする度に繰り返したので、子供の頃から私の中では、この情景が拷問を受ける主イエスを歌ったバッハの有名な合唱曲と結び付いていた。一人の男が濡れた布を手に取り、切れて激しく出血している父の眉毛をそっと押さえる。別の男は、血だらけの唇のあいだから欠けた歯を引き抜きながら、鼓舞するようにフランシスキュスに声を掛けていた。がくりと垂れた頭を母が支えていた。「パパ、パパ」と声を上げて台所に駆け込むと、男たちの一人が抗う少年を抑えて寝床に戻るよう促した。しかし、気を失いかけて何度も崩れ落ちそうになる夫をずっと支えていた母が、見てしまったのだからここにいてよいと言ってくれる。殴打されたフランシスキュスの手当に追われていたため、父を案ずる彼の問い掛けには誰も答えてくれず、父はいつもの葦の安楽椅子に座らされると水を飲まされる。血は喉元まで垂れ、鼻が腫れ上がり、裂けた口元は血にまみれて茶色のビロードのベストまで滴っており、髪の毛も血で固まっていた。

血まみれの父、彼の柔和な友にして教会のフレスコ画の英雄が。周囲で起きていることは霞に包まれているかのようにぼんやりと断片的に祖父の耳に届いていたが、もう自分たちで大丈夫だと母が告げ、男たちが明日またフランシスキュスの様子を見にくると請け合って家路に就いた後、ようやく父が徐々に意識を回復して状況を把握するのを目にすると祖父は少し落ち着きを取り戻し、事の次第を聞くことができた。

その日、父は昔馴染みたちとスヘレベレ村のいわゆる「陶器市」へ行っており、その帰りに――徒歩で向かったので街に戻ってきた頃には日が暮れていた――ヘイルニス大通りの昔住んでいた地区まで足を延ばしてビールを一杯やることにした。彼にしては大変珍しいことだったが、まあその日は祭日みたいなものだったし、初夏にビールを一杯やったくらいで死にはしない。おおかた彼らは酒場で声を揃えて歌い始めたのだろうが、突然自称「お巡り」が彼らのテーブルに近づき、その汚い口を噤めと言う。その際に机にあった杯の一つを払いのける。それはすべきでなかった。大男ルイ・ヴァン・デン・ブルーケの杯だったのだ。ルイはすっくと立ち上がると、お巡りの首根っこを摑み、何が悪いのかと尋ねる。お巡りは「お前に指図されるいわれは無い、糞キリスト教民主主義者め」と声を上げた。その男は殴りつけようとするも、手を上げる前に一撃を喰らってカウンターに倒れ込む。男が悪態をつきながらよろよろと店を出て行くとルイはもう一杯ビールを注文し、その場は収まった。半時間後、みなが店を出るとすっかり暗くなっていた。リート水路の辺りで、お巡りが率いる五人組の襲撃を受ける。ルイは背後から襲いかかってきたお巡りをひっ摑むや人形のように水路に放り投げた。水から上がると刃物を手に迫る男にルイはもう一発喰らわす。その間にほかの男たちがフランシスキュスを捕えており、二人がかりで馬乗りになって彼を滅多打ちにしていた。大男のルイは男たちに飛び掛かって二人を打ちのめし、お巡りの帽子を拾い上げると戦利品のように自分の頭に載せ、逃げ出していた仲間の二人が用心しながら戻ってくると、気を失いかけているフランシスキュスを一緒に家まで引き摺って行った。家でルイが帽子を調べると、よく知られた社会主義者の名前が記されていた。その男は執行猶予付き禁固刑一年の判決を治安判事から受ける――当時すでに顕在化していた、カトリック主義者と社会主義者間の緊張関係がこれで改善することはなかった。

私の曾祖父世代の人々にとって、社会主義とは威圧的、暴力的、扇動的で恐怖を抱かせる存在でしかなかった。数年来、街には不穏な空気が漂っていた――夜に時折「アカ」が労働者地区を行進するようになっていた話をする時の祖父は嫌悪の色を隠さなかった。彼らの歌い声や叫び声が響き渡り、馬に乗った憲兵隊による突撃が行われていた。あちこちで乱闘があり、ある憲兵は馬から引き摺り下ろされて暴行を受けた。デモ隊に出くわした祖父は木靴で走って逃げ出し、息せき切って帰ってくると戸をバタンと閉める。「民衆の立ち上がった時代に我々は生きた」と苦々しく彼はノートに記している。ラ・ルヴィエールとシャルルロワでの大規模ストライキ、それに連動して起こった民衆の暴動を「抜き身のサーベルでもって」鎮圧するため、動員解除された元兵士たちが再動員された。そこで語られたのはワロニー地方のオルニュで大規模な鉱山事故があったこと、非人道的な環境で鉱夫たちが働かされていること、オーステンデで溺死した漁師たちのこと、繊維工場で酷使されている子供たちが麻縄の切れ端を集める際に巨大な梳毛機で指を失っていること、障害を負った鉄工員や足の不自由な人々が職を失って飢えていること、その他この時代の労働者が直面していた様々な惨状についての事柄だった。しかし路上での抗議活動は祖父のような人々にとって奇異に映り、それを嫌って自分たちのささやかで静かな生活に閉じこもった。

ヘントでも社会主義者と憲兵隊のあいだで血を伴う衝突が当時起こっていた。冷静さを失い、双方に死者が出る。長い夏の晩には「袋小路になっている長屋街にアカの演説家の扇動的な声が響き、下劣な類の人間が群がっては、自分たちより少しでも階層が高ければ誰にであれ憎しみをぶつけていた」

時折短気な人々が、金のある所から取ればいい、金持ちの所にすぐにでも貰いに行こうじゃないかと騒ぎ立てることもあった。十歳の祖父の心臓は恐怖で縮こまる。今に立派な紳士淑女が腹を立ててしまい、自分の両親の仕事が無くなりはしまいかと心配したのだ。こんな具合に当時のカトリックの教義が一家には染み付いていた。社会主義者(アカ)たちは嫉妬深い下品な奴らで、自分たちの身をわきまえるのを放棄し、飲んだくれては大言壮語し、粛々(しゅくしゅく)と自分の仕事をこなす代わりに騒動を引き起こしているのだった。初期の示威運動は、気の小さな労働者にさらなる恐怖を植え付けただけだったらしい。どの行進も「先頭の二列には屈強な男たちが十二人ずつ並び、人々を追い立て、広い通りを歩道までぎっしり埋め尽くしていた。平穏を求める家庭はどこも戸を固く閉ざしていた」

貧しき信者と社会主義者のあいだにいかなる協調も生じないよう、教会も速やかに妨害を行う。この手の諍(いさか)いは、双方のプロパガンダ機関を活気付けるだけで、説教壇から声高に発せられる演説は通りでなされるものに引けを取らなかった。毎日曜日、ヴァンデルマーレン神父は不信心な反逆者たちが、敬うべき信仰の人々であるキリスト教徒をローマ時代のように再び殺害してはライオンの口元に放り投げようとしていると語った。私の祖父自身が庶民階級出身で、彼なりに生涯そのことに誇りを持っていたものの、「アカの輩(やから)」については嫌悪感を抱き続け、この危険な敵が教養に欠け、神もその掟も敬わず、正義感など有していないと非難していた。彼らの粗野な言葉使い、神への冒瀆(ぼうとく)、生涯で使う語彙が三百語にも満たないこと、仕事場を諍いと罵詈雑言(ばりぞうごん)とで台無しにしてしまうこと、稼いだ金を自分の父のように家族のために持ち帰ることなく、酒場で使ってしまうことを嫌悪していた。「〈暴君は去れ!〉と宣(のたま)ってはいたが、人の不幸を飽くことなく悦(よろこ)ぶ彼らは、自分たちが野獣であることを露呈していた」

あの階級から、と祖父は厳しい調子で回顧録に記している。いずれ市会議員や国会議員、大臣も出るのだろうが、民衆から選ばれた新任の彼らはしかし、まともに書くこともままならず、自分たちが初め呪っていた類の人々の助けを得なければならなくなるのは目に見えている。教会に組織された労働者階級の分裂は似たような出来事が起きる度に進行し、激しさを増して行ったのだが、子供の頃の祖父にとって顔を腫らして包帯を巻かれ、寝台に横たわる父の姿がすべてだった。少年の心は彼らに対して頑なになり、後に秩序と正義の敵と呼ぶようになる。

一九五〇年代にこの心的外傷が妄想症となって一時期顕在化する。彼を盗聴するために社会主義者たちが隠しマイクを家に仕掛けたと始終言い張っていたのだが、キリスト教人民党から大臣になるよう依頼されたが自宅が左翼に盗聴されたのだと誰彼構わず耳を傾ける者に言い始めるに及んで、主治医は介入の必要を認めた。祖父はスレイディンゲの精神医療センターに入院し、電気ショック療法を五回施される。衰弱して家に戻ってきた祖父は数週間に亘って誰とも口を利かず、温室で実った小さな緑色の葡萄の下に座って涙を流していた。時折症状がぶり返すと机を拳（こぶし）で殴りつけ、場末の「ごろつき（クルールケスヴォルク）」を激しく罵り――彼自身もそこの出なのだが――労働者階級の同胞を「能無し（クレプシース）」で飲んだくれだと罵倒するので、平安を保つために新聞の類から彼を遠ざけ、ラジオのニュースが極力耳に入らないようにした。

レーオポルト三世の王位復帰を巡る論争(9)の持ち上がった一九五一年、そしてテレビで日々ニュースを目にするようになった六〇年代、その都度（つど）彼の古傷が開いた。社会主義者とカトリック教徒の対立は今やワロニー人対ヴラーンデレン人の対立という形で引き続いており、軍隊学校で受けた屈辱を彼に思い出させる。ロシアの共産主義者たちが至る所で教会の古い聖像画（イコン）を破壊し、聖人たちの目を抉（えぐ）り、主教たちを殺害したことを耳にする。その都度、亡くなった自分の父を人々がもう一度殺さんとしており、そう、機会が許せば父の壁画をも彼らは破壊しそうに思われた。それは瀆聖（とくせい）と相変わらぬ行為だった。

（9）一九三四年に即位した第四代ベルギー国王レーオポルト（レオポル）三世は、第二次世界大戦中の行動によって親独を疑われ、戦後国王の復位を巡って大きな論争が起こった。その際、キリスト教民主主義勢力が強く、オランダ語話者が多数を占める北部ヴラーンデレンでは復帰に賛成の声が大きかった一方で、社会主義勢力が支配的でフランス語話者が多数派の南部ワロニーでは反対が強く、その後の南北関係にさらなる影を落とした。最終的にレーオポルト三世は国家の分裂を避けるために退位を決断し、息子のバウデウェイン（ボードゥアン）一世が一九五一年に即位する。

今一度彼の心に火が付き、意味の分からぬことを語り始めると再び収容されて電気ショックを受けた。

第二次世界大戦後の年月(としつき)について祖父自身の言葉が残っていないのは、本当に重要な事柄すべてについて沈黙したからだ。残されたのは信憑(しんぴょう)性の疑わしいパズルの小片(ピース)のようなもので、おばたちや従兄弟たち、私の両親についての諸々(もろもろ)の話や思い出しかなかった。彼の受けた痛みは燻(くすぶ)り続け、私が大学で左翼思想に夢中になっていた時代には、両親がしてくれたことをすべて台無しにするのかと厳しく非難した。彼の大切な記憶を、その時に私はまたしても打ち砕いてしまったのだった。

偶然などではなかった、と後年私はそう考えるようになる。彼が生まれたのは、かの有名な教皇の回(かい)勅(ちょく)『レールム・ノヴァールム(新しき事柄について)』が出された年だったのだ——教皇レオ三世によるこの小冊子は、何世紀にも亘って貴族と貴族階級を支えてきたカトリック教会が突如として社会派志向を宣言し、社会主義の要求を模倣しつつ、社会主義系労働組合の台頭を阻(はば)む狙いがあったが、そこに付記された厳格な道徳、従順さについての教えこそ、祖父と不信心な労働者仲間らとを隔てるものだった。

★

狭い洗い場で、彼は父親が髭剃り用具をしまっている白いニス塗りの小棚の前に立っている。彼は初めて頬に薄く生えた髭を剃ろうとしている。染みのある小ぶりの鏡を覗き込むと、映っているのは毛量の多い髪が逆立つずんぐりとした頑強な少年で、その瞳は鮮やかな青、顎にうっすら生えた金色の髭の中に大きな皰(にきび)が点々と見える。細長い剃刀(かみそり)を手に、父親が見せてくれたようにまずは慎重に革砥(かわと)で刃を研ぐべく、帯状の革の端に付いている留め金を扉の掛金に固定してぴんと張る。もう十五歳になろうとしていたが背は低いままだった。ちゃんと背が伸びなかったのは、十四歳の頃に製鉄所で重い荷物を運ばされていたせいだと高齢になるまで言い張っていた。髭剃り用のブラシを取り、ぬるい水の入った大きな椀に浸して右頬にクリームを塗り込む。不器用に肌を引っ掻く刃は、黒ずんだ爪の並ぶ大きな拳に握られている。それは得体の知れぬ獣が、彼の内のなにか、まだ夢うつつの寝ぼけ眼で子供らしい無気力さに妨げられているなにかを、五月に吹く夏を告げる風のようなまだぼんやりとした温かな夢を覚めさせたような感じだったが、ひんやりとした洗い場で身を震わせたせいで口元から耳に掛けて温かいものが広がるや痛みを覚え、切り傷を負った彼は自分の身体の脆さを自覚する。ズボンの中でそれが熱を帯びて硬くなるのを感じる。頬の石鹸を拭い、木目の粗い棚に置いてあった青白い明礬石で熱っぽい皮膚を押さえると、反対側の頬に石鹸を付け、父親がしていたように左手で皮膚を引っ張る。その時、頬に白い泡を付けたままの彼は、背後にいる母の顔を鏡越しに捉える。息を殺し、青白い瞳を少し輝かせて息子を見つめていた彼女は、彼が自分の姿を鏡に認めたのに気付く。交錯する二人の視線。顔の前に刃を構えたまま、彼女をじっと見据える。母の瞳に柔和な色が宿り、顔の筋肉を動かすことなく目付きをわずかに変えただけで、薄い雲間から光が差すように笑みのようなものが浮かぶのを、しかしはっきりと認める間もなくそれはするりと姿を消してしまう。そして彼女は身を引き、扉をそっと閉める。

★

隣の家で若い女性が亡くなる。ここ数ヶ月病に伏せっており、背中と腹部の痛みを訴えていた。四人の子供たちはなおざりにされていた。指物師の夫アンリは無愛想な飲んだくれで、遅くまで家に帰ってこなかった。妻のエミリーはまだ三十五歳だった。台所に立つ彼女は窶れ、蒼褪めていた。薄い壁を叩いて助けを求める。痛みに呻き声を上げ、死を請うた。彼女の膝からセリーヌが抱き上げた赤子は未熟児の女児で、ヘレーナと名付けられていた。まだ末っ子のメラニーに授乳していたので、その子にも自分の乳を含ませた。何年も母乳で育てるのは珍しいことではなく、こうして食い扶持を一人分節約することができた。隣の夫人はその後数週間で急速に衰弱していった。セリーヌが食べ物を運んでも、食べるなり戻してしまう。腰にできた腫物の手当をしようとすると痛みで悲鳴を上げた。祖父の話から推測するに、見つかりはしなかったものの、内臓のどこかにできた腫瘍が原因で亡くなったのだろう。死んだ時、彼女の腹部には黒い瘤ができていた。

夫のアンリは途方に暮れ、残された子供たちをセリーヌのもとへ連れてくる。それは重い負担が彼女にのし掛かることを意味したはずだ。自分の五人の子供に、お隣の四人の子らが加わった。数週間後、彼女も疲れ切ってしまう。疲弊した妻を見かねたフランシスキュスは、酒を飲んで椅子で船を漕いでいたアンリの住まいへ上がり込み――この路地の家には敷居が無く、戸に鍵が掛かっていることなどなかった――子供たちを市内にたくさんある慈善施設のどれかに預けるよう促した。彼は不承不承従い、しばらくして自分も転居した。長男は連れて行ったが、長女のレオニーが週二回セリーヌのもとに通ってきて繕い仕事をしたので、またいくらか稼ぐことができた。こうして私の祖父に義理の弟と妹が四人できたため、施設が休みとなる時期は貧しい両親が九人の子供たちを食べさせねばならなくなる。お隣の子供たちについては多くを書き残してはいないが、長男のヨーリスは例外で、彼は数年後にどこかのキリスト教系の組織の経済的援助で中等教育を受ける機会に恵まれたのだが、そのことを祖父は密かに妬(ねた)んでいた。ヨーリスはやや愚痴っぽい少年に育ち、女の子たちに始終惚(ほ)れるも話しかける勇気は持てず、不器用でせせこましく、いつもなにかに付け粗探しをするような性格だったが、時折、ごくまれにだが祖父は彼と南駅沿いを散歩することがあり、日曜の午後にのどかな街をぶらつきながら、彼らは子供の頃の夢のような日々に思いを馳せた。二人が最後に見(まみ)えるのは、一九一五年三月、興奮状態で混乱したロンドン。祖父の方は一回目の療養滞在を終え、戦争の英雄としてベルギーへ帰還するところだった。他方、中等教育を受け、祖父が賞賛していた義理の兄弟は、貧血症の妻を亡くして戦争を逃れようとしていたのだが、ロンドン近郊であっけなく死んでしまうこととなる。

「彼は学識ある友だった」と高齢になったユルバンは、その微(かす)かに震える美しい書体で記している。「昔のように彼と一緒にいると常に気持ちが高まった。健康状態が良かろうが悪かろうが。彼は私にとってより良い生活への希望の星だった」

★

聖ヴィンセンティユス(ウィンケンティウス)女子修道会寄宿学校にあるこぢんまりとした礼拝堂で、フランシスキュスは数ヶ月ものあいだ、自分で組んだ足場の上に立って作業をしていた。壁を塗り、柱の装飾に薄い金色の層を慎重に薄く施し、聖書物語を描いた古い絵を修復し、幾つか絵を描き加えもする。聖書の人物が描かれた銅版画や板絵が載っている本を閲覧する許可は学校の図書室から得ていた。紙に素描し、ありとあらゆる仕草の手を描く練習をしていた。頭部の素描もたくさん行っていた――首を傾げたもの、耳を澄ませているのか、なにかを見ている顔、子供を見つめている顔、死んだ蛇や火炙りにされる異端者を見ている顔、心を閉ざし、物思いに耽っているのであろう顔を。偉大な画家は瞳の描き方に違いがあることを悟り、そこに近づこうと全力を尽くす。知性を宿す眼差しはどう描くのか、そのためにはどの線を引くべきなのか。金属のピンセットに挟んだ木炭の切れ端をよく使用した。ピンセットの反対側にはごく小さな消しゴムが取り付けてあり、木炭で描いた表面をこれで擦り取って濃淡を調整し、明るい部分を表現する。御覧、と彼は息子に語り掛ける。消しながらでも描くことができるんだ――この消しゴムを使った技法は、後年、公園や庭園で一緒に立って絵を描いていた時に祖父が私に伝えてくれることになる。

　フランシスキュスは必要なものをすべて調達し、自分にあてがわれた使い走りの少年に高価な顔料を取りに行かせる。分量を量り、吟味し、ふるいに掛け、混ぜ、水を足し、ちょうど良い色に仕上げて行く。大きさを合わせてたくさん切っておいた板に試し塗りをし、比較検討した後、初めからやり直す。雪が降り、凍り、雪が溶け、雨が降り、風が吹き、温かな季節が戻ってきたが、フランシスキュスはその間ずっと自分の持ち場に日々登り、寝そべって天井画に描くのは、渦巻く雲、風に吹かれる衣服、蛇のようにうねった細帯、輪郭の曖昧な顔、天上の調べを彼に思わせる神々しき主の公現、天球の音楽、彼の想い描いた調べ、握り締められて冷たく引き攣った手になる調べ、線、擦れ、染み、面、皺、光芒と髪の毛の織り成す調べ、思い思いに周囲に立つか寝そべっている寓話上の動物たちから成る調べ。聖人を見上げる鼻先の明るい茶色の子犬。桑の木の前をほっそりと薄い角を一本持つ鹿が逃げて行く——宙を駈けるがごとき神々しい一角獣は、彼の迷信深さが聖変化したものとも見える。時の調べ、色調豊かな調べ、音無き調べ、聞こえるのはただ、礼拝堂を囲む街の遠く微かな低いざわめきで、彼は独り物思いに耽り、夢想する。来る週も来る週も、帰宅する頃には、のけぞりながら絵を描いていたために背中は凝り固まり、日々髭に滴る絵具が固まって痛み、時にはそれが口の中に垂れてきて、苦みのある顔料を吐き出さねばならなかった——そんな時に父が思いついた、顔料を唾液で薄める方法は色々な箇所で、特に聖母の天上の青の外衣で素晴らしい効果を出していたんだ、本当だよ、みんなが自分の妻に着せるために奪いたくなるくらいの出来だった。

　数ヶ月後ついに作業を終え、控えめながら誇らしげに、無愛想な女子修道院長に披露した際、彼女は近くの修道院の院長も招いていた。出来を検分する二人は満足気だったが、あまりそれを面（おもて）に出さないようにしていた——単純な人々はお世辞（せじ）で舞い上がらせてはいけないのだ。そんなことをしたら彼らの忠誠心はそこで尽きてしまうから。「聖ヴァンサン（ウィンケンティウス）女子修道院の善良な修道女たち」は、さほど控え目ではなかった。ベルニーニの彫刻した《聖テレジアの法悦（ほうえつ）》さながら、頭を後方に傾けて天を仰ぎ見、所在なげな教会画家フランシスキュスの傍らに立つ彼女たちは目をくりくりとさせ、甲高い声で賛辞を送って彼をまごつかせた。これほどの素晴らしい腕を持った飾り気のない画家の成功談は、街の教会関係の諸施設にも届く。彼は聾唖（ろうあ）施設の院長を務める司祭に呼ばれると、その場で新しい任務を授かった。

　フランシスキュス、良い知らせがある。

はい、神父様。

一年間リヴァプールへ行きなさい。ある施設での大きな仕事だ。

どこにあるのでございましょうか、神父様。

イングランドだよ。行けば分かる。

しかし神父様、妻と子供たちを置いてはいけません。

フランス、収入はいいいし、ここで半年掛けて稼ぐ以上の額を毎月家族に送ってやることができる。考える時間は八日あるから奥さんとよく話し合いなさい。木工の専門家と通訳も一緒に行ってくれる。さあ、もう十二時だ、今日は早く家族のもとへ帰りなさい。

畏まりました、神父様。かたじけのうございます、神父様。

彼が十二時半に台所に姿を見せるとセリーヌは肝を潰す。どうしたの、どうしてこんな時間にいるの。子供たちになにかあったの。

彼は妻を抱き締め、落ち着かせると、事の次第を語って聞かせる。

フランス、どうかしてしまったの、あそこには霧と工場の汚れた空気しかないじゃない、喘息持ちのあなたじゃ無理よ。

いいから落ち着いてくれ。院長さんによると広い土地で、散歩ができる公園もあるそうだ。労働時間は短くて、日に八時間以上働かなくていい。向こうにいるあいだに元気になって帰ってきてみせるよ。

セリーヌは蒼白になって下唇を震わせていた。どうすべきか分からず、身を翻すと背筋を伸ばして台所の反対側へ向かい、身を屈めて石炭をシャベル一杯分取ると、ストーブの蓋を持ち上げる鉤棒を摑み、煙る開口部に放り込む。細かな火花の塊が顔に向かって舞い上がり、彼女は目を細める。悪魔を思わせるところがある、と不意にフランスは感じる。蠱惑(こわく)的な美しき女悪魔、青白い瞳には燃える炎の輝きを湛(たた)えて。そして、これから起こることに彼は微かな恐れを抱く。

もういいわ、フランス。もう大丈夫。

その晩はこれ以上の言葉は交わされなかった。

続く数週間、セリーヌは毎日ミシンに向かう。仕事用のズボンを三本、濃灰(のうはい)色の粗いリネン地の上着を三着、平日と日曜日用の背広を一着ずつ。ある土曜日に夫と出掛け、聖ヤーコプ(ヤコブ)広場近くの店で大きな旅行鞄を買う。

私を裏切らないでね、フランス。

なにを馬鹿なことを。おいで。

彼は彼女を抱き締め、背中をさする。道の真ん中で、人目を憚(はばか)らず。きっと噂の種になったことだろう。

その翌週はそれぞれの実家を毎日のように訪れねばならない。下らない質問や冷やかしが延々と続いた。諦めたような眼差しをセリーヌと交す。ここ数週間で二人が築き上げたと思(おぼ)しきまったく新たな関係性は、より強固なものであると同時に脆(もろ)くもあったが、見つめ合っている時に互いの胸を高鳴らせもした。夜、ぴったりと身を寄せ合い、一言も発さない。暗闇の中で彼女を撫(な)でると、その片頬が濡れている。寝ていても背筋を伸ばしているんだな、と彼は思う。じきに彼女は枯れ木のように折れかねない。再び彼女を撫で始める。もういいわ、フランス、と彼女が言う。あなたがイングランドにいるあいだにもう一人できたら困るもの。そうして、二人は暗闇の中、相手を切望しながらも仰向けで横たわって暗闇を見つめ、互いの規則正しい呼吸に耳を澄ませ、夜が明けるまで堪えている。日中、彼女は膝に両手を置いて座り、周りの話を上の空で聞いている。広い寝台で独り眠る姿を想い浮かべて早くも身を震わせ、脳裏に浮かぶ、汚れた、無常な、冷たい闇を見て寝返りを打つと、目を固く閉ざす。

出発の二日前、彼に贈り物を渡す。髭剃り用のナイフに専用の石鹸、革砥、一欠片の明礬に、このささやかな身繕い用品一式を入れる布鞄。

なあセリーヌ、そんなにしてくれなくてよかったのに、まったく。

無くさないでね、フランス。私が迷信深いのは知っているでしょ。

★

父との別れは、祖父にとってつらいものだった。揺れる暗い四輪馬車の中でこの「心優しい繊細な人が」母に向き合って座り、隙間からわずかに漏れる一筋の光に淡く密やかに照らし出された押し黙る夫婦の表情が、ジョルジュ・ラ・トゥールの絵を思わせたことを昨日のことのように思い返している。雨のゼーブリュッへ港、祖父も彼の母も泣かなかったが、彼はなにかを永遠に失ってしまったように感じていた。線路脇に立ち、屋根から落ちる雨粒に顔はさらに濡れて雲のように立ちこめる機関車の煙と灰にまみれて別れの挨拶を交し、その人の影が身を丸めて旅行鞄を重そうに列車の中へ引っ張り上げるのを見ていた。長い帰り道、延々と続く石畳の上をガタゴトと揺られながら、母は息子の腕に手を掛けて言う。これからはお前が一家の主よ。大きくなったわ。

「一家には大きな罅が入っていた」と祖父は記している。遠縁の従兄弟から譲り受けて以来、父がその銅の分銅を毎晩慎重に引き上げていた鳩時計の立てる味気なく果てしないカチカチという音が残された家族の日々を満たし、彼らの耐えねばならぬ時を減じ、便りを待ちかねる母の気も知らず郵便配達人は戸口の前で歩を緩めることなく通り過ぎて行く、そんなつらい朝の時を刻んだ。郵便が届くと、母は飛び上がって床に落ちた手紙をひっつかむやオイルランプが一つ点っているだけの暗い玄関間で独り座り込み、子供たちが学校へ行くのをよそに手紙に読み耽る。脈打つ首元。ほつれた髪が一房顔に掛かる。夫の不器用な悪筆を読む。夜が長い。ここでは独りきりだ。書くべき言葉がなかなか見つからなくてね。許しておくれ。手紙は最初に鉛筆で書いてから清書するんだが、次はましな言い回しを見つけてここでの生活の様子を書くことにする。大事な訪問をする時のように、まずきちんと体を洗ってから着替え、お前が縫ってくれた素敵な上着を羽織る。住まいは絵を描いている礼拝堂からほど近い所にある。寒くて飾り気のない礼拝堂だが、崇高さを加えられたらと思っている。陽気が悪いと、そこへ行ってお前の為に主に祈りを捧げている。毎晩、九時半に床に就いてお前のことを想う。西側の彼方に見える海は始終灰色だ。セリーヌ、お前に神の祝福と御加護があらんことを。そして子供たちにも。

★

彼と母との関係は親密さを増していた。ある夏の雷の記憶、それは二人で過ごした生活の情景として残り続ける。幼い弟妹たちは眠っており、製鉄所の仲間たちが仕事終わりに飲みに行く「大衆酒場」の様子を狭い裏庭で母に話していると、からかうように、もう女の子に興味があるのかと訊かれた刹那、目が捉える間もなく稲妻が生温かな薄闇を切り裂くや数秒遅れて耳をつんざく雷鳴が続いたので、自分が愛しているのは母だけだからそんなことは今もこれからも決してないという感傷的な告白は、喧噪に埋もれてしまう。家の裏手の並木道に茂る白楊が風に揺れ、梢からモリバトが下方へ飛び去る。二人が屋内に駆け込むと同時に雨が降り注ぎ始め、屋根に、裏庭に、通りに、この世ならぬ微光に浮かび上がる二人きりの世界に激しく打ちつける。目を覚まし怯えている子供たちを落ち着かせに行こうとしたセリーヌの顔を、風で大きく開いた階段の踊り場の窓が強かに打ち、雨が中に降り注ぐ。少しよろめき、身を持ち直すと階段は水浸しになっている。稲光に照らし出された彼女の額に血が滲んでいるのが目に入り、二人力を合わせて窓を押し戻すも留金が駄目になっていた。唸る強風と豪雨の打ち付ける窓を押さえているよう彼女に頼むと階段を駆け下り、窓枠の溝に打ち込める楔を薪置き場で探す。三段飛ばしで階段を駆け上がり、溝に木切れを打ち込むが、風は唸りを上げて吹き荒び、緩んだ瓦が夜通しガタガタと音を立てた。あばら屋の中で二人ずぶ濡れになって立ち尽くす。セリーヌは彼を腕に抱き締める。

　七十の祖父はこう記している。彼女に、美しい母に、きつくその胸に抱き締められると強い感情が込み上げ、心臓は激しく高鳴った。父がとても恋しく、母の額の血に気付いて、それをぬぐうとこらえきれず咽んだ。少年というものは、強い母親が不意に少女のように頼りなくなって傷つく様を目にすると酷く動揺してしまう。母は優しく微笑んで言う。お父様に似て繊細ね。こんなのはただのかすり傷よ、お馬鹿さん。そして、雨に濡れた私の髪を撫でる。これを記しながらあの時の母を想うとまた泣けてくる。夜、青い稲妻に照らし出され、束の間動きを止める母の立ち姿は、古風で清らかな肖像画を思わせた。

この箇所を読む私の脳裏にも祖父の言葉が唐突に蘇る。記憶の中の母を何度も描こうとしたんだが上手くいった試しがなく、彼女に相応しい表情を見つけられないまま、最後に試したものはずたずたにしてルーヴェン・ストーブに画布を投げ込んでしまったよ。その一方、彼が少なくとも五度模写しているラファエッロの《小椅子の聖母》において、母の腕に大事に抱(いだ)かれた子の眼差しは模写を重ねる度(たび)に曖昧さを増している。

★

その少し前、祖父は製鉄所の友人と彼の一番上の従兄弟を訪ねに行ったことがあった。件(くだん)の従兄弟は古いゼラチン工場で働いていた。

一度見にきな、とその従兄弟は言っていた。一度見たら忘れらんねえから。

そんな訳で、二人はある休みの日の午後に出掛けて行く。青と黄金の美しい十月、古い並木道沿いに茂る栗の木の葉は温かな風のなか微動だにせず、まるで世界自体が息を止め、あらゆる細部の内にあるその日の儚(はかな)い美を、目、鼻、感覚を有するその場の生きとし生けるものに知らしめんとするようだった。友人と休みの午後を過ごせると知った祖父はたちまち喜び勇んで飛び跳ね、少女(メイシェス)と少年(ケーレル)で韻(いん)を踏むツグミ(レイステル)とクロウタドリ(メーレル)の歌を歌い、イワミツバと杓(シャク)の白い花が枯れている路肩に沿って小躍りしつつ歩いて目的地に到着し、最後にどちらが工場の錆びた大きな門に先に着くかと競争していると、小屋の埃(ほこり)まみれの窓から様子を見ていた管理人が何の用かと尋ねてくる。

アルフォンスに会いにきたんだ、と友人が言う。俺の従兄弟(コッゼ)。

ちゃんとした靴は履いてるか。

初心(うぶ)な祖父は履いていた木靴の片方を脱いで窓にかざす。男はなにかぶつぶつと言いつつ薄暗い建物の方を顎で示す。その時、錆びた門が開いて巨大な荷車が姿を見せる。鉄で補強された木製の車輪が回転すると、石で舗装された道に耳を聾(ろう)する轟音(ごうおん)が響き渡る。荷車を引くブラーバント産[10]の農耕馬がこちらに真っ直ぐ向かってくるので、二人は脇に飛び退(の)く。口に咬(か)ませた馬銜(はみ)の辺りにあぶくが溜まり、獣が重々しく陰気な頭をもたげると、ぎらぎらと燃える黄がかった瞳が遮眼帯(しゃがんたい)の狭間(はざま)で輝いている。少年たちは敷地内に駆け込む。革のチョッキを着た男が扉を押し、門は重厚な蝶番(ちょうつがい)を軋(きし)ませて再び閉まる。男は二人を無表情に見やると、早く立ち去るよう身振りで合図した。

振り向いた時に初めて中庭にある巨大な堆積物を認め、二人は身を強張らせる。ありとあらゆる種類と大きさの動物の頭部が、不衛生な構内の中央にピラミッド状に山積みにしてあった。荷車からぶちまけられたばかりの滴る粘液状の塊の中でてらてらと輝く、馬、牛、羊そして豚の頭。辺りでぶんぶんと唸(うな)る蝿の大群は、あまりに密集しており羽音も激しいので、積み上げられた頭部の周囲で青光りする霧がブーンと鳴っているようだった――生気(せいき)の失(う)せた大きな目、一点を見つめる柘榴石(ざくろ)、血走った目、落ち窪(くぼ)んだ目、死の眼差し、なにも映さぬ瞳孔には蛆(うじ)が湧いていた。目玉だけではなく、そこには口元や鼻先の山もあり、そこから茶色の粘液が垂れている。飛び出した舌に血にまみれた鼻孔、折れた角、どの部分か分からない肉片。つと立ち昇る悪臭に二人は息を詰まらせた。男が一人近づいてくる。羽織った灰色の上着は染みだらけで、肘まで覆うごわごわとした手袋を嵌めていた。角か耳か鼻を指掛かりにして頭部を何個か無造作に摑み、切断された首に指を突っ込んでしっかり握り、空の眼窩をひっつかんでいた。十個ほどの頭を男が放り込む木製の長い手押し車からは血の混じった液体が滴り、開けっ放しの扉を抜けて煉瓦造りの建物の中へ運んで行く。少年たちは数メートルもの高さの山を前に立ち尽くし、ゆっくりとずり落ちる数多の頭部に目を奪われている。酸素が、先程までは意識していなかったこの澄んだ物質が二人の血管や肺、眼球と心臓から知らぬ間に抜き取られ、臭いの取れなさそうな、息の詰まる濃い液体に入れ替わってしまったかのように感じていた。

　無言のまま、汚れた舗石の上を引き摺るような足取りで二人が向かった屋内の作業場は喧噪に満ちており、金属の刃が擦れる音、肉塊が巨大な桶にぶつかる威圧的な衝撃音、騒乱を抜けた奥の暗がりでは朗々と低い音が轟き、振動していた。二人の目が暗さに慣れると、そこでは十名ほどの男たちが立ち働いており、長いテーブルの前にずらりと並んで種類ごとに動物の頭部を分別していた。馬の頭は馬の、羊は羊、豚は豚に選り分けられると、ぶつかり合う骨の付いた塊から液体がさらに迸り出るようで、重く鈍い音と共に列を転がって行くと、その端で待ち構えた屈強な男たちに巨大な肉切り包丁で三等分

(10) 現在のベルギー中部からオランダ北部にかけて領土を有した、ブラーバント公国に由来する歴史的地域名。

される。男たちの作業服には撥ねた汚物がべっとりとこびり付き、液状の石のようなものから彫り出された服とも見えた。半階ほど下がった位置で巨大な鍋が火に掛けられており、そこに彼らは刻んだ頭部を投げ込み、下では別の男たちが忙しなくスコップで石炭をくべている。穴から噴き出す炎の黄がかった光に照らし出されるその顔は照り輝いていた。

　すると、少年たちは足下でなにかが動き、滑り、右へ左へと蠢いていることにようやく気付く。動物の頭から湧き出した無数の白い蛆が床に厚い層を成して這い回っていた。二人はまず履口の広く開いた自分の木靴、それから男たちの履いている長靴に目を向ける。嫌悪感から辺りを踏みつけるが、そんなことをしても汚物が一層べっとりとへばり付くだけなのを見て、摺り足で歩き始めるが、もう一歩も先へ進む勇気は無かった。片方の手で頭を選り分け、もう一方の不潔な手で落ち着き払ってパンを齧っていた男が、少年たちが立ち尽くしているのを見るや、出て行けという風に身振りで示した。手押し車の男がばたばたと再び二人のすぐそばにやって来て、足下に積荷をどさっと降ろす。黒い雄牛の頭が転げ落ち、作業台の脚にぶつかる。たちまち白い蛆の群がる様は、すべてを覆い尽くし食い尽くさんと別世界から送り込まれた無慈悲な軍勢を思わせた。それは白昼に訪れた日蝕、言語に絶するなにかが押し出される暗黒物質で、屑が屑へ、死がどろりとした汚物へと加工されているのだった。

　少年たちが外へ出ようとすると、友人の従兄弟が二人を呼び止め、ユルバンの肩を叩いてがなる。来たかいあったろ！

　自分のシャツに触れた手が放つ饐えた悪臭に吐き気を催しつつ頷くユルバンは、鳴き声を発することも止め、この臭いを消してくれるならなんにでも従う大人しい羊となっていた。とはいえ臭いは止まない。従兄弟が二人を工場の奥へ連れて行くと、そこで回転しているいくつもの車輪と伝導装置である巨大な革のベルトが上下に揺れて生じる騒音によって、鍋の立てる衝撃音と鉈のリズミカルな乾いた打撃音が不意に搔き消される。ここで沸騰した汚物がいくつもの桶に注ぎ込まれると、どろどろとした混合物がブクブクという音を立てて沸き立ち、渦を巻いて穴に飲み込まれて行く。桶の反対側の錆びて腐食した筒口からは、従兄弟の耳元でがなるところによれば、ゼラチンの基になるものが流れ出している。五十リットル入る丸い樽に注ぎ込まれると、大きな革手袋を嵌めた男たちが円形の蓋をネジで留めて樽に封をする。

　従兄弟はこの広い作業場の現場監督を務めているようで、彼が大きく手を振って示す先、石畳の隙間から草の生えてきている所には獣皮が用意されており、さらに奥にある広間でなめし作業を行うようになっていた。樽を満載した大きな荷車が馬に引かれて轟音と共に通り過ぎる。あの美味そうなやつをこれから加工場に運んで、向こうで汚物を濾過して臭いを取るんだ、と従兄弟は言う。それからこの国の隅々に行き渡ってありとあらゆるものに使われる。お上品な奥様方がお鼻やほっぺに塗りたくってる高い化粧クリームにも入ってんだ、と彼はにやりと笑みを浮かべる。お前らが持ってるアラビア・ゴムの小瓶とか、天から降ってきたマナみたいに喜んでしゃぶってる飴玉にも、お前たちのお袋が作ってくれるジャムにも入ってっけど、なんにも知らずにパンに塗りたくってる。みんなここに転がってる動物の頭から垂れ流れたものにまみれてんだよ、なあ坊主たち、汚物まみれに気づかねえのは、臭いを取って濾過して殺菌しちまうからだが、お前らが美味がって口に入れてるもんが死そのものだなんてもう誰にも分からなくなってたところで、若いご婦人方が綺麗なお胸に塗りたくってんのは実際この不潔なもんなんだ――彼の口から飛沫が飛ぶ――結局全部同じもんだがみんな知らない、それはそれでいいこともある、でないと世の中回らなくなっちまうからな。彼は黄色い歯を剝き出しにして引攣ったように笑いながら、言葉を失っている少年たちに憐れむような眼差しを向けたが、その瞳の奥に宿る悪魔的な輝きに祖父は自宅の小さな裏庭で飼っている山羊の無意味な行動を思い起こした。

その意味の無い、精神薄弱者の笑い方を、後に彼は今でも考えられないような状況下で、冷たい泥濘の中で眠りと覚醒の狭間を揺蕩いつつその日目にしたこと――この世の汚らわしさ、望むと望まざるとに拘わらず自分が呑み込んだもの――に思いを巡らせている時に再び目にすることとなる。

そして、杓とイワミツバ、はぐれた天使たちの群れがごとく道端で揺れるあらゆる草花が、柔らかな葉擦れの音を立てる白楊の樹で単調に鳴くキジバトが、その季節も終わろうとしているアタランタアカタテハにコヒオドシ、梨の木のニワムシクイ、晩夏の路肩で微かな音を立て、動く、生きとし生けるものたちの声が、世界はまだそう悪いもんじゃないと呼び掛けてくる――まるで耳にも目にも二人にはなにも入ってこず、感覚器官が奪われてしまったかのようだった。押し黙ったまま並んで歩き、道の分かれる所でただ頷き合って別れ、街の入口で最初に見えた家々が、日が傾いて黄がかった夕暮れ時の光に暖められて揺らめく様は、何者かに置かれた巨大なランプが誰も知りたがらない秘密に光を当てているかのように見えた。

★

その日以降、頭になにかが引っ掛かっていた。不潔な構内に動物の頭部が並ぶ光景。記憶の中で、息を詰まらせる醜悪な塊に柔らかな昼の光が降り注ぎ、目に入るものと言えば、色彩と色合い、光と影のごく微細な移ろい、灰と赤、セピアとナイトブルー、ほとんど黒に近くなった濃い紅、白に近い微妙なる黄色は死んだ動物の鼻口部の汚れていない一房の毛の色。父親が繰っていた古い本に思いを馳せる――具体的に一つの絵が小さな頃の記憶に焼き付いていた。レンブラント作の有名な雄牛のトルソ。描かれているもの自体は美しいとは言えなかったが、力強さと美とを兼ね備えた一枚。その矛盾が彼の心の深い部分を捉え、悩ませた。唸りを上げる製鉄所の火口を見つめ、周囲に火花の舞い散る中、徐々にはっきりとしてきたのは、死んだ動物の目が数多見つめる悲惨極まりない腐肉の山に抱いた嫌悪感の衝撃が彼の内でなにかを目覚めさせ、彼を惹き付け、苛み、新たな扉が彼の内で開いたということだった――初めて、抑え切れない強い欲求が心に生じる。線で、色で描きたいという欲求、それを自覚したその時、再び溶けた鉄の入った柄杓を手に握り締めており、膝の歪むような感覚を覚える。それを唐突に自覚したことで力が漲ると同時に、良心の呵責をも覚えた。父と同じことがしたいことに気付くと、父を恋しく思う苦い痛みが一瞬入り交じり、赤く燃える柄杓をその場で床に投げ捨て、逃げて行きたくなる先とは静謐で澄んだ光の満ちる所、子供時代の日々の多くを父のそばで座って過ごした教会や礼拝堂のような所、父が天使の手を修復しているとステンドグラスを透過して色付いた光芒が降り注ぎ、壁に触れる細かな筆使いの音が屋内に響き渡るほどの静寂が統べる所だった。嗚咽に似た、電気ショックのような痛みを伴う震えが走るのを感じる躰の奥深くは、無意識が日の目を見るために時間を掛けて熟していた場所で、ハンマーの音に怒鳴り声、ものを引き摺り、放り投げる音、ガタガタと鳴動し、もののぶつかり合う音が飛び交う凄まじい喧噪の中——彼は天上の静寂を夢見ていた。炎の揺らめく仕事場で、数多の影があくせくと立ち働く暗い空間のただ中で。

そして彼は涙を流す。すすり泣きながら、燃え盛る忌々(いまいま)しい柄杓の無骨な木の柄(え)を痛む手で握りしめ、集中し、姿勢を正してせねばならぬことをせんと努める。しかし、その時ふと気付いてしまう。せねばならぬことを最早したくないこと、留守にしている父のようになりたいということを。線で、色で描きたい、その考えが幾度も彼を打つ。絵を描きたい、絵を習いたい、そして彼を揺さぶり、かつ浄(きよ)める暗い力と闘う。そしてその日は終日(ひねもす)鉄を選(よ)り分け、パンを頬張り、製鉄所の男たちが従順なロバか羊さながら日がな一日、十二時間ものあいだふらつきながら足を引き摺って通るあの歩きづらい通路を渡るそのあいだも、彼の口からもう一言も発せられることはなかった。

ユルバン、具合でも悪いのか？

彼は首を振る。

男たちは彼をそっとしておく。

帰り道、完成した注文の形鋼(かたこう)をなんとしてもその日に受け取りたいという面倒な顧客のせいでまた帰宅がずいぶん遅くなり、足下のふらつきを覚える。高熱に木靴が割れ、右足の土踏まずに破片が刺さって痛んだ。家に帰ってもなにも言わない。自分の部屋へ行き、静かに寝床にもぐり込む。父を想う。流れる涙はそのままに。

★

幾度となく父親に止められたにも拘らず、一九〇六年から、製鉄所のきつい労働のあとで聖リューカス(ルカ)夜間学校の素描講座に通い、修道士素描講師(フレール・プロフェスール・ド・デサン)のもとで延々と「線を引くこと、ただひたすら線を引くこと」を習うも、時が経つといい加減辟易(へきえき)してやる気を失う。それは彼が夢見たものではなかった。父の反対を思い出して微(かす)かに罪の意識を覚える。「なんでもしたいことをしていいが、絵だけは絶対に駄目だ。父さんの有様を見てるだろう。お前が生きてるのは十六世紀のフィレンツェじゃないってことを忘れるな」 それでも父と教会で過ごした時間の思い出を恋しく思う気持ちはますます強まり、彼の背中を押す。そんな訳で不器用な手にポケットナイフで尖(とが)らせた石墨を握りしめ、顔を真っ赤にしながらそれから数ヶ月間、週に二度素描紙に向かう。最初の課題は水平線を引くこと。右斜めの線。左斜めの線。垂直線。交差線。間隔を様々に空けた線。上手くできるようになったら同じ課題を木炭で行う。もう一度だ(ルコマンセ)、ユルバン！

線、線、線。窓に、雲に、同僚の目に、自分の夢の中にも線が見えた。

紙に突っ伏して眠り込むと、夢に見た鋳鉄(いてつ)の海で波が砕け、果てなく続く黒い浜辺に波頭(なみがしら)が激しく泡だつ。夜間学校のあとでほかの若者たちが一杯どこかへ引っかけに行こうと喋(しゃべ)りながらだらだらと歩いている姿は目に入らない。家に帰っても線が見え、線に嫌悪感を抱くようになっており、仕事にも支障をきたしてこのところ二度も鋳型(いがた)を駄目にしてしまい、職工長の大目玉を食らっていた。しばらくすると絵の授業を休みがちになったが、やはりもう一度と授業に復帰するや修道士の講師(フレール・プロフェスール)にまた叱責される。幻滅に耐え、寝床で気を揉(も)んでいるあいだに下の階から母がミシンを使う振動音が聞こえてくるのは、彼の授業料を払うために副業が必要だったからだ。果たしてその価値はあったのだろうか。線を無意味にひたすら引き続けているだけだというのに。質の悪い紙切れに延々と線を引かされているだけで天使の手を修復できる日など来るのか。晩に再び長めに働けるようになったことを伝えるや職工長の顔に浮かんだ、こうなることは始めから分かっていたと言わんばかりの笑みを諦念と共に耐える。ただ、授業を通じて友を得た。その若者は紡績機の事故で右腕を失っていたが、左手で描く彼に勝る者はいなかった。彼の線は一味違っていた――完璧な構成、リズム感の異なる様々な線、長さ、厚さ、強度に変化を付け、淡い線から濃い線まで、特徴的な線、長い線、短い線、線で描かれた一群の兵士の話す言葉は聞こえはしないが、それだけに一層目に浮かぶものとなっており、幾層も線が重ねられ、まるで彼にはそこに完全なるいくつもの空間が、果てしなき広がりと眺めとが見えているかのようだった。それは群衆に、軍隊に、行進する人の群れとなる。それは隻腕の少年の精神の内にしか存在しない構築物となり、道沿いに立ち並ぶ杭、横から見ると無限に並んでいるように見える兵舎の窓、未来派的な街、夢幻的な空間構成の建造物、様々な階層を有し方向を見失わせる遠近法の世界となるが、ユルバンのはただの線が水平に何本も引かれているに過ぎない。その若者は学期の終わりに上のクラスへ行くことを許される。正方形、立方体、長方形、菱形、その次は量感の描き方を学ぶクラスだ。そして彼は馬鹿馬鹿しい練習から様々な奇跡を、この種の素描の秘密を見ようとこじ開けたくなる謎めいた箱が一杯詰まった倉庫を再び作り出してみせる――正方形、さらにもう一つ正方形、小さなサイズで描かれた広々とした部屋と広間、壁龕、凹凸した四角形、どのように成したのか、隻腕の少年は一種の幻視へ、木炭と想像力のための変奏曲へと引き摺り込まれて行くようで、彼が上半身を軽く前方に屈めているのは、内部へと、彼が目下描いている世界の謎めく深層へといつでも跳び込む準備ができている印とも見える。上半身の反対側、ピンで留めた袖に包まれている腕の切断部が微かに連動し、完全に独立した動きをして小さな弧のようなものを描くのは、なにか不可思議な力に突き動かされて、別の手が引いた見事な線になんらかの仕方で意味と力とを密かに加えているかのよう。祖父は自分の成果がそれに比していかに貧相かに気付いており、恐らくはその少年に畏敬の念を抱きつつ自分自身に失望していたのだろう。しかし同時に、その少年の没頭する姿は頭から離れず、親愛なる修道士先生の助けを借りずとも、彼が早くも独力でそうした構図を考え出したであろう事実、というのもそれは課題ですらなかったからで、彼の手が直に生み出したそれは原因も理由もなく出現した世界、ただそこに存在したものだった。

金曜の夕方には金曜広場にある、オッフェンバウム氏の店のショーウィンドーを時々ひやかした――「デ・ハウデン・プロイム」という名の老舗の画材屋は今も同じ場所にある。柔らかな照明の当てられたショーウィンドーに鎮座する貂毛の絵筆やコンパス、鉛筆、小箱、刷毛、亜麻布にスケッチブック、手をポケットに突っ込み、祖父が後悔の念と共に見つめるその美しい品々、吐き捨ててしまった夢。

ある日、隻腕の少年がやにわに隣に立っている。

ユルバン、なんで来なくなったんだ。

彼は肩を竦め、黙ったままショーウィンドーに目を落とす。

少年が言う。来いよ、また始めよう。

強情に彼は首を振る。

しかし隻腕の名手が去ると深く息をつき、勇気を振り絞って店内に入るとわずかな小遣いで――稼ぎはほとんど家に入れていた――スケッチブックと新しい鉛筆を数本買う。

翌週、ヴォルデル通りとヴェルト通りのぶつかる角にある、ショーウィンドーに画集の陳列された洒落た書店にぶらりと入る。ぱらぱらと本を捲り、辺りの様子を時折おどおどと窺いつつ挿絵に没頭して頭に叩き込んでいくのは、ヴァン・ダイクの魅惑的な作品の数々に描かれた手と目、ティエポロの描く髪とターバン、風になびく衣服、逞しい肩に絡み合う蛇のつがい、ヨルダーンスの手になる少女が慎ましく伏せる目、ピエロ・デッラ・フランチェスカの一枚でなにかを見つめる人物が浮かべた不思議な表情、フレスコ画の背景に描き込まれた邸宅が有するパッラーディオ様式のほっそりとしたアーチ、デ・ホンデクーテルが象徴的に描く、家畜小屋の威厳に満ちた孔雀にホロホロ鳥、そして惑える己が魂の眼前に舞う色と形。

当時の店の所有者で、街で知られたアードルフ・ホステが突然彼の横に来ると、頭のてっぺんから足のつま先まで検分し、汚れた服に目を留め、少年が漂わせる鉄や粗油のきつい臭いを嗅ぎとり、店の美しい寄せ木張りの床の上の木靴を見やって言う。あとどれだけうちの高価な本を撫で回すつもりかね？なにも買う気が無いならとっとと出てってくれ。

屈辱を覚えて外に出、口の中で悪態をつくと、突然力が漲り、素描や版画、絵画やフレスコ画などを記憶している通りに模写してやろうと思う。待ってろよ、今に目にものをみせてやる。家に戻ると引き出しからスケッチブックを取り、台所のテーブルに腰を落ち着け、ほかの子供たちが鬼ごっこをしたり、テーブルの下の彼の足下にもぐり込んだりする中で、聖書中の人物の顔や、雷神や総大司教、呪いを打ち破る力を持つ人物を素描する。出来上がりは酷(ひど)いもので、顔は歪み、滑稽で無残なそれは死んだ牛の潰された頭部に似ていた。乱れた線で台無しになった高価な紙を、轟音を立てるルーヴェン・ストーブの火中に投げ込んでしまう。

冬のあいだ中、夕食後にまだ元気が残っている時はそのまま絵を描くようになる。まずはテーブルの上に置いた自分の左手を模写しようとする。できたのは酷く醜(みにく)い形をした手と思(おぼ)しきものかグリフィンの足やらその類(たぐい)で、ふざけてそれに加筆し、本当に恐ろし気な手にして子供たちに見せることもあった。ほら、怪物だぞ！　彼らが悲鳴を上げてくれるのが励みとなった。スープ鍋を模写してみる。それは滑稽な石炭の線から成る、傾(かし)いだおかしな塊となる。二個のタマネギは石炭の塊らしきものに。よし、と次は石炭の山を想像で描いてみるが、それも簡単ではない。今度はタマネギに似た石炭とならぬよう注意せねばならない。次第にリンゴはリンゴらしく見えるようになってくる。テーブルの上のデッサン用の鉛筆の模写を試み、じゃあ鉛筆に沿って少し影を付けてみるか、とここで線を引く練習が役に立つ。ゆっくり、ゆっくりと、心にわだかまっていた屈辱感を克服し、自分のしていることに喜びを感じ始める。上手くいかないことにも喜びを覚えるのは、そこからまたなにか学ぶことができるからだった。長い冬のあいだ、その都度(つど)形を変えるものの内に、似た形のものが次第に変化したものや歪んだものの内に、様々な変種の内に姿を現したその世界は、長い一日の仕事を終えて家に帰ればそこにあり、昼休みにはもう楽しみにし始め、サンドイッチを生温(なまぬる)いコーヒーで流し込みつつ、仲間たちの大きな笑い声や、女たちのスカートの中に手を滑り込ませた話やトイレの扉に空いた穴、食料庫で体を火照らせる女給たち、酒場のそばでむき出しになった雌馬（めすうま）たちの美しい尻、その類（たぐい）の自慢話を耳に入れないよう努めた。

鏡の前に陣取り、自分の顔の模写を試みる。紙の上から笑い掛けてくるものを丸一時間こねくり回し、消してはやり直し、輪郭を捉えようと試みるも、そのあまりにも無惨な出来に自分でも笑ってしまうよりほかなかった。肩越しに母が覗きにやってくると紙を素早く隠してしまう。

あら、ちょっと見せて御覧なさいよ。

だめだよ、母さん。お願いだから見ないで。

彼は隻腕の少年を、線と四角からなるあの夢の世界を想う。

描きなぐった紙は、寝室にある古ぼけた作り付けの棚の引き出しの奥深く、下着と靴下の下にしまい込む。翌日、もう一度始めから描き直す。何度も何度も、冬のあいだずっと。春が来て、人々は外へ散歩や泳ぎに出掛け、今年最初の暖かな春の日が訪れると、みな女の子を連れてレイエ川へ船遊びをしに行ったが、彼は家で独り座して絵を描き続け、みなのいる戸外では白い雲が空を流れ、生暖かな空気が街に魔法を掛けている。彼は描き、上達し、台所に座ったまま一人っきりで、時折自分の内に感じる強く底から漲る力は、自分が「何者かに」、他人にはできないなにかのできる人間になったような気にさせた。まるで数カ月を経て突然山の頂上に苦労して到達したかのように。いや、まさか、そんな馬鹿なことがあるわけない、と彼の内の別の声が言う。こんなのは頂上じゃない、お前はまだ道の途上で、絶壁のこのささやかな場所では一息ついて下を見下ろし、もうここまで登ってきたのか、なんて言えるんだ。この考えに静かな誇りを覚える。しかし見上げると、つまり、あの追い出された本屋で目にした複製画のことを思うと、長く険しい道が自分を待ち構えていることが分かる。そして彼がそれを恐れることはもはやない。父に再会してスケッチを見せるのをどれほど望んでいるのかに気付く。彼の密かな企てについては、母がとうに手紙で父にばらしてしまっていた。父に会いたい、もう一度。夢も見ない深い眠りに彼は落ちる。

★

例のアードルフ・ホステの店の後にできた、「ヘルケンラート書店」へ祖父と二人で出掛けるのは、なにか厳粛な儀式を思わせるところがあった。「ヘルケンラート詣で」に際しては、祖父は必ず黒のハーフブーツをぴかぴかに磨き上げた。どこに行く時よりも洗練された上品な格好をしてこの本屋に入ると、著名なオランダ語詩人カーレル・ヴァン・デ・ウーステイネの友人であることが自慢のヘルケンラート氏は、店の奥の方で客が引っ張り出した本を慎重に棚に戻している。店主の妻の柔和な眼差しを背に受けつつ、祖父は恭しく数冊の本に目を通し、輝く背表紙の前に立ち、自分の気を引くものを見つけると少し鼻を鳴らす。店に入った時には必ずなにかしら購入した。店主のフランス語話者の妻は、洒落た格好にやや辟易した風情で、共感と同情の入り交じった眼差しを、彼のボルサリーノ帽や杖、ナイトブルーの背広、そしてやや目立つあの芸術的な蝶ネクタイに投げ掛ける。会計脇に山積みにされているシュザンヌ・リラールの小説の表紙を、指輪を嵌めた優美な手でおざなりに撫でつつ、祖父が札束を広げ、二枚差し出してくるのを待っている。優雅な貴族趣味の書店の綺麗な包装紙で本を包むと、微笑みを薄く浮かべて彼に渡し、聞き取れないくらいの小さな声で「ごきげんよう（オルヴォワール・ムシュー）」とフランス語で言うのは、古くさく過剰なほど気取ったヴラーンデレン訛（なま）りのオランダ語を祖父が話していたにも拘わらず、彼女が彼を立派な人間として好意的に見ていた証（あかし）だった。彼はフォンテンブロー派の絵が収録された本を受け取り、軽く会釈すると私の手を取って言う。さあ行くぞ。ヴェネツィアーナでアイスクリーム（クレーム・ア・ラ・グラス）を食べよう。

私自身もヘルケンラートには何度も行ったことがあり、薄い上質紙を使用した高価なプレイヤード叢書や初めて自分で買った思想系の本、高価な画集、ティントレットの専門書などはそこで入手した。昔はオランダ語の書籍をあまり置いておらず、側面の陳列台にあったものは、陳列するというより隠してあるようにも見えた。私が発表した最初の本が、旅行ガイドと宇宙飛行についての本のあいだに埋（う）もれるように一冊置かれていたこともあるが、かつてここで本を物色し、ドアを示されて追い出された木靴を履いた見すぼらしい文無しの少年が、後年ちょっとした紳士の身なりで再び店に足繁（あししげ）く通うようになったことを思うと胸が詰まった。私の第一作が世に出たのは彼の死の半年後だった。祖父は私が本を出すようになろうとは夢にも思っていなかった。通りの向かいにあるユダヤ人の職人ブロッホのウィーン風パン屋では、家柄の良い女性たちがバターを塗ったクロワッサンと銀色のポット入りのコーヒーを楽しみながらヘルケンラートで買った本に目を通していたものだった。指輪を嵌めた手の傍らには、包装紙がきちんと四つ折りに畳まれていた。彼女たちの振る舞いは実に洒落ていて、値段をオランダ語で「十九（ネーヘンティーン）フランク」と言うべきところを、フランス語のアクセントで「ネゴティン・フラン」と言うのだった。

★

風の無い穏やかな日、父がリヴァプールから帰還する。

一家総出(そうで)で南駅へ迎えに出る。数十年経った後も、古い映画の一シーンを紐解いてみせるかのように、祖父はその時のことを細かに描写することができた。シューッと大きな音と共に車輪を轟(とどろ)かせ、列車が速度を緩(ゆる)めて駅の大屋根の下(した)へ入ってくるや警笛を鳴らし、煙と蒸気の混じった霞(かすみ)に包まれて静止する。到着ホームにひしめく群衆にもまれ、一家が見つけるより早く、父と口髭を生やした助手のブラッケが手を振りながら近づいてくる。セリーヌが彼のもとに駆け寄ると、母のスカートを摑(つか)んでいた小さなメラニーは足をもつれさせる。セリーヌが夫の首元に激しく抱き着いたのでメラニーは転んでしまう。フランシスキュスが末っ子に目をやると、彼女の方は父のことがよく分からないらしい。自分の上着のポケットから飴玉を取り出してやる。四輪馬車で家へ帰る道すがら、夫婦は気詰まりな様子で見つめ合っている。御者が鞭を鳴らす。鉄箍(かなたが)を嵌めた車輪が石畳に当たるのと馬の蹄(ひづめ)が立てる騒音で話すことなどできなかった。住まいのある路地に入ると近所の人々が家の前に集(つど)っているのが見えた。中には手を叩いている者もいる。しかし、フランシスキュスが蒼白な顔に微笑みを浮かべて、妻に支えられながら馬車を降りるや辺りは静まりかえる。彼の指先を素早く握ったり、通りすがりに肩に手を置いて行く者もちらほらいた。セリーヌは頷(うなず)いて人々に感謝の意を示し、大きな旅行鞄を廊下まで引き摺ってきた御者に硬貨を何枚か握らせる。一家は粗末な我が家へ入り、戸を閉める。中では叔母と叔父がお手製の花輪で居間を飾り付けており、台所のストーブの上で大鍋のスープが湯気を立てている。黙したまま長いこと辺りを眺めるフランシスキュスは、すべてが記憶にある通り元のままなのを認めて驚いているようにも見えた。裏手の広い野原の禿げた芝生、山羊小屋、簡素な鳥籠の中で飛び回るカナリアとズアオアトリ。家族の問い掛けはほとんど耳に入らず、驚きと共に彼らの方に向き直るや小さなメラニーを抱き上げる。少女は少し気詰まりで、遠慮がちに小さな手を無精髭の生えた父の頬に添える。少し妬いて気難しい風情の長女のクラリス、ジュールとエミールは笑いを噛み殺しており、ユルバンはぐっと堪えて黙っている。セリーヌはどうしたらいいか分からないでいた。そして二人は再びひしと抱き合う。自分たちの母が父の髪を撫で、首に口付ける様子を子供たちは遠慮がちに見ていた。彼は身を離して廊下に出ると大きな旅行鞄のベルトを解き、男の子には革製のサッカーボールを、女の子に渡した掛け釘や数字が書いてある板は、その釘に掛かるように輪っかを投げて遊ぶもので、小さな子供たちには穴がいくつも空いた変わった木馬をあげる——ブラッケの作ってくれたトロイの木馬だよ、と言い添えて。馬の尻尾を引き抜くと、目を閉じたままでどうやって尻尾を正しい穴に入れるのかを実演して見せる。子供たちは口をあんぐりと開けてその様子を見ていた。それから小さな箱を取り出し、セリーヌに渡す。乏しい賃金の中から自由にできる分を貯めてカメオと首飾りを買っていた。鏡の前で彼女はカメオを胸に当ててみる。

なにやってるんだ。こっちへおいで。

指定席だった葦材の椅子に座ろうとすると、娘たちが彼の膝を巡って言い争う。無精髭の生えた顎を頬に擦りつけると、娘たちは腕の中で身をよじって笑い声を漏らす。

クラリスが山羊の綱を解いて、屋内へ連れてきた。その背を叩き、曲げた指の関節で二本の角の間を擦ってやる。

ベットも年を取ったな。再び長いこと外を見つめる。

ほら、一番上の坊やもみてやって、とセリーヌが言う。この子があなたを一番恋しがっていたわ、ずっと私をしっかり支えてくれて、家のことを切り盛りするために友達付き合いもせずにね。それに、あなたがびっくりするようなことを勉強していたのよ。

ほら、ユルバン、と彼女は言う。絵を見せて御覧なさい。

最初、祖父は蒼白になって首を横に振ったが、父親の問うような視線を受け、溜息をついて絵を取りに行く。フランシスキュスは紙束を受け取り、一枚一枚じっくりと見る。自画像や手の習作。自分で試した色々な姿勢をスケッチしたものもあった。曲げた脚、短縮法で描かれた胴体、風になびく布切れ、不規則な形の木、喇叭（らっぱ）を持った天使。不器用な所もあるが、そこかしこで精確さと表現力が光っていた。

そして、祖父のまったく予期していなかったことが起きる。自分の父親が突如嗚咽（おえつ）し、紙をテーブルに置くや息ができなくなるほど息子を強く抱き締めた。再び自由にした息子をじっと見つめ、なにか言おうとするもまた咽（むせ）び始め、再度言葉を発しようとするも、切れ切れの言葉は聞き取ることができなかった。

フランス、坊や、座りましょう、とセリーヌが声を掛ける。

父は息子の手を握りしめ、座したまま静かに見つめる。

悪いな、とようやく声を絞り出す。お前には分かるまい、ここに帰ってきたのがどんなことか。すべて馴染みのものなのに、なにもかも変わっているんだよ。

再び窓の外に目を移し、物思いに耽っているようだった。

そして咳き込む——耳障りな掠れた音。セリーヌがカップに入れたスープを渡す。そして感じるその手の冷たさ。

凍えてるじゃない、フランス。

分かってる、まったく、もう数ヶ月もこうだ。骨の髄まで冷えきった感じだよ。

通りからハーディ・ガーディ[11]の音色が聞こえてくる。あの辻音楽家はまだ生きていたのか、とフランシスキュスが尋ねる。食料庫の低い屋根の上で、鳩たちが羽をばたつかせ、雄が低く鳴きながら歩き回る音が聞こえた。セリーヌが火酒を一口差し伸べる。

一杯飲んだら、芯から温まるわ。

彼は一息にあおり、むせて咳き込む。セリーヌが掌で背中を軽く叩く。

もう一杯？

彼は頷き、もう一杯注がれたグラスを少し啜る。呼吸をする度に喉からは掠れるような音、甲高い音が漏れた。

すると突然、なにか思い立ったようにまた立ち上がり、鞄の荷解きを続けようとする。だがセリーヌは、翌日会計担当修道士の所に仕事の相談に行けるよう、まずは休んでと言う。彼は始め不満げだったが、「お父様はお疲れだから、一時間だけ外で遊んでらっしゃい」と言って妻が子供たちを外へ出すのを見て察する。彼女は黒い前掛けを外して言う。さあ、上へ行きましょ。その瞳を輝かせて。夫の手を引き、彼は従順といってよい様子で後(あと)をついて階段を上って行く。

祖父はこう記している。私の最愛の父は、こうして私たちの生活の中に帰ってきたが、喜びに満ちた母の後ろで背を曲げ階段を上がる父の頭部がとても薄くなっているのに私は気付く。三十七歳の男性にしては老けていた。頬は痩(こ)け、目の下には深い隈(くま)が刻まれていた。父にまた会えた喜びに満たされながらも、私の内には不安が、決して消えることのない不安の念が忍び込んでいた。

★

彼は通りをぶらぶらと歩いている。一九〇七年の秋のこと。数ヶ月後には十七歳を迎える。ヘント市内の通りはどこも静かだった。人々の生活はありふれた慎ましやかなもので、些細(ささい)な問題をたくさん抱えている。アメリカでは、ユナイテッド銅(コッパー)社株の買い占めに端を発する大規模な金融危機「大恐慌(ザ・グレート・パニック)」が起こっていた。J・P・モーガンとジョン・ロックフェラーは破綻しかけの諸銀行に資金を投入し、証券取引所はぎりぎりのところで暴落を免(まぬか)れる。エジプトではカーナーヴォン卿がテー

---

(11) 小振りのギターに似た形をした胴部分に鍵盤が取り付けられており、手で回転盤を回して演奏する楽器。

べての発掘許可を得る。ドイツ皇帝ヴィルヘルム二世が軍艦でオランダを訪問する。有事においてオランダの中立を尊重する旨、皇帝はウィルヘルミーナ女王に約束する。しかしこの当時、誰が戦争の可能性など考えていただろう。イタリア人の辻音楽家が「Vissi d'arte, Vissi d'amore」と路地で歌う。「歌に生き、愛に生き、何人たりとも傷つけず」[12]と。ユルバンはニッケル貨を二枚、手回しオルガンの台車に革帯で吊られた缶に投げ入れる。

　毎晩、と彼は記している。父の枕元で十字を切り、魔法の言葉を唱える。「ホッツェデワッデュ」——元々「神の祝福とご加護を」だったものが、彼らの普段使いの言葉となった言い回しで、親指で額に十字を切る仕草と共に唱えられた——使い古された決まり文句、無意味で、余所の人々には理解できず、雷の鳴る夜に心を静めてくれる秘密の暗号だった。「ホッツェデワッデュ」が、幼い私の幾多の晩の思い出と結び付いているのは、さながら海中の不規則な形の岩であったものが何百年ものあいだに滑らかに磨かれ、そして誰かのナイトテーブルに辿り着き、夜ごと抗せず迷い込んでしまう記憶のせいで病に臥せる人が眠り込む間に、そこに置かれてあるような感じだった。

　薄い壁を通じて聞こえてくる、両親の寝台の規則的に軋む微かな音が遠い天球の音楽のごとく彼を眠りに誘う。物思いに耽ることも夢を見ることもなく。

★

街の西外れ、再び「慈悲の兄弟会」関連の施設でフランスは丸二年掛かるであろう仕事を得る。倉庫と貯蔵庫の仕上げの施されていない木造部分に新しい色の層を塗り、山とある古い窓枠の割れた窓ガラスを取り替える任務だった。定期的に激しい喘息の発作に悩まされていたフランスはこの仕事に尻込みする。がたつく高い梯子の上でしばしば何時間も作業し、窓に空いた穴から隙間風が吹き込む中、ガラスの破片を古い窓枠から掻き出し、古い目止め材を摩耗したナイフで取り除き、新しいガラスを切り出して嵌め込まねばならなかった。時折、別の道具を取ろうとしてバランスを崩しかけ、反射的になにか支えになるものを摑もうとするも、縁にガラスの破片が残った窓枠を摑むので色々な箇所に切り傷を作る。その上、神父たちがなにかと雑用を頼みにやって来るので、頻繁に作業を中断せねばならなかった。そうした訳で寒い倉庫での厄介な仕事は長引いた。

仕事が終わるまでの日数を指折り数えていたのは、この任務の完了後は修道院の大食堂にあるフレスコ画を修復し——十八世紀に遡るその大きなフレスコ画は湿気で傷んでいた——「装飾画」を補う予定になっていたからだ。それは彼の得意分野だった。倉庫での泥臭い労働の合間にこの仕事に取り組み始めることで、数日ごとに一息ついて気分転換をするリズムを作れた。そうして毎晩、台所のストーブの前に陣取り、描き加える人物像のスケッチをするのだが、それらは神父たちの蔵書に掲載されていた版画に基づいていた。大きなフレスコ画には青年のキリストが描かれている。東洋的な建物のある背景

(12) プッチーニのオペラ《トスカ》の一節。

の庭では、祝祭用の花輪が樹々と灌木に掛けられている。乙女らと従者が果実と野菜を入れた籠を手にやって来る。中央に描かれた長テーブルの席では、貧しい身なりの農民に飲食物がもてなされている。前景に立つのはキリスト自身。手振りでみすぼらしい老人たちと子供らに挨拶を送っている。この情景の下部、ややねじれた形状の帯部分、フランシスキュスが赤茶色に金の縁取りで書き直したのは、ルカ書十四章二十一節と二十三節が出典の、招いた友たちが来ないのを知った裕福な主人が下男に命じる一節だった。「とく町の大路と小路とに往きて、貧しき者・不具者・盲人・跛者などを此處に連れきたれ。道や籬の邊にゆき、人々を強いて連れきたり、我が家に充たしめよ」[13]

★

私はインターネットで「慈悲の兄弟会」関連の修道院と施設をすべて調べ上げ、ヘントブリュッヘ、オーストアッケル、ヘントにあるもののほかに、聖フランシスキュスという名称の施設も見つけたが、これはヘントから遠く離れたモルツェルにあった。ヘントの西側には祖父の父が働いていた修道院は見つからず、過去に存在した形跡もなかった。祖父は思い違いをしていたのだろうか。いくつもの修道院と施設を訪ね、ベルを鳴らして尋ねてみる。食堂にそれらしきフレスコ画のあった所はありませんねえ、第二次世界大戦前には壁面が塗り直されるか工事が行われてしまっておりまして、まあ一世紀前ならそういった絵のあった可能性はもちろんありますけれど。察するに要は私の用件のために表面の色をこそぎ落とすのは難しいらしい。いえ、それに本や資料室にもそれらしきものはなにも保管されていないんですよ。一様に至極残念そうで、今すぐ出掛けねばならぬ用事があるのだった。ご理解ありがとうございます、それではまた。

★

フレスコ画は漆喰（しっくい）を塗ったばかりの壁面に描かねばならない。湿った素材に色を塗り、漆喰と一緒に乾燥させる。この技法の肝（きも）は、乾燥後の色合いを事前に見抜いておかねばならぬところにあり、湿った状態の時はどの色調も暗めに、青と赤は湿り気によって強く激しい色合いに、黄色と緑は実際よりも艶（つや）がなく見えるのだ。フランシスキュスが修復している大きな絵の背景に、乙女たちがこちらに近づいてくる様子が描かれてあり、その一人の片足が湿気のせいで腐食しているのを思い浮かべてみて欲しい。まず、壁にごく薄めた漆喰を塗り込み、湿気による暗色の染みが消えるか、少なくとも目立たなくなるようにするのだが、厚みにむらができてはいけない。漆喰を新たに塗り込む際に筋ができてもいけないのだが、これが非常に厄介で、光が斜めに射さないとよく見えないこともあり、筋が見つかったら目の細かい紙ヤスリで手直しせねばならない。次いで、乙女の足の修復に入るのだが、いま目にしている色合いは当てにならない。漆喰を塗り、丁寧に番号を振った板切れに様々な組み合わせを試し塗りする。

（13）訳文は日本聖書協会の『舊新約聖書』から引用。

この試作品を乾燥させねばならないが、湿度の高い天候だと優に一週間は掛かってしまう。乾燥したら作った色が壁のものと大体同じかどうかが分かる。色が近くなければ改めて次の板に試し塗りをする。こうして、乾燥させた様々な色合いの試し塗りの板がたちまち幾十も食堂に並ぶ。こんな風に私の曾祖父は、欠けた片足と白い衣服にできた灰青の皺、皿の上の黄がかったリンゴ、影になっている草叢の一部分の修復を慎重に行う。板切れはその都度綿密に検討され、修復を行う箇所の脇に掲げられる。差し込む夕日の紛らわしい赤みがかった光に東側の壁が照らされると作業ができなくなるため、古新聞を高い窓に貼り付けなくてはならないが、それを透過してくる光もまた目を惑わせる。青みがかった朝の光の中で見ると、数カ所の修復はあまり上手くいかなかったようで、色合いの差が目立ってしまっていた。そうしたら能う限り丁寧に薄く色をのせるか、色が濃すぎた場合には十分希釈した白い層をごく薄く塗りつつ、しかし白が主張しすぎないよう漆喰が乾き切る数日前にその大部分を肌理の細かい海綿で拭き取るしか術は無い。一拭き多すぎても初めからやり直さねばならなくなる。

　こうして数週間が過ぎ、手掛かりとなる手本や版画のない状態で、一つの壁に描かれた数人分の人物像を修復した。修道士たちは深く感銘を受け、フランスに温かいスープを持ってきては褒めそやすようになる。そんな時、彼はどう振る舞えば良いのか考えあぐねるのだった。

★

回顧録で祖父は六十年前のことを次のように記している。今や私は年を取り、絵画について、生涯取り組んできたことについて何かしら語ることができるのではないかと思う。さて、手元にあるこの資料は、修復したフレスコ画の彩色素描に父が加筆したものだ。あまりにも早く世を去ってしまった父への敬慕(けいぼ)の情はよりはっきりとした形を取り、彼が老いた農夫の手の色をいかに愛情を込めて修復したかを目(ま)の当たりにすると私の心が締め付けられるのは、どの人物にも、どんなに素朴な人物であろうとも父は等しく注意を払っていたからだった。父が恋しくてならない、自分の人生も徐々に終わりに近付いているが、これまでの人生で一番父を恋しく思っている。

　私が疑問に思っていたこと、ずいぶん長いあいだ疑問に思っていたのは、彼の父がキリストの肩と喉元を修復せねばならなかった折に、少年のキリストのモデルを頼まれたことを祖父は意図的に隠していたのかということだった。その後、高齢となっていた、気の強い大叔母のメラニーに尋ねてみたのだが、百三歳を迎えていた彼女は当時の詳細をおぼろげながらまだ覚えており、南公園そばのフレール・オルバン大通りに面した集合住宅の広い住まいで、彼女はその永遠に失われた時代の最後の生き証人として、記憶も確かに堂々と坐(ましま)していた。否、彼女もまた件(くだん)の修道院の在処(ありか)は知らず、父親が死んだ時の彼女はまだあまりに幼く、そのフレスコ画の彩色素描について父親から聞いたことはなかったが、兄がその絵について話してくれたことは覚えていた。輝きを湛(たた)える指輪を嵌めた痩せさらばえた指で紅茶の入ったカップを優雅に手にする大叔母のメラニーと話しながら私の思い浮かべる祖父は、擦(す)り切れた羅(ラ)紗(シャ)をずんぐりとした肩に掛けた小柄な鉄鋼夫で、大戦前の平穏な日々に寒い食堂でキリストのモデルを務める彼の前に立つ父親が静かにスケッチをする情景、それは私の想像から記憶にでもなったかのように、画家を描く画家、自分が実際に体験したかのごとくそれを今、私はここに呼び覚ますことができ、私自身も老いを迎えつつある今、死せる彼らがますますその生き生きとした姿を見せる忘れ得ぬフレスコ画、生ける魂には呼び覚ますことも見ることもできない寓意画が私の心に焼き付けられていた。

「天上にて舞が（ダン ル シエル イリヤ ユンヌ ダンス）」、かくしゃくとした大叔母メラニーは歌の一節を諳（そら）んじてみせ、兄妹で一番年下の末っ子は百歳の少女のように笑う。

★

愛する父の健康は急速に悪化して行った。私はまんじりともせず横たわっている。同じ寝台で眠る上の弟のエミールが隣で規則正しい寝息を立てているのを耳で捉え、肌で感じてもいた。私の寝床から一番離れた所、折りたたみ式の衝立（ついたて）の向こう、壁の凹（へこ）んだ部分ではクラリスとメラニーが眠っている。入口のドアのすぐ脇にあるのは、まだ幼いジュールの小ぶりの寝台。気が高ぶった疲労感のせいで寝付けず、製鉄所のイメージが頭から離れなかった。街灯のくすんだ光が枕元に斜めに差し込んでいる。夜の闇の中、白い石灰を塗った壁に窓枠が黒い十字を描き出す。オイルランプから出る煙が部屋を満たしていた。まだ外の歩道からは木靴の立てる音がカラカラと聞こえ、咳払いの仕方で、通行人が男か女か、若いのか年嵩（としかさ）なのか当ててようとしてみる。足下の部分の敷き布団が破れており、詰め物である短く刈られた麦藁（わら）が足の指のあいだから煙突のように突き出していた。通りの先に製鉄所がある。重い門は夜には閉まっている。その隣、長屋街の向かいにある「カフェ・デ・モイスホント」は、身持ちの悪い娘たちが来る所だった。微かに音楽が聞こえ、誰かがそれに合わせて通りで歌っている。〈風車の羽がチクタク嘆く……乱れず回るよいつまでも……〉少しすると、父が苦しそうに息をしながら階段を這い上ってくる音がし、次いで母が私たちの部屋にもう一度入ってきて子供たちの布団をそっと掛け直し、十字を切るとマントルピースの上に置いてあるオイルランプを消す。それから私は耳を澄ませ、製鉄所の中庭の裏手にある犬小屋から聞こえる牧羊犬の遠吠え、遠く響く列車の汽笛、港に入ってくる所のカーブで重い機関車が傾いて鉄の車輪が軋む音を聞く。だが、なにをおいても聞き耳を立てていたのは、ヒューヒューと苦しそうに喘ぐ父の息遣いだった。それがよく聞こえたのは、欠くことのできぬ新鮮な空気を入れるために両親の寝室の扉が常に少し開けてあったからだ。そして私は祈り始めるのだが、時には一時間にも亘って父への加護と魂の救済、そして可能であれば病を癒して欲しいと神に哀願した。ロザリオの数珠を指のあいだに滑らせて念じ、涙で顔を濡らすこともあった。神様、どうか、どうかお父様をお救い下さい、天に坐ず父なる主よ、御名の讃えられんことを……私は麻痺したような感覚に陥り、そこから覚めると、下の台所で母がストーブの火格子の灰を払い落とし、夫のミルクを早く温められるよう鞴で火を熾しているのが聞こえる。温かなミルクの入ったコップを手に母が上がって来て父に声を掛ける。ほら、少し飲んで、喉にいいから。もう少し休んでいて、ちゃんと良くなるわ。起床すると、通りすがりに両親の部屋を素早く覗く。父は身を横にして静かに眠っている。古びた毛布がずり落ちていた。爪先歩きで中に入り、毛布をそっと直して父に掛けると、音を立てぬよう下に降りる。母の眼差しに元気付けられてどんな重荷も吹き飛んでしまう。母を抱き締め、ポンプで顔を洗いに行き、チコリコーヒーを一杯飲んだら作業着に着替え、母が用意してくれたサンドイッチの入った背嚢を背負い、玄関で木靴に足を突っ込むと朝の通りへ出て行く。様々な祝い事も終わった一月の末、謝肉祭が間近に迫り、そうして一週間ものあいだ夜毎人々が仮面を被って騒ぎながら通りを練り歩いたあと、その年最後の雪吹雪がごとく、色褪せ、薄汚れた紙吹雪が歩道に吹き散らされている。「カフェ・デ・モイスホント」では酔っ払った人々がお祭り騒ぎをしている。私たちの住んでいる通りの端には馬に乗った二名の憲兵がおり、剣を腰に佩いて騒ぐ人々を見守っている。

それが終わると街は不気味なほど静まりかえる。誰もが屋内に籠もって傷を癒しているかのように。そして春めいた日々がやって来る。春を思わせる青空、灰色の工場の上に漂う白い雲。路地や通りに滑り込む希望の気配。地区の住人たちは茶色い石鹸の入った容器を手に、数ヶ月ものあいだ暖房器具に燻されて煤まみれになった部屋を磨き上げ、どの家の窓も開け放たれる。塗料を入れる容器と石灰を入れた桶を用意し、害虫を駆除するために裏庭の壁を石灰で白く塗り、下部分は鈍く輝くタールで縁取りをして湿気対策をする。嗅ぎ慣れた匂い、人々の快活さが増し、芽吹く生け垣を囀る雀の群れが出入りする。裏庭の黒ずんで痩せた土に、通りでめいめい拾ってきた馬糞を撒いて栄養をやる。この希望に満ちた単純な世界のただ中、父の容態の心配が余りにも重く私に圧し掛かって身を竦めさせるので、樹や茂みに語り掛けたくなる。タチの悪い咳がもう三日続いていた。赤々と燃えるストーブの前に座って一日中震え、夜は枕を三つあてがって痛む背中を支え、寝台に横たわって喘いでいた。父の歯茎に浮かび上がった青い筋は、多くの仕事で鉛白を使ってきたことに起因する鉛中毒の徴候だった——おそらくはこれが呼吸困難を悪化させていたのだろう。医者が毎日様子を見に、親戚やご近所は母に様子を聞きにやって来る。近所の女性たちは玄関口でひそひそと話していた。気丈な母は音を立てて戸を閉める。家の中には胸のむかつく臭いが、病の臭いが漂っていた。父の伏せる寝台脇、石灰が塗られた白い壁には、ここ一週間の激しい咳で飛び散った血糊が無数こびりついていた。寝台の横にはスープと紅茶の入った碗が手付かずのまま置かれている。乾パンは湿気てしまい、果物は放置されていた。修道院から院長と会計担当修道士が訪ねて来る。フランス、とても熱心に仕事をしてくれていたね、すぐに戻ってきてくれたまえ、板の試し塗りはもうすっかり乾いているよ。父の呼吸はますます荒くなっていたが、自分の容態をなんとか伝えんとし続けていた。そうですね……そうですね……そうですね……。一日中ずっと、みなが途方に暮れるまで。午後、父が呻きつつ座す葦製の椅子の後ろに母は立っている。手を背もたれに置いて。視線は裏庭の彼方、灰色のくすんだ空に揺れる梢を彷徨う。芽吹き始めた枝が四月の俄雨に打たれ、剝き出しの腕を天に差し伸ばしたように四方にしなっている。母の目は赤く腫れていたが、その口から愚痴がこぼれることは決してなかった。修道院長と会計担当修道士は感銘を受けていた。セリーヌさん、我々は最善を尽くし、旦那さんのために祈りをたくさん捧げます、彼は私たちにとって大切な存在になっていますから。母は肩を竦める。

あくる夜、私は母と寝ずに父の介護をしていた。体力の消耗は致命的な肺炎を誘発する。二十世紀初頭の当時、彼の苦しみを和らげる術は無かった。抗生物質のペニシリンはまだ発見されていない。紀元一九〇八年、末期の肺病患者の枕元にあったものといえば、ダツラ葉に樟脳、エーテル、コールタールの錠剤だった。母は、体力が戻るよう砂糖を入れたミルクを何度も与え、少しだけでも飲ませようとするも、父になんとかできたことといえば、飲んだ途端にその半分を咳と共に吐き出すことくらいだった。砂糖は喉を刺激する性質があり、ミルクは喉を詰まらせる痰を増やしてしまうのだが、当時まだそんなことは知られていない。父の呼吸は喘ぎとなって体力を奪い、ほんのわずか空気を吸おうとして上半身は大きくよじれ、引き攣った。血中酸素が欠乏し、心拍数は二十四時間、毎分百二十以上を超える。口内は乾燥し、唇は罅割れた。呼吸ができなくなると――時には三十秒ものあいだ――その都度目が飛び出そうに見えた。父は目に見えてやせ衰えて行った。頬は痩け、鼻はミイラのように細く尖る。父が寝台で身を起こす。ユルバン……杖を取れ――すべすべした奴だ……喉を突いてくれ……。母が喚く。フランス、お願いだからよして、私たちおかしくなってしまうわ!

そんな母は見たことがなかった。髪を掻き毟り、前掛けを雑巾のように絞り上げ、寝台の枠組みを蹴り飛ばし、黒い靴下を穿いた足で力ない怒りに任せてタイル張りの床を踏みつける。朝まだき、聖油を手にした司祭が戸口に立っている。その時に母の中でなにかが壊れてしまった。母は神父様を二階へ招じ入れる。司祭が念じているあいだに母は寝台の脇で祈りながら膝から崩れ落ちるも、譫言を言う父は周囲で起きていることをほとんど把握していない。煤で黒ずんだオイルランプの発する煙が息苦しい密室に充満していた。母が怒りを押し殺して言うには、玄関口では近所の奥さん方が「ひそひそと憐れんで」いた。一時間後、医者が自前の小さな一頭立て二輪馬車に乗ってやって来ると、直ちに入院させるよう指示する。午後遅くにようやく病院から人が来る。三人の修道女と二人の使用人が父を木の担架に乗せる。母は、温かい格好をさせようと父自身のものと自分の上着の二枚で夫を包んでやる。ね、これで寒い思いはしないわ。父は上唇を上げ、蒼褪めた顔に引き攣った表情を浮かべるが、それは微笑みのつもりだったのだろう。私たち子供を見やると喘ぎつつ母に声を掛ける。じゃあな、愛しているよ。すぐに……戻る……。続く言葉は咳に飲み込まれ、痰が吐き出される。

苦労して担架を四輪馬車の後部の荷台へ積み込む。母と私は座席に腰掛けた。父は私の手を取り、父は単語を幾つか呟いていたが、車輪と蹄（ひづめ）の立てる騒音で聞き取れなかった。頷いてみせると、父は私の指にぎゅっと力を込めた。

病院に収容され、紙票（しひょう）に記入をして父の服を預けると、母と私は押し黙ったまま帰宅の途（と）につく。母は七苦聖母教会へ私を連れて行く。数本の蠟燭に火を点（とも）すと跪（ひざまず）き、延々と念じることに没頭する。しまいには身を前に投げ出してそのまま伏せる。私は母の傍（かたわ）らに座り、その背に手を当てていた。目を上げると、ステンドグラス越しに日が暮れているのが見て取れた。礼拝堂の前の小さな広場で遊ぶ子供たちの声。聖母マリア像の前に立つ蠟燭の炎は凍り付いているかのように微動だにしない。像の下に絵筆でやや不器用にフランス語の一文が記されている。悩める者は（ヴ キ トロンブレ）神の御許へ来たれ（ヴネ ア ディウー）。主は癒して下さるからだ（カル イル ゲリ）。母が立ち上がった時にはもう暗くなっていた。行きましょう、と彼女は言う。足を速めて家へ向かうと、子供たちは食事もせずにもう寝床にもぐり込んでいた。母のそば、寝台の縁（ふち）にそれからもしばらく腰掛けていた。共に一言（ひとこと）も発しなかった。翌朝、九時前には病院の門前に私たちはいた。高い天井の長い廊下を控えめながらも右へ左へ走り回る修道女たち。前日持ってきた服を彼女らが置く机の向こうに医者が座っている。奥さん（シェール ダーム）、と口を開く。驚くことはありません。すべては主（しゅ）のご意志なのですから。旦那さんはいわゆる奔馬性（ほんばせい）肺結核に罹（かか）っていました。眠りに就かれたのは今朝三時です。気をしっかりもって、お子さんたちの面倒を見てやってください。主はそれをお望みになっておられます。医者は母に伴侶のロザリオと財布を渡す。父の下着は小さな包みに括（くく）られていた。母の顔が真っ赤になり、そして蒼褪める。包みを受け取ると、もごもごと機械的に「先生ありがとうございました」と口にし、よろめくように部屋を出た。

通りを歩きながら支えようとするも、芯の無い人形よろしく母は腕からずり落ちる。手を貸して座らせた小さなベンチ脇の花壇には、クロッカスと水仙が鮮やかな黄と青の列を成して咲き乱れていた。その時初めて感情が爆発したかのように、母は嗚咽し始める。息を詰まらせてしまうのではと心配するほど激しく。木靴を履いた片方の足で花を蹴る。こんなのは嫌、嫌よ、と高い声で叫ぶ。母を落ち着かせようとするも火に油を注ぐだけだった。悪魔に憑かれたかのように母の躰は激しく引き攣り、震える。私はその肩をしっかり摑んでいた。十五分余り後、疲れ果てたのか動きが止まる。私を見つめるも、その薄灰色の瞳は彼女の頭の中を漂っているように見えた。三十八で寡婦だなんて、と母が言う。そんなの無理よ、そんなの嫌よ。再び嗄れた声で咽び泣く。今朝方、念入りに整えた巻髪はほつれ、やや取り乱して見えた。私は狼狽えており、泣けなかった。なにか胸につかえているような感じで、前には無かったなにか固い未知の物体が詰まってびくともしないのでとても苦しかった。その時、留守番を引き受けてくれていたローザ叔母さんがやって来る。彼女は起きたであろうことをすぐに察した。しゃくり上げる母を立たせ、連れて行く。彼女の傍らで母は操り人形のようによろめきつつ、クピューレ運河の樹々の下を進んで行く。時折立ち止まっては再び泣き始め、一度はまた膝から崩れ落ちる。男性が駆け寄ってきて、真っ直ぐに立つ手助けをしようとする。母は彼の手を血が出るほど引搔き、離れるよう叫ぶ。私はおずおずと間の抜けたことを口走る。お医者さんが間違えているんだよ、父さんは仮死状態なのかもしれない、僕がすぐに見に行って、それから……。母は私を乱暴に押しやる。ユルバン、お願いだから黙ってて、いいからちょっと口を閉じてなさい。

黙っている。みな、その後数週に亘って。錯乱した母に恐れをなして誰も家で喋らず、母はあらゆる事柄や人々から距離を置いて完全に心を閉ざしていた。一言も発することなく毎朝子供たちを洗い、黙したままミルクを、晩は燕麦の粥（オートミール）とバターミルクを用意する。洗濯はローザに任せ、子供たちより早く寝床にもぐり込み、翌朝まで眠った。就寝前に十字を切ることもせず、どことなく母に似てはいるが話し掛けられない自動人形か亡霊、ないしお化けを思わせた。一度はテーブルの席で犬のように前方に向かって吠えた。私のフランス、なんて可哀想。激しく身を震わせ、もだえる。座っていた椅子の脇に食べたものを吐き出した。私たち子供は不安げに見守る。メラニーが泣き始める。私は母を介助して部屋に連れて行く。初春の風が窓に吹き付け鈍い音を立てる。耐え難いほど長い夜、古い家屋の梁（はり）が少しずれるような妙な軋（きし）みに耳を澄ませる。空が白み始めると、屋根で一羽のクロウタドリが長く長く囀（さえず）る。空気を、世界中の空気を、私たちの父がもう吸い込むことのできぬ空気を吸い込まんとして。

三日後、貧者用の葬儀が終わると私は再び製鉄所へ向かった。誰もなにも訊いてこなかったが、男たちは労（ねぎら）ってくれ、重い資材は私の手から取り上げた。晩に家に戻ると、夫の葦の安楽椅子（バルカ）で母が眠り込んでいる。解（ほど）けた長い黒髪が蒼褪めた顔の周りに扇型に不規則に広がった様（さま）は、運命の三女神の一人を思わせた。飼っている山羊が台所に入り込んでおり、食い散らかされたパンや野菜が床に散らばっていた。姉弟妹（きょうだい）たちはいなかった。山羊の首に軽く綱を結わえ、外へ連れ出す。「カフェ・デ・モイスホント」に着くと中へ入る。ご主人、山羊を買って下さいませんか。店主は難癖つけることもなく、同意した。金庫を引っかき回す。年取った山羊のベットの代価として受け取った三十フランは多すぎるくらいだったが、この数週を乗り切るためにちょうど必要な額だった。それを持って家に戻り、母に渡すと、初め何か分からぬ様子で母はそれを凝視していた。

ありがとう（メルシー）、ユルバン。

母は階段を上がり、自分の部屋に入って戸を閉めた。三十分後、再び下に降りてくる。私は両手を膝に挟んで座り、じっと外を見ていた。ほら、と彼女が言う。渡されたのは父の金時計、私が質屋の「慈悲の山」へ取り返しに行った懐中時計だった。大事になさい、ユルバン。うちに残っている唯一の家宝だから。彼女は再び二階へ姿を消し、翌朝まで現れなかった。

★

これらの頁（ページ）をタイプし直してから私はベッドでまんじりともせず横たわり、夜のひと時に彼らの時代、失われた世界を思い浮かべると、彼らの姿がぼんやりと形を取り、雪降る新年の朝にセリーヌとフランシスキュスの五人の子供たちが、私が子供の頃にはもう老人だった彼らが家の中に入ってくる。クラリス伯母さんはウェーブがかった白髪（しらが）をまとめ、身を震わせながら黒光りする杖を手にしており、その隣にいるフォンス叔父さんは始終冗談を飛ばす人で、パイプをくゆらせ、声が大きく、出し抜けによく我が家の台所に現れるのだが、古臭い裾止め（すそどめ）をズボンの裾に付けたままの格好で、パイプタバコの甘い匂いを漂わせており、角張った頭に灰がかった赤髪がピンと逆立っている。すぐに息を切らすジュール叔父さんは祖父の末の弟で、レオンティーヌ叔母さんと結婚していた。彼女は胸が豊かで、ごく小さなクリスタルグラスで日がなジンを飲み、なにを見ても、レース地で覆われた豊満な胸に肉厚の手を当てて同じ文句を繰り返す。ああ、主よ、ああ、神よ（「アーシュヨ、アーカミョ」）。エミール叔父さんは年上の弟で、埃っぽい肘掛け椅子に腰掛けている姿と、パーキンソン病を患っていたという記憶くらいしか残っていない。会う度にマッチを擦っており、どうにかして葉巻の先端にもう一度火を点けようとするのだが、ゆっくり波打つように手が震えていつもマッチを自分で結局消してしまうので、彼より年上だがずっと動きの機敏だった祖父が立ち上がってマッチを擦ってやり、早くも息切れしているエミール叔父さんの葉巻の先に火を分けてやると、小さな煙をリズミカルに吐き出すのが、その都度小さな炎を一瞬中に飲み込んでから小さな煙を出して火を燃え立たせている風に見えた。最後に一家の末っ子、上品な叔母メラニーは、晩年に自分のことを「n」が一つだけの綴りで「アニー」と呼ばせており、その隣、香水を振りすぎる嫌いのあるオディロン叔父さんは美容師で、手の早い奴だと陰口を叩かれてもいたが、七十を大分過ぎてもウェーブがかった真っ黒な髪をしていた。そして、すべての中心である長男の祖父が、寡黙に微笑むガブリエルの傍らに控えており、新年の朝には習わしを守って一族が祖父のもとにやって来るのだった。次々と屋内に入ってくるや、足を鳴らして重い靴をドンドンと打ち付け、汚れを落とすため玄関マットに擦りつけながら、綺麗で清潔なおうちが家畜小屋になってしまうな、と私の母に声を上げる。彼らと共に入ってくる雪の匂いと冷たい空気、防虫剤の匂いを漂わせるローデン、ミンク、アストラカン地の様々な暗色のコート、そしてラヴェンダーにマルセイユ石鹸の匂い。彼らの暗い姿が実物よりも大きく見えたのは、この種のイメージというのが自分の身体の成長と共に自然と大きくなるからで、こんな風にして子供時代に大人だった人々は、滅びた古い神々に似て私たちの上方に聳（そび）え続ける。みないつも軽口を叩き、息をつきながら腰を下ろすと体を凭（もた）せ掛ける。「なあユルバン、若返るなんてことはないね」思い出話に花を咲かせ、しばしば弾けるような笑いが起こるも、急に物思いに耽って黙りこみ、「まったく、人生はままならない……」などという言葉と共に話は終わる。そこかしこで溜息が漏れ、最近リキュールをけちってやしないかとフォンスが母に声を上げると、グラスは満たされ、マドレーヌと細長いフィンガービスケットがもう一度みなに回り、場の空気を戻そうとまたきわどい冗談を飛ばすフォンスにクラリス伯母さんが首を振りつつ、フォンスは本当に品が無いわねえ、とこぼすのにみなが忍び笑いを漏らす中、私の祖父は不快そうに外を眺めていたが、私自身は何の話をしているのか分かっていなかった。彼らの話を今度は詳しくもう一度聞いてみたいと思うのは、私は目を開いていながら盲目で、聞いていながら聾（おし）のようなものだったからで、部屋で目立たずにいたこの罪深き子供は、数年後に彼らの亡き父親の時計を破壊してしまう。たちまちのうちに室内は葉巻とパイプの煙が充満し、叔父たちが「ランテルノー」というフランス語の単語で呼んでいた、色鮮やかなステンドグラスの嵌（は）まった天窓まで達する。「エリキシールダンヴェール（アントゥェルペンの妙薬）」の瓶もあっという間に空となり、レオンティーヌの求めでジンの瓶がテーブルに置かれると、「馬の疝痛（せんつう）にはエリキシールより効くんだ」とジュールがほくそ笑む。曰く「なにかつまむもの（ズーチェス エン ザウチェス）」を手に私の母が立ち働いているあいだ、子供たちや孫たちのこと、去年死んでしまった人々のこと、そしてそれがどんなに信じられないことであったかが語られる。誰がもう最新の機器を持っているのか、ジュールが「テレヴェー」と吐き捨てるように言う機械がいかに無意味、あるいは途轍（とてつ）もなく面白いものなのか、そしていかに高価な品か、さらには街のラジオ放送が時代遅れとなる問題も話題に挙がる中、メラニーが婀娜（あだ）っぽく言うには、自分がなんであれ一番高いのを買う訳は、安いものは結局高くつくからだ、するとジュールが大声を出す。うちのメラニーは亡くなった母さんみたいに気取った奴だな。すると私の祖父が反駁する。母さんは全然気取った人じゃなかっただろう、何言ってるんだお前は。

クラリスはどもりがちになり、震えるようになりながらも、生来の聡明さと落ち着きを失うことなく百六歳まで生きた。メラニーは百三歳の最後の日まで物憂げな様子と上品さを失わなかった。頑健にして感傷的な祖父は九十で、ジュールとエミールは七十代半ばで亡くなる。みな丈夫で、子供時代の貧困と戦時中の厳しい生活とに鍛えられ、根っからの敬虔なキリスト教徒だったが、こと実生活に及んでは現実的で、冷静な皮肉屋だった。彼らの時間の感覚は単純なまでに能率的で、「あの大戦の前」か「あの大戦からもう数年経っていた頃」といった具合だった。第二次世界大戦はあまり話題にならず、せいぜい飢えていたということや、パン屑やジャガイモの皮を食べていたこと、スヘルデ川に腕くらいの太さのウナギがいたこと、なんといっても、不意の検問に出くわした際に「ドイツ人」が常に礼儀正しかったこと、ああそういえば、ちょっと先でいわゆる岩塩坑が爆破されたこともあったが、まあ大した話じゃないね。

彼らは座っている。黙し、嘆息し、笑い、咳払いをし、なにかを飲み込み、飲み物をもう一口含み、そして言う。やれやれ、まあこれが人生だな。私の眼前で膝の上に置かれた彼らの手は、節くれ立って爪の甘皮が汚れているのもあれば、手入れの行き届いたもの、真っ白なのもあった。しかし私には祖父のように彼らの手を描くことはできない。彼らの暗い姿を包む不可思議な超自然的光、二度も戻らぬものの不動の光。失われ、朽ち果て、そこかしこで墓石は傾き、彼らの家は改築されるか取り壊され、住所は曖昧に、住んでいた通りは分からなくなり、時計が止まり、歯車は駄目になり、私は集めた部品をいじくり回しながら、この機械が一世紀ものあいだだしていたように動作し、チクタクと音を立て、生きることなどもう二度とないと分かっている。

★

セリーヌが立ち直り、元の生活に戻ったように見えるまでに半年掛かった。夏の終わり、八月初旬のある日だったはずだ。夏は彼女を通り過ぎていた――その前の記憶は曖昧で、弱まってゆく光、錯綜した夢を見た暑い夜、汗まみれで飛び起き、哀しみと服喪の毒にどれほど冒されていたのかを感じる。窶れたことで、どことなく威厳を増したようにも見えた。白髪が数本、艶のある巻髪の中できらめいていたが、それもまた彼女に気品と哀しみからの浄化の気配、そして毅然さとを加えていた。廊下のコート掛けの前を通る時は、掛けたままにしてある亡き夫のコートを曲げた指の関節でいつもさすっていた。家の裏手の畑の上空で繰り広げられる闘いを目にする――カラスがカササギにしつこく飛びかかっており、二羽の鳥は酷く騒ぎ立てては時に相手の周囲を飛び回り、急旋回して距離を取ると、無鉄砲にも相手に襲いかかり、空中で嘴の一撃を加え合おうとする。鳥たちが宙に弧を描くのを見つめていた。それは華麗で力強く、自分の中でなにかがすっきりとしたように感じる。黴びて活気の失せた体に澄み切った清涼な水が流れたかのように。周囲を見回し、深い溜息をつくと、数ヶ月にも亘る長い無感覚状態から覚めた気がする。家は散らかって汚れており、窓は曇り、埃をかぶっていた。そのことにぞっとする。以前と同じようにずっときちんとやっていたつもりだったのだ。子供たちはどこ？　また通りで遊んでいるのかしら。どこをほっつき歩いているの？　自分がそれを把握していないことを認めねばならない。子供たちは近所の家で食べさせてもらうようになっており、放課後も遅くまで帰ってこないので、自分が一軒一軒回って子供たちを就寝時間までに全員連れて帰ってこなければならなかった。それが急にみっともなく思え、耐え難くなる。家族は長男の乏しい稼ぎで生きながらえており、貯えはとうに尽きていた。ユルバンも外で食べさせてもらっていたが、どこでなのか彼女には見当もつかなかった。

唖然として再び辺りを見回す。そして再び精彩に欠けた八月の雲に目を向ける。鳥たちの姿は消えていた。屋根の上空を低く滑る雲の塊は雨の兆しを告げている。不意に沸き上がる欲求。夏の雨の中を駆け回りたい。裏庭へ出るやポツポツと降り始める雨。顔を上げ、静かに泣いた。それが功を奏して彼女は息を吹き返し、ゆとりが心に生まれる。周囲の空気と一体化したような感覚。咽び続け、頰を伝い首に流れるに任せた雨は、傷口に塗られた乳香のように彼女を癒した。彼女の心の傷痕、冷やさねばならぬ火傷。突然土砂降りになり、バケツをひっくり返したように水が降り注ぐ。手を開き、高く掲げ、掌を上へ、空へ向ける。雷鳴が天穹に遠く轟く。着ていた厚手の黒い服が重く濡れる。満ち足りた気持ち――長らく味わっていない気持ち――に身を震わせる。俄雨が止むと屋内へ戻った。服から漂う嫌な臭い。寝室へ向かうとすべて脱ぎ捨て、新しい衣服に身を包んだ。

この時、セリーヌは立ち直った。

家中を片付ける。空の鳥籠――中にいたズアオアトリとカナリアはどこへ行ってしまったのだろう。

ある日、二羽の亡骸を見つけた長女のクラリスが無言のままゴミ箱に投げ捨てたことに気付いていなかった。一月前から夫のコートは廊下に掛かっておらず、自分の衣装箪笥の上にあることすらも。そのことにようやく気付く。今朝もそれを手で撫でたつもりでいた。一体どういうことなのだろう。なにも覚えておらず虚ろではあったが、初めて心が軽く、明るくなった。

翌朝九時にオーストアッケルの「慈悲の兄弟会」の門前に彼女は立っている。中へ招じ入れられた。修道院長に仕事がないかと尋ねる。仕事はあった。この会の関連組織である「精神病救済院」向けの衣服を作ることとなる。まだその日のうちに、ニーウェ・ヴァールト運河そばの「ジョセフ・ギスラン救済院」まではるばる赴き、縫製の仕事も請け負ってくる。時折変わった注文を受ける。袖が通常よりかなり長く、両手を縫い合わせて繋げなくてはならない。広い食料庫に置かれた二台のミシンのうち一つは精神病院から借り受けたものだった。もう一つは分割払いで購入した。子供たちが学校へ行くと——エミールはもうユルバンと同じ製鉄所で助手として働いていた——昔の御近所で若くして亡くなった夫人の長女、レオニーがわずかな賃金にも拘わらず手伝いにやって来て、カタカタ、ブーンとミシンが音を立て始める。レオニーは一日中くだらない小話や噂話をしていた。セリーヌがその類の話を相手にすることはまずなかったが、明らかに息抜きにはなっており、物思いから気を紛らわしてくれ、仕事がより捗った。支払いは遅れず、良い収入になった。生活に少しゆとりができてきたようだった。

ある日、また五点の服を届けると、セリーヌはひっきりなしに喋っているレオニーを引き連れ、ランゲミュント通りへ靴を買いに行くことにする。お洒落用の靴など娘時代以来買っていなかった——自分に似合うので手に届くものは四足しかなかったが、決めるのに小一時間掛かる。実際のところ、この突飛(とっぴ)な行動を我ながら愚かしいと思ってはいたが、この馬鹿げた愉(たの)しさに心の底からくすぐったい気持ちになる。選んだのは黒い艶消しの編み上げブーツ。

ほんと、気取ったマダムみたいな気分ね、言って笑みを溢(こぼ)すと薄い色の瞳に微かに宿る、絶えて久しかったあの皮肉気な輝き。

★

定期的に男たちが彼女のもとを訪れ、今後の人生について話したがっていた。そうじゃありませんか、マダム・セリーヌ。それは街の紳士に平社員、そして市井(しせい)の労働者たちで、街中の寡男(やもお)が彼女の夫の死を伝え聞いたらしい。まだ綺麗なのに独り身だなんて、あんたみたいな女盛りにはもったいないよ、ちょっと話しにでも行こうと思っていたんだ……。

大丈夫、間に合っているから、と彼女は言い、男が椅子に掛けたばかりの上着を取って手渡してやる。ひさし帽を手に戸口に立っている者もあり、ぎこちなく身を震わせ、顔を真っ赤にしながらいきなり求婚してくることもあれば、心動かされることも、笑い転げることもあった。気分を害することの方が多く、男たちの鼻先で戸をバタンと閉めた。肩を落として引き上げる者、一度よく考えて欲しいと頼む者、罵詈雑言(ばりぞうごん)を浴びせられたことも一度あった。お医者様(ムシュー・ル・ドクトゥール)までもがある日やって来て、意味ありげに微笑んで宣(のたま)うた、男性と定期的に関係を持たないのは不健康であるからして云々(うんぬん)との提案に、彼女は言わんとするところを理解する。先生(メネール・デン・ドクトゥール)、と彼女は告げる。医師のあるべき姿を説いたヒポクラテスの誓いをお忘れになって、それとも奥様に一度内密にお話しをしに伺わないといけないかしら。男は一目散に尻尾を巻いて逃げ出した。

教会墓地へは独りで通っていた。そうしたかったのだ。家を数時間空けることもあった。

ママ、あそこでそんなに長いこと何してるの、日が暮れるまで帰ってこないなんて。

ユルバン、お前の父さんと話してるのよ、心が軽くなるの。

言い寄ってくる奴らのことも話してる?

ええ、と言って彼女は笑う。なんでも話すわ。

翌週、黒い絵具の入った缶を手にし、貧相な墓石に立つ鉄の十字架を少し塗り直す。その作業に取り掛かっていた長いあいだずっと頭を巡っていたのは、愛するフランスの躯(からだ)と自分を隔てているのが、たった一メートルの距離に過ぎないということ。どんな姿になってしまっただろう……考えると眩暈(めまい)がした。爪で地面を掘り返してしまいたかった。永遠(とわ)の眠り、と彼女は想う。永遠の眠り、ねえ、どうして、こんな近くにいるのに。折れんばかりに強く歯を嚙(か)みしめる。そして深く息をつき、棺(ひつぎ)を掘り返そうという暗い誘惑に疲れ果てる。目を閉じ、眩暈をやり過ごすと、辛抱強く塗り続ける。私の不憫な絵描きさん、と独り言(ご)つ。あなたの十字架を私が塗らないといけないのよ、見てて。

それを終えると目を上げる。周りの墓石に取り付けられた肖像写真の色褪せた眼差しが目に飛び込んでくる。数多の死者の数多の視線がみな自分に注がれているように感じる。「死はかくも数多の人々をはや滅ぼせり」――という詩の一節が心に浮かんだが、どこで読んだものか忘れてしまっていた。身を震わせる。もう人影は見当たらなかった。そんなに長くここにいたのだろうか。もう日は暮れていた。管理人が柵を閉める前に、教会墓地の出口に急がねばならない。まだしゃがみ込んでいて、立ち上がろうとすると一陣の風が立ち、突然ガサガサという物音が背中越しに聞こえるや、それは遠くから墓石を縫ってこちらに急接近してくる。なんてこと、悪魔だわ。フランス、助けて、悪魔がさらいに来る、私が何をしたっていうの。怖気付き、立ち上がろうとするも全身に震えが走る。風に飛ばされてきた、灰色の大きな紙切れが背中に張り付いたのに叫び声を上げると、紙が大きな手のように滑り、その嫌らしい手は左腕を撫でて行く。そしてつと墓石のあいだを抜けてさらに飛んで行き、なにかに引っかかってばたばたと痙攣するのが、形の不確かな獣が茂みに引っかかっている様を思わせた。激しい鼓動をこめかみに感じる。慌てて走り出し、能う限り急いで出口へと向かう。管理人の男は彼女を外へ出しながらもごもごと言う。「ごきげんよう、奥さん」背後で柵が軋み、ガチャリと音を立てて閉まる。

その日以降、教会墓地へは長男を連れて行くようになる。

悪霊から私を守るのよ、と笑う。私が連れて行かれそうになったらどうする？ 彼女はまた笑ったが、その青白く計り難い眼差しの奥には不安気な輝きが宿っていた。

「母は」と、高齢になった私の祖父は回顧録に記している。「魅惑的な珍種の蝶よろしく追いかけ回されていた」

彼女は数ヶ月ものあいだ、日中でも玄関の鍵を掛けていた。

★

ほどなくしてレオニーの父親が娘を迎えにくるようになる。ある日、彼は娘を先に帰らせると、ぎこちなく台所に突っ立って手を揉みながら、セリーヌに結婚を申し込んだ。彼女は吹き出し、そんなことは考えられないと告げる。彼は食い下がり、食い扶持は十分稼いでいるし、彼女の生活の足しにもなるだろう、お互い孤独なやもめ同士だし……セリーヌは言葉を遮り、話にならないと伝える。しかしアンリは再びやって来る。少しして、彼女は仕事の後に娘を迎えにくることを禁じる。しばらくは何事もなかったが、今度は手紙が送られてくるようになり、レオニーがその都度はにかみつつ手渡した。笑ってしまうような堅苦しい文体で、お世辞を意図した文言が書き散らされたぎこちない手紙は文法の間違いだらけで、まったく何考えてるのよ、と手紙を石炭バケツに投げ込むと、レオニーが下唇を噛んでいるのが目に入る。文面が辛辣さと非難の調子を増しながら何通もの手紙がその後も届き、半年が過ぎた頃、再び帽子を手にした彼が顔を真っ赤にして立っている。最後通牒と共に彼は一つの提案を突きつけた。一月考える猶予を与える。受け入れないなら、娘がもうここへ働きにくることはない。意見を求められたレオニーは回答を拒絶するも、ついにぽつりと、セリーヌが自分のママになるのはきっと素敵なことだろうと呟くと、それ以上は胸が一杯になって言葉を続けられなかった。

誇り高き寡婦は、彼女らしく背筋を伸ばして三週間ものあいだ黙り込み、そして言う。よし、仕方ないわね。

私の祖父は狼狽し、憤り、当惑し、唖然とした。回顧録で祖父が罵っている、自分たちの家に入り込んできたこの不作法な男は、グラスを割り、自分のフォークを落とし、音楽を解せず、絵画や美しいものの一般にまるで関心が無く、食事の席で一言たりとも発さず、自分の分をがつがつと平らげると、父の大事な葦の安楽椅子にどっかと腰を下ろし、「体内の空気を外に逃がしてやる」――気の遠くなるほど酷い冒瀆。突如として母が謎めいた存在に、スフィンクスか閉じられた本のようになってしまい、二人のあいだに何があるのか想像だにできなかった。一年以上経った日曜の朝に彼は偶然二人の会話を立ち聞きする。ちょうど礼拝から戻ってきたところだった。母は晴れ着姿で、黒く輝く巻髪に白い花を一輪差している。四十を迎えたばかりの女盛りの彼女は輝いていた。アンリが囁いている。ちょっとこっちへ来いよ。一度くらいいいだろう、セリーヌ、俺はおかしくなっちまうよ。彼女が言う。結婚は子供たちのためにしたのよ、アンリ、自分でもそう言ったでしょう、それにはっきり私は条件を付けた。指一本私に触れないこと。それが無理なら、また独りであばら屋に住んで、子供たちは施設にやるのね。いつかぶっ殺してやる、と彼が返すのが聞こえる。その瞬間、祖父の目の前が真っ赤になり、居間に駆け込むと、目にいたずらっぽい笑みを浮かべた母が目配せをしてくる。アンリはぶたれた犬のように尻尾を巻いて姿を消し、その日はずっと酒場にいた。

★

　こうしてアンリ・デ・パウという不器用な男は、誇り高き私の曾祖母の、不本意ながら関係を持たぬ二番目の伴侶となり、最終的に同じ墓石に名も刻まれるが、その墓石を一九五〇年代に祖父は教会墓地から取り返してきたのだろう。セリーヌは一九三一年に亡くなるが、恐らくは墓の使用期間が二十五年で、それを更新する代わりに祖父は墓石を持ち帰り、自分の家の地下奥深くに隠したのだ。この計算が正しければ、それは一九五六年の出来事で、私自身は当時五歳だった。父によると、祖父は墓石を取りにヘントブリュッへの墓地へ手押し車で向かったようだが、それは古ぼけて傾いた木製の車体から長い取っ手が伸びた鉛のように重い代物(しろもの)で、私は後年、まだ幼い妹をこれに乗せてやったことがある。教会墓地は当時彼が住んでいた場所のほぼ真向かいに位置していたが、川に隔てられていた。そのため、まずスヘルデ川に掛かる橋へはるばる向かい、あのがらくたを押して傾斜のある橋を渡りきるとヘントブリュッへの教会裏の墓地まで一キロ弱戻らねばならず、そこで重い石を持ち上げて車に載せたらまたはるばる橋を渡って家に戻るのだが、その計四キロほどの道のりの復路は重い荷を積んでおり、車輪が木製でろくに回転しない不便な手押し車で踏破したのだった。その上、ビスケットのように割れ易い大理石板は立てて積まねばならず、道に空いた穴に嵌まる度(たび)に欠ける恐れがある。それは半日がかりの労働となったはずだ。

最後まで受け入れなかった義父の名によって、彼曰(いわ)く不当にも冒瀆された亡き母の墓石を手押し車に積み、スヘルデ河畔を難儀して引き摺(ず)る祖父の姿を想う時に思い出すのは、エドヴァルド・グリーグの組曲《ペール・ギュント》が響く度に彼がしてくれた、つまりはしょっちゅう聞かされた話だった。それは彼のお気に入りの楽曲の一つで、いつもこの曲を歌いながら語っていた。いいか、と彼は言う。ペール・ギュントは自分の死んだ母親を手押し車に乗せて天国へ連れて行ったんだ。ポンポンポン、ポンポン、ポンポンポン……ポンポンポン、ポンポンポン……。テンポ良く歩きながら、亡くなった母さんを、山を越え雲を越え天国の方へ、ペール・ギュントは自分の母さんを天国へと連れて行ったのさ！

そして素人指揮者の仕草で祖父はゆったりと腕を広げてみせる。数年後、主に懐かしさから私が購入したこの組曲のビニール盤レコードの表面には山と雲が簡素に描かれていた。レコードのジャケットに記された文章に、祖父がポンポンポンと口ずさんでいた第一組曲第四曲が実際には〈山の魔王の広間にて〉と記されているのを見て驚く。ギュントが母のオーセを天国へ連れて行く場面を探してみるが、ペール・ギュントはそんなことをしていなかった。ヘンリック・イプセンの同名の戯曲で、ペールは死の床に臥せる母に山の王の祝宴の「物語」を聞かせるだけで、朦朧とする瀕死の母にフィヨルドとトウヒの森を橇で駆け抜け連れて行くと信じさせた場所はソリア・モリア城であって、キリスト教の天国ではなかった——その門にペテロが立ち、神の朧気な姿をオーセが今際の際に見たとはいえ。レコード盤を手に私は狼狽えて立ち尽くす。なぜ、どうやって祖父はあの話をでっち上げたのか。祖父が自分の母の墓石を家に持ち帰ってきた経緯を私の父が明らかにしてくれたことで、恐らくは勘違いに起因するペール・ギュントの物語の改竄と墓石を持ち帰るために行った罪深き道中、そしてその後密かに墓石を葬ったことの背後にはなんらかの出来事が隠れていることをようやく理解し始めるが、その真相については推測しかできない。手の届かぬ母への嫉妬混じりの愛。暗色の大きな紙が悪魔の手がごとく彼女の背に張り付いたあの日、自分を連れ去りにきたのだと母の恐れた悪霊は、母に触れようとするも虚しく終わったアンリの汚らわしい手へと祖父の想像の中で姿を変じていた。しかしセリーヌはあの日、当時の彼には見抜けないなにかを言わんとしていたのだろうか。何故あれほど取り乱し、悪魔の手などについて口走ったのだろうか。あの時、すでに彼女は罪の意識を覚えていて、父の死後まもなくアンリは早くも彼女の人生に入り込んでいたのだろうか。それは考えられず、あり得なかった。

　問いが問いを生み、ぐるぐると深みに嵌まって行く。十月のある晴れた日にヘントブリュッへの教会墓地を訪れ、亡くなった家族の名前を探して歩き、曾祖母の墓はどこにあったのかと考えていると、ずいぶん経ってからなんの偶然かヘントの著名な弁護士にして調停員だったナポレオン・デ・パウなる人物の墓石に出くわし、愁いを帯びた私の思い出は笑いとなって弾け飛ぶ。川の向こう岸、揺れる木の梢の合間に、唯一の生き証人である私の父が変わらず穏やかな生活を送っている家が見えた。その古びた家の周囲、背の高いクレーンが揺れているその下には、泥まみれの基礎溝が埋まっている。その地区には新しい住宅地ができることになっていた。この家、私の幼年時代の思い出の詰まった絵のように美しい家が、建築現場のただ中にこれほど目立つ姿でオーセの家さながら取り残されていなかったなら、この位置関係にはまず気付かなかっただろう。岸辺の汚らしい泥だまりには雁の群れと、動きのぎこちない数羽の白鳥がおり、黒ずんで油の浮いた泥濘には神経質な鷭がいる。破壊された自然、ありし日の思い出。ポンポンポン、ポンポンポンポン。鼻歌交じりに教会墓地を後にする。しかし夕闇の中でエドヴァルド・グリーグの〈オーセの死〉のアダージョに、亡き母に捧げられたこの比類無き葬送曲に浸りながらも、自分の頭上に古き幻が、洞窟の壁に映る影がごとく未知の炎に不規則に引き延ばされ、大きく広がって揺らめく様を思い描いていた。

★

祖父が私を外に連れ出し、大熊座を見せてくれたことを思い出したのは、何年も経ってからのことだった。あそこを見てごらん、と、こんな時は興奮を隠さず祖父が言う、ほら、大きな手押し車が見えるだろう。あれが大熊座だ。初め私は間抜けにもダークブルーの絵具がこびり付いたままの指先を見てしまうが、九月初旬の柔らかな空気の中、大きな平行四辺形が音もなく天穹を滑るのを見る。あの星座はな、と祖父は主張する。巷では柄杓だなんて言われているが、かなり古い型の手押し車の方がずっと似ていてね、縁は先細で荷台は大昔の揺籠みたいな、揺籠型の手押し車だ、そして長い木の柄が星座から突き出しているだろう、あれでペール・ギュントは自分の母親を天国へ連れて行ったんだ。

後に知るのだが、古い手押し車には、そもそも星座のように荷台の上部に柄は付いていない。梃子の原理を考えれば分かる話で、重さを支えられるよう柄は荷台の下部に付いていた。正直なところ、この星座が何に似ているかといえば、スーパーマーケットにある買い物カートだ。とはいえ、梃子の原理だろうがなんだろうがこの記憶の鮮やかさを揺るがすことはできなかった。大きな熊という連想は、柄杓よりもつまらなかった。手押し車だって悪くない。人はこうして下手くそな詩人になるのだと後に思ったものだ。柄杓、熊、買い物カート、亡くなった母親、橇、ペール・ギュントに手押し車といった理解不能な記憶を頭の中で一つにまとめ上げねばならぬとなれば。そして星々が明るく静かに輝く夜の度、記憶の中の祖父の伸びた指を見つめ続けていた。

★

裏庭の左手の隅、低い屋根から伸びるトタンの雨樋が古びた窓の脇を通っている。それは地面に達する前に、大人の背丈ほどの所で途切れている。その下には雨水を受ける樽が置いてあった。樽にはたいてい半分ほど水が溜まっており、金曜日に母がそこから水を汲み出して洗濯をするのだが、それは一日がかりの労働だった。陰鬱な霧雨の日には水が桶に断続的に流れ込む、というより大粒の雫(しずく)が次々と落ちてきて、幾つかはほかより重い音を響かせるのが聞こえてくる。ポチャン……ポチャン……ピチャンピチャン……ポチャン……ボチャン……

空想に悩まされる。水が中程まで溜まったあの魔法の桶からピアノの音色が聞こえてきて流れる雲に半月(はんげつ)が隠れると、どんな雨水用の貯水槽よりも深いかのように中の水が鈍く輝く。大理石の階段からビー玉の転がり落ちてくるのが見えるのは天井が高く明るい修道院の廊下、それは夏のことで父が笑い掛けてくる……。シャンデリアを飾る円錐形のガラス細工と長く垂れ下がった真珠の環(わ)飾りが夏の微風(そよかぜ)に揺られ、ぶつかり合って立てる硬い音、チリンチリリンと仮面舞踏会の仮面に付いている涙を模した飾りに似た……いや……それは桶の中の水、私の耳の中の音楽、五線譜に踊る音譜のように……ポチャン……チャポン……ピチャンピチャン……ピチョン……ポン……ポチャン……

台所の喚(わめ)き声と口論を聞かずに済むならなんだってしよう。

★

祖父の古びたデスクマットの下に汚れた証明書を見つけ、座ってそれに見入る。

ユルバン・ヨーゼフ・エミール・マルティーン
第二連隊兵卒、年齢：十七歳と九ヶ月
第一中隊／第一大隊
登録番号：五五二三八
クルトレ／コルトレイク連隊学校生徒
一九〇八年一一月一一日水曜日　於ヘント卒

★

コルトレイクの軍学校に入学した理由が実家の緊張状態から逃れるためであったのかどうかははっきりと書き残されていない。ただ、製鉄所の仕事がきつさを増したことは記している。製鉄所の娘をものにした新入りの徒弟に、職場のありとあらゆる良い機会を奪われてしまったこともあるようだ。この不安定な時期に「私の内で息づく父の形見」である呼吸器官の最初の発作に見舞われている。その数週間前、小教区のある司祭が彼の意向を伺（うかが）いにきていた。主に召されたと感じてはいないか、と。というのも、と司祭は単刀直入に言葉を継いだ。お前のように、学位も経済力もない若者が隷属状態から解放されるには二つの方法しかないのだよ。兵隊になるか、司祭になるかだ。それは高貴なる召命（しょうめい）には似ても似つかぬ申し出で、彼が具体的に考えたことのない打算的な選択肢だった。さて、兵隊か司祭か。魂の漁（すなど）り人ヴァン・アッケル司祭に唆（そそのか）され、一週間ほど彼はイエズス会修道士たちのもとで黙想のようなものを行い、修道院の庭で、微かに緑がかった花の咲く桑の木の下に立つ父を幻視する。修道院の小部屋では良く眠れず、何時間にも亘って「兵隊か司祭か」という問いに苛（さいな）まれ、祈りと説教と讃美歌の日々を過ごした後に答えを出す。選んだのは軍学校で、計四年に亘って彼はそこで過ごすことになる。四年間、きちんとした服を身に着け、きちんとした靴を履き、きちんと食事を摂（と）り、そこでは重いものを引き摺ったり、あくせくしたりしなくてよかったが、機嫌の悪い軍曹らにしごかれることはあり、不条理な任務を瑕疵（かし）なく遂行し、その几帳面さと信頼のおける性格、規律正しさで目を引いた彼は、人生で初めて上流階級の若者たちと接する機会を得る——彼らの優雅さと趣味の良さ、フランス語の響き、経済的な自由と横柄な親切心に、あのアードルフ・ホステの書店でかつて味わったのと同じ強い不安を再び抱く。すぐに上官たちは彼に本物の軍人の素質、能力と厳格さ、信念、慎み深さ、同時に自意識において他の者たちより秀（ひい）でていることを認める。そのためにより高い要求が課せられる。ほかの者は咎（とが）められないのに、ズボンや長靴に泥が跳ねているという理由で処罰を受けもした。それで辛いと思うことはなかった。懲罰用の営倉は、大きな菩提樹の聳える内庭（うちにわ）の掘っ建て小屋で、そこに座して子供の頃覚えた歌を歌う。翌日、挫（くじ）けることなく、目の充血したアル中の司令官の前に、ぴしっと気を付けの姿勢で立つ。

大変よろしい（トレビアン）、マルシェン、よし（アレ）、当直に戻れ（ルトゥルネ オ セルヴィス）。

ありがとうございます（メルシー）。隊長（モン コマンダン）。私はマルシェンではなく、マルティーンと申します（ジュ マペル マルティーン パ マルシェン）。

了解しました（アヴォゾルドル）。隊長殿（モン コマンダン）。

黙れ（タグール）マルシェン、ふざけた口をきくな。

★

これをもって、と老ユルバン・マルティーンは記している。私の人生の第一部が閉じられた。中二階の小部屋で心地よく腰を下ろし、葡萄の蔦が絡まる東向きの窓からは、スヘルデ川下流を荷船が煙を吐き出しながらゆっくりと通り過ぎて行くのが見える。彼がこれを記していたのは一九六八年の春だった。ちょうど自分の娘とコーヒーを飲んだところだ。孫たちはいつものようにむずがり、ぐずってから登校する。家は静かだった。薄焼きクッキーを齧る。ラジオはパリの騒乱を伝えている。彼はほとんど耳を傾けていない。雑草が伸び放題になっている近所の庭のどこかで、シジュウカラが一羽チュッチュッと単調な旋律を囀っている。雲の少ない穏やかな陽気。最近は物思いに耽りがちだった。亡くなった妻のガブリエルのことを想って。もう一度彼女にすべて語って聞かせたかった。

戦争の事なんだが、ガブリエル。

分かってるわよ、ユルバン。まったく、もう二十回は聞いたわ。

そして彼は黙ってしまう。絵筆を手にすると、ウルトラマリンに焦げたような赤茶色、アリザリンレッド、ネープルスイエローの絵具を少し擦り、夜のあいだに張ってしまった皮膜を拭う。画布の前に立ち、半分ほど仕上がっている荒れ果てた城館のそばの楡の樹の葉に色を付ける。

分かってるよ、ガブリエル。もうずいぶん昔の話だ。

しかし彼は一日中座ったままでいる。同じ運命を辿ることになった少年と連れ立って、徴兵検査を受けにヘントのカッテンベルフへ向かう自分の姿が脳裏に蘇る。その少年の名が思い出せない。アルベルトだったか、アーダルベルト、いやロベルトか。そう、「ベルト」で終わる名前だ、しかしそれ以上のことは憶えていなかった。

★

彼はフェンシングの達人となり、三百メートル離れた所から射撃を命中させる（屈辱を受けた将校は疑り深く、経験を積みすぎているように思われる新兵の武器を調べさせた）。上官と高慢な金持ちの息子たちに侮辱され、苦い思いをしつつフランス語を学んだが、その一方で、夜ごと飲み歩いては給仕の娘たちの尻をつねり上げ、寝床に吐き散らかすヴラーンデレンの農家の息子たちが、たいてい粗野で間の抜けた物言いをするのも嫌っていた。素朴なワロニー人の若者と仲良くなるが、六年後、前線にて泥にまみれた友の無残な死に様を目の当たりにする。そして彼は従順だった――小指一本動かす者もいないのに、酔った司令官が「静か」にしろとがなるような時でも。しかし、この「静か」という語――それは紙の上ではまったく別の姿を見せ、彼は「Silence」という綴りを間違え、「Cilense」と書いていた。この単語が頁から浮き上がり、私の目に飛び込んでくる。なぜこんな間違いを犯したのだろうか。突拍子もない考えが浮かぶ。これは彼に付きまとい続けたあの名前と混ざったものではないか。「Céline」、母の名。「Silence」、「Céline」――「Cilense」。

この見慣れぬ単語を、祖父の魂の闇の奥に光が射したかのようにじっと見つめる。垣間見える孤独、抑え付けられた望郷の想い、母へ向けた心の叫びが、この美しい、非一語「Cilense」の中で窒息している。自分の席に座る祖父、薄焼きクッキーを齧る姿が目に浮かぶ。彼は書き、黙す。母さん、黙って強い男になるよ、あの夜、一緒に夏の雷を耐えた私、雨が二人の髪の上で玉となったあの時に一家の大黒柱だった私、「ボンメルスコンテンの英雄」とよく呼んでくれた私は母さんのたった一人のお気に入りだった。心ならずも今は、自分が馴染んでいたあらゆるものからかけ離れた人間になろうとしている。「Silence」、「Cilense」。静寂が訪れ、と控えめな年代記作家は記す。私は咳をすることも鼻をかむこともする勇気が無く、司令官の胸元では勲章がカチカチと音を立てていた。

★

四年が過ぎ、服従する訓練、アル中でなにかと喚き散らす上官ベリエールの無茶な要求にも揺らぐことなく従順に従い、泥と砂まみれになりながら果てしなく続く演習をこなし、筋肉痛を抱えて数えきれぬほどの夜を過ごし、冷え冷えとした広間で眠り、時に眠れぬこともあったが、これらを経て彼は軍教育を終える。頑健で誇り高く、寡黙になっていた。除隊し、武器と軍服をデンデルモンデの保管所に提出する。実家に戻るも、数ヶ月後にはゼルザーテ北部の国境地帯の税関吏として招集を受ける。彼の母は召集令状をルーヴェン・ストーブに投げ込む。夜は武装した家畜泥棒相手に命を危険に晒さねばならぬ上、雨の降る中で幾夜も干拓地に走る水路のあいだで休息を寝袋で取る故に、健康を損なう恐れがあることを考えれば、母が賛成する訳もない。自由をこんなにもすぐに安売りするために除隊したのではなかった。祖父は一つ頷（うなず）くと黙した。

　数週間後、鉄道会社に応募し、ヘントブリュッへの工場で鉄工作業員として採用される。落ち着いた年、規則正しい生活と休息の年となる。継父（ままちち）と上手くやっていくことを学ぶ。一緒にスヘルデ河畔を散策することもあり、二言三言（ふたことみこと）交わして理解し合うことを学んだ。二十二歳を間近に控え、妻となる美しく育ちの良い娘を探す年頃だと彼の母は思う。定期的に彼は街中（まちなか）を歩いたが、当時のヘントは、その存在を世界に示すことになるはずの万国博覧会（ル グラン デクスポ アンテルナシオナル）を控えた街の大改造で上を下への大騒ぎとなっていた。組織と下請業者が対立していた。フランス語話者の市民階級がすぐさま主導権を握った大きな理由は、ドイツ人もこの事業に積極投資することを検討していたからで、そうなった場合、台頭しつつあったヴラーンデレン民族主義を奉じる市民が活気付いてドイツ側に付きかねなかったのは、同じゲルマン系の兄弟民族ならば、この街で支配的地位にあるフランス語話者たちから自分たちの権利を守る手助けをしてくれると彼らが考えていたからだった。こうして、ヘント万国博覧会の開催前に、ドイツとフランスの利害が早くも真っ向から対立していた――二十世紀最初の十年に存在した各万国博覧会の不協和音の内には、間もなく到来することになる、様々な事柄の不吉な兆候が表れていた。四十年前にフランスとドイツが戦った普仏戦争や過去の軋轢（あつれき）をこのヘントでの諍（いさか）いに見た者にも、それ以上の徴（しるし）は読み取れなかった。フランス人はヘントのフランス語話者市民階級の圧力によって最終的には優位に立つ。ドイツ人は組織から身を引き、フランス語のみで行われた本事業の運営と組織は無秩序かつ混乱に満ちたものとなる。実のところ、野心的なヘント市自身を除けば、万博をさらにもう一つ開催する必要など誰にもなかったのだ。民族主義者の市民は不平を零（こぼ）し、今や敵は同郷の人間で――フランス語話者がその高慢さでもって、共同体の中心で彼ら富裕層は「我々の民族らしくない」要素を形成しているのだと表明する。市が団結を示さねばならなかった事業においてまさに分裂の最初の徴候が姿を見せていた。新旧の世界双方の栄華を様々な形で住民に示さんと、漆喰造りの建造物が雨後の筍(たけのこ)のごとく姿を現す。それは植民地主義的言説とそれに伴う低俗な異国趣味がまだ生きている最後の時代だった。セネガル人の一群が、彼らの村を再現した一画に放り込まれたが、そのアフリカ風の村の入口の門はむしろゲルマン人の砦(とりで)に似ていた。このセネガル人たちの滞在自体が、「ある種のヘント娘」について腹立たしい噂も引き起こし、曰く、彼女らは城塞(シタデル)公園で色目を使い、称賛の的(まと)になっている「見事な体付きの黒んぼ」たちに近づこうとしているのだ。数名のセネガル人は博覧会後もヘントに留まることを希望していたのだが、直ちにアフリカ行きの船に乗せられた。フィリピンからはイゴロト族の代表団も来ていた。ヘント出身の偉大な作家シリエル・ボイセは大いに感銘を受けた様子で、彼らを猿とモンゴル人の合いの子だと記している。この貧しい原住民たちも実にヴラーンデレン的な中世風の建物に滞在していた。四月から十一月まで開催された万博のあと、彼らの一部が通りで物乞いをしている姿があった。若い原住民が死亡すると、厳しい気候に耐性が無かったことと野生への郷愁が原因だと各新聞は我先に報じる。彼はティミシェグという名前だった。その死からほぼ一世紀後の二〇一一年、様々な会議や委員会、インターネットフォーラムでの論争を経て、ヘント市はシント(聖)・ピーテルス(ペテロ)駅の線路下を通るトンネルに、万博の植民地主義的低俗さの不幸な犠牲者たる彼の名を冠することを決定する。開通式には実際にフィリピンから代表団が出席し、ヘント市長と鉄道局長の前で感謝の意を控えめに述べた。

一九一三年の夏、ユルバンはよそ行きのズボンに両手を突っ込んで人混みの中をそぞろ歩き、良家出身の優雅なヘントの娘たちを物欲しげに見やりながら、しかし声を掛ける勇気は持てずにいる。彼は非常に信心深く、内向的だった。時折、小さなスケッチブックを手に外出し、ベンチに腰掛けて目にしたものを描いた。遺品の中に見つけた、小さな油彩作品用に制作された数点のスケッチを私は良く覚えている。地上のキリストさながら深く皺が刻まれ、物思わし気な顔をした一人の黒人の男が暗色の瞳を下に落としている。あの万博の異国情緒溢れる犠牲者の一人か、あるいは街中で見掛けた人物を描いたのだろうか。私の知る限り、この絵は祖父の中二階の小部屋の扉の真上、普通なら磔刑のキリスト像があるべき場所にいつも掛けられていた――最近、父を訪ねた時その絵は無く、やはり小さな木の十字架がそこに掛かっていた。あの絵はどこへ忽然と消えたのか。父も知らなかったが、哀愁を帯びたあの絵は私の記憶の中でずっとあの場所に掛かっている。あの異国の男の頭部が何を象徴しているのか私にはまったく解き明かせなかったが、祖父に尋ねたこともなかった訳は、これを書いている今になってようやく、描かれているもの以上のことをあの絵が意味しているはずだと思い当たったからで、恥知らずにも万博で展示されていた人々のうちの誰かに、彼は出会うか話をする機会があったのかもしれない――ラジオから流れるオペラに家族が忘却へと導く微睡へと誘われている最中、語りはしなかったものの、穏やかな夏の昼下がりに一人座って彼が思い巡らしていた事柄はほかにもっとあったはずだった。

一九一三年の大晦日は家族と祝う。軍隊時代の強烈な逸話を脚色して話してやると、弟と姉妹たちは目を丸くして聞き入った。義理の兄弟のヨーリスは貧血患者施設の事務員となる運命を甘受しており、翌春、「敬虔で快活」だと彼には思われた娘を娶る(めと)も子宝には恵まれなかった。ユルバンが再び登録した夜間の絵画講座は、前よりもずっと有意義なものだった。三か月後には実物のモデルを描くことが許される――ゆったりとした腰布を着けた若者たちが、埃にまみれた石膏(せっこう)製の節くれだった切り株に凭れ(もた)てギリシャ彫刻のような姿勢を取る。修道士(フレール・プロフエスール)の講師から教わったのは、手足を描く時は皮膚の下の筋肉の構造も考えること、レオナルド・ダ・ヴィンチは普遍的な人体の基準を作り上げたこと、そして天使を描く際には信憑性を持たせるよう努めること、つまり、筋構造と連動しているからして、肩甲骨から翼をどう生やすのかも考えねばならない。飛べるには理由(わけ)がある。解剖学は人体だけの問題ではないのだよ、と教師は謎めいた風に付言した。

★

セリーヌの従弟が年若くして亡くなった。一九一四年の七月のことだった。電気技師の彼は操作室での作業中に高圧線に触れ感電死した。祖父たちの住んでいた地域には、彼が埋葬されるエーヴェルヘム地区方面への公共交通機関が無かった。セリーヌは家族を代表して行くよう長男に頼む。そうして十キロ強の道のりを一人歩いて行く。渡し船でヘント＝テルヌーゼン運河を渡る。慎ましやかな儀式に人影はまばらだった。葬儀が終わり、お悔やみを述べるとすぐにその場を辞する。空は晴れ渡っていた。運河を再び渡ると、ポルト・アルテュールにある開けた砂地を越えて歩いて行く。あの飛行士、ダニエル・キネ大尉が複葉機で墜落死した場所に建てられた墓碑を通り過ぎる。四年も経っていたが良く覚えていた。シント・ピーテルス広場での気球遊泳の後でキネが誘ってくれた港での飛行ショーは、新時代の到来とこの街の冒険心、新世紀の華々しい未来の希望を象徴するもので、かなり前から告知されていたこの催しを彼は見に行っていた。ポルト・アルテュールの平原へ向かう道すがら、朝方に聖母マリアの巡礼地となっているオーストアッケル＝ルルド大聖堂を訪れ、ルルドの泉を模したマリアの御前で両手を組んで立っていると、複葉機がわずか地上百メートル足らずの所を掠めて行く。ヘントで開かれる縁日を彩る飛行ショーに備え、キネが早くも試験飛行を行っていたのだった。九時半に予定されていた本番の飛行ではヘント＝ブリュッヘ＝オーステンデ運河沿いを飛んでオーステンデへ向かうことになっていた。予定では、キネは華々しく浜へ着陸し、彼を待ち構えるベルギー王室一家の前にしっかと立つはずだった。一九一〇年七月十日、ユルバンは九時半頃に広範囲に広がって空を見守る人混みの中におり、ファルマン社の機体が割れんばかりの拍手と声援を浴びて飛び立った。突如、飛行機が針路を逸れ始め、たちまち機体が傾くや否や一本の木に突っ込む。かなりの衝撃があり、機体の先端は陥没し、割れた木の枝が宙に舞い、雀の群れが四方に飛び去る。その瞬間、辺りを支配したこの世のものとは思われぬ静寂の中、数名の人々が事故現場へ走る。この衝突で機体の大部分が損壊した。残骸から重傷を負ったキネが救助される。現場で応急処置を施した後、まずカステール大通りの診療所へ運ばれた。キネは意識を取り戻し、話すこともできたが、破裂した腹膜、損傷した腎臓を翌日手術すると、おそらくは術後のストレスから、七月十五日になって心臓が停止し、亡くなる。祖父は葡萄が一房入った小籠を手に病院の入口に立っていたが、その著名な患者を見舞うことは叶(かな)わなかった。不器用な手で早い回復を願う手紙を認(したた)めるも、数日後にキネの死を新聞で知る。どういう訳かこの出来事が彼の心を強く捉える。勇敢さと、祖父が「しっかりすること」と呼んでいたものにとって、キネは模範となる存在だったのだ。

　その四年後、再び七月の夏の季節、飛行士を追憶するため港近くの広大な平原に設置され、碑文が刻まれた巨大な石塊(せっかい)の前に今一度立ち止まる。軍隊式の敬礼を送る。記念碑の周囲を蝶が舞い、右手に茂るひょろりとしたポプラの樹でツグミが囀(さえず)っていた。少し先では地面があちこち掘り返されている。二つ目の大きな船渠(ドック)の建設が進んでいた。点在する林や茂みを抜け、人気(ひとけ)の無い歩道から少し離れた所には最新の機械を収めた倉庫が立ち並んでいる。その一つには「鉄筋コンクリート工業(アントルプリーズ ド ベトン アルメ)」と記されている。それは新しい素材で——と彼は回顧録に記している——当時まだ耳にしたことのない言葉だった(それについてはまもなく良く知ることとなる。リエージュ要塞のコンクリートは鉄筋で補強されていなかったが故(ゆえ)にドイツ軍の榴弾と迫撃砲に対してなす術(すべ)を持たなかった)。行く先に人影は無い。林の中のどこかからチュンチュンという小鳥の単調な歌声が聞こえてくる。オーストアッケル＝ルルド大聖堂のマリアの岩屋(いわや)まではまだ一キロ弱あった。長距離射撃——当時は七百メートル程度だった——の距離よりもう少しある、と思う。日が沈み、彼を取り囲む無人の風景と平原に伸びる道には日中のうだるような熱気が滞留している。道のりの左手に、堤防か土手のようなちょっとした高台があった。さらさらとした砂から草が芽吹いているので、そこの地面はもっと湿っているはずだろうと気付く。

その時、衣服が積まれてあるのが目に入る。白と青。聖母マリアの色だと彼は思う。好奇心から、数歩その方向へ進み、低い土手を登ると、そこには周りを砂に囲まれた溜池があった。すると、彼が日記に記しているところによれば、「青年時代最大の衝撃」を受ける。十八歳くらいの少女が驚いて水から姿を現したのだ。水は彼女の膝辺りまでしかない。狼狽えて立ち尽くす——若い女性の裸を見るのは初めてだった。彼女の方は、なにか待っているような、申し訳なさそうな様子に見えた。そこにあったのはにわかには信じ難い光景で、その人影によって開かれた扉の先にあるまったく新しい世界は、彼が敬虔さとそれに伴う欲望の抑圧とによって念入りに締め出していた世界だった。その少女は夕暮れ時の陽光に包まれて立ち尽くし、待っている風情だったが、怖がっているようには見えなかった。彼自身どうしたものか途方に暮れていた。このことは認めねばならない、と彼は書いている。私は取り乱し、ありとあらゆる考えが頭をよぎった。私が近づいてくるのを彼女は見ていたのだろうか。なぜ水中に身を潜めていなかったのか。なぜ岸辺から数十メートルも離れた、人目に付く土手に彼女の衣服は置いてあったのか。祖父の言う「みだらな」意図が果たして彼女にあったのだろうか。帰宅途中の労働者に襲われる危険は無かったか。その辺りには茂みや切株などなく、暑い午後遅くのひと時に、人っ子一人いないその場所で彼女の身を守ってくれるものはその浅い溜池しかなかった。汗が噴き出すのを彼は感じ、少女の方は微笑みらしきものを浮かべている。口ごもりつつ謝罪の言葉を述べ、襟に首が締め付けられるのを感じつつ、なんでもないという風に身振りで示して背を向けるも、振り返ってもう一度少女を見る。彼女は身じろぎ一つしておらず、ただゆっくりと左腕を動かして胸元を隠す。少し色の濃い金色の下腹部の繋み、小さな臍の作り出す微かな傾斜の陰、瑞々しい乳房の下側が描く湾曲は腕の下から見えたままで、すっと伸びた肩の上で髪が軽く風になびいている——何世紀も前の絵画、それも印刷の不鮮明な本を通してしか見たことのないものばかりがそこにあった。そのようなものが呼吸をし、裸で、そしてはっきりとした姿で彼の前に立っているとは。たちまち、あまりに初心な自分を自覚する。なにかされはしないか怖くないのかと聞いてみたかった。上手く言葉が出てこず、果てしなく長く感じられた一分間のあとで別れの合図を送り、急いで堤防を再び這い登って急いで駆け出すも眩暈を覚える。五十メートル離れてから振り返る。水から上がったらしい彼女は頭を堤防から覗かせており、彼を目で追う様子は「好奇心旺盛なリスが木陰から覗くのに似ていた」。慌てふためいて歩を早める彼の心臓は口から飛び出そうだった。気力の失せる暑い日、茂みと人気の無い野原が突如現実感を失ったように思えた。

　動転して巡礼地に戻り、岩屋の入口までずらりと掛けられて軽やかな音を立てる磁器製の奉納板に沿って歩いていると処女マリアの像が目に入り、胸に刺すような痛みを覚えてズボンのポケットから出したロザリオをぎゅっと摑み、ぶつぶつと祈りを唱えながら安らぎを願う。僕は軍人だ、と考える。軍人なんです、乙女を見てしまいました、女の子を、ああ聖母マリア様、あなたの肖像画ではなく、ジョルジョーネやティツィアーノが描くような女性を、本物の裸の女の子を見てしまいました、急に目の前に現れたんです、白と青の服で、聖母マリア様、なぜこんな目に合わせたのですか。頭がどくどくと脈打つのを感じるほど強い衝撃を受けたので、部屋に戻って数時間経った頃には、その目で本当に彼女を見たのか早くも定かでなくなっていた。あれは暑さと孤独、午前の葬儀時に教会の身廊の反対側で暗い金色の髪をした遠い従姉妹の一人が、黒衣に身を包み葦製の椅子に座って信心深く祈りを捧げているのを横目で見ていたことで引き起こされた妄想ではなかったか。あれは狡猾な悪魔の誘惑ではなかったのか。記憶を頼りに彼女を描こうとするも混乱は酷くなり、紙を破り捨てるとロザリオの数珠五周分の長い祈りを捧げ、ようやく下半身の昂りが多少なりとも収まる。僕は敬虔な人間でなければならない、敬虔でなければ、なぜそうでなければならないのか彼は分からなかったのだが、そうでなければならなかった、そうでなければ。

ひと月前にボスニアのサライェヴォでセルビア人の青年、ガブリロ・プリンツィプがハプスブルク家の大公フランツ・フェアディナントを射殺しており、これによって祖父の知っていた世界のすべてが破滅へと向かうことになるのだが、新聞を読むことなど彼の頭には無い。それよりもラファエッロやボッティチェッリの描く、微かに頬を染めた聖処女マリアを見ては手の平を痛いほど抓らねばならなくなる方が好きだった。

★

それは二〇一二年一月のこと。ブリュッセル南部のアルセンベルフにあるヴォルスト教会墓地に私が数時間滞在した理由は、調査を進める中でダニエル・キネの忘れ去られた墓がそこにあるらしいことが分かったからで、この英雄が墜落した場所において祖父はその生涯で初めて――そして恐らくは最後となる――裸の若い娘を目にするのだが、それはかの大戦が始まるわずか数か月前の出来事だった。イカロスとアフロディーテ、と私は思う。現実にあった話にしては美しすぎる。そんな訳で、私が日がな一日書き仕事をしている所から偶然にもほど近い場所にあるその墓地へと車を走らせたのだった。ワロニーのジュメ出身の若者で、ヘントで歓待されたキネは、どういう訳でここブリュッセル南部のなおざりにされた墓地に流れ着いたのか。訊ける相手はいなかった。

晴れた冬の日。冷え冷えした輝きを放つブナの樹々が墓地を隔てる壁の向こう側でそよぎ、小道に吹き飛ばされた枝が散らばり、濁った水たまりができているのは、前日は強い嵐だったからだ。幾つかの古い墓石に覆い被さるように木が一本倒れ込んでいた。古びた墓碑の幾つかが砕けており、開いてしまった墓穴に溜まった水たまりがきらめいている。陽光までもが清められ、浄化されたようだった。凭れ合うように傾ぎ、沈み込んでいる古い墓石の表面に刻まれた古びた碑文は、白く石化した苔に覆い尽されて読めない。葬儀場の方へ吹き飛ばされた造花の花束がくしゃくしゃになって泥にまみれていた。三つ重なり合って倒れている折れた木の十字架が廃材と違うところと言えばそこには名前が記されていることだが、それも中程で折れてしまっている。傾斜した小道に嵐が深い溝を刻んでいた。砂利道にはそこかしこに紅白のビニールテープが張られていた。この教会墓地の作りは見事だった。豪華な霊廟のある一番古い区画は壁で隔てられ、その先に兵士の墓が半円形に並ぶ。特に用途の無さそうな草の生えた空き地が点々とある。時折、その区画の端に墓石が一つ置かれてあるが、なにも案内は記されていない。その先で一列に植えられた糸杉は区画の区切りとなっており、廃棄された用具と萎れた菊が積んであった。ここが真の哀悼の場とはまるで思われず、あるのはただ冷淡なまでに穏やかな儚さだった。様々な名前、コルレオーネにスキアヴォーニ、デヴラーメインク、次いでムラーゼク・マラスコ、ドゥードゥーにジュノム、トビアンスキ＝ダルトフ、ペルセヴァル、そしてキュロの刻まれた墓を通り過ぎ、ぬかるんだ墓場を三周巡るも、キネの簡素な灰色の石碑は見つからない。恐らくは何十とある小さな墓石の中にあるのだろうが、すぐに厚く絡まる木蔦に隠れてしまうので、繁茂する緑の微かな盛り上がりによってしかその在処は推測できないのかもしれない。管理室は閉まっており、この件について聞ける相手がいなかった。声を掛けてみた老女はあまりにも耳が遠く、毛に覆われた耳元に怒鳴ってみてもまったく聞こえていなかった。何度も墓探しに通い、数か月後にようやくその墓石を見つける。胴体のない天使の翼がそこには刻まれていた。

★

同じ日にヘント港へ足を延ばし、ダニエル・キネの記念碑を探しがてら、祖父にとって大戦前夜に、旧世界の終焉間際に公現（エピファニー）のあったあの溜池も見つけようと思い立つ。あの田園詩の残り香を微かに感じられるはずだ。街を取り囲む環状道路の交通渋滞に嵌まり、工業地帯の穀物貯蔵庫が立ち並ぶ方面を目指して黒煙を吐き出すトラックのあいだに入り込む。空が曇り、気温は下がっていた。GPSがダニエル・キネ通りを見つける。荒涼とした港湾地域の只中にある無人地帯へ導かれた先に現れるのはぼんやりと霞（かす）む工業地帯、倉庫に金網、屑鉄（くずてつ）の巨大な山が連なるファルマン通り――キネが使用した複葉機を設計したフランス人、アンリ・ファルマンに因（ちな）んだ通りだった。しばらく探すと、キネが墜落した場所に置かれた記念碑が見つかる。黄色と赤で塗装されたトラックが何十台も連なって駐車するシンゲル通りの脇に、その碑石はぽつねんと立っていた。記念碑の真後ろには送電塔が高く聳えている。この鉄塔のせいで、ざらざらとする石灰石を切り出した高さ数メートルの石碑がちっぽけに見える。革のジャケットにジーンズ姿、暗い赤毛のカールした若い女性が一人、冷たい風の吹きすさぶ中で写真を撮っている。私たち二人のほかに生けるものは見当たらない。女性は自分の車に乗り込むと走り去った。言葉は交わさなかったものの、微かな興味に互いの視線がふと交錯する。なんの変哲もない平日にこの荒涼とした場所くんだりにわざわざやって来るのは一体どんなもの好きか。この土地を、なにもかもが人間の尺度を超えているこの世界を百メートルでも歩いた人間がいまだかつていただろうか。辺りを見回す。大企業が世界中に残したような、名も無き打ち捨てられた空間しかない。空間的な意味での付帯的損害（コラテラル・ダメージ）。祖父が田園詩的な幻影を目にしたはずの牧歌的な溜池は鉄筋コンクリート製の穀物倉庫の下、地中深くに隠されている。恐らくそれは、数十年ほど前の港の拡張工事に際して特に誰の注意を引くこともなくブルドーザーで平らに均（なら）されてしまうような、大昔の風景を彩る小さな起伏でしかなかったのだろう。

そこからオーストアッケル＝ルルドの巡礼地を目指すが、混雑する時間帯になっており、再び渋滞につかまる。巡礼地では自分の子供時代に思いを馳せる。時代がかった異国情緒が印象的な「ルルド・ホテル（オテル・ド・ルルド）」、身廊部に東洋風のほっそりとした円柱が並ぶ薄暗いバシリカ式の教会堂、マリアを称える銘文や願掛け板、二千年前に人の精子によらず身籠り、神の子を産んだこのパレスティナの娘に宛てた銘板が至る所に掛かっている。七苦聖母マリアに捧げる祈りの記された小冊子を買い求める。それは祖父が一番好きな聖母だった。私のほかには誰もいない。外では冬の日が沈み始め、冷たい風が吹いている。岩屋へ向かってみると記憶よりもずっと教会堂の近くにあった。とはいえ、長年（ながねん）記憶にあったそのままの姿で磁器製の奉納板が巡礼路の砂利道沿いに延々と列を成して柵に掛かっており、風に揺られて軽くぶつかり合い、カランカランと震えるような音を立てると、それは忘却の力を有する遥か昔の模糊（もこ）とした響きの音楽となって私を襲う。聖処女の肖像画の掛けられた岩屋の前にベルナデット・スビルーの小像（しょうぞう）が立っている。彼女も白と青の衣服に身を包んでいる。跪（ひざまず）いたこの小さな信仰の人は、やや仰（の）け反（ぞ）るようにして祈りの姿勢を取り、組んだ両手を少し掲げ、本物を模して作られた岩屋に顕現（けんげん）

せる聖母マリアを見つめているが、聖母を取り囲むように設置されている多数の白熱灯は、一九一四年当時には間違いなくまだなかった。夕方の暑さの中、祖父はここで汗を流しながら立って祈っていたのだろう。青と白の服を脱いだ裸の少女を目にした溜池からここまで、彼の歩いた道のりを思い描こうとしてみるがそれは不可能だった。環状道路、建造物、工業地帯、金網、道路に鉄道、ありとあらゆるものに遮られてしまうのは、近代技術がその野蛮な力と無関心さとによって古き「ソングライン」(14)を断ち切り、世界中で思い出をめちゃくちゃにしてきたのに似ていた。

巡礼路に沿って小ぶりの岩屋が七つあり、敬虔な情景が中に描かれている。指がかじかみ、上着の襟元をぎゅっと摑んで冷気が入らないようにしなくてはいけなかった。人気(ひとけ)の無い、黄がかった照明が照らす安っぽい宗教関連品を売る店で、十五ユーロの願掛け用の板切れを一つ購入する。「感謝の念より」という無難な一文が記されたものを選ぶ。カランと音の鳴る磁器製のものは売り切れていたが、その安っぽい陶器は第三世界のどこかの国で、酷い労働条件で働く信仰心の篤(あつ)い子供たちの手で作られたのかもしれない。五十がらみの暗い金髪の女性が板を柵に掛けるための鉤(かぎ)が必要か尋ねてきた。私は断る。しかし彼女は鉤を一緒に包んだ。上着のポケットに板切れの包みを突っ込むとその寂しい場所を立ち去る。イギリス種の雄鶏が怒った様子でずっと私に付きまとってくるのだが、それは彼の後ろで足を

(14) オーストラリアの先住民であるアボリジニに伝わる、精霊に導かれ移動してきた先祖たちの歴史、地図には残らない軌跡を歌ったもの。

引き摺って歩く三羽の雌鶏を指差そうとを考えることすらまかりならんと警告しているようだった。私はまだその場を立ち去れず、周囲を見回す。人間という存在の儚さを未だかつてなく深く感じていた。神秘的な色彩に彩られた奇跡的な出現の記憶を祖父に残した少女について私はなにも知らない、その名も、出自も、水から現れたその姿について彼が動揺せんばかりに記したことを除けは、その容姿も――彼女は人のかたちをした純粋なる出現であり、その匿名さ故に彼女は、我々がどのような姿をしており、この星に着陸したら何が待ち受けているのかを異星人に知らせんとして、人類が宇宙に送信した像でもありえた。それは数日後に完全なる終焉を迎えることになる、古き、牧歌的な世界の滅びる間際の像（すがた）。車載ラジオがその日のニュースを喧（かまびす）しく私の耳にがなり立てるが、運転しているあいだ静寂がなにもかもを圧倒しており、あらゆる物事や人々から解放され、これほど心穏やかに運転したことは未だかつてなく、どこか遥かな彼方、想像の及ばぬ所から帰還したかのような心持で、すべては失われたのだという事実と折り合いをつけた。教会内で座って読んでいた祈禱書を私は一冊こっそりとポケットに忍ばせていた。

汝らが為に水を
我（われ）は岩より涌き出（いだ）させたり
汝らは胆汁（たんじゅう）と酢を
我に飲ませんと与えり
神聖にして不滅なる主（しゅ）よ

我らを憐(あわ)れみ給え

Ⅱ

一九一四〜一九一八

1

なぜ頭の中であのオルガンがもう一晩中鳴っているのだろう。

空を渡り、幾度となく来たる雁（かり）。最初の群れが飛来するのは夜が明ける直前、日が昇る前の空気がきいんと張り詰める頃。朝一番の日差しに翼をきらめかせ、ガアガアと鳴きながら畑の上空を滑って行く。体中の骨に罅（ひび）が入りそうなほどガタガタと震える。様々な色調の薔薇色と灰色に染まり、オレンジ色の筋が入った微妙なる扇が彼方の空に開く。頭上では、平野の上にかかっていた霧が晴れ、淡く白の塊が漂っている。

一九一四年八月五日。四日前の明け方四時頃に家の扉が激しく叩かれた。立っていたのは市会議員と警察。穏やかながら取り乱した様子の母の声。階段を下りかけていた私が目にしたのは、開いた扉のそばに立つ母の姿で、髪は乱れ、ガウンを慌てて羽織（はお）ったのが見て取れた。警察官が「正装」と呼ぶ支度をするのに十分間の猶予を与えられる。この地域の若者を総動員するつもりらしく、私たちは近所の広場に集合させられる。無言の私。無言の母。私を腕に包み、長く抱き締めたので、寝起きの気配が残る母の呼気と肌の匂いを感じた。私を離す。蒼褪めた、図り難い眼差し。

身体も拭かずに衣服を手早く身に着け、髪を櫛で梳かす。自分はユルバン・ヨーゼフ・エミール・マルティーン、階位は伍長、二十三歳。軍学校で四年間の教練を修了。何をすべきかを理解しており、眉一つ動かさずに従うことを心得、雨と寒さの中、何時間でも立っていられる。

空を行く雁の数が次第に増え、夜明けの空でガアガアと啼き、頭の中のオルガンの音は鳴り止まない。彼方、背の低い大きな農家の向こうに、平野を越えて行くタゲリの群れが見える。その様は風に舞う紙の切れ端を思わせるも、風は無く、木の葉はそよいでいない。朝の冷気が地表から立ち昇る。横の方で誰かが歯をガタガタと鳴らしている。露に濡れたビート畑の冷たく酸っぱい空気に混じる堆肥の微かな臭いを鼻腔に感じる。冬になる前にはみな帰宅できると将校たちは請け合った。自分のいる守備隊は国境警備の支援任務に就かねばならない。伝えられていたのはそれだけだった。

動員日には近所の若者数十名で一列になって通りを行進した。笑みが漏れそうな、驚きに似た感情と興奮とにみなが包まれていた。ヘント南駅の高い屋根の下に、数多の若者たちが行進とともに押し寄せていた。混乱が辺りを支配し、起きていることに今になって気付いたかのように、怒鳴り合い、議論する声が響く。同じ通り出身の若者らと一緒に立って待機していると、人波をかき分けてローザ叔母さんが姿を見せた。長靴下を入れた包みにハンカチ、そしてぬるいコーヒーが入った水筒を手に。彼女は目を真っ赤に腫らしていた。朝の寒さの中走ってきたからよ、と叔母が言う。延々と車両の長く連なる列車がプラットホームに入ってくると機関車がシューッと音を立て、石炭と煤煙の匂いが漂い、自分の部隊を探しに若者たちが集まってくる――出発前の最後の刻をぼんやりと過ごしてしまったが、なにもかもあっという間の出来事だった。一人の少年が父親の傍らで泣いている。ホームの縁に落ちた背嚢の口が開くと、中から転げ出たサンドイッチは先を急ぐ軍靴にたちまち踏みつぶされぐしゃぐしゃになった。一羽の雌鶏が、白い雌鶏が遠くでひょこひょこと線路を横切っており、赤茶色の雄鶏がその後を追っている。車内の客室は鞄と包みで溢れ返っていた。私たちは樽に詰め込まれたイワシさながらぎゅうぎゅうになって座る。列車は煙を吐き出しながらゆっくりと動き出したが、途中幾度となく停車する。中はすぐに息苦しいほど暑くなるも、機関車の排出する煙と煤が入ってきてしまうので窓は開けられなかった。

　昼頃、デンデルモンデに到着する。軍人たちが怒鳴り合う大喧騒の中、私たちは適当に十二の部隊に分けられる。知り合いのいる隊に残れるようにと、みなが押し合いへし合いしていた。

　その日の午後、周辺一帯の家畜小屋に屋根裏部屋、そして納屋が徴用される。私は近所から来た若者たちと肉屋の屋根裏部屋に落ち着く。瓦の隙間から降り注ぐ陽光、美しく、猛暑だったあの年の八月。軍用喇叭の音に命令を発する怒鳴り声、道を開けさせるためのトラックのクラクションの音がのべつまくなしに聞こえていたが、次第に混乱は収束する。どさどさと投げ込まれた麦藁の束の上に私たちは黙って身を横たえた。

　その日は待機で終わる。夜になって各滞在場所に配給が届けられたが、割り当てられたパンとミルクは十二名の男には少なすぎた。肉屋の主人が焼いたソーセージを四本と、臓物の煮物を十代半ばの娘に持ってこさせてくれる。私たちは黙って平らげると自分の寝床で横になり、日が完全に暮れるのも待たず眠りについた。

なにも起こらぬまま三日が過ぎる。四日目の昼頃、全連隊に向けて「総集（グラン・ルサンブルマン）」の号令が鳴り響く。真新しい背嚢がずらりと並んでおり、中には銃一丁と弾丸、乾パンが一包み入っていた。将校たちは物資が行き渡る様子を見守ると大声で命令を下す。

四名（オナヴァン）ずつ（パル）前へ（カートル）！　銃を取って（ポルテ）……構え（ラルム）！

翌日の七時頃に出発した我々の気分が良かったのは、ようやく物事が動き始めたからだった。後（あと）にしたばかりのこの平和な町が、一月後ドイツ人の手で灰燼（かいじん）に帰（き）すことになろうとはこの時誰も予想だにしていない。数時間ほど行軍をした頃、その噂が私たちの部隊にも届く。我々はリエージュ方面へ向かっており、「敵」はボンセル、フレマル、オローニュ、ランタン、ショーフォンテーヌの各堡塁（ほるい）、及び近郊の防衛施設に部隊を集結させていた。ドイツ軍は各堡塁の非常線の突破を図っていた。それを笑い飛ばし、不可能だと断言する声があった。他方、すでに非常線は突破されていると言う者もいた。敵が本当に侵入しているのであれば、我々が先陣を切らねばならない。状況についてさらに尋ねようとする者は将校たちに怒鳴りつけられた。

その日は全日（ぜんじつ）行軍で、みなの踵（かかと）の皮は破れ、温かな液体が目の粗い生地の靴下を湿らせた。おいガキ共、とある中尉が罵る。母親に長く面倒をみてもらったせいで甘ったれてるな。ロンデルゼール経由でステーンオッケルゼールまで行軍する。そこで三十分休憩を取り、めいめい小川で水を汲んだ。アウト＝ヘーヴェルレーを経由し、ルーヴェンを抜けて行く。駅前通りは人気（ひとけ）が絶え、行軍の足音が建物の前面に反響する音の大きさに私たちは勢い付く。午後遅く再び休憩を取った時には一様に汗だくで、顔を真っ赤にし、襟元を開け、痛みに顔を顰（しか）めながら十五分の休憩のあいだに長靴を脱ぐと、そのせいで足は腫（は）れあがり、あとで靴を履き直す際にさらなる痛みを味わう羽目になった。

夕暮れ時、八十キロにも及ぶ行軍に疲労困憊（ひろうこんぱい）しながらも、ティーネンのすぐ先に位置するハーケンドーヴェル村に到着する。空気が澄み切って静かなので、ガラス細工に樹々が閉じ込められているようにも見えた。空を旋回するように飛ぶツバメ、水路の上で舞う蚊の大群。私はもうなにも考えられなかった。我々は広大な小作農場で宿営した。牛たちは家畜小屋のそばにある中庭に放されていた。農婦に牛乳を求めたが、彼女は首を横に振り、牛乳は翌日にしか出せないと聞き取りにくい声で応じた。がたつく梯子（はしご）を頼りに、割り当てられた屋根裏の干し草置き場に一人ずつよじ登る。酷く腹が空（す）いていた。中庭の将校たちのあいだで諍（いさか）いがあり、フランス語で議論が交わされていた。補給部隊が足止めを食っていたのだが、誰もその位置を把握していなかった。一人のワロニー人の兵士が無謀にも鎧戸（よろいど）から頭を出すと「アホ軍隊（アルメーベット）！」と怒鳴る。彼は直ちに連行され、少し経ってから牛小屋の方で泣き喚く声が聞こえてきた。

一時間後、我々の部隊長が丁重に試みる。大尉殿（モンカピテーヌ）、我が隊の若者たちになにか食べさせるものはないでしょうか（ヴナヴェリアンプルメガルソン）。空腹に苦しんでおりますので（イルクレーヴドファン）。

黙り給え（テゼヴー）、ファシュロル、と言って将校は砂に唾を吐き捨てる。

夜、がたつく梯子を下ろして外へ抜け出し、夜陰に乗じて果樹園の果物を腹がはち切れるほど盗み食いし、くたくたになって屋根裏の干し草置き場に戻ると、下からネズミがガサガサと音を立てるのが聞こえ、瓦の隙間にはオオヤマネが何匹も見えた。一匹の蚊が私の耳元でブーンと単調な音を立てている。

★

目下のところは、視界を遮る穀物畑の裏手でもう何日も待機している。決められた時刻に行う野戦演習は私たちを無為に過ごさせず、疲労させるために行われているように思われた。幹線道路沿いに生えている木を一定間隔で切り倒せとの命令が下る。奇襲に備え、切った木を折り重ねるようにして道路に配置したが、奇襲があるとは誰も信じていない。夏の朝のしんとした肌寒さの中、農民たちがあちこちで穀物を刈り取っており、ゆっくりと振われる鎌の音が間近で聞こえると思うと再び遠ざかって行く――寂しげな、ガサガサという音だけが辺りに満ちる。鎌の鋭利な刃に刈り落とされる無数の茎が立てる音のほかは、小ぢんまりとした牧場にいる雌牛の咳込むような声や遠くで犬が一匹吠えているのくらいしか聞こえてこない。気温が上がるとツバメたちが再び飛び回り始め、どこかで空高く舞い上がるヒバリが見える気がする。その高みの青、染み一つない青は、今は亡き父のフレスコ画を思い出させる。折に触れて耳にすることを思わせるものはなにもない。これは戦争だと。そこには平安しかなかった。輝ける葉月、収穫の月、黄色い洋梨とスズメバチ、動きが次第に鈍くなるハエと、日に日に爽やかさを増す朝、木の葉に映る光の染みが微かに、穏やかに揺れる月。

日なたで微睡み、夢想に耽っていると、いわゆる「伝令役」が現れ、隊長のそばに立つ。彼が隊長の耳元で何事か囁くと、私を指差す。

マルシェン！

その声にびくりとし、直立不動の姿勢を取る。

はっ、隊長、私の名はマルシェンではなく、マルティーンであります。

マルシェン、黙れ、馬鹿者！

再び声を潜めて言葉を交わし、視線を私に向ける。

そして、やや敵意を滲ませ品定めするように私を見やり、ゆっくりと告げる。マルシェン、お前の母君があいさつに来ている。

隊長は長靴の踵を打ち鳴らすと形ばかりの笑みを浮かべる。

中庭に駆け出すと、そこに立っている。私の母。変わらぬすらりとした気高い姿、黒髪の巻き毛を輝かせ、一番上等の黒の服と履きつぶした黒い靴の出で立ちで。腕には籠を抱えていた。

他の兵士たちの目に付かぬよう、近くの生垣の陰に連れて行かれる。

座って、ユルバン、と言う。十五分よ。

腕を私に回し、しばらくじっと見つめる。と、微笑む。

駐屯地を突っ切ってきたの、と母。誰にも邪魔されなかったわ。中尉さんとお話できるか尋ねたのよ。後は御覧の通り。

莞爾として笑う。

えっ、と私は声を漏らす。百キロも……

坊や、そんなことはいいの。フリムベルヘンで一泊したわ。

でも母さん、今日は母さんの誕生日じゃ……

笑って頷くと、ミルクと焼き菓子を掲げて見せる。

腰を下ろし、母が目を輝かせて見つめる中、私はすべて平らげた。

空になったミルクの瓶を水路に投げ込む。二人で黙したまま並んで座っていた。

十五分後、隊長が戻ってくる。母に何事か囁き、時間が来たことを告げる。私には部隊に合流するよう怒鳴りつける。彼は再びあの形ばかりの笑みを母に向かって浮かべる。

申し訳ありませんが、マダム。

母は立ち上がり、私の額に十字を切る。

ユルバン、神の御加護を。

手拭いで覆われた籠を私に寄越すと、空気のごとき存在でしかないかのように隊長の傍を母は通り過ぎ、樹々のあいだにその姿が消えると私はまた中庭を通り抜ける。籠の中に入っていたのは、サンドイッチと下着の山にアイロンをかけたばかりの数枚のシャツ、そしてベルナデット・スビルーのごく小さな肖像画。その絵をズボンのポケットに入れる。大腿骨もろとも撃ち抜かれる日までそれはそこに収まっている。

その日はずっと気がふさいでいた。八月九日水曜日、その日は快晴で母の誕生日だった。家畜小屋の建ち並ぶ敷地の端へ戻ると、みなが恐れ戦いて空を見つめている。東の空を、夢でも見ているようにこの世のものとは思われぬ巨大な物体、ツェッペリン型飛行船がゆっくりと昼時の薄い青の中を漂っていた。少しすると飛行船は悠然と太陽の前を滑って行き、空を見上げる我々の顔にその影を投げ掛ける。乱れる鼓動。音もなく私たちの頭上を浮遊する幻想の大魚の大きさと衝撃、その威圧感は、自分が思い描いていた数々の戦いを凌駕するものだった。声を張り上げ、将校たちが集合を命じる。各自、武器と背嚢をひっつかむや、彼方から轟と爆発音、なにかの命中する音と空気を震わせる喧騒が唸るような低い音と共に空気中に広がり、ローラー車のように我々に重く圧し掛かって五臓六腑を侵食し、壁が揺れる。我々から言葉を失わせたこの世のものならぬ出現物は音も無く彼方の空に消える。東の方で黒煙がいくつも長く尾を引いて立ち昇り、凄まじい爆発音が聞こえると、撃ち落とされたかのように鳥たちが低空に進路を変え、不安げに足を踏み鳴らす家畜のいる小屋の中で彼らを繋ぐ鎖が軋む音を立て、我々は初めて驚きと恐れとで身を凍らせた。

一時間後に到着した伝令は、息を切らし消耗しきって中庭に倒れ込む。リエージュ周辺の全堡塁の陥落を知らせに来た彼は、火が放たれ、無防備な市民が犠牲になっていることを伝える。報復のための処刑が無秩序に行われているといった話が早くも流布しているらしい。私たちは再び東へ三十キロの行軍を行った。

実際のところ、ドイツのフォン・エミッヒ将軍はリエージュ要塞への攻撃を四日前から開始していた。敵は北側のみならず南側からも要塞を包囲しようと試み、特にボンセルの堡塁とウルト川のあいだを突破しようとしていた。我々は町の西側にいたため、なにも視認できない状況にあった。第三師団がエヴニェー堡塁付近で攻撃を受けたらしい。そうこうするうちに、時計のような正確さで空気を切り裂いて飛来したものが、耳にしたことのない轟音を立てるや足元が震え、風の前の塵よりも自分たちが心もとない存在だと思い知らされる。その場で失禁しそうになる。我々が、かの「ディッケ・ベルタ」の巨大榴弾砲の音を耳にした最初の人間に属することを私はずいぶん後になってから知る。空襲に加え――このまったく新しい戦術により、防備を固めていた堡塁群はただの穴ぼこと化した――この榴弾砲によって、難攻不落と思われていたリエージュのベルギー抵抗軍は数日で捻り潰される。火薬庫に直撃を受け、ロンサン堡塁は八月十五日に陥落する。堡塁のコンクリートは鉄筋による補強がまだなされていなかった。古代生物マストドン、のどかだった時代の生き残りはこうして息の根を止められた。あのポルト・アルテュールの倉庫群を思い出さずにはいられないが、水中に立つ少女を見たあの日はもうあまりにも遠かった。鉄筋コンクリート。

★

その間に我々は戦闘隊形を整え、銃剣を構える。将校たちは命令をフランス語でがなりたてる。彼らが怒鳴り散らし、喉を嗄らして叫ぶ指示を各隊の隊長がオランダ語に訳す。西への退却が発令される。移動中にほぼ全堡塁が陥落し、抗戦不能となったと耳にする。ベルギーにはドイツ軍の使用していた口径四十二センチメートルの大型迫撃砲など存在していなかった。この兵器によってリエージュの全堡塁が突破される。老朽化していたこれらの防塁にはせいぜい口径二十一センチメートルの迫撃砲くらいしかなかった。

敵軍接近中、と自隊の隊長が叫ぶ。勇敢さを見せてみろ。

首元で脈打つのを感じる。吐き気が込み上げる。

臆病者さ、俺らみんな臆病者だ、と、ロシー通りから来た斜視のリュディが吐き捨てる。第三師団を救援しに俺らは東へ行軍してなきゃいけないんだ。

誰もその声には応えない。淡々と西方へ向けて行軍を始め、打ち捨てられ、人気（ひとけ）の絶えた田舎道を我々が行く乾いた八月、疲弊し、色褪せた八月。ワレム近郊で一人の女性が通り掛かり、身振りと共になにごとか叫ぶも誰も理解できない。後方で長く棚引く黒煙はだんだんと小さくなっていた。

日が暮れる頃にティーネンに到着する。建物が徴用され、私たちは学校内のがらんとした廊下でひんやりと冷たい床のタイルに身を横たえる。私は背嚢から母のサンドイッチを取り出し、自分に任された数名の若者に分け与える。言葉を発する者はまだいない。すぐに疲れ切った兵士たちの鼾（いびき）が聞こえてくる。

★

日が経つうちに、上官たちの様子の変化に気付く。将校らが私を注意深く観察するようになり、隊長たちの話し方はどことなく丁寧さを増し、今後の計画を時折知らされ、狙撃隊を組織するにあたって誰と組みたいか要望を聞かれもした。その理由は私が四年間軍学校に通ったからというだけでも、部下をまとめ上げるやり方が特に優れていたからという訳でもなく、なによりも威厳と自信とに満ちた母に軍人たちが感銘を受けていたからだということを私は知っている。

八月十五日、我々はティーネンのすぐ北に位置するシント＝マルフリーテ＝ハウテムに駐留している。日暮れ前、自分で八名を選抜し、連隊最左翼部の歩哨任務に就いて東部前線を形成せよとの命令を受ける。ヴィッセナーケンからティーネンへ向かう街道沿いに建つ一軒家の高い壁を使ってテントを張り、通行する者が必ずそこを通るようにする。おおよその身元、特に外見と立ち居振る舞いを検める――全員が密偵だと思え、と念を押されていた。ドイツ軍は裏切り者に褒賞を約束しており、至る所で国事犯が問題となっていた。すでに数名の売国奴が処刑されていた。

聖母被昇天の祝日には、屋外でミサが執り行われた。私は避難民たちが跪いて咽ぶ姿に目を向けていたが、ほかの者たちは野原に設えられた即席の聖櫃をじっと見つめている。従軍司祭は慰めの言葉を掛けようとし、その文言は夏風に吹き飛ばされる。その日、初めて負傷者たちがよろめきながらやってくるのを我々は目にする。一人の若者は木陰に腰を下ろして血を吐いていた。

駐留していた場所は丘のようになっていたので、下方にずらりと並ぶ大砲が見える。兵士たちが忙しなく行き来していた。

混乱と期待の内に日々が過ぎて行く。ハーレンからは一般市民に対する報復行動を巡る酷い知らせが届き、抵抗運動の疑いを一方的に掛けられた人々が通りや納屋、地下室、室内でうなじを撃たれて殺されていた。負傷者たちが運ばれてくるようになったので野戦病院が設置される。医者の一人が、予め泥酔させた若者らに実に原始的な外科器具で切断手術を施し始める。穏やかな八月の日々は、数日に亘って阿鼻叫喚で埋め尽くされることになった。ハーレン近郊から聞こえてくる迫撃砲の轟音、焼け焦げた肉の匂いとが、露の降り始めた夕暮れの平原に広がる。八月十七日、ロンサン堡塁が二日前に壊滅していたことを知る。我々はほとんど眠れず、熱っぽいある種の恍惚状態に陥っていた。多くの兵士たちが命令を受けてティーネン方面へ行軍して行く。誰一人として戻ってはこない。

★

八月十八日、午後、地面が突如揺れた。ロシー通り出身の斜視のリュディが耳を地面に当てるや飛び起きて叫んだ。接近中、接近中！一斉に武器を掴むと、遠くで焼夷弾がティーネンの街に降り注ぐ様を目の当たりにする。突如、「助けてくれ！助けてくれ」と泣き喚く人々の波に我々は文字通り飲み込まれ、恐慌に陥った彼らに検問所が倒される。黒い衣服に身を包んだ看護婦が、彼らの後から大声を上げて駆けてきた。伏せて！伏せて！彼女は地面に伏せるようみなにはっきり伝えようとしていた。しかし大多数はフランス語を解さなかったので、彼らは振り返りもせず駆けて行った――死の方へ。

ドイツ軍は稲妻のような速さで進撃してきた。一時間も経たないうちに、動く鉄壁のようなものと、煙、銃火がぼんやりと我々の前に現れた。圧倒的な数的優位に立ち、最後の審判を告げるがごとく鈍い鳴動と共に接近する。恐慌をきたして帰還した前哨部隊が恐怖にかられて半狂乱の体で私たちの腕に縋りつき、金切り声で逃げるよう訴える。中尉に呼び止められ、数名が連行されて行った。敵前逃亡の罪で彼らに厳罰が下ることはみな知っていた。

下方の平原で、自軍の大砲の内、三門が一撃で粉々に吹き飛ばされるのが見えた。金属片が我々の隊列まで飛んできた。私の部隊の若者の一人が突如狂ったように叫声を発し、泣きながらぐるぐると歩き回り始める。飛来した鉄片に彼の左前腕部が切断されていた。大隊副官が息せき切って私の持ち場へやって来ると、部下を集合させ、直ちにここから三、四キロメートル前方にいる第二十二戦列連隊の上官のもとへ進軍せよと命令を伝えた。自殺行為だ、と一人の部下が声を上げる。彼は隊列から引き剝がされるや殴り飛ばされた。私たちは出発し、生け垣や水路に沿って進み、並木の陰に度々身を潜め、次第に落下地点が近づいてくる榴弾から身を守るために時折地面に伏せる。フリムデ方面へ一キロ半ほど進んだ所で、真の地獄が始まった。血の滴る包帯を頭に巻いた兵士たちが道路沿いに横たわって助けを求めている。片足を吹き飛ばされた若者が横たわり、出血多量で死んでしまうと呻いている。彼らに構っている暇など誰にも無かった。

二方向から攻撃が来るようになり、我々を包囲せんとしているらしい。みな走り続けた。こちらに向かって来た一人の歩兵が、気でも違ったのかと叫ぶ。もう死にたいってのか？ 自分の後ろを見てみろ、と怒鳴る。八名いた部下のうち、ついてきているのはわずか三名になっていた。身を屈めて走り、将校たちの詰め所の位置は知っていたので、彼方の農場を目指して駆けた。砲撃で崩れ落ちた壁の陰で荷車に積まれた負傷者たちが嘆いており、オップリンテルとフリムデから逃れてきた避難民、母親と子供たちも途方に暮れていた。背後で仲間のリュディが声を上げる。行くぞ、ユルバン、もうすぐそこだ。

農場まで残り数百メートルの地点で、ポプラ並木の陰に身を隠そうとする。突風に似た、空を切る耳慣れない音がしたかと思うと、木が四本薙倒され、轟音とともに砕けて路上に四散した。生き残っていた三名の部下の一人は即死だった。砲撃の命中した木々に吹き飛ばされてできた盛り土の陰で、第二十二連隊の将校が小隊と共に身を潜めていた。彼は匍匐（ほふく）で私の方へ這ってくる。訓練を積んだ八名の狙撃兵を率いて将校の援護に向かう命令を受けたものの、三名にまで減ってしまったこと、そして自分自身これは愚策だったと思う旨、報告した。将校は私を少しのあいだ見つめてから口を開いた。無駄な命令だったな。向こうにはもう救えるものなどない。

辺りに降り注ぐ砲弾と焼夷弾（しょうい）。我々の鼓膜は使い物にならなくなる寸前で、至る所で家や木々が炎上し、流れてくる煙に息を詰まらせ、真昼間なのに辺り一帯は暗くなった。

午後遅くなるまで我々は地面に伏せていた。ものの数時間であらゆる文明の痕跡が吹き飛ばされ、周囲は荒野のような原始的な風景へと俄（にわ）かに姿を変じていた。日が落ち、ティーネンとフリムデ、シント＝マルフリーテ＝ハウテムの空が灼熱の炎に紅（あか）く染まって煙に覆われた頃、毅然（きぜん）とした行軍の足取りではなく、そろりそろりと我々は撤退を開始する。隊は統率を失っており、宵闇（よいやみ）の迫る中、泣き言を漏らし、洟（はな）を垂らし、吐き、泣き喚き、打ちひしがれた状態で硝煙（しょうえん）の臭いが残る穴の中を瀕死の状態で逃げ出すそれは、蟲（むし）に近い人間の群れだった。

自分たちを送り込んだ少佐に報告をせねばならなかった。大隊副官デュニオルは厳格な人物で、すらりとした連銭葦毛（れんぜんあしげ）の愛馬に跨（また）がり、見下すように我々兵士にフランス語でのみ言葉を発すると、私を怒鳴りつける。マルシエン、訳せ（トラデュイ）！

承知しました（アヴォゾルドル）、隊長（モンコマンダン）。私はマルティーン（ジュ マペル マルティーン）と申します、隊長（モンコマンダン）。

私がマルシエーンだと言っている（マルシェーン ジュ ディ）んだ。黙れ、馬鹿者（テトワ メルド）！

我々が最後尾に合流した頃には夜が明けようとしていた。敵は包囲する動きを取りながら前進を続けていたので、このペンチが閉じてしまう前に逃げ果(おお)せたのは奇跡的だった。私は声を落とし、この敵から学んだ多くの事柄を将校と検討した。すなわち、自軍には無く、これまで目にしたことのない技術を有する兵器に加え、焼夷弾の備蓄が山のようにあることや、砲撃を止むことなく行いつつ進軍し続ける陸軍、我々にはまったく未知のものであった機銃掃射、大型の迫撃砲、極めて迅速な包囲戦術、多数の捕虜を集めておける深い塹壕(ざんごう)を掘る能力、敵軍は至る所で混乱を生じさせることで我々に心理的恐怖を与え、戦意喪失を図っていること、恣(ほしいまま)に市民及び捕虜を処刑していること、そして全方位から同時に姿を見せることを。将校は頷くと、日が昇ったら自分についてくるよう告げる。我々は疲れた体に鞭(むち)打ち、再びヴィッセナーケンを通過し、バウテルセム近郊に並ぶ干し草の山の陰で広がって横になっている他の兵士たちに混ざると、まだ温かい地面に身を横たえて数時間眠った。

六時少し過ぎにデュニオル隊長に報告を行おうとすると、彼が命を落としたことを知らされた。副官のドノエルもろとも。

ほかにも多くの死者が出たのかと、間の抜けた質問をしてしまう。

マルシェン、ほかに言いたい戯言はあるか？(タ アンコール デ ベティーズ ア ディール)

申し訳ございません、隊長。(ジュ メクスキューズ モン コマンダン)

混乱の中、対応策が協議される。敵軍との最初の接触で自軍は大量に戦力を失っており、残された策といえば、敵軍の側面に小規模な奇襲を仕掛けることで敵が戦意を喪失し、我々が不屈の軍であるとの印象を抱く可能性に一縷(いちる)の望みを託すくらいしかなかった。一週間に亘って実行されたこの作戦はまずまずの成功を収めた。至る所でドイツ軍の戦列に少なからぬ打撃を与えるが、相手を一層狡猾(こうかつ)に、用心深くし、憤らせることにもなった。見境ない復讐のために市民が定期的に殺害された。我々は文字通りあらゆる人間を疑うことを学ぶ。ドイツ軍は戦死した我々の軍の兵士の制服を着た密偵を送り込んできた。彼らはオランダ語話者であるヴラーンデレン人には下手なフランス語で、フランス語話者には下手なオランダ語で話すことで我々を欺き、情報を聞き出そうとした。こうしたベルギー軍の制服姿の密偵が射殺されるのをほかの兵士たちが目にすると、隊にしばし動揺が走る。将校たちは日に幾度となく私たち兵卒を罵り、シント＝マルフリーテ＝ハウテムの陥落を私たち兵卒が未熟だったせいにした。最善を尽くしたと応えようものなら、口を閉じろと怒鳴りつけられた。

　万全の準備を整えている敵軍に小競り合いを仕掛けんと、十五キロ、あるいはそれ以上の距離を速歩で行軍せねばならぬこともあり、その都度大量の戦力を失い、不平不満が増していった。

　一週間後、我々は疲弊し、栄養不良に陥って士気が下がっていた。着実に撤退しており、アールスホット、ウェルヒテル、ハーハト、ボールトメールベークを通過して行った。

　ボールトメールベークでは数日休息を取り、ようやく十分な補給を受けた。数名の若者が酷い下痢と吐き気に苦しんでいた。死体の沈む水路の水を飲んでしまっていたのだ。

　私の背嚢は泥と汚れで固く強張っていた。打ち捨てられた農場で装備一式を洗う。木炭と鉛筆、入れていたことを忘れかけていた画具を見つける。家から持ってきた数枚の紙は泥で染みだらけになっていた。感極まって喉元が締め付けられる感覚を覚えつつ、木の幹に身を預けて座り、そして描く。破壊された風景、瓦礫の山、砲弾の作った穴、死体、折れた木々の根株、折れた楡の木に垂直にぶら下がる馬の死骸、その千切れかけた血塗(ちまみ)れの頭部はぞっとするほど捩(ね)じくれており、冷たい朝の光に照らし出されて奇怪な形の枝とも見える脚は折れた木の残骸に絡みついている。酷い臭いを放つぱっくりと開いた腹にはびっしりとハエがたかり、その下で粉々になっている荷車の綱にはまだ板切れが数枚ぶら下がっている。静寂に、父の手が奏でた心を落ち着かせてくれるあの音に、紙の表面を擦(こす)り、平安の内に素描をしていたあの遠い日曜の午後に思いを馳(は)せると、目から涙が、いやになるほど熱い涙が溢れ出し、紙をくしゃくしゃに丸めて投げ捨てると呪いの言葉を吐いた。

おい大丈夫(エ・ビアン・サ・ヴァ)か、マルシェン?

この日、アントウェルペンの各堡塁に撤退するよう、国王がベルギー軍に命令を発したが、我々は暫定的にボールトメールベーク近郊に留まることとなった。取り乱した避難民たちから、ドイツ軍が略式裁判の形でアールスホットの住民にさらなる報復行為を行った話を伝え聞く。適当に選んだ村の全住民を狩りたて、身を震わせる男たちを一列に整列させると、住民の三分の一が抵抗に関与したと宣告し、二人おきに首に銃弾を撃ち込み、女と子供たちに自分の父親の死体を引き摺(ず)って行かせて埋めさせた。自制心を失ってしまった女は、子供がスカートにしがみ付いているのも構わず銃の台尻で殴り殺された。ワロニーでの残虐行為はそれを上回る規模だったらしい。ある男が証拠として持っていた、吐き気を催す悪臭を放つ帽子には、彼の兄弟の飛び散った脳がこびりついていた。ベルギー軍の損害はあまりにも甚大であったので、その規模は徐々にしか実感として伝わってこなかった。自軍の両連隊に大量の死者が出たため、両連隊を合わせても通常の一連隊以下の規模にしかならなかった。ここから、当地に集結した軍隊が一週間で半分失われたことが推測できた。

数日後、おぞましき八月最後の週に待っていたのは、あのスヒップラーケンの悪夢。

2

第二戦列連隊第三大隊の新たな八名の仲間と私がどの荒れ果てた土地を通って行軍したのか、今日(こんにち)でも人々はまず想像できまい。ボールトメールベーク近郊で、私たちを護衛していた二名の憲兵が一・五キロの間隔を置いて離脱した。一人はにやつきながら足を捻挫(ねんざ)したと言い、もう一人は、騎兵は歩兵よりも敵の標的になり易いのでただ怖いのだと告げにきた。私は無駄な議論に言葉を費やさず、好きなようにしろと手ぶりで示した。私たちは慎重に兵を進めた。開けた平原にいるウサギのようにジグザグに進むよう、自分の部下に絶えず言い聞かせねばならなかった。前衛部隊のいる辺りでドイツ軍の斥候(せっこう)が発見されていた。私は頭を必死に回転させ、生き残るために取るべき行動を可及的速やかに決定せねばならなかった。ルーヴェン道(ルーヴェンセ ステーンウエッヒ)を渡り、南西のカンペンハウト方面へ進路を変更する。残された物品を見るにつけ、進むべきでない方向へ進軍してきたことが窺(うかが)えた。辺りを支配する混乱と恐慌。スヒップラーケンの森林は、腰を下ろして夏の茂みや樹々の美しさを描いてみたくさせるが、通りがかった池のほとりには槍騎兵の青いマントが黄色い砂地に打ち捨てられていた。遠目には初め武器を構えた兵士に見えた。本能的に自分の武器を構える。が、それはだらりと垂れた服の片袖だった。思い出されるポルト・アルテュールの水辺に積まれてあった青と白の服、たったひと月前の出来事。もう遥かなる昔のように思われるそれは、私たちがこの数日で喪(うしな)ってしまった世界で起きた話だった。

　身を隠してくれる森の奥深くへ進んだ。日が暮れてこれ以上薄闇の中を進軍するのが難しくなる。カンペンハウトには辿(たど)り着けなさそうだった。辺り一帯に鉛のビー玉のようなものが散らばっているほかに榴散弾(りゅうさんだん)と破砕(はさい)性榴弾の痕があり、この森で戦闘があったことを物語っていた。百メートルと離れていない地点に時折砲弾が落ちてくる。大地が揺れた。眼前で土が飛び散り、折れた木々が地面に倒れ、遠くから金切り声が響いてくる。闇が深まるなか密かに前進する。攻撃の音が大きくなり、音は次第に近づいてきているようだった。取り決めてあった場所で小休止を取る。どこから来たのかは神のみぞ知るが、そこには自軍の連隊の幌馬車が一台止まっていた。部下に銃を束にまとめさせ、二名に東側の歩哨に立つよう命じる。私は報告を行った。数名の将校が馬の手綱(たづな)を手に静かに到着する。食料のパンとチーズが全員に配られた。少し経ってからさらに特殊戦闘部隊が到着する。驚いたことに、その中に従兄弟のルネがいた。彼は叔父エヴァリストの二番目の息子で、私はかつて一人目が竈(かまど)の火で焼け死ぬのを目の当たりにしていた。ルネは蒼褪(あおざ)め、疲労の色が濃かった。話をする暇は無かった。将校たちには幌馬車に積まれていた藁の束が就寝用にあてがわれ、我々歩兵は地面で眠った。いかなる理由があろうとも照明を使うことは許されなかった。幌馬車の裏側にただ一つぶら下げられた球状のランタンが、銃剣に混じって無造作に捨て置かれた連隊旗に淡い光を投げ掛ける。私は眠れずにいた。この柔らかな光の中で眠る兵士たちの顔を染める暗赤色(あんせきしょく)は、ゴヤの絵の温かな色調を思わせた。眠っている顔の影の部分の色合いは黒人のように暗い。背嚢（はいのう）から静かにスケッチブックを取り出して手早く素描すると心が少し落ち着く。戦争が終わってから、一人の若者の頭部をキリストのものとして油彩で描いた。

しかしまもなく眠りに襲われていたらしい、というのも突然の爆発音に跳ね起きたからだ。幌馬車の間近に爆発でできた穴が開いており、銃剣が辺りに散らばっていた。幌馬車から壊れた楽器が幾つか投げ出されている。軍旗からは黄金の獅子の飾りがもぎ取られていた。怪我人がいないことを確認し、再び身を横たえる。柔らかでひんやりとした苔（こけ）を感じながら。カサカサという音が絶え間なく聞こえていたので、真夜中頃に将校の一人は数名の兵士に木の上で見張りをさせる決定を下す。もうあまり眠ることはできなかった。深夜二時から、能（あた）う限り音を立てぬよう注意して出発の準備を始める。全方面の連隊が集結する。兵士たちは静かに歩を進めながら大きなうねりを成して合流し、微（かす）かな騒（ざわ）めきが森に広がる。彼方の森の端で一軒の農家が炎に包まれている。黄色い炎が立ち昇ると、広がる火花が宙（そら）高く舞い上がり、花火となって消えた。

我々は前線を二つ形成した。ルーヴェン方面とブリュッセル方面に対して。少し経ってから、ドイツ軍の位置から三百メートル以内の地点に接近していることを斥候の一人が確認した。我々の連隊は身を潜めるための穴を無我夢中で掘り始める。時折、銃弾が朝闇を切り裂いて飛び交う。鍬（くわ）は木の根に跳ね返され、作業は遅々として進まず、音を出しすぎていた。動揺が高まり、みな死に物狂いで作業する。掘り出された土で防塞（ぼうさい）を拵（こしら）えた。貸農場のそば、燃える炎の周りをうろつくドイツ軍兵士の悪魔のような影が見えた。製鉄所時代から知っているテーオ・カルリエがすぐさま狙いを定めるも、一人の将校がシーッと静かにするよう合図をしながら怒りの形相で飛んできて、彼の腕を叩いて下ろさせた。馬鹿者、あれがただの囮だと分からんのか、ベルギー兵に銃撃させて居場所を突き止めようって算段だ。暗がりの中、ドイツ軍の救護車が何台か近くの道を走ってくるのが見えた。そして今度は死んだように静かになる。雨が降り、灰の燻る臭いがこちらへ流れてくる。掘った穴は深さが足りず、足を斜めに折り曲げながら苦労して泥の中に座り、命令を待った。

一時間すると私は退屈と無為に耐えられなくなる。忍んで中尉のもとへ赴き、偵察に行く許可を求める。百メートルほど離れた所で、太いブナの木に砲弾が一発命中して倒れていた。将校は頷くと囁いた。気を付けろ、お前のへま一つで我々全員がやられる。テーオ・カルリエが同行した。武器を構え、木の所まで匍匐前進で進む。幹の背後に伏せると、ドイツ軍の防塞に偽装された機関銃用の隙間が二カ所あるのを見て驚愕する。二人で三まで数えてから同時に三発ずつ、各隙間に撃ち込んだ。しばらく静寂が支配したが、頭を木陰から出した途端に地獄絵図と化す。こちらを木陰から追い立てようと、角度を付けて付近に銃弾が撃ち込まれる。罠に嵌まっていた。銃弾が音を立てて飛んでくるや木の幹に当たり、耳元に木っ端が弾け飛ぶ。身を起こし、命を守らんとひたすら走る、銃弾の合間を縫って跳ねんばかりに木から木へと。手近な穴に飛び込む。穴の中の水位は雨でかなり上昇していた。多くの兵士がもう膝まで泥水に浸かっていた。ドイツ軍は組織的に攻撃を続けている。彼らはまず銃を撃ってこちらの様子を窺い、どこかで人影が動くと機関銃を掃射した。

こうして我々は一日中待機した。よく休み、頭を使うよう将校たちがしきりに命じた。補給物資は尽き、空腹のあまり腹が痙攣する。なにか飲もうと穴の中の汚い水を掬いもした。また日が暮れると、穴にやって来た数名の兵士が弾薬を分配し、別の兵士は濡れた乾パンを配った。罠にかかったネズミよろしく包囲されていることを我々は理解する。避難所となるはずの森が待ち伏せ場所であったことが明白となる。

明け方頃に攻撃が両翼から再開されるが、より重い砲撃の音がもっと遠くから聞こえてくる。昼頃には、多くの若者が、出たがっていた穴の傍らで死んで倒れていた。幌馬車の陰に置いてあった自分の銃剣を取ろうとした若者が、みなから見える所で目を見開いたまま横たわっていた。一発の銃弾が彼の開いた口を撃ち抜いており、後頭部は吹き飛んでいる。滴る血が濡れた苔に流れた。

状況は変わらぬまま、再び夜が訪れる。将校たちは死人のように蒼褪め、いらだった様子で声を潜めてフランス語で言葉を交わしていた。私はそちらへ這って行き、偵察の許可を再度求める。それは却下され、辺り一帯に罠が張られており、包囲されていると将校たちは推測していた。夜通し遠くから響いてくる銃弾の音、森に轟く迫撃砲の爆発音に雷鳴のような地響き、暗い中を飛び立ち闇雲に枝のあいだを掻い潜って飛ぶ鳩たち、彼方に映えるくすんだ色の炎に、タン、タン、タンという機関銃の音。夜更けにはすべてが静まる。どこかでフクロウが鳴いていた。雲間を滑るように半月が移動し、眠り込む者たちに死へと誘う光を投げ掛ける。

三日目の朝まだき、森の周囲の畑と牧場に朝霧が掛かっていた。ドイツ軍は撤退したらしい。砲撃を浴び、火を放たれたエーレウェイトの教会と家々の姿が彼方にぼんやりと見えた。森の奥深くで集合の号令が掛かる。そこら中で、粘土に息を吹き込まれたゴーレムがごとく難儀して立ち上がる男たちは、息絶えた仲間の死体に足を取られる。身を震わせ、手足は痺れ、背中の痛みに体を強張らせつつ、泥に覆われた制服姿で、半ば銃に凭れるようにして乱れた隊列を組む。包囲網は明らかに解けており、その理由は謎に包まれていた。ドイツ軍にとって我らが第二戦列連隊よりも重要な問題が別にあったらしい。五列縦隊を組み、大隊ごとに用心して森を後にする。村で目にしたのは雨の中シューッと音を立てる家々の廃墟、機関銃で殺された家畜と人、焼き尽くされた教会は七年前にメルシエ枢機卿によって献堂されたばかりだった。後にどの教科書でも詳細に取り上げられることになるスヒップラーケンでの凄惨な野戦について、我々が目にしたのはこれがすべてだった。

★

我々は気力を失い、軍服から悪臭と湯気を発しながら行軍を続けた。道すがら、女性たちがパンや牛乳を入れたポット、時にはハムの塊を持ってきてくれた。彼女たちは名を挙げて、自分の息子たちの安否を尋ねる。村と村のあいだには目を見張るほど美しい自然が広がっていた。遠くの空に漂う夏雲の下で穀物が風に揺れ、牧場に点々と繁る木立は草を食む家畜に木陰を提供し、ツバメとヒバリが宙を軽やかに舞い、澄んだ小川のそこかしこで小魚がきらりと身を翻し、ヤナギが温かな微風にその梢を遊ばせている。十七世紀オランダ風景画家たちの絵に満ちる平安に、イギリスのコンスタブルが描くような樹の梢、光と影が所々描き込まれた穏やかな生の情景に思いを馳せずにはいられなかった。我々の駐屯地は暫定的にメッヘレン近郊のシント＝カーテレイネ＝ワーヴェルに置かれた。補給部隊が到着し、新しい弾薬が補充される。写生や素描をして私は日々を過ごした。鉛筆は尽きていたので、火を消した木炭を削って尖らせ、それで描く。これは石墨より使いやすかった。線がずっと上手く引け、陰影の濃淡を多彩に表現できた。恋人に送ろうと、自分の顔を描いてもらいたがる兵士もいた。しかし木炭を紙に定着させる溶剤を持っていなかったので、素描はすぐにぼやけてしまう。そうなった絵を捨ててしまう兵士もいた。ぼやけた肖像がしわくちゃになって道端に落ちていた。

ドイツ軍が狙いをブリュッセルに向けたという情報が入り、メッヘレン近郊に一週間駐留した後、再び南方向、ヴィルヴォールデ方面へ進軍する。その間にスヒップラーケンでの大失態で生じた損害規模の実態が伝えられ、我々の戦意は不屈の闘志と共に高まった。榴弾と重い砲弾の音が次第に近くなって雨霰と轟く中、エッペヘム近郊のゼネ川河岸に接近する。ドイツ軍は対岸の川から離れた場所に陣を定め、数基の機関銃を配置して橋を監視していた。自軍の機関銃を設置していると、腹部に銃弾を受け、マレシャル大尉その人が倒れ込む。救護に向かった兵士は飛び交う散弾に目を抉られる。大尉は死んだものとあきらめ、呻く兵士も置き去りにして、罵りの言葉と共に草叢へ飛び込み、匍匐で接近を試みる。火急に橋を奪還し、必要とあらば敵の進路を断つために破壊せねばならなかった。地表一メートルの高さを狙うドイツ軍の一斉射撃は、その都度射撃間隔が変わるために前進ができない。橋の鉄欄干に銃弾が当たって火花が飛び、周囲の土が跳ね散る。眼前に広がる広大な牧草地に馬の死骸が何体も倒れていた。その腹部はぱっくりと裂け、膨れ上がった腹から垂れ流れた臓物を狙うカラスは、自分たちのいる方面で一斉射撃が始まる度に驚いて飛び立つ。ゼネ川はこの付近で鋭く蛇行しており、我々は屈曲部の草木の生えていない堤防を利用し、目に付かぬことを願って接近を図っていた。ドイツ軍はその意図にすぐ気付き、銃弾が再び唸りを上げて飛んでくる。十数名の兵士と土手の陰に身を潜める。二、三名の若者が射撃位置を目視せんとするも、頭を少し出すや否や撃ち抜かれ、その身体は撃たれた衝撃で高く跳ね、どさりと鈍い音を立てて落ちる。できる限り身を低くしてその死体の上を這って越え、一斉射撃が止む度に、くそったれ、くそったれ、くそったれ、と毒づくのが聞こえてくる。退路は断たれていた。十八歳の若い兵士が草叢で伏せたまま泣きじゃくっていた。口を閉じて静かに伏せて待機しろと叱りつける。そばの部下に命じて銃を土手からぎりぎり覗くよう頭上で構えさせ、十秒数えてから同時に射撃すること、そして横一列に七人並んだ兵士のうち、まず両端と真ん中の兵士三名が同時に撃ち、その十秒後は両端からそれぞれ一列内側の兵士と真ん中の兵士が、次いで両端から二列内側の兵士と真ん中の兵士が撃ったら、再び両端に戻って同じことを繰り返すよう指示する。隊長は承認するように頷くと、この命令を他の隊列にも伝えさせた。この戦術は狙い通り、我々が多勢であるという印象を与えたらしく、驚いたことに、牧草地の向こうに点在する林から二十名ほどのドイツ兵が両手を頭に乗せ、「撃たないでくれ（ニヒト シーセン）！」と大声で言いながら進み出てきた。灰色の軍服に身を包み、人々に恐れられた、あの頭頂部できらめく角（つの）付きの兜（かぶと）を被った彼らは、夢でも見ているかのようにゆっくりと前に進み出、今まさに降伏せんとしながらも威嚇するような陰険な顔つきをしている。ドイツ兵を間近で見たのは初めてだった。我々は驚きのあまり口をあんぐりとさせていた。捕虜と新型の機関銃が予期せず転がり込んできたのだ。連隊の一列目の兵士が立ち上がってドイツ兵の方へ向かう。途端、ドイツ兵の一列目が腹ばいになるや背後の林で機関銃が炎を吹き始める。十数名の若い兵士がバタバタと倒れ、ほかの兵士は再び草叢に素早く身を潜める。地表三十センチの所が掃射されるも、弾道の角度に鑑（かんが）みて少なくとも一基はかなり高い場所に設置されていることが分かった。卑怯な策略と周囲に散乱する死者に対し沸き起こる怒りに、私も口角泡（こうかくあわ）を飛ばして呪いの言葉を吐いていた。銃を構え匍匐で接近する。背中の飯盒（はんごう）を銃弾が貫通し、自分のスプーンとフォークがカタカタと音を立てるのが聞こえた。相手の弾道を追うこと数分、樹上に設置された機関銃を見つける。悪臭を漂わせる馬の死骸の一つまで這って行き、その陰に隠れて狙いを定める時間を稼ぐ。二発目を撃つ余裕などなかっただろう。悪臭に吐き気を催し、それをやり過ごすために少し待ち、葉に隠れて見辛（みづら）い撃ち手の顔に時間を掛けて狙いを付け、発砲する。ドイツ兵が後方に倒れ、機関銃が落下する。撃て！　撃て！　撃て！と私は叫ぶ。牧草地にいた全兵士が弾薬の大部分を使って一斉に射撃を開始する。林の中に生まれる慌ただしい動き、枝が折れる音、怒鳴り声が聞こえ、彼らが撤退している印象を受ける。対岸の様子を探るために川岸沿いの偵察へ行ってくれる者がいないかと隊長が数名の部下に尋ねる。ドイツ軍の包囲を抜け出せる望みが再び生まれていた。誰も隊長の要請に名乗りを上げない。もう一度彼が尋ねる。私は思った。いつも同じ者が行く道理は無い、今度は別の兵士の番だし、自分はもうたくさんだ。しかしまた静まり返る。隊長は罵倒し、問いを繰り返す。身振りで仲間を非難しつつ、結局自分が手を上げた。

大変結構（トレビアン）だ、マルシエン。伍長（カポラル）、気を付けて（フェットアタンシオン）行け。

承知しました（アヴォソルドル）。隊長（モンコマンダン）。

怒りを覚えて仲間を罵りながら、身を守る装備もろくに無い状態で、水中に落下せぬよう草の生えた土をしっかり摑（つか）み、ゼネ川の切り立った岸辺を這って進んだ。そうこうしているうちに日が暮れる。森で鳩が一羽ずつ飛び立つ音、ミズネズミの水中に飛び込む音、そんな音にも恐怖で心臓の止まる思いをする。先ほど降伏する芝居をしたドイツ兵たち、あの下衆（げす）どもが草叢に伏せた瞬間に頭のネジが一本外れてしまっていた。沸き上がる殺意、銃剣を使って殺してやりたい、首元でドクリと脈打つ。突然、背後でカサリと音がする。伏せた姿勢で振り返ることすらできず、もはやこれまでと確信した。ロシー通りの斜視のリュディの声を耳にするまでは。マル、俺だ、音を立てずに這って進め、俺が援護する、匍匐のまま百メートル行ったら、方向転換して今度は俺を援護してくれ、それを続けるんだ。死の危険に晒されつつ、この方法で対岸の土手から頭を覗かせたドイツ兵をすべて排除し、一時間後、仲間たちが罠に嵌められていた地点から離れた場所で仮橋(かりばし)を建設していた工作隊のもとに到着する。打音を和らげるためハンマーに巻いたぼろ布は一打ごとに裂け、その都度包み直さねばならなかった。私とリュディは背嚢と装具を草叢に置いておいた。銃は傍らに残し、ドイツ軍の配置を知らせに工作隊の方へ這って向かう。もう暗くなっており、斜視のリュディは後に残してきた者たちに仮橋の位置を伝えるために単独で戻って行く。三十分後、伝えた通りの経路を匍匐でやって来た仲間は総勢約百名、その姿は長い蛇がゆっくりと草の中を進むのを思わせた。最終的に全員が無事に橋を渡る。誰も挨拶すらしてくれず、感謝の言葉一つ掛けてくれず、誰も私の銃を拾ってきてくれなかった。毒づきながら私は草の生えた土手を数百メートル這って銃を取りに戻る。三十分遅れで最後尾に合流した。

その夜、九月初めだというのに酷く冷え込んだ。泥が浸み込んだ私の上着の裾は板のように強張り、身体は震え、口の中で歯が折れると思ったほどにガチガチと歯が鳴った。

凹(へこ)んで汚らしい飯盒によそわれた冷たい穀物粥を食べる。自分の飯盒には穴が開いてしまっていたので、片手を下にあてがわねばならず、不味(まず)い食物でべたべたになった。

エッペヘム、うんざりしたが楽しませてもらったぜ、と言ってカルリエが私の背を叩いた。放っておいてくれ、と冷たく返し、おっとまずいまずいとカルリエが言うあいだに、十メートルほど離れた場所に腰を下ろし、彼に背を向ける。明け方頃、露に濡れた剝き出しの地面で生きている者がみな体を震わせていた夜陰の中、私は母の夢を見ていた。口を開けた父の墓のそばに彼女は立っており、土砂降りの中、大きな黒い紙が彼女の背に張り付いており、水嵩の増しつつある開いた墓石の中に納められた私の父の棺（ひつぎ）の傍らに彼の絵筆を置き、そして泣く——母が、決して泣いたことのないあの女性（ひと）が。彼女の背後に立つ私は罵詈雑言（ばりぞうごん）を吐きながら教会墓地に並ぶ墓石を機関銃で掃射している、そんな言葉使いをする人間ではなかったのに。驚いて目を覚ますや吐き気に襲われる。酸っぱい味のする粥を草に吐いた。

★

疲れ果て、気力を失っていた我々に数日間の休息が与えられた。パラパラと雨が降り、昼時は汗ばみ、日が暮れると寒さに震え、住民が避難を迫られたとの報告があった幾つかの村へ向かう。夕暮れの空が硫黄のような黄色に染まる頃、我々は小さな村落に到着する。こぢんまりとした村役場は将校と中尉用に接収された。残りは八人の兵卒と一人の曹長から成る班に分けられ、点在する家々で宿泊した。私はカルリエ、斜視のリュディ、アントワーヌ・デルデイン、ダーマン、ボーネ、ヴィーニュス・デ・ブレーセル、そして従兄弟のルネとヴィルヴォールデ近郊出身の若者と一緒に村の百メートル先にある小さな農家で宿泊することとなった。気の毒な住人は突然ドイツ兵に家を追い出されたようだが、ドイツ兵の方もまたすぐに先を急いだらしい。何事もなかったかのように、雌牛は家庭菜園の裏に生える草を食み、ヤギとウサギが柵の中で動き回っている。屋内は湿った藁と焦げた木の臭いがした。簡素な木製のマントルピースの上に幾つか置かれた肖像写真の咎めるような視線を感じる。角ばった農民の顔、膝元に置かれた拳、表情に乏しい眼差し。一同重い帯革を外し、私が指示を出して背嚢は屋根裏に隠し、銃は狭い廊下の壁際に一列に整頓して並べさせる。

砲撃があった場合の避難場所になりそうか地下室を調べに行く。驚いたことに、そこには少なく見積もっても百キロほどのジャガイモと豚肉を豚脂に漬け込んだ樽があった。ずらりと並ぶ長い棚には瓶詰の野菜や果物、さらに口の開いている陶器の壺が五つあり、中身には薄く塩が振ってあった。デルデインが背後にやってくる。こりゃあずいぶん溜め込んでやがったな、とにやける。ジンが入った水差しを一つ見つけるや引っ摑んで宣う。ここでクソしてしこたま飲みてえな。笑みを浮かべて自分の股を摑んで見せる。気が付くと私は彼の顔面に一発お見舞いしていた。デルデインはガラスの瓶が並ぶ棚に倒れ込み、水差しが床に飛び散った。鼻から出血しており、それ以上殴らないよう自分を抑えねばならなかった。

上に行って、九名分の食卓を整えるための家具が揃っているか見てこい、と怒鳴りつける。デルデインはふらつきながらまた階段を昇って行き、私が上に戻ると、彼は農家の肖像写真が煙突側の壁に向くように置き直していた。

庭から戻ってきたヴィーニュスが、戻ってくるドイツ兵に食われる前にウサギを捌いて調理したらどうかとデルデインに尋ねる。ユルバンに訊きな、とデルデインが言う。あいつがリーダーだからな。彼の避けるような、狡猾で卑屈な眼差しを私はじっと見た。

よし、と私は声を出す。今晩はジャガイモとウサギにしよう。リンゴソースを作れるくらいリンゴが庭に落ちていたな。ヴィルヴォールデ出身の若者が、近くに住む叔母のもとで今晩過ごす許可を求めにくる。朝食にパンを持ってこられるかもしれないという。それを許可し、翌朝八時前に戻るよう命じた。ダーマンとデルデインは外に立ち、激しさを増す轟きがどこから来るのか見定めようと空を注視していた。突如、耳を聾する雷鳴が村と牧草地の上空を覆う。壁が震動する。続いてすぐに重い着弾音が二度聞こえ、一つは村の教会の身廊部分を直撃、もう一つは野原に落下し、少し経ってから三つ目の砲弾が私たちのいる家の敷地のそばに着弾した。玄関間の窓がガタガタと音を立てるや割れて落ちる。屋根の瓦が数列ずれ落ち、家の前のタイルの上で砕け散った。

少しのあいだ静寂が訪れる。すると、ここにワインセラーがあるぞ!と叫ぶ声が聞こえてくる。砲弾の一つは屋敷に命中していた。一階にぽっかりと口を開けた割れ目から、石の壁龕に並んだ高価なワインの瓶が覗いていた。ダーマンとデルデインがそちらに飛んで行く。二人よりも先に一人の中尉がそこに着くと、入り口の前に立ち塞がる。一人一本ずつだ、二本取った者は処罰する、とフランス語で中尉は怒鳴った。

ダーマンとデルデインはそれぞれ一本ずつ持ち帰ってきた。ヴィーニュスとボーネ、そして斜視のリュディも自分の取り分を貰いに行く。九人にはそれで十分だと、裏口に腰掛けてジャガイモの皮を剝いていたカルリエに私が言うと、彼は肩をすくめた。少し後で中尉の怒鳴り声が聞こえてくる。魚売りのヘールトと犬泥棒のプーティーが殴り倒されると、上着の下に隠し持っていた瓶が割れて軍服が紫に染まる。村の小さなパン屋に押し入っていた猫背のセーヘルスが、焼き菓子とパンの入った平形のパン籠を持って得意げに出てくる。獲物を頭の上に掲げたまま、選ばなければどれでも取って良いと大声で言う。結局は群がる若者たちにもみくちゃにされ、籠を手に石畳の通りをよろめく羽目となる。誰もが我先にと手を伸ばし、笑い声や小突き合い、罵り声に怒鳴り声が沸き起こる。隊長らは構わず放っておいた。

夜十時頃、接収された村の煙突から穏やかに煙が昇り、戦争の喧騒を離れ、肉を煮る香りが通りに漂う中で私たちはウサギのブラウンソース添えを食べた。ワインが次々に開けられ、あちこちから歌が聞こえてくる。私たちの班も歌い、村祭りのようにグラスを合わせて乾杯し、大いに食らい、笑った。

食後、外の牛小屋の真裏に置かれた腰掛けに座り、久しぶりに少し穏やかな気分を味わうことができた。空気は澄み、乙女座が果樹園の上、空の低い所を穿ち、大熊座があの古式の荷車を広い夜空でゆっくりと引いて行き、草は爽やかに香り、私の頭をやわらかに酔わせた。母が二人の姉妹とだけでいる家へ思いを巡らせる。二人の弟はまだ幼すぎて動員されてはいなかったが、所在はまったく分からなかった。目に浮かぶのはルーヴェン・ストーブの前で身を丸める死んだ父の姿、ほっそりとした手の黒く染まった爪、薄い色の眉毛。記憶を辿ってその顔を描けるのではないかと考えていたその数秒後に、地獄が口を開けた。低空飛行する戦闘機からの機関銃掃射と並行して、ドイツ軍の歩兵集団が見境なく銃撃しながら突撃してくる。誰もが初めて目にする光景。全方位から降り注ぐ銃弾。玄関口で煙草を吸っていたダーマンがたちまち撃ち殺されて通路に転がるやタイル一面に血溜まりが広がり、撃たれてずたずたになった喉は、わずかな繊維らしきもので辛うじて頭部と胴体を繋いでいた。同時に響く迫撃砲の音。自分が逃げ出したばかりの厩舎に砲弾が一発命中し、家畜が悲し気に鳴き、喘ぐ声が聞こえてくる。私は家の中に駆け込む。仲間は地下へ避難しており、銃は折り重なって廊下に散乱していた。銃をまとめて掴むと階段のある穴に投げ込み、すぐに上がってこいと怒鳴る。一帯で怒鳴り声や叫び声が夜陰を飛び交っていた。村の中心部に立ち昇る煙が橙（だいだい）色に染まって低い家々の屋根に掛かり、瓦礫（がれき）となった教会で新たな爆音が響くと激しく燃え盛り、死に瀕して恐怖に陥った人間が喚（わめ）き声を上げ、突如ムクドリの大群が頭上を掠めて飛び去り、どこかで井戸が一つ破壊され、建物の前面と扉に泥が跳ね掛かり、窓ガラスはとうにどれも無くなっていた。一列になって農家の裏手から村の中心部へ接近するよう部下に命じ、自分が最後尾（しんがり）を務める。少し先に二十人ほどのドイツ兵の姿が、燃え上がる炎でこちらからは逆光になって見えたので、庭を走り抜けると教会前の広場を曲がった所で位置を正確に捕捉する。彼らは将校と中尉たちが立てこもっている役場を襲撃せんとしていた。私は前に飛び出し、全員同時に発砲するよう部下に合図を送る。背後から一斉射撃を加えられたドイツ兵は驚く間もなく斃（たお）れた。二名の兵士が振り向くことに成功し、ヴィーニュスが苦悶（くもん）の声を上げて地面に倒れるも、再度全員で射撃を加えると二人のドイツ兵はもんどりうって石畳に倒れる。騒ぎが収束する。唐突に、耳に入ってくるのがモリバトの群れが飛び立つ羽音、パチパチと火の爆（は）ぜる音だけになる。どこか遠くで一匹の犬がオオカミのように吠えていた。この愚かな惑星の巡る黒い虚（うつ）ろ、そこには果てしなく遠くへ伸びる天の河が瞬（またた）いている。銃を構え、銃剣を前に突き出し、建物の前面に沿って滑るように進み、罠を警戒していたが、もうなにも起きなかった。一人の将校が役所の上階の窓から外を窺っていた。その隣には常に行動を共にしている機関銃手の姿がある。私は手を振り、安全だと大声で伝えた。

そこかしこで負傷者が呻いていた。

将校は一人また一人と外へ出てきて、ほかの家々からも姿を現した若い兵士の中にはまだ酔って呆然としている者もいる。二十名ほどの兵士を失っていた。将校はぶつぶつと毒づくと、大通りの両側に間隔をあけて歩哨を若干名配置し、両側の建物の二階に機関銃を配備させた。

ほかの者たちは睡眠を取れ、と将校が言う。また明日(あす)が来る。

将校が私に声を掛けてくる。マルシェン、本件により一階級の昇進を取り計らっておく。

私は敬礼し、部下と戻った。

宿所の扉の前に倒れたボーネが、泣きながら死を乞うていた。軍服は胸元で引き裂け、上着の光沢のあるボタンのあいだから膨らんだ内臓が覗いている。顔は嘔吐物に塗(まみ)れていた。自分の汚れたハンカチで彼の顔を拭(ぬぐ)ってやる。地下にあったジン入りの水差しがデルディンの愚かな行動のせいで少し前に駄目になっていたことを思い出し、私は悪態をつく。ボーネが長く苦しむことはなかった。粘り気のある黒ずんだ血が突然鼻と口から噴き出し、咽(む)せた喉が鈍い音を立て、瞳が円を描くように力なくぐるりと回るとまもなく意識を失い、その数分後に事切れた。彼の目を閉じてやり、部下たちに命じて家の裏手に墓穴を掘らせる。ボーネとダーマンを隣り合わせに寝かせ、藁で覆ってから土を戻して埋めた。テーオ・カルリエが細長い板を組み合わせて簡素な十字架を拵え、ナイフで木に二人の名前を刻んでやる。夜は更(ふ)け、樹々の葉や草、枝は露に濡れている。世界はただ静かで、不可解だった。煌々(こうこう)として姿を見せた月は、夢でも見ているかのような時を超えた存在感と大きさで、サワサワと音を立てるポプラ並木の背後のそれは切る前の丸いチーズの塊に似ていた。七苦聖母に私は祈り、この世界からなぜ御顔(おかお)を背(そむ)けなさったのか、と問う。深く吸い込んだ秋の夜(よ)の大地の匂いには火薬の残り香が漂っていた。一同は屋内へ戻り、私は地下のわずかな藁の上で眠った。斜視のリュディ、カルリエ、デルデインは地べたに寝転ぶ。一人、また一人と深い眠りに落ちて行くのは、明かりが一つずつ消えて行くのに似ていて、数時間後に再び生まれた彼方の大きな光が地下室の小さな明り取りを透過し、リンゴの古木で鳥たちが狂ったように囀(さえず)り始めると、砲撃で破壊された納屋の脇に山となった堆肥の上で雄鶏が時を告げる。

★

出発前、放し飼いになっていた乳牛二頭の乳を搾(しぼ)り、ボーネの背嚢から水筒を取って縁まで注(つ)ぐ。死んだダーマンの装備からまだ傷んでいない飯盒を貰った。一同昨晩のワインで重い頭を抱えつつ、こうして進発命令に従い再び西方ヒュンベーク方面を目指す。数キロ行軍した頃、幾つかの水筒の蓋が弾け飛ぶ。余ったワインを水筒に入れていた兵士がおり、行軍の振動と温度の上昇とで中身の発酵が進んだのだった。弧を描いて噴き出した液体は軍服の襟や髪に飛び散り、彼らの首元と上着に染み込む。ほかの兵士に冷やかされ、彼らは毒づきながらも菫(すみれ)色に染まった制服姿でアルコールの酸っぱい匂いを漂わせつつ行軍を続けた。

昼を過ぎると霧雨が降り始める。二日酔いを残す兵士たちの規律が目に見えて乱れてくる。野道の粘(ねば)つく粘土と、砲撃で破壊され、雨で滑りやすくなった不揃(ふぞろ)いな道路の石畳に足を取られる。一発の砲弾で一部が崩れ落ちた男子校からやにわに看護婦が数名駆け寄ってくる。我々の到着を伝え聞いていた彼女らはスープをたっぷりと準備していた。ほかにイワシの缶詰や牛肉も分け与えてくれる。ぐずぐずしている暇は無いぞと将校たちが怒鳴る。みな背嚢一杯に詰め込み、文句を言いながらも先を急ぐ。その間も顔に打ち付ける雨は冷たく、不快極まりなかった。ある土塁の反対側に戦闘の痕跡を見つける。人がいなくなった家の鎧戸や扉を外し、水路や穴の上を渡れるよう置いてあった。その先で放棄されていた塹壕の一部は板や鉄屑類で覆ってある。ぬかるんだ底には、靴や足を滑らせた痕、慌てて溝を掘った痕跡が見て取れた。先にいた隊がここを発ったのは長く見積もっても一時間半ほど前だったと思われる。板切れや扉、鎧戸をすべて取り除き、これらを用いて数百メートルさらに塹壕を延ばすよう命じられる。重いものを引き摺らされるこの辛い任務の意図を我々兵卒は測りかねたが、まもなく数百メートル先の繁みの中に敵の忙しない動きを見て理解する。全員直ちに身を伏せ、全任務を匍匐で行うよう命じられる。浅い塹壕を伏せた状態でさらに深くするのは困難だった。汗と雨とが首と背中全体を伝う。ゼネ川での任務を首尾よく果たしていたため、牧草地を抜けた所にある次の水路まで這って偵察に行く任務が再び私に与えられる。この命令を下したラウレンス・デ・メーステル中尉のことはコルトレイクの軍学校時代から知っていた。私を高く評価してくれており、もったいぶった言い方をせず簡潔な言葉でもって、この類の任務について私に信頼を置いていることを感じさせてくれた。

　カルリエとデルデインを連れ、五時過ぎまで、ドイツ軍の野営地周辺を密かに調査した。ドイツ軍の塹壕の位置を示す略図を能う限り詳細に描く。このために汚れた画用紙は使い切ってしまった。

　日が暮れた頃に再び偵察を命じられる。先だって我々が目にしていた敵の動きに鑑みて将校らはこの静けさに疑念を抱いていた。冷たい夜霧に泥は固まり、縁が不規則に硬く尖っているせいで密かに移動するのが難しくなる。林の左手にある村外れに近づくと、出し抜けにどこからともなく巨大な黒い馬が速歩で近寄ってくる。すぐそばをギャロップで通り過ぎ、こちらに気付いた馬の唇がブルルという喧しい音を立てるや左手の牧草地で急に向きを変えて後ろ脚を跳ね上げたので、鞍に掛かっていた鞄の中身が落ちた。敵軍の馬であることは馬具ですぐに分かった。現れた時のように唐突に獣は姿を消した。牧草地の地面を蹴る鈍い蹄の音がだんだんと遠ざかる。すぐに先ほどの場所にそっと近寄ると、地図の載っている本に方位磁石、双眼鏡、そしてメモ帳が草の上に落ちていた。闇に守られ、立って歩いて自軍の駐屯地へ戻ろうとすると、不意に馬の近づいてくる音が聞こえる。振り向くと夜陰にぎらりと光る大きな茶色の目玉と出くわす。私たちのうちの誰かが主人であるかのように、その獣は常足で従順に後をついてくる。実家が農家で馬の扱い方を心得ているカルリエが手綱を取る。初め鼻息荒く抵抗し、頭を数度激しく振って後ろ足で泥を踏みつけると、後は身を任せるようになった。こうして自軍の塹壕に到着し、中尉は強い興味を示して手に入った物を直ちにくまなく検めた。他の兵士はこちらに目を向けながらも、無関心な様子で昼に男子校で尼僧の看護婦たちから貰ったものを匙で食べていた。

くすんだ色の空に暗い裂け目が生まれる。星々の輝きが空を貫くと急速に冷え込んだ。大地から煙が冷え冷えと立つ様子は、ひんやりとした腐植土からなる未知の惑星を思わせ、取るに足らぬ小さな存在である我々人間はそこで身を震わせ、糖蜜に足を取られて身動きできぬ蠅がごとくへばりついている。その夜、炉で焼け焦げて目の白くなったあの製鉄所の息子を夢に見た。彼が話し掛けてくるも、私には理解できない。「何て言ってるか分からん」と何度も繰り返すと、彼の吐き掛けた唾が燃える鉄のように私の顔を焼いた。目を覚ますと、雨粒のせいだったことを知る。酸っぱい匂いの漂う朝霧の中で不機嫌に身を震わせ、長い軍用コートを頭から被った。

★

日曜の朝、辺りに鐘を鳴らす教会は無く、カラスの群れが折れたポプラの樹々と対岸の倒壊した家屋を越えて飛んで行く。各自、軍用乾パン二個と熱いコーヒーを一杯支給される。私は熱いコーヒーの入ったコップにむしゃぶり付いて飲もうとするも唇を火傷する。慌てて頭を引き、コーヒーを噴き出しそうになった刹那、口元とコップのあいだを連続して通り抜けた二発の銃弾の向かう先、納屋の戸口では曹長がコーヒーを注いでいた。二発の銃弾は彼の首元と喉に命中し、即死した曹長は納屋の戸口に倒れ込んで操り人形のごとく崩れ落ちる。みな声を上げて塹壕に潜り込み、自分の銃を掴む。デ・メーステル中尉が大声で命令を発する。私に命じられたのは、二十四名の部下を率いて右手に二百メートル走って移動し、伏せて監視を行い、動くものはすべて撃つことだった。みなで鰻さながら草叢を這い進み、ジャガイモ畑に辿り着く——畝の盛り上がりが防護壁代わりになってくれた。慎重に身を起こすと、前にはただ打ち捨てられた畑が広がっているだけで、数百メートル先に平屋の農家がぽつねんと建っている。しかしデ・メーステルが貸してくれたドイツ兵の双眼鏡で見てみると、草叢が揺れながら動き、牧草地が音もなく我々の目を欺いて進撃していた。敵の連隊は我々の退路を断って完全に殲滅せんと昨日から追跡していたに違いなかった。

その時、農家の屋根裏部屋の小窓が朝日にきらりと光る。やつらはあそこに機関銃を配備してる、と仲間に声を落として伝える。秒読みと共に、あの窓を一斉に撃つよう二十四名全員に命じる。一つの武器であるかのように一斉射撃を開始する。六、七人の兵士が大慌てで家から逃げ出すのが双眼鏡越しに見えた。すぐさまジャガイモ畑の葉越しに当てずっぽうに撃ち返してくるも、こちらは安全な畝の陰に伏せている。牧草地が滑るようにして、波打ち、うねりながら我々の方へさらに接近していた。心臓が一瞬止まる。こちらは弾薬を消費しており、各自十数発しか残されていない。加えて本連隊から離れていた。扇状に展開し、地面に伏せたまま二十四名同時に一発だけ撃たせる形で一斉射撃をさせる。動く牧草地に動揺が走る。しばらく反撃は無かった。おもむろに飛来した発射物が数百メートル後方に着弾する。ドイツ軍は私たちの部隊に増援が派遣されたと考え、その分断を図っていた。初めて死の恐怖を私は覚える。隣で若い兵士がズボンに漏らしたのを鼻ではっきり感じる。彼は体中を震わせており、銃は足元に投げ出していた。伍長、と口を開く。許可を願いたいのですが……

黙れ、と私は応じる。今はお前のズボンより大事なことがある。

再び静寂が訪れる。九時になろうとしていた。敵軍はジャガイモ畑に踏み込む危険は冒さないと私は踏んだ。みな息をつく。おびえる若者を元気付けるように私は頷いてみせる。その時、出し抜けにドイツ人将校が一人、十メートルも離れていない場所に姿を見せ、ちょうど葉叢（はむら）から顔を出して様子を覗おうとしていた私にピストルを向ける。二発。伏せた時に撥（は）ねた土が顔に掛かる。再び素早く身を起こし、相手よりも早く撃つ。不意を打たれたドイツ兵は後ろに倒れ、二度と動かなかった。

もう各自五発ずつしか残っておらず、八方塞がりだった。後方数百メートル地点に迫撃砲で榴弾と砲弾が撃ち込まれて一帯が抉（えぐ）られていた。前方では、総数不明のドイツ兵がわずか二十四名のベルギー兵を虐殺せんと待ち構えている。若い仲間たちの面持（おもも）ちを見る。緊張状態で身を伏せ、緑の向こう側の様子を窺い、いつドイツ兵の角付きの兜が鼻先に現れても良いよう備えている。残された弾薬はあまりに乏しく、威嚇するために見境なく葉叢に発砲することはできなかった。

匍匐で安全に帰還できる状況の時は、中尉が抜き身のサーベルで合図する約束をしてくれたことを思い出す。しかし、彼らが身を潜める納屋のあるモーレンフーヴェルからはなんの音も合図も送られてこない。かくなる上は自分の責任で戻るしかないと考え、最左翼の一番離れた地点に展開している兵士に、素早く身を起こして走って帰還するよう命じる。三歩目で彼は撃ち殺された。その後しばらく静寂が続いてから、再び先頭にいる兵士に、素早く身を起こし、できるだけ速く走って帰還するよう命じる。彼は十メートル行った所で蜂の巣にされて崩れ落ちるが、ジャガイモ畑の高さぎりぎりの所をどこから撃ってくるのかは見えない。胃酸が逆流し、苦い胆汁が体内に溢れ出すがごとく憎しみが燃え盛るのを感じ、湧き上がる殺意に眩暈を覚える。私にはまだ二発残っていた。背嚢を右側に寄せて楯のように担ぎ、素早く身を起こすと隣接する畑の境目まで死に物狂いで走る。音を立てて自分のそばを通り過ぎる弾道を感じる。上着の襟が千切れ、熱線が首を掠める。直後、背嚢の革紐を撃ち抜かれてよろめき、自分の銃に蹴躓くと、顔を土に突っ込みながらも甜菜畑の境界地点にあっさり到達する。自分の銃は三歩後方に転がっていた。鼓動が狂ったように激しくなる。仰向けの状態で後方に這って戻り、銃のベルトを摑んで慎重に手繰り寄せる。仲間たちが恐怖に身を凍らせて見つめていた。弾薬を投げて寄越すよう身振りで指示する。十発の弾が私の周囲の砂っぽい地面に落ち、一つずつ慎重に這って拾いに行く。回収した弾薬をすべて丁寧に擦ってきれいにし、自分の銃に装填すると、なにかが動く度に地表すれすれを撃つ。三発撃った後、数分のあいだ静寂が訪れた。音を立てて咳をし、畝の陰に身を潜める。

すぐさま銃撃があり、自分もすぐに撃ち返す。暗い影が叫び声と共に身を起こすや後ろ向きに倒れる。そして訪れる静寂。仲間に合図を送り、一人ずつ匍匐でこちらに来るよう命じる。膝をついて百メートル移動し、さらに百メートル進んでから身を起こして必死に走るも、なにかが動く気配はもう無かった。

納屋のそばに辿り着くと息を切らして座り込む。言葉を発する者はいない。各方面から帰還してきた兵士の中には、負傷して腕や胸、脚に赤黒く染まった包帯を巻いている者もいた――包帯は自分の下着を細く裂いて作ってあった。他の兵士は泥まみれで、ふらつきながら野営地に到着する姿はゾンビか歩く死体を思わせ、真っ黒な顔の中で目が光っていた。戦場となった付近一帯から喘鳴や苦悶の声が聞こえるも場所は分からず、この避難所を再び出る勇気は無かった。ドイツ軍の馬はすでに屠られて数名の兵士が銃剣で皮を剝いだあとで、取り外された厩舎の戸口に大きな肉の塊が積まれている。調理に火は使えなかった。胸をむかつかせる血の臭いが肉から漂ってくる。日が暮れると、真っ暗闇の中を探し回り、死んだ二人の仲間の遺体を回収した。救護兵は戦場で呻き声を漏らす負傷兵を探しに行く。従兄弟のルネは命を落としていた。私たちが戦闘を繰り広げていた地点から百メートルも離れていない所で。遺体を目にすることはできなかった。すでに救護兵が輸送を済ませてしまっていた。彼が苦しまずに済んだこと、身近で起きる非業の死についてよく耳にするようになっていた、形ばかりの決まり文句で言うところの、「名誉の戦死を遂げた」ことを伝えられる。彼の靴は誰かが自分のものにしていた――従兄弟のルネの靴、生っ白くて威張り屋の彼の夢は靴屋になることだった。二人目の息子まで失ったことを、老いた鍛冶屋のエヴァリストにどう伝えるべきだったろうか。

我々はザーヴェンテムに到達する。教会で、自分の守護聖人の聖像の描かれた副祭壇の前に長いあいだ跪(ひざまず)いていた。勇敢さと冷静さを称えて中尉が私の隊に配給を多めにくれる。肩を優しく叩かれる。

マルシェン、お前は最善を尽くした(テュアフェスクテュプヴェ)。あまりくよくよするな(ヌタンフェパトロ)。

その晩の就寝時、ロザリオを握りしめて子供のように泣いた。ふらつく頭の中で、声を嗄(か)らさんばかりの叫び声が嵐がごとく荒れ狂い、これに打ち勝たんと取り乱したまま祈りを捧げるも、心に生じる耐え難い喧騒(けんそう)に私の祈りはたちまち呑み込まれてしまったかのようだった。しゃにむに小一時間祈り続けた頃、唐突にオルガンの音が再び遠くから轟くように聞こえ、そして眠りに落ちた。

3

エイゼル河畔の戦い　一九一四年十月

総勢十二万を数える軍の一機動部隊であった我々は、相次ぐ戦闘によって多くの戦力を失いながら、ぎりぎりのところを切り抜け、何十回となく命を落とす寸前で逃げ延び、膿（うみ）や水ぶくれ、疾病（しっぺい）、そして泥まみれの畑や打ち棄てられた村々をごつごつとした装備で進軍するせいでできる傷にも頓着しない、秩序の乱れた集団となっていた。心身ともに疲弊し、辛うじて撃てはするも銃口が擦（す）り減って精確さを失った銃を担ぐ我々は、十月の一週目に南西ヴラーンデレンで包囲されている堤防へ速歩で進軍するよう命じられる。三日後にヤッベーケを通過し、翌日オーステンデへ向かい、ミッデルケルケで隊を分割した。無人の家を宿所とし、温かいコーヒーとサンドイッチに飛びつき、板張りの上に敷いた薄い藁（わら）の上で眠りに落ちる。数時間後、大隊の喇叭手（らっぱしゅ）と鼓手（こしゅ）に叩き起こされる。窶（やつ）れてぼうっとしている私たちの班に生気を取り戻させるために一杯のコーヒーと湿気（しけ）ていない乾パンが幾つか支給され、溜息ばかり聞こえる静寂の中で平らげる。そのあとすぐに速歩で行軍するよう命令が下るが、どこへ向かうのかは知らされなかった。伝令からヘントが陥落寸前であることを伝えられる。母を想い、恐怖が心臓を打つ。ミッデルケルケは罠だと不満の声が上がる。海を背にさせることで、進軍してくるドイツ軍から逃げられなくなる、と。将校たちはその図々しい口を閉じて先を急げと怒鳴りつける。私の両足はぼろぼろだった。粗い生地の靴下の中で固まった血が擦れて傷口がさらに開く。歩を進める度に痛みで足を引き摺る。まもなくイギリス軍とフランス軍に引き継げるとのことだった。我々の得ていた情報は一体何だったのだろう。よろめきながら進むみすぼらしい恰好の一団、軍帽はとうに投げ捨てられているか銃弾で穴が開いているか踏みつけられるかしており、その代わりに被っているくすねた警官の制帽やベレー帽、つば付きの帽子の下からは乱れた髪がはみ出しており、農家にあった長靴や死んだドイツ兵の軍靴を履き、ぼろ切れの端を縛って作った背嚢を背負った泥まみれの軍隊、感覚の鈍った哀れな者たち、不平不満を漏らしながら想像を絶するものの方を目指し、低く垂れこめる雲の下、雨に激しく打たれながらぬかるむ道を重い足を引き摺って進んで行く。

　昼過ぎ、イヒテヘムに着いて統合参謀本部からの命令を待つ。一時間以上に亘って比較検討を重ね、司令部は我々を引き返させる決断を下す。抗議の声が高まると、窶れきった影の一団を鎮めんと将校たちがサーベルを抜いて声を嗄らさんばかりに怒鳴り散らした。地団太を踏んで罵詈雑言を吐き、草叢に身を投げ出す者や、傷だらけの足から靴を引っこ抜き、もうこれ以上一歩たりとも動かないと喚く者もいた。ワロニーの若者数名が「アホ軍隊、アホ軍隊」と繰り返し、「メーメー」と羊のように騒ぎ始める。将校たちに動揺の色が見えた。憤慨して私が前に進み出たのは、母と姉のクラリスが前日ヤッペーケまで来ていたのにも拘わらず、私に一目会うことも許されなかったことを伝え聞いたばかりだったからだ。仲間には数時間休息が必要だとデ・メーステル中尉に伝える。それはできない、命令が来ている。ではせめて命令の意図が良く理解できるようもう少し丁寧に伝えて欲しいと進言した。

デ・メーステルが口を開く。マルティーン、出すぎた真似はするな。

怒りに震えつつも気力を振り絞り、我らが連隊はマネケンスヴェーレに沿って進軍し、唯一掛かっている橋を越えたエイゼル川の対岸、流れが大きく蛇行しているテルヴァーテでようやく停止命令が発せられる。途中、将校たちは何度か休憩を取らせてくれていた。小川で血だらけになった汚い靴下を洗い、冷たい水の中に数分のあいだ足を泳がせる。タルカムパウダー（散布薬）と包帯を分け合う。エイゼル河畔でついに疲労のあまり一同崩れ落ちた。

夕暮れ時、よどみなく流れる水面（みなも）にモリバトの柔らかな鳴き声が響く。泥濘（ぬかるみ）には女性と子供の真新しい足跡があった。しかしこの地域は住人が完全に避難した後らしい。はぐれた牛と馬の姿が無人の野原に点々と見えた。

再び乾パンが支給される――大きなブリキの缶に入ったパラン社のもので、細々（こまごま）としたものをしまうのに便利なため缶自体も奪い合いになる。その夜は睡眠返上で夢中になって作業を続けた。切れ味の鈍い鋸（のこぎり）で柳の並木を地面と同じ高さの所で切り倒さねばならなかった。倒れた木の幹と梢で雨風がしのげる算段だった。幹が非常に太い場合は縦に切断して塹壕の覆いに充てた。両翼を防御する水路を掘るよう将校たちに命じられる。私は意図を尋ねた。我々のいる地点は、気まぐれな川の流れが作り出したS字部分に当たっていた。ドイツ軍がエイゼル川を渡ってきた場合にはたちまち包囲されかねない。貸農場で沸かしたコーヒーを、各自貪るように鉄製のコップで啜る。午前六時になっており、誰もが数時間眠りたがっていた。せむしのセーヘルスとリーヴェンスが、コーヒーを入れた缶を持って農家から何度目かに出てきた時、再び地獄が始まる。榴弾砲が二人の真横に落下し、一人がバラバラに吹き飛ぶ。彼の身体は欠片も見当たらなかった。もう一人も爆発で死んだ。精度を誇示するかのように、間髪入れずドイツ軍が狙いを定めて放った数発の爆弾が背後の牧草地にいた馬と牛に正確に命中する。爆弾で地面に空いた穴から動物の四肢が棒切れのように突き出しているのが見えた。青みがかった硝煙がしばし辺りに渦巻く。敵軍は仮橋を使って川を渡ることに成功していた。恐慌状態に陥り、あちこちで銃剣を使った戦闘が始まっていた。その時、砲弾が飛来する甲高い音が頭上で聞こえ始める。瞬く間に、貸農場とそれに隣接する納屋が破壊される。午前十時頃になると、あの素敵な情景は何一つとして残っていなかった。周囲にあるのは生の痕跡の無い瓦礫の山と穴だらけの大地。榴弾砲が発射された方向に機関銃で撃ち返す。自軍の機関銃巣のそばに大口径の爆弾が着弾する。仲間の体が宙に投げ出され、飛び散った肉片が文字通り耳を掠めて行く。

日はただ繰り返し、突然鳴る警報と、なにもかもが平穏に思われる数時間の静寂との狭間で翻弄されていた。こちらの大砲は大部分駄目になっており、大砲を撃つ意味もまるで無かった。相手の砲口は熱で摩耗しており、我々の軽い大砲は遠くまで満足に届かなかった。冷たい霧に視界を完全に遮られる日もあった。

ある夜、一艘の筏が弾薬を詰めた大きな箱を積んで音もなく川面を滑ってくる。どうやってここまでやって来られたのか謎に包まれていた。

しかし翌朝、まだ暗い中で目にしたものに腰を抜かす。犬やウサギ、猫、イイズナ[1]、ヨーロッパケナガイタチにネズミの大群が押し寄せており、水面から鼻先を突き出して川を渡ってくる様は異界の軍勢を思わせ、その敏感な鼻が滑らかな漆黒の水面に無数の三角形を描き出していた。ニーウポールトの水門が開かれたことで、ストイヴェーケンスケルケ、ペルヴェイゼ、テルヴァーテ、スホールバッケに至る地域まで徐々に浸水していたのだった。これで敵軍の進撃が止まるかもしれないという期待がゆっくりと広がる。動悸を覚えつつ様子を見守る。こちらの位置が把握される恐れがあるため、逃げてきた動物を撃つのは固く禁じられた。呪われし世界より来たれる鼻筋の通った使者たちの姿をただ見守るほかなく、彼らは不可解な最終戦争を逃れて上陸するや毛皮に付いた水を振り払い、なにかに注意を払う素振りも見せず、我々の塹壕に沿って走り、レミング[2]のように闇雲に逃げて行った。誰もが非常に飢えていたが、これらの動物を捕らえる者も、死骸を食べようとする者もいなかった。最後の審判の日に仮装せる天使がごとく、ずぶ濡れの妖怪たちは再び視界から姿を消し、灰がかった朝日の中で黒く光る泥濘の上を跳ねるように駆けて行く。みな唖然として、獣たちの泳跡が残る暗い川面を見つめた。彼方で干拓地を侵食しつつある水が淡く光を反射し、こちらに迫っているのが見える。隊長たちは隊列の脇を歩きつつ、補給を受けるのが困難であろうこと、後方の土地からのわずかな援軍だけで数日持ちこたえねばならないであろうことを繰り返す。支給されたのは、イワシの缶詰と湿気た乾パンだけだった。兵士たちは毒づき、飲んだばかりのコーヒーと塩辛いイワシの食べ合わせの悪さに吐き気を催した。

「生理現象」と呼ばれることのための移動を禁じる通達が出される。とはいえもう一週間ほど前から、多くの兵士がその場で用を足しており、忌々しい朝霧の中で、一瞬だけでも温かさを感じようとズボンの中に尿を漏らす者もいた。塹壕の隅にできた排泄物の山は日に日に高くなり、みなそちらから目を背けていた。その上にいくらか土を掛けることもあったが、鼻を衝く悪臭はもう長いこと我々の顔や呼吸、骨の髄にまで染み付いていた。ここじゃ穴居人よりひでえ原始的な生活だ、と言ってカルリエは足元の泥濘に唾を吐き捨てる。

一週間後の朝のこと、子供の泣き声が聞こえた。十歳くらいの少年が向こう岸に立っている。隊長はその子のもとへ行くのを禁じた。そんなみっともねえ真似はできねえだろ、と言うやカルリエは軍服を脱いで水に飛び込み、対岸へ向かって泳いで行った。その子の手を取ろうとすると少年は走って逃げてしまった。ドイツ兵が一斉に射撃を開始するが、どこから撃たれているのか把握できない。カルリエは仰向けに倒れ、傾斜を転がって川に落ちると、潜水してこちら側に来るまで上がってこなかった。みな固唾を飲んでこの騒ぎを見守る。カルリエが岸に辿り着くと、本来は厳罰ものだと隊長は言ったもののドイツ兵のやり口にみな憤慨しているのを見て取り、この件は不問に付した。

対峙している敵がいかなる良心の呵責も抱かなくなった輩であることを痛感する。この種の心理的戦

（1）イタチの一種。

（2）日本語では「タビネズミ」とも。欧州にはレミングが集団で水に飛び込んで自殺をするという迷信がある。

術に我々は通じておらず、厳格な軍人としての栄誉、倫理、戦術でもって教育されており、優美に剣で戦い、救助訓練を行う方法、そして兵士と祖国の名誉に想いを馳せることを学んでいた。ここで目の当たりにしているのはそれとは異なる規律だった。思考と感情はかき乱され、自分が別の人間になってしまったことを心からの恐れと共に感じ、それまで避けてきたことすべてに向き合う心構えを持つ。その間、数人の将校がフランス語で口論をしていた。一方は川を渡る命令を下そうとし、他方はそれが狂気の沙汰だと怒鳴り散らしていた。

「弾薬(ガスピヤージュ)と(ド)人命(ミュニシヨン)を無駄にするだけだ(エド ヴィズュメンヌ)！」とデ・メーステルが吠える。

しばらくすると将校たちに案が浮かんだらしい。四名から十名の小規模な班に分割した兵士を岸沿いに配置し、起こり得る対岸の作戦行動を川が湾曲している地点から窺う。爆弾で破壊された農家のそばに、射撃体勢を整えた百名ほどの自軍兵士が円形に配置された。スコップを渡され、隣の班を目指して互いに掘り進める。数時間後、百メートルほどの長さの新しい塹壕ができ上がる。そして直ちに中に入って指示があるまで動かぬよう命じられる。夜の帳が落ちた。倒壊した納屋から取ってきた藁を薄く敷いて眠る。泥の上で直に眠るのもいれば、半分立ったままの者、銃に凭れている者、浅い塹壕の土壁に顔を向けて胎児のように身を丸めて眠る者もいた。みな煙草を吸いたかったのだが、煙の匂いで敵の斥候に気付かれる恐れがあった。

その夜、再び母のことを想い、理由は分からないが不意に自分がまだ一度も異性と寝たことがないことについて考えていた――それはしょっちゅうからかいの種になっていた。あの浅い溜池の娘に想いを馳せる――あれはそんなに最近の出来事だったろうか。港に近い夏の風景の温かな靄の中に浮かび上がる彼女はベルナデット・スビルーの装いをしていた。その柔らかな素肌が闇に浮かぶ光の染みのように目に焼き付く。闇の中で光と命とを夢に見させるものはいかなる奇跡か。体が興奮し、欲情に襲われ、自慰を唆(そそのか)す悪魔に捕らわれる。暗闇の中、そこかしこで聞こえる規則正しい衣擦(きぬず)れの音の意味は分かっていた。他人がする分には構わなかったが自分には許したくなかった。自分も一度射精したいという、延々と締め付けられるような欲求、たった一度だけ、全能の神も司祭たちの目も逃れ、告解室から遠く離れたここで、楽園の動物たちすら見捨てたこの死と泥濘の地獄で。許されはしないだろうか、一度きりなら。まだなにもせず、ただ頭の中でその可能性を考えていただけだったのに、熱い、充足の証(あかし)が軍服のズボンに流れる。動揺し、眩暈を覚えて、静かに泣き始め、聖母に祈りを捧げ、自分の弱さの許しを請う。あの娘が目に浮かぶ、欲求はまだ収まらず、溜息をつきながら汚い藁にまみれてのたうち、結局は激しい罪の意識を抱きながらも欲求に身を委ねてしまい、涙を流し、祈りと共に罪の許しを請いながら眠りに落ちた。

身体を揺すられて目を覚ますと、頭の横には眠り込む直前に配られていたまだ少し温かい豚肉の塊があった。みな三時間足らずしか眠れていなかった。喇叭手たちが「出撃」の合図を抑えた音量で鳴らす。眠気にふらつきつつ塹壕内で整列すると、一般命令が発せられる。

兵隊(ソルダ)、前(ポルテヴ)　進(アナヴァン)！ヴラーンデレンの兵士たち(プル レ フラマン)、ストルムパス(突撃)　ヴォーロイト(前進)！

オランダ語で発せられた命令を聞いて、途端に取り乱した喚(わめ)き声が上がる。クソッ、俺らの塹壕にドイツ兵がいるじゃねえか！

喇叭が高らかに鳴り響く。寒さに身を震わせて全員飛び出す。すでに塹壕を後にした兵士もおり、夜のあいだに川を渡ってきていた敵に四列縦隊で突撃する。黒い毛皮の高帽子を脇に抱えた歩兵、緑色の軍服に身を包むライフル銃兵、以前は城塞の守備に当たっていた砲兵、架橋兵らが出撃する度（たび）に、彼らの頭の横から隊長が数発ずつ援護射撃を行う。こうして我々は走り、撃ちながら一キロほど踏破した。

隊列を乱すな！

続け、続け、続け、間隔を空けるな、馬鹿者が！

冷たい空気に漂う死と惨劇。

マルティーンとキンペ、今からお前たちが第一上級曹長だ。

ありがとうございます（メルシー）、隊長（モンコマンダン）。

気を付け。

はっ（ウイ）、隊長（モンコマンダン）。

マロワ兵卒。

はっ（ウイ）、隊長（モンコマンダン）。

お前たち三名で、線を保ちながら互いに間隔を百五十メートル空けて進み、敵のいる方面で身を隠せる地点すべてに印を付けろ。こちらが敵軍の前線を迎え撃てるよう、平行線を引くようにやれ。

マルティーン、五十メートル行ってから右へ進め。キンペは中央、マロワは左側だ。抵抗に遭ったら退却してこちらに合流するように。銃剣を装着しろ。行け！

私が先陣を切って陣地を飛び出すと、吹き飛ばされた草の塊が顔の周りを掠め、地下壕の瓦礫が飛び散る中を砲弾の作った穴から爆発痕（あと）の窪みへ移り、折れた木の陰に飛び込むと後方の仲間が私たち三名の突撃について来るのか知らせる合図を待つ。しかし、背後に動きは無い。銃弾に砲弾、榴弾、榴散弾が空気を切り裂く音と共に頭上を飛び交う。左手にいるはずのキンペの姿はもう見えなかった。彼は五十メートル遅れて出発したはずだが地面が凸凹に荒れているせいで全体を見通すことはできない。困惑し、地面に伏せてから膝を付いてできるだけ速く移動する。辺りにあるのは爆破された鉄条網に牛の死体、壁の残骸に捩じ曲がった鉄、深い水たまりや爆発痕、望みなく頭だけを振り回して横たわる瀕死の馬。鼻先に泡が吹き出し、蹄が泥を掻く。茶色い毛に覆われた敏感な頭部に銃弾を撃ち込んでとどめを刺してやる。飛び散る脂肪と血液。敵のいる方角からの攻撃は、相手の機関銃巣が見えるほど近づいており、断続的に重い唸り声を上げる地獄の口に視覚と聴覚を奪われる。だしぬけに斜面が現れた。眼前、一メートル半ほど高い所に広がる牧草地。ここなら味方の兵士が安全に集結し、攻撃に備えることができそうだった。しかしそれをどうやって伝えるのか。川の湾曲部は見た目以上にずっと危険だった。退却は即ち死を意味する。私だと分からず味方に撃たれる可能性すらある。そのため斜面を登って向こう側の様子を探らねばならない。その時、遠く左手に、斜面を登るキンペの姿が見えた。彼は前方に身を投げ、破壊された鉄条網の下を潜り抜ける。自分も同じようにする。私たちは百五十メートル間隔を保ちつつ敵の前線を目指す。狂ってる、という言葉が頭の中でぐるぐると回っていた。周囲では膝くらいの高さの所を銃弾が飛び、一つまた一つと死体を通り過ぎ、飛び越えて行くも、死体同士の間隔があまりに近いので息が詰まった。しかしようやく、私たちの眼前に、印を付けるよう命ぜられていた平行壕（パラレル・ド・デパール）となるはずのものが姿を見せた。銃弾の飛び交う中、私は狂ったようにあちこち飛び跳ね、馬鹿のように必死に踊る。ついに鉄条網の端に辿り着く。ことは可及的速やかに運ばねばならなかった。跳躍するも体に衝撃を受け、正確な場所は分からないが、眼前を閃光が走り、腹の裂けた感覚がする。小型の破砕爆弾が振り注ぐ真っ只中で、涸れた堀に頭から倒れ込む。身を震わせ、腹を下にして身を伏せるも、左側鼠径部の酷い痛みに一分ほど息ができず、窒息するかと思う。助けを呼ぶことも、咳き込むことも、堀の縁に落ちた自分の銃を取りに行くことも、背に重くのしかかる背嚢を下ろすこともできず、完全に身動きが取れなくなっていた。霞む視界の中、百メートルほど先にエイゼル川の堤防が見えた。意識を失う直前、呟きが口をつく。任務完了です。隊長。

そして暗く、静かになる。

しばらくしてから目を覚ました。夕闇が迫っていた。真っ直ぐ降りしきる霧雨でずぶぬれになっている。堀の脇に横たわっているところを見ると、まったく記憶になかったが、自力で穴から這い登ったらしい。敵軍から丸見えの状態で何時間も横たわっていたのだろう。喉元に、死人の重い靴が載っていた。痰を吐き出し、慎重に頭を巡らせる。周囲一帯に転がる仲間の死体。見る限り、自軍の突撃は致命的な結果に終わっていた。切り裂かれるような痛みが全身を貫く。身動きせずに横たわったまま、暗くなり、射撃が止むのを待つ。酷く喉が渇き、鼠径部の痛みに苛まれた。暗闇の中で下腹部の辺り、柔らかな肉に穿たれた穴を手で探ると、粘つく血に触れる。ここで野垂れ死にするのを確信し、横たわったまましばし声を上げて泣いた。途方に暮れ、夜がとっぷりと更けた頃、感覚のない足を引き摺り、肘を支えに泥濘を這い進む。その音すら聞きつけたらしく、闇の中、こちらの方へでたらめに銃を撃ってくる。肘は擦り剝け、ズボンと上着の袖から血を滴らせながら聖母マリアに祈り、腹の裂けた牛や馬の死骸、顔を撃ち抜かれた兵士の死体のあいだを縫って這う最中、暗闇のどこかで咽び泣いている少年と思しき声を除いて、生あるものの気配は無かった。時折、死体の裂けた肉の中に手を深く突っ込んでは身震いし、無人の塹壕をはるか後にして這い進む。

空が白み始めた時、泣きながら幾つ目かの窪みを目指して這いつつ、私は死を覚悟していた。奇跡のように、窪みの中に赤十字の担架が二つ見える。一人の医師と、二人の若い司祭がそこで一緒に蹲っていた。私は戦線から数百メートル離れた地点に到達していたらしい。穴の中に転がり込む。応急措置がなされ、軍医が何事か呟くのを耳にするや再び意識を失う。目覚めると厚紙の切れ端が胸に留められていた。何が書かれているのか見ようとしたが、体を満足に動かせない。ほかの負傷兵と共に手押し車で運ばれる。凸凹になった道をガタガタと揺られ、テルヴァーテで流れが湾曲している危険地帯のどこかを通り過ぎて行った。この日の朝、我々の大隊の生き残りは、見事に塹壕で防御を固めたドイツ軍の機関銃と砲弾によって殲滅されていた。ニーウポールトからディクスモイデの戦線で十五万もの若い兵士が一週間足らずで命を落とした。

数日に亘り、私は廠舎のような所で苦しみに喘ぎながら臥せっていた。そこでかの平行壕がどうなったのか耳にした。隊長は二時間ものあいだ私たちの合図を待っていたが、送り込んだ三名の誰からも合図が無い。捨て鉢になり、残った者たちで抜身のサーベルと銃剣を手に敵陣へ突っ込むと、瞬く間にほぼ例外なく一掃された。前線のこの一帯だけで八千もの将校を一週間で失っていた。泥濘にまみれて死んでいる若い兵士の身元の多くは確認できず、ほかは負傷したか、捕らえられたか、あるいは農家の荷車でこの廠舎に運ばれる途中で死んだ。ガタガタと揺られ、砲弾で打砕かれた敷石に乗り上げながら、ほかの負傷者と一緒にトラックで前線の後方部に辿り着く。我々は酷く傷んだ小屋で別の軍医の診断を受けたが、隊長たちは疑い深く、仮病人がいないか常に目を光らせていた。戦死した仲間の血塗れの制服を着て呻き、喘ぎながら負傷者と共に来ようとする輩もいたのだ。二名の若い従軍司祭は精神的に不安定になっていた。二人とも泣き通しで、自分たち自身が運ばれて行った。各地点の救護所に着く度に前線から遠ざかり、その都度診断を受け、応急処置を施される。救護所に着く度に輸送される兵士の人数も減り、トラックの剥き出しの荷台で若者たちが傍らで死んで行くのを目の当たりにする。灰色の空は荒涼として虚ろだった。冷たい風に乗ってカラスが飛来し、勝ち誇ったようにカァカァと金切り声を上げるのがぼろぼろになった私の身体を深く刺した。最終的にフランスのカレーに到着する。軍が徴用したホテルの寝台にまず寝かされ、スープとパンを与えられた。その後、病院へ運ばれるが、どこに位置しているものか分からない。鼠径部から一発の銃弾が摘出された。目を覚ますと軍医が寝台の脇に立っている。医師は勲章であるかのように銃弾を手渡してきた。

友よ、運があった。もう二センチ内側だったら脊柱がやられていた。一生半身不随になるところだったよ。

そう言って私の頬を軽く叩く。身動きは取れなかった。食事も摂らずに何日も眠り続ける。その後、水っぽい野菜スープを与えられたが、たちまち腹を下した。風に吹かれる秋の木の葉のような、実に心もとない気分だった。その夜は、血に染まった泥濘の中から死んだ馬が立ち上がり、兵士たちを踏みつぶして行く悪夢にうなされる。明くる朝、灰色の制服に身を包んだ看護婦たちが、右へ左へと静かに小走りしている姿が目に入り、もの静かな若い女性らが、声を抑え、慎重な手さばきで世話をしてくれると、恥ずかしながら、どっと泣き始めてしまう。翌日、五十名ほどの負傷者と一緒に船に乗せられた。

リヴァプール、と誰かが言うのが聞こえる。リヴァプールへ輸送されるらしいぞ。航海のあいだ私はずっと眠り込んでいた。

4

リヴァプールの記憶、半年後には再び戦地の騒乱へ放り込まれたのだが、当地であの絵を認めた時の衝撃は生涯消えないだろう。しかしその話に至る前に、雹と嵐の中を、川幅の広い荒れるマージー川から吹き付けてくる極寒の風に追い立てられるように、私たちはホープ通りに建造中だった巨大な大聖堂のすぐそばの病院に運び込まれた。その後、まずリヴァプール対岸の町ウォラシーのどこかにあった療養所で春を過ごす。それから再びリヴァプールのトックステス地区近郊のいずこかに滞在した。そこでの日々は、休養と安らぎに彩られた曖昧な夢のようにゆっくりと過ぎた。数週間はモードという名の寡黙な看護婦に車椅子を押される生活をしていた。初めの頃は上手く話せず、眠れぬ夜を過ごしながら自分の不器用な振る舞いを恥じていた。時が経つにつれ、松葉杖の助けを借りて徐々にふらつきながらも廊下を行き来できるようになる。この療養所のあった場所はもう二度と見つけられないだろう。モードが言うには、マージー河畔まで徒歩で十分ほどの所だったらしい。看護棟の隣には公園があり、低い塀の向こうでオークの古木が数本茂っていたのを覚えている。初めの数週間はなにをするにつけ体に痛みが走った。腕を動かすにしても下腹部の筋肉が連動していることを日々のあらゆる瞬間に実感する。どんな身振りもその柔らかな部位が動かしているように思えた。自分で用を足すのが難しい容態の時に堪らなく恥ずかしかったのは、看護婦が真剣な面持ちで自分用の消息子を使って手伝ってくれることで、茶色い管を通って流れる水混じりの血は彼女が私の前で支え持つ白い琺瑯の鉢に溜まって行く。敷居に躓いてはもごもごと毒づいた。

しかし一月半後には、体力を取り戻すための第一段階の訓練が可能なまでに充分回復していた。短い散歩から始め、その距離を徐々に伸ばして行く。聖ジェームズ教会の木陰に腰を下ろし、建築作業が戦争で滞ったせいで未完成の大聖堂が作る影の中でスケッチをする。すぐに何人かの兵士が自分の肖像画を描いて欲しいと頼みにくる。木炭で彼らを描き、寡黙なモードが紙を覗き込む。それはある春の日、三月半ばのことだった。モリスミレらしき香りを感じて顔を上げると、自分の手に注がれていた彼女の緑色の瞳が目に入る。はっと息を飲み、とにもかくにも取り乱したことを悟られぬよう、それ以上なにも考えないようにし、言うべきことも分からなかったので、心に浮かんだことを思いつくままに口にする。早世した父親も聖ヴィンセンティユス修道会に派遣され、何年も前にこの辺りに滞在していたことを。彼女はしばし考え込むと、かつて聖ジェームズ通りに聖ヴィンセント・ド・ポール教会があったと言い残して歩き去った。

その瞬間から落ち着きを失ってしまう。父が一年近くここに住んでいたことをもっと早く考えなかったとは、なんと間の抜けていたことか。記憶を失ってしまうほどに戦争は私を揺さぶっていたのか。それから続いた眠れぬ夜に自分を責めた。父はどこで描いていたのか。何を描いていたのか。帰国後まもなく父の体調は悪化していた。私たちはごくわずかなことしか尋ねておらず、話すことは大変な労力を要することだったので、彼自身も多くを語らなかった。なぜイギリス滞在のことをもっと聞き出さなかったのだろう。

　自分自身を責めつつ、母に宛てた長い手紙にリヴァプールでの体験を認(したた)めた。天気と体調が良くなると、すぐにその場所を探しに出掛けた。聖ジェームズ通りには確かに聖ヴィンセント・ド・ポール教会があった。胸の高鳴りを覚えつつ、湿気の多い、薄暗い空間へ足を踏み入れる。左手のくすんだ色の壁には父が作業をした可能性のある壁画の痕跡は見当たらない。右手の壁には十字架の道行きを描いた板絵が並んでいる。この時偶然にも教会内に職人が数名おり、壁面に漆喰(しっくい)を塗っていた。古い漆喰の層の下にフレスコ画があったかどうか彼らは覚えていなかった。翌日からリヴァプールにあるほぼすべての教会を見に行き、この地にあるカトリック教会の数の多さに驚かされた。モードによるとアイルランド移民が多いからだそうだ。聖心教会に、当時まだ建設中だった聖フィリッポ・ネリ教会、第二次世界大戦時に爆破されることになる聖ルーク(ルカ)教会、カンタベリー大司教だった聖トーマスの教会堂、聖アンソニー(アントニウス)教会、そして中心街から離れた場所にあるもっと小規模な教会や礼拝所を訪ね歩いた。父がこの地で修復、加筆したと思(おぼ)しき壁画の痕跡はどこにも見つからない。父の作業場が修道院か学校だったことをおぼろげに思い出す。そこではるばるエヴァートン・ヴァレーまで足を延ばし、そこの「ノートル・ダム・カレッジ」を訪ねた。探していたものは見つからず、日に日に強迫観念と良心の呵責だけが増していった。

　三月下旬の昼下がりに船渠(ドック)沿いをぶらつき、あてずっぽうに横道に入っていると郊外の貧しい地区で道に迷ってしまい、ぐるりを囲まれた庭に行き当たると小さな教会を備えた修道院風の建築が目に入る。期待もせず、ただ亡き父の追憶のために祈ろうと中へ入った。簡素な固い祈禱台に跪く。どこかで蠟燭が煙を立てながら燃えており、一人の女性が石造りの床に身を投げ出して伏し拝んでいる。手提げに入れてあった自分のロザリオを手に取る。頭を垂れ、心を落ち着かせてくれる長い祈りの文句を幾度も無心に繰り返すと憑き物が落ちたように感じた。清々しい気分で立ち上がった時、祭壇の背後に、聖フランチェスコらしき人物の描かれた壁画があるのが目に入る。その禿げかけた頭部の周りを小鳥たちが花冠を成すように輪になって飛んでいる。祭壇を二歩通り過ぎるや電気のような衝撃が体を貫く。その聖人の顔は紛うことなく父のものだった。自分の目が信じられなかったが、そこに彼がいた――父は自分自身をそこに描いていた。誰にも悪く取られる可能性が無く、誰にも知られず、見られる畏れもないこの場所に。自分のことを知る者たちから遠く離れたこの場所に父は自分自身を守護聖人の姿で不朽のものとしていた……。それは死の数か月前の「彼の」顔、死がその痩せた身体を蝕んでいるのをあるいはすでに知っていたかもしれない。狼狽してその絵を見つめていた。迎えに行ったヘント南駅で列車から降りてきた時の、戦前の穏やかな時代の遠いあの日の面影。

聖人の右手にいる羊飼いの少年に再度衝撃を受ける。否認することなどできなかった。愛らしく聖人に手を伸ばしているその少年――それは私の顔だった。見直してみて、極度に興奮していたせいで想像力が飛躍し、見間違えたのだと一瞬確信する。否、記憶を頼りに緻密に描かれていたのは当時の私、十四歳頃の私で、ぴんと立った硬い髪、がっしりとした短い首に父譲りの青い瞳――小さな教会の薄暗い目立たぬ一角で、私は父の傍らに立っていた。ルーヴェン・ストーブの前で座って眠り込んでいる隙にスケッチをしていたのか。純粋に記憶を頼りに描いたのだろうか。彼がリヴァプールに発つ少し前、キリストの姿を描くために「慈悲の兄弟会」の修道院で自分がポーズを取ったことを不意に思い出す。スケッチをいくらかリヴァプールへ持って行っていたのだろうか。この絵のためだったのか、あるいはただ単に、後世の人々が恋人の写真を旅行に持って行くような感覚だったのだろうか。このことについても父は一言たりとも触れたことはない。私がこの絵を見つけることを父はまったく想定していなかった。家に帰ってきてすぐ、私のスケッチを見た父が発作的に泣き出したことを思い出す。あの時、父はこのフレスコ画に想いを馳せていたのかも知れない……。子供の頃ずっと色々な教会で働く父のそばに座っていた記憶がたちまち蘇る。今でもすべてありありと思い浮かべることができる——父の身のこなし、集中して作業している時の乾いた咳の音、テレピン油と油彩絵具の匂い。懐かしく物悲しい気持ちに襲われ、フレスコ画を見つめて長いあいだ座っていた。三十分後、再び外に出る。思い出に沈み込み、心が千々に乱れたまま中心街へ戻って行く。市役所の丸天井の上に立つパラス・アテナの像が、超常現象のごとく突然差した陽光に赤々と照らし出される。通りの上空でカモメの群れが金切り声を上げており、ひとまず聖ニコラス教会へ祈りを捧げに行き、それから荒れるマージー川の暗灰色の流れの畔にあるグレート・ウェスタン鉄道の終着駅の方まで歩く。船渠のそばにある係留用の杭に腰掛け、バーケンヘッド上空を横切るように淡い一筋の晴れ間が青く走っているのを信じられぬ思いで見つめていた。その夜はほとんど眠れなかった。母に再び手紙を認め、目にしたことを記しつつも、あまりにも想像を超えた出来事に思えたので、再び疑念を抱き始めていた。単に全部自分の妄想だったのではなかったか。

翌日、教会へ至った不規則な道のりを再構築しようと試みる。通りと公園を通り抜け、広場と長い大通りをいくつも横切るが、あの教会を見つけられず途方に暮れた。残された時間は多くなかった。数日後には再びロンドンへ発つことになっていた。もう準備訓練を全日（ぜんじつ）受けており、自分の馬鹿さ加減に呆（あき）れ返る。教会と通りの名前を書き留めておかなかったとは！もう一日だけ午後が自由な日があり、集合前の数時間、自分が通ったと思う地区すべてを最後に巡る。円を描くように歩いたことに気付いた時には再び出発地点に戻ってきていた。息急き（いきせ）切って療養所に辿り着く。モードが不審げな眼差しで私を見やり、帰還できる状態なのかと尋ねてくる。

軍人は命令に従わねばならない、と応じ、気が付くと敬礼していた。彼女の瞳に小さな光が宿ったように見えた。

後悔と罪責感に苛（さいな）まれ、心乱れたままロンドンへ移送される。いつか戻ってきてあの小教会を見つけることを心に誓う。多くの年月（としつき）が過ぎても依然再訪の機会を得られていなかったため、ヘントの修道会にリヴァプールにある全関連教会を記した一覧表を照会したのが、一九三九年のことだった。小さなウェールズ系教会の特徴は自分の記憶とおおよそ合致したが、すでに取り壊されていた――父がそこで絵を描いたとは自分でも想像できなかった。遠く離れた場所であの失われた壁画を見た時に受けた印象を忘れることなど決してなかった。あの絵があってこそ今の自分が、波乱に満ちた困難な人生と、慰めをもたらしてくれる静謐（せいひつ）な絵画との狭間で惑う私という人間があるのかも知れない。

我々はライム通りにある駅まで行進した。待ち受けていた陰気な車両の幾つかには銃痕があった。暗色の高い壁に沿って走り、真っ黒に煤けたトンネルと橋を潜り抜けて街を出た。あっという間にマージー河岸の海辺の雰囲気が過ぎ去る。途中、穏やかな丘陵地帯やウォルバートン近郊の古木に囲まれた牧草地が目に入る。再び見出した自分の存在の核となるものから引き離されて行くような心地がした。その時になって自分の世話をしてくれていた看護婦のモードにずっと恋心を抱いていたこと、隊列を組んで軍用トラックを目指して行進する段になっても彼女に挨拶をしに行けぬほど臆病な人間であったことに気付く。鼠径部が疼き、距離を歩いて疲労した際にはまだ傷口の存在を感じた。前は無かった筋肉の引き攣りが時折あったものの、自分が十分回復しており、楽園のような穏やかな療養地にこれ以上滞在できないことも承知していた。スケッチブックは、出発にあたって支給されたジュート生地の袋の底にしまい込んである。内陸に入って行くにつれ空が曇り始め、灰色の郊外に雨が降り注ぐ。うねる筋がガラスの芋虫のように客室の窓に沿って次々と伸び、中は話し声や笑いに大きな歌声、煙草の煙と酒の匂いに満ちている。粗野な兵隊生活が再び始まった。

★

ロンドンで義理の弟のヨーリスに再会する。萎黄病の妻は爆撃で命を落とし、ほかの人々と亡命した彼は、もう何週間ものあいだ街中をぶらついては軍人用の宿泊所を定期的に訪れ、知った顔がないか探していた。私を認めると彼は目に涙を溜め、くれぐれも気を付けるようにと述べつつも、自分の人生は滅茶苦茶になってしまい、これ以上生きていたくないとこぼした。母と妹たちの消息を尋ね、彼にヘントへ帰るよう勧めたのは、彼の居場所はそこであって、ロンドンでは野垂れ死にしかねないからだった。私の二人の弟が家に戻ったことを彼から聞いて少し心が軽くなる。エミールは十九歳、ジュールは十六歳になっており、いつ招集がかかってもおかしくはなかった。ヨーリスの実の兄弟で、私にとっては二人目の義弟にあたるレイモンも流浪の身だったが、ヨーリスは居場所を把握していなかった。それは一九一五年の三月のこと。数日後に我々は海を渡り、戦線へ向かうことになっていた。

　ロンドンにいるあいだに母からの手紙を受け取る。軍事郵便でリヴァプールから転送されてきたものだった。私が記した壁画の一件にとても心動かされていた。そこに巡礼へ行きたいところだが、間違いなくアンリが許さないだろうと書いていた。右足が不自由なために彼は招集を免（まぬか）れており、愛想の無い我儘（わがまま）な性格のせいで彼女は辛酸を嘗（な）めていた。アンリについてこれほどあけすけに書いてきたことはこれまでになかった。哀しみと気の昂（たかぶ）り、不安の入り混じった思いを抱えつつ、ドーヴァーの白亜岩の岸壁がゆっくり遠ざかって船尾に消えるのを眺めていたが、沖合に出て一時間も経たぬうちに重い砲撃の轟（とどろ）く音が遠くから響いてくる。さながら水平線の彼方に待ち構える巨大な獣が腹を空かせてその顎（あご）を大きく開き、我々を食らおうと唸り声を洩らしているかのように。戻る先は、地獄。

★

医療班のもとへ赴くと診断はあっという間に終わる。

よし（エ ビアン）、若者（モン ブラーヴ）、少し行進をしてみなさい（マルシェ アン プー）。さあ（アレジー）！一（アン）、二（ドゥー）、もっと早く（プリュ ヴィット）！

判をデスクに叩きつけるように押す音が響く。

正規軍務に問題なし。(ボン プルル セルヴィス アクティフ)　次(オ シュイヴァン)　！

手渡された包みに、襟が半分ばかり撃ち抜かれた自分の軍用外套が入っているのを見て驚きを隠せなかった。スチーム洗浄されたぼろに袖を通そうとすると、人がやってきて取り上げられる。

青い生地に丸く膨らんだボタンの付いたコート、履き古された靴、そして耳あて付きの縁(ふち)なし帽を渡された。軍事物資が不足しているらしい。こうして、この妙な格好、恐らくは死んだ市民のものであろう衣服を身に着け、戦線の後衛(こうえい)を目指して最後の行程に独りで向かい、予備兵からなる砲兵中隊や、耕地に取り残されたように建ち並び、兵士の出入りしている農家を通り過ぎて行く。知った顔を見掛けないので不安を抱き始める。しかし、砲撃を受けて倒れかけたポプラの繁る長い並木道を進んでいると、喉も嗄(か)れんばかりに怒鳴り声で発せられる号令が聞こえてくる。恐怖で動悸がし、昨年自分が目にした最後の光景がその時初めてはっきりと脳裏に蘇る——キンペと共に斜面に突撃し、撃たれた時の光景が。開けた貸農場の中庭に上級将校が立っているのがイボタノキの生け垣越しに見え、彼を取り囲むように大きく円形に並んだ兵士たちが黙して耳を傾けていた。開いたままの格子戸から私が入っていくと大勢がこちらを向く。将校の演説を邪魔したくなかったので、下がりたかったが、大尉が声を上げた。

来い(アプロシェ)！

兵士たちのあいだを抜けて行こうとするも、服が引っ張られ、誰かが手を摑(つか)み、抱擁(ほうよう)しようとする。

マルティーン、信じらんねえ、まだ生きてたのか。その妙な格好で何しに来たんだ？

私の肩に手を回してきたのはキンペ。今やキンペ中尉だった。

解散（ロンペレラン）！大尉が怒鳴る。兵士たちは敬礼し、小屋へ行進して行く。

私は大尉とキンペの後についていくことになる。農場の黴（かび）臭い玄関間に設置された彼の事務室で大尉が身分照会を行う。

こちらはマルティーン（セ・マルティーン）です、大尉（モンカピテーヌ）、とキンペは顔を輝かせて言った。

黙っていろ（テゼヴー）、キンペ。

名前（ノン）はなんだ。

上級曹長（セルジャン＝マジョール）のマルティーンです、大尉（モンカピテーヌ）。

書類が見つからず、大尉は私の軍歴についてキンペに報告をさせねばならなかった。私は「第四部隊（カトリエムセクシオン）」に配属され、前線での働きによって私が本当に第一上級曹長の階級を得ていたのか確認することとなる。ノールトスホーテの前線で指揮するに当たり二十名ほどの部下が与えられた。食料庫にある制服と新しい銃を取りに行くことを許可される。

前線は落ち着いているらしく、キンペの賢（さか）しらぶったラテン語の表現通り「ほぼ現状維持（クアシスタートゥスクオ）」の状況だった。

この部隊はブージンゲ水門から帰還したばかりで、そこでは水門の奪還を図るドイツ兵との戦闘で二人の新兵がまた命を落としていた。

以前と同様に勇敢であれ（ソワイエブラーヴコムヴラヴェエテオパラヴァン）、と大尉が言う。彼は意味ありげに頷（うなず）いてみせた。

私は敬礼し、外へ出る。十名ほどの兵士が駆け寄ってきて、背中を叩き、はしゃぎ声を上げた。

よく帰ってきたな、とっくに草の上でくたばったとみんな思ってたぞ……。お前が倒れるところをデ・メーステルが見てて、そのあと音沙汰が無かったからな。

私は事の顛末を語って聞かせたが、父のフレスコのことは黙っていた。

昼過ぎに武器、弾薬、食料を厳しく検査される。忍び寄る際には、泥濘に仕込まれた有刺鉄線と不発の榴弾に気を付けるよう注意を受けたが、後者は中から催涙ガスが噴き出す新種の爆弾だった。まずフランス軍が使用し、まもなくイギリス軍が続いた。「ブロモアセトン」だ、とキンペが言う。酷いもんさ、いつも自分たちの方に風で流れてきやがる。こいつを二、三分吸っちまったら、何日か後には肺が焼けて、犬みたいに死んじまう。

初めの週はひたすら砂袋を詰める作業に費やされた。目立つ動きをすると対岸に設置された機関銃の標的になり、その都度数分に亘って連射音が続く。奇襲攻撃を受ける可能性を四六時中念頭に置いておかねばならない。全連隊が妙な状況に陥っていた。二十四時間中二十四時間警戒態勢にあった。しばらくすると完全な硬直状態に近くなる。同時に、全日何事も起きないこともあり、そんな時には常に死と隣り合わせであることを忘れそうにもなる。無関心が我々の心身を蝕んでいた。盲にでもなったかのように、なにを見るでもなく何時間も座ったままの若い兵士もいた。土の温度が上がってくる。肌寒い朝のひと時が過ぎると、辺り一帯のぬかるんだ野原から湯気が立ち、不思議な光に照らされて輝いた。地平線の上をタゲリの群れが渦を巻くように飛び、時折、並木のぐるりに円を描くカラスのしわがれた声が聞こえ、心地のよい昼頃にはカモメの鳴き声が彼方から響いてきたが、そのほかの動物は、この世界から消え失せてしまったかのように姿が見えなかった――塹壕に群がるネズミを除いては。ネズミはどこにでもいて、チューチューという甲高い声に囲まれて生活しており、足元を走り周るネズミはなんでもかんでも齧り、悪臭を放ち、交尾をし、子を産み、数を増し、我々の乾パンを食い荒らし、死んだ若者を齧り、夜には顔の上を走り、一匹叩き殺すと五匹増えた。焼いてみることもあったが、ねちゃねちゃとしたその肉はゴミか泥のような酷い味だった。隊長の一人がペストに罹ると騒ぎ立てる。私たちは胸をむかつかせる肉を吐き出し、塩水で口を濯いだ。

　物資の補給は夜間行われ、質は落ちる一方だった――ブリキの缶詰に湿気た乾パン、野菜や果物は無く、新鮮な肉も滅多に手に入らず、ごくまれに湿気た古いパン、後は鉄っぽい臭いのする壊れた水筒に汲んだ不衛生な水しかない。数日後、また歯肉から出血があり、その数日後に再度下痢を催す。牧歌的な風景画と聞いて人が思い浮かべるような白い雲が頭上を流れる。再び草が芽吹き始めた場所で夢を見つつゆっくりと休息できる時間もあり、片肘をついて春の若芽の匂いを楽しんだ。とはいえたいていはネズミの小便と濡れた藁から立ち昇る酷い臭い、そして突貫工事で掘られた剝き出しの仮設便所の悪臭とにまみれていた。病気を感染させる堆積物や腐った残飯を焼却できれば良かったのだが、煙草の微かな煙ですらも激しい一斉射撃を招きかねない。数日間なにも起きない穏やかな情勢が続くと、将校が一人塹壕にやってきて縁日じゃないんだと怒鳴り、銃を取ってわざと宙に何発か撃ったのでドイツ軍が反撃し、再び地獄が口を開ける。こんな風にして我々は神無き神の審判を受けて生きていた。何をして何をしないかは気まぐれな裁きに委ねられ、ちょっとした動き一つで命を落とす可能性がどの瞬間にもあった。ほんのわずか判断を誤るだけで即、最後の審判が下り得た。死自体がありふれたものになった訳ではなかったが、死ぬことの不条理さは増していた――痛みの地獄、肉体から飛び出した形のよく分からないものに催す嫌悪感、若い兵士たちが死ぬ間際に上げる呻き声は聞くに堪えず、裂けた肉の上に手を当て、傷口をまさぐり、そして自分の母を呼びながら泣き喚いた。みな子供だった。二十歳足らずのぼろぼろになった無数の若者、輝きを増して行くべきその命がここで無残に散って行くのだった。

私は毎日祈りを捧げた。ロボットのように単調に文言（もんごん）を唱えるのは、揺るがぬ信仰心以上に、祈りの言葉の持つリズムが自分を襲う絶望と死の恐怖から守ってくれたからだ。ほかの兵士たちは、法外な相場の物々交換で手に入れたわずかな煙草や酷い方法で蒸留した一口のブランデーに捌（は）け口を求めようとしていた。腕時計に対してブランデー一杯か煙草十本、そんなやりとりが日中や冷え込む夜のあいだずっとされる一方で、空腹で音を立てる我々の五臓六腑に大砲の轟きが響き渡る。遠い少年時代と自分を繋ぐ唯一のものに私はすがった。父の時計、それがまだ動いていたのは奇跡を超えた奇跡だった。上着のポケットで二つ目の心臓のようにチクタクと動くそれを手に取るとリヴァプールのフレスコ画が目の前に蘇り、落ち着きを取り戻して鼓動が時計と同じリズムで共に打つようになるまで父と心の中で語らった。

★

エイゼル川のこちら岸には防衛の困難な細長い領地しか残っておらず、あるのは破壊し尽くされた村々を囲む小便まみれの塹壕、爆撃でなにも通れなくなった道、そして軋（きし）む音を立てる馬用の荷車で、これに濡れた弾薬入りの箱を積んで自分たちで難儀して運んできたのだが、箱は常に水路に落ちかねず、抑えた声で警告を発しながら十メートル進むのにも大変な苦労をしたのだった。板で補強された大きめの塹壕にはぶつぶつと不平をこぼす将校らがおり、兵卒が毎日水をかき出し、泥のついた将校の長靴を常にきれいに拭かねばならない。身を屈めて延々と塹壕の中を行き来し、悪臭を漂わせた不衛生な状態で軍服は虱だらけ、下痢をしてもきれいな水で洗えないせいで皮膚炎を起こした尻の穴に焼けるような感覚があり、痙攣する腹を抱えつつ、怖い御伽噺に出てくるトロールさながら大きな土塊を這って越え、夕暮れ時の傾いた陽が無人の野原に伸び、有刺鉄線に引っ掛けた指の傷口にできた瘭疽に悩まされる一方で、ニワトコの茂みの中で突然ツグミが囀り、春のそよ風が守備隊の後方彼方の草地の薫りを運んでくると、現実とは思われぬ、別の生の記憶が蘇る驚きに身を震わせる。そして唐突に始まった榴弾砲の攻撃に腹ばいになって伏せると、湯気の立つ塹壕の中、ぐしゃぐしゃに踏みつけられた地面の泥濘に今さっき手にしていたパン切れが落ちる。

不意に頭の直ぐ上を味方の小型飛行機が二機飛んで行くのが聞こえる。それは飛行士の英雄であるコッペンスとドゥルトルモンで、二人は敵陣を低く飛び、榴弾を落とし、ガタの来ている機体が許す限り素早く急上昇してから反転し引き返すや迎撃されながらも撃ち返し、その都度紙一重のところで無事飛び去ると、敵は歯ぎしりと共に復讐を誓いながら穴を掘って作った怒りの防塁の陰に、川向こうの難攻不落の陣地と死の機関銃巣の陰に身を潜める。大勢の心が挫けて諦観的になり、歌で自分を勇気付け、耳を聾する喧騒のまっただ中で目覚め、夜明けと共に眠りにつき、夜ごと隊列に広がる被害妄想に消耗し切っていた。闇の中の予期せぬ物音に驚き、仲間を撃ち殺してしまう若い兵士も出始めていた。我々は蝕まれ、もう限界が来ていたが、続けねばならなかった。

★

不思議なことに私自身はあまり気落ちすることはなかった。逆に日々新たな活力がどこからか湧いてきて、不屈というほどではなかったがそれはまったく説明のつかない活力で、若者同士の揺るぎない友情、彼らの粗野な洒落や下らない冗談にみなが笑いをこらえきれずに塹壕の汚い壁に寄りかかって時計のように規則正しく身を震わせてしゃくり上げ、しまいには再び不用意に腕を撃たれる者が出て、彼の喚き声を押さえるためにぼろ切れを口に押しつけねばならなくなるや、専用の待避壕から将校らが声を抑えつつ叱責するのだった。

静かに(シランス)、そこ、静かに(シランス)しろ(ラバ)！

塹壕から見える一条の青空の高みに白い雲が流れる様(さま)は夢のようで、悲惨な土砂降りの日には交代で見張りを行い、一リットルの牛乳を求めて薄闇の中を二キロ匍匐(ほふく)で進み、粘る土塊(つちくれ)がへばりついて鉛のように重くなった靴で難儀して行軍し、すぐに足を滑らせ、あるいは食料が入ったブリキ箱が不用意に踏まれてしまうのを目にする。手先の器用な者は、暇つぶしに爆弾の破片で尖(とが)らした銃剣の刀身で薬莢(やっきょう)を切り、小さな銅の指輪を拵(こしら)えると煙草五、六本で売ろうとした。週一回どこからともなく行商人が一人で後衛の塹壕までやって来て、フランス語の『二十世紀(ルヴァンティエンム)』紙とオランダ語の『軍 報(デ・レーヘルボーデ)』紙を売っていた。

二十世紀なんて結構なこった(セ ビアン ル ヴァンティエンム シエークル)、クソが(メルド アロール)、新聞持って失せろ(ガルデ ヴォートル クリエ)、とキンペが吐き捨てる。ふざけんな(モヌイユ)、アホが。

私はできるだけ規律を守ろうと努めた。数名の部下を巡回に行かせる際には悪感情を抱かれることもあった。てめえが行けよ、クソ曹長。そんな時は彼らが口を閉じるよう振る舞わねばならない。いつも反抗的な態度を取っていたリエージュ出身のメジュレに一発食らわしたこともあった。規律と秩序を回復させるほかの方法など無かった。目指していた人格からかくもかけ離れてしまったという思いは、しばしば頭をよぎった。

★

サクランボの季節になる。時折、若い農婦が陣地の後方にやってきて売り物だと言うも、誰も持ち合わせなどないので、商品は抗議の声を上げる農婦から無理やり奪われた挙句、スカートに手を伸ばし、上着を引っ張る者が出始めると彼女は大声を上げ、私は処罰規定をちらつかせて平手打ちを何発か食らわせることになる。驚くことに、殴られた兵士たちはすぐ大人しくなり引き返して行くのだった。こうした若い兵士たちには同情の念を抱いていた。私自身は新聞売りが持ってきた数冊のフランス語の本を読むことが多かったが、彼らが気を紛らわせられるものは少なかった。私の班の秩序に感謝している将校から読み物を貰うこともあった。薄明かりの中、郷愁に打ちひしがれているような時はみなが憶えている歌を小声(アン スルディーヌ)で歌い、音楽を学んだシャルルロワ出身の歩兵ロラン・モルダンに習って各部が異なる旋律を歌うと生じる和声は実に美しく、戦争が終わったら大合唱団を作ろうと言う彼の言葉を誰もが信じていた。それもまた次の巡回任務の際に別のテノールが有刺鉄線に引っ掛かって金切り声を上げるまでの話で、獣でも埋めるようにその犠牲者を夜間に浅い穴まで引き摺って行かせねばならず、少なくともきちんと埋葬できることは喜ばしいのだが、彼の下着まで脱がして役に立つものがほかにないかと漁(あさ)っている時点ではそんな気分にはなれなかった。みな心が硬くなり、感傷的になる。笑い合い、そして泣いた。見張りながら眠り、眠りながら見張りを行う。殴り合いの喧嘩をし、肩を怒らせて互いを非難した。体と思いを占めていたのはそれだけで、生きている限り息をしており、息をしていれば、それが続いている限りは、生きていた。

　アントウェルペン出身のヒッケティックは、一九一四年に徴集されるまで将校用食堂の料理長をしていたが、今はここで寝そべって我々が食らっているものの酷さを呪っている。時折、身を潜めて出掛けて行ってはモリバトを一羽持ち帰り、はぐれたニワトリや雉(きじ)を手に入れてくることもあった。数個のサンドイッチから油脂をこそぎ取り、塹壕から離れた薄暗い土塁の陰で火をおこして飯盒の蓋で肉を一切れ焼くと、食欲でみな我を忘れて一(ひと)かけくれと懇願する。そして肉を噛みしめて飲み込むと、後味でさらなる肉片が欲しくて堪らなくなってパンを齧り、近頃不規則になっている補給時に支給された薄いビールを飲んだ。

　なにもかもを書き留めておきたいという衝動が自分の内にあったが、そんな暇は無かった。時折ここから抜け出せる日を夢想し、あるいは乾燥した枝の黒く焦げた先端で絵を描く。絵を描くと心が落ち着いた。若者たちは近寄ってこず、私が絵に取り組んでいると、そこにはなにか敬意のようなものがあった。最近はこの死んだような土地に長いこと日が昇るようになっていたが、そんな訳で夕暮れ時にはたいていい一人でいた。かつては豊かに葉を茂らせていた陰気な木の根元を描く。砲弾の作った穴の中で幌馬車の轅が上に突き出している様、アメリカインディアンのテントに似た住居が陥没しているように見える屋根の残骸、芝とイラクサに覆われた壁の残骸。倒壊した屋根組みから突き出した細長い板切れに草の塊が引っ掛かっているのが、夕暮れ時の薄闇の中では串刺しになった頭部に見えた。身を震わせ、描き留める。ヤマウズラの群れが鋭い鳴き声を発して上空を飛び、誰かが一羽を撃ち落とすやわずかな間をおいて耳を聾する大砲の一撃が放たれ、撥ね散る土の中で蹲るや狂ったような笑い声が隊列に広がり、また切り抜けられたことで噴き出す者もおり、無邪気な忍び笑いが漏れた。見ろ、とヒッケティックが言う。あそこの土塁の上にヤマウズラが二羽いる。マルティーン、お前か俺か、どっちがやる？一発で二匹とも仕留めないと逃がしちまう。私は狙いを定めて撃ち、小鳥たちが姿を消したように見えるや一斉射撃がこちらへ向かって始まるので、それが止むまで伏せたままでいる。敵もこの状態にうんざりしているらしく、習慣のように散漫に撃っていた。ヒッケティックが罵り言葉を吐き、私は薄闇の中を鳥がいた方へ這って行く。一羽のヤマウズラは死んでおり、もう一羽は倒れて痙攣していた。二匹の首をちぎり取ってから用心して帰還する。ヒッケティックは、これはすぐに調理できない、肉は二、三日おいて柔らかくしないといけない、と宣う。私は肩をすくめ、獲物を死んだ仲間の飯盒に入れておく。

五名の部下を率いて一番遠くにある前哨基地での監視任務に向かう。二十四時間ぶっ通しで寝ずにドイツ軍の配置の変化を書き留める。互いの距離は非常に近く、石を投げれば相手の歩哨に当てられそうなほどだった。ドイツ軍の角付きの兜が土塁から覗いても撃つことはしない。ここで派手な戦闘を引き起こしても味方全員の命が無駄になるだけだった。しかし日が暮れる頃、一人のドイツ兵が突然手榴弾を投げてきて、私たちの潜む穴のすぐそばで爆発した時には怒りがこみ上げた。装備の手榴弾を手にするとピンを抜き、怒りを込めて敵の方に向けて投げる。耳をふさぎ、爆発を待つ。無音。なにも起きない。信じられない気持ちで待つ。手榴弾は敵の前哨基地のそばに落ちていたが爆発しなかった。闇の中を一人の若い兵士に見に行かせる。少し経って爆発音が聞こえると凄まじい射撃音が続き、双方の側から呻き声や叫び声が聞こえ、手榴弾が飛び交い、私たちは死に物狂いで後方へ走る。十分後、再び訪れる静寂。月光に淡く照らされた堀のそばの傾いだ柳の木で一羽のフクロウが鳴く。手榴弾を調べに行かせた兵士は戻ってこなかった。彼の死のことで心が咎めた。部下に命じ、能う限り静かに前哨基地へ戻って再び配置につかせ、自分は戦闘の犠牲者が倒れている所まで這って行く。ドイツ兵の声が聞こえる地点まで近づいていた。首元でどくりと脈打つ。泥濘の中、死んだ仲間を引き摺って行こうとするが、それは不可能だった。胸元がざっくりと裂け、仰向けに倒れていた。慎重に彼の銃と弾薬を取り、額に十字を切ってやる。

「ホッツェデワッデュ」という文句が頭に響く。「ホッツェデワッデュ」、戦友よ、畜生。

部下のいる穴に戻り、自分の位置につく。押しつぶされるような静けさに彼らの無言の非難が込められていた。寒さと湿気に手足の感覚が無くなり、十時間後に任務を交代した。

塹壕でヒッケティックに再会する。ヤマウズラの場所を尋ねられた。飯盒を開けると、鼻をつく悪臭が広がる。二羽とも二十四時間ですっかり腐っちまったのか、と彼が言う。つぶれた目からもう蛆(うじ)が湧いていた。

赤ワイン丸一本使って将校用に調理するさ、目配せをして彼は姿を消す。

それは一九一五年五月のこと。『二十世紀』紙はこう伝えている。「ベルギー戦線、依然異状なし(イル ヌ ス パッス トゥジュール リアン オ フロン ベルジュ)」

5

単調になる時の流れ、その流れは向かう方向を見失い、その方向は硬直状態と倦怠感を生ぜしめ、倦怠感は無関心を生み、活気を失い、日々は我々の指をすり抜けて行く。実際、一週間なにも起きないこともあり、そんな週には隊長たちが部下に簡単な任務を与えてあちこちに派遣し、将校用にましな避難所を作らせ、夏の晩に笑いを誘う出し物を披露する「戦争サーカス」を前線最後尾に設置した。歩兵、ジェフ・ブレーバンツが、薄い板の舞台でよろめく滑稽なバレリーナを演じて見せ、チュチュを身に着け、横に広がったスカートの丈は骨ばった膝上丈で、偏平足(へんぺいそく)に太い格子柄のスリッパを履き、球状に二つ丸めた靴下はコルセットに押しつぶされて不格好な胸の膨らみの体(てい)を成していたが、たちまちその一つは腹にずり落ち、もう一つは足元に転がる。数名の兵士が卑猥な歌を歌い、踊っていたブレーバンツが舞台の端を見失ってドタバタ喜劇よろしく真っ逆さまに落ちると、彼の白い足が宙に投げ出されて汚れた下着が丸見えになる。男たちはどっと笑い、自分の腿を叩き、ヤジを飛ばし、虱のたかった縁なし帽を投げた。割れんばかりの歓声が沸き起こり、当時部隊を蝕んでいた無関心状態から解き放たれる。

しかし塹壕に戻る際、大成功に酔いしれていた不器用なジェフ・ブレーバンツは敵の銃弾に右目を撃ち抜かれる。顔の半分が吹き飛び、獣のようにゼイゼイと声を漏らし、脱糞し、吐くと前方に倒れる。脳漿（のうしょう）が頭からはみ出していたので、誰かが銃でとどめを刺してやる。みな地面にぴったりと伏せ、残り百メートルを這って進んで塹壕に転がり込んだ。

ドイツ人どもは常に近くにいて、常に奴らは待ち伏せており、あらゆる機会を利用して我々の規律を乱さんとする。それが引き金となって時に自分を見失ってしまう——逆上して銃を手に前方に飛び出すや数秒後に眼前のぬかるんだ牧草地で穴だらけにされた者もいた。夜、自殺まがいの攻撃を仕掛けた操縦士の遺体を命懸けで回収しに行くのは、地面に埋めれば、少なくとも記録上「戦場にて名誉の死を遂げた」ことにできるからだった。

子供の頃に母がしていたように他の兵士たちの手紙の代筆をすると、たいていの宛先は兵士たちが回復訓練をした際に滞在先で世話をしてくれた女性、いわゆる戦時代母（オールロッホスメーテル）だった。フランス語や英語で、なんとかできる限り日々学びながら書いた。小さな辞書を二つ用意してくれたので、辞書を引いたり下書きを書いていたりすると、通りがかった仲間たちが背中を叩き、からかうように声を掛けてくる。マルシェン、うまくいってるか（サ・ヴァ・ビアン）？

兵士たちの気晴らしに劇や歌の夕べが前線からかなり離れた場所で催されたが、その貼紙も私が描いた。ある日、厚紙に鉛筆や水彩で描かれた貼紙があちこちの木に掛けられ、私の顔をしたピエロや俳優の絵の下に出演者の名前が記してある。すると冷やかすように、その間抜面（まぬけづら）を描くのにどこで鏡を見つけてきたのかと聞かれる。軍楽隊はオペラ《カヴァレリア・ルスティカーナ》のアリアや、メンデルスゾーンの〈春の歌〉、そしてヘンデルの〈ラルゴ〉、あるいはビゼーの《アルルの女》から何曲かを演奏した。三小節聞くが早いか嗚咽を漏らし始める兵士たちもいた。

交代なしで監視を続けねばならぬこともある。三日三晩、銃弾が空を切り裂く音を間近にして気分が落ち込み、各自が黙して物思いに耽る。獣のような死に方をする番がいつ自分に回ってくるのだろうか、と。呼び出しが掛かると、「祖国のために死なん！」あるいは「藁を食らって死す！」と声を上げる者もいた。苦笑いや呟きが漏れ、司令官たちは顔を顰めて首を振るも、怒鳴られることは減っていた。なにも言わずに私は諦めの境地に達している周囲の若者たちに目を向けると、多くは自分より若く――良い職に就く備えができており、性根が良く、教育を受け、今や家庭を持って子供を作るはずの若者たち――そんな彼らがここで身を伏せ、悪臭を漂わせ、生暖かい雨に打たれる体に疥癬を作り、戦況が変わる展望もなく、冷笑主義と死の衝動に身を任せ、連隊の馬鹿者たちの言う下らない冗談で思考が鈍くなり、猿のように体を掻き、胃の痙攣に身を震わせている時は泣き喚き、危険な感染症を怖れ、流れ弾や、ガタついて轅も壊れている幌馬車が起こしかねない事故、ゆっくりと死んでいく馬たちが夜通し漏らす荒い鼻息にもびくびくとしていた。

八月の半ば頃、再びその時がやって来る。暗い中、我々兵卒はフランス語話者である将校の呼び出しを受けて輪になって立つ。

志願者一名求む！一回目、二回目……

誰も名乗り出ない。

将校は咳払いし、幻滅したように見やると、質問を繰り返す。

誰かが靴で地面を擦っていた。

頭上では星が瞬き、地平線近くに月が登るところだった。遠くでフクロウが鳴く。

再び仲間たちに怒りを覚える。

腰抜けどもが、と私は小声で吐き捨てた。一歩前へ出、敬礼する。

仰せのままに、隊長。

与えられた任務は、ここ数か月だらだらと続いている膠着状態を打開するために前哨基地を強化することだった。目の前の水浸しの土地に、有刺鉄線を四列張った鉄条網を水際まで半円状に設置せねばならない。濁った川の水は酷い臭いで、ほんのわずかでも不用意な動きをすれば、榴弾でぐちゃぐちゃになった泥土に足を滑らせてしまう。二十夜程度を要するこの任務を遂行するにあたっては、八名の部下を自分で選抜することが許される。私は眠ることにして、翌朝まで部下を選ぶのを待った。この種の任務の危険性をすでに良く知っている部下たちを説得するのは容易ではなかった。言い争いと抵抗が収まる頃には昼になっており、八名を率いて前線の後方へ向かい、第一段階の資材である板や杭、ハンマー、ペンチ、釘、そして有刺鉄線の束を受け取る。支給されたのは軍手、厚手の作業服、防水長靴。仮包帯所では救急勤務用の配給券を受け取った。

最初の夜は筏の組み立てに取り掛かる。ハンマーを慎重に一打ちした音が響くや否や頭上を銃弾が乱れ飛ぶ。暗闇の中、忍んで板と梁をすべて荷車に積み直すと二百メートル後方に引いて行き、前線後部のこの土手の陰なら安全に作業ができるので、翌日、防音のために布を巻いたハンマーを使って筏を組み立てる。昼頃に私たちは強い睡魔に襲われ、前線の後方にある小さな農家で数時間休養する許可を得ると、薬缶に入ったスープを与えられた。塹壕に戻ると、仲間たちはトランプ遊びをしたり煙草を吸ったりしていた。彼らは黙したまま、嘲りと称賛のないまぜになった眼差しを向ける。

次の夜は筏を前哨基地へ引いて行き、縄で木の根元に固定する。最初に打つ杭はしっかりと打ち込まねばならない。二度ハンマーで打つと、対岸の機関銃が再び火を吹く。鴨の群がガァガァと声を上げて羽音を響かせ飛び立ち、銃弾の甲高い音が耳をつんざく。私たちが水に飛び込むと、闇雲な一斉射撃が再開される。三日月が荒廃した大地に昇り、寂たる月はその明るさで私たちの命を危険に晒しかねなかった。一晩中指を咥えて見てもいられないので、石を探してぼろ布を巻き付けると水鳥を驚かさぬよう極力慎重に移動する。ネズミたちがその尖った鼻先を突き出して鏡のように青白い水面を泳いで行き、私たちは生ける屍がごとくゆっくりとした動きでこの馬鹿げた任務を遂行する。

二晩後、恐怖に襲われる。ここでなにかやっていることにドイツ人どもが感づいたらしい。時折、照明弾が頭上を飛んで行く。目が眩み、激しい動悸を覚え身を固まらせる。動けば確実に死を招く、そのことを部下たちに教える。恐慌に陥らないこと、素早く思考し、能う限り音を立てずに行動すること。怯えた羊の群れのように身を寄せ合って匍匐し、銃撃がある度に、何本か倒れていた木の陰に身を潜める。ぬるいコーヒーを飲み、酸っぱくなった硬いパンの塊を食べる許可を与える。座って一緒に咀嚼し、食物を飲み込み、夏の夜の匂いと漂う硝煙が泥の臭いに混じり合う。身を起こした途端に頭の横を銃弾が掠めると、疲労でいらだっていたボネは怒声を浴びせる。これでも食らえ、薄汚ねえドイツ人ども！――そして撃ち返す。すぐさま一斉射撃を食らい、ボネは蜂の巣にされて浅い川に落ちる。榴弾が辺り一帯で炸裂し、銃撃は十五分以上続いた。

これで今までやってきたことが水泡に帰した、と怯む仲間に私は伝える。

部下たちは塹壕に戻りたがったが、私はピストルを掲げて言った。ここを去ろうとする最初の奴は私が撃つ。部下たちは不平をこぼしつつ身を潜め、ここから生きて脱出した暁には覚えていろとすごんでくる。なんとでも言え、と私は返す。お前は正しい、これは狂った任務だ、だが私の考えた案じゃない。

夜が明け、くたびれ果てて野原で眠り込んでいた私たちは、時折遠くで命令を大声で発する声や、荷車が荒れた道をガタガタと走る音で目を覚ますと、昼の温んだ空気の中で蚊の大群がひっきりなしに顔の周りでブーンという高低音を立てるのに腹を立て、自分の頬を何度も何度も叩いた。

四列の有刺鉄線を張るのに一週間半以上を費やした。

月が細くなってきたある夜、数時間任務をこなした後で休息を取っていると、驚くべき光景を目にする。銀色に照らされた草叢を何千匹もの小さなウナギが這っており、身をくねらせ、きらきらと輝く透明なウナギの稚魚の一群が夜の圧倒的な静寂を行く。水に浸かった土地から、産卵地である酷く塩水臭い干拓地からやって来たのだろう。見渡す限り一帯が蠢き、死んだような静けさの中で執り行われる太古の儀式。波打つ無数の稚魚が、命令に従順に従っているかのように草叢をすり抜け、泥の匂いを放つ。続々と新しい稚魚が現れ、奇跡のような儀式は一時間余り続いた。若者たちは口をあんぐりとあけて見守り、一人が祈り始める。月が沈み、残りのウナギが私たちの疲れ果てた視界から消えて行くのを眺めながら、夢を見ているのだと思っていた。数時間後、陽光を目に受けて目覚めると、同じ夢を見たか尋ね合った。

三週間後、ようやく完成の目途(めど)が立つ。私たちの手は切り傷だらけで、背中は痛み、骨は湿気で脆(もろ)くなり、息は泥と吐瀉(としゃ)物の臭いがした。完成を目指して懸命に作業をしていた最終日の明け方頃、私は敵軍に背を向けて筏の傍らに立ち、有刺鉄線がどこも同じようにぴんと張っているか確認をしていた。不意に聞こえる破裂音。電流のような衝撃が脊髄(せきずい)を貫き、体中に走る刺すような痛み、突如噴き出た大粒の汗が額を伝って、息をしようと喘ぐ口に流れ込む。ぎりぎりだったなマル、と誰かが隣で言う。右の防水長靴の上の部分に穴が開き、血が噴き出していた。またやられたか、と漏らすと顔から水に落ちる。一斉射撃が始まり、泥の中で窒息するかと思うと走馬燈のように像が流れ、水から顔を上げ、水中で仰向けになるも嘔吐し、吐瀉物で窒息しそうになる。誰かが私をうつぶせにし、髪を引っ張って私の顔を上げさせてからまた下ろす。私はしゃくりあげ、吐き、呼吸しようと喘ぐ。そして真っ暗になる。目覚めると背中から喉まで酷い痛みで、二人の仲間がふらつく足取りで仮包帯所まで担いでくれている。将校がちょうどテントから出てくるところだった。

任務完了(ルトラヴァイユ エフィニ)いたしました、隊長(モン コマンダン)、と言うや再び熱に浮かされた時に見る夢のようなものに落ちて行く。

二人の担架兵が担架に寝かせてくれ、傷口を洗って泥と汚れを除去すると、アルコール殺菌の痛みに身をよじらせる。一人の看護師に肩を手荒に抑えつけられ、包帯が巻かれるまで息を切らして喘ぎ、狂ったように自分の頭を床に打ち付ける。担架は車の荷台に積まれた。激しい音を立てて車は穴だらけの道を走り、ホーホスターデの野戦病院へ向かう。寝台に寝かされ、痛みで気が触れそうになる。一九一五年八月十八日のことだった。

★

連隊のお気に入りみたいね、と看護婦は私をぬるま湯で洗いながら言う。将校さんがいらして、あなたには格別気を配るよう仰ったの。看護婦は赤褐色の巻き毛で、それが灰白色の頭巾の下から飛び出している。笑みを浮かべ、大きな緑の瞳で私を覗き込む。

国王陛下が手ずから名誉勲章をお渡しになるそうよ、と言うのが聞こえた。

彼女が腿の外科手術痕付近を洗うあいだ、痛みに歯の隙間から息を漏らしながらも私は微笑もうとする。

ただの上級曹長ですよ、と口ごもる。

もうちょっとお休みになって、と彼女が言う。まずは体力を取り戻さないと。

糊付けされたシーツを私に掛けると皺を伸ばし、手の平で表面を慣らす。彼女が衣擦れの音と共に後にした、日の差し込むこの大広間では、呻き声や唸り声があちこちから聞こえてくる。昼下がりから翌朝遅くまで泥のように眠った。

翌日、就寝用の広間にいる全五十名の兵士が寝台から起こされると、広い野原に並べられた担架に寝かされる。

驚いたことに軍楽隊の演奏がある。昼の陽を受けて金管の銅がきらめき、「我、角笛の響きを愛す(ジェンム ル ソン デュ コール)」と一人のバリトンがアルフレッド・ド・ヴィニーの詩の一節を歌い上げるのに続いて、アレクサンドル・ルイジーニの《エジプト舞曲》が演奏される。雲間から陽が差し、花の香りが少し湿った草の上を漂う。九月の気配がはや感じられ、絹のように柔らかな昼の空気と音楽とが合わさって私の琴線に触れる。想像を絶するこの安らぎ、調和、贅沢——虱(しらみ)もネズミも泥濘(ぬかるみ)も臭い軍服も、機関銃の轟音も死にかけの仲間も、濡れたきつい長靴の中で浮腫(むく)んだ足も顔の周りに群がる蚊もいない——その事実に眩暈を覚える。横を見ると、看護婦たちが一列に立って耳を傾けている。幾人かは頭を傾(かし)げ、一人は胸の前で腕を十字に組んでおり、耳打ちされた言葉に笑みをこぼしている者もいた。アンダンテの旋律に胸を締め付けられる。脳裏に蘇(よみがえ)る遠い生地の音楽堂で、ある日曜の朝にこの曲を耳にした幼い私は、父と母に挟まれてカウテル広場を歩いているところだった。私の寝台のシーツはマルセイユ石鹸の香りがする。舞曲の楽章間の休止中に前線の武器が発する鈍い轟きが遥か遠くから聞こえてくる。光と輝きに満ちたこの天国は、彼方に聞こえるあの地獄の音によってもたらされたものだった……。向こうに残っている仲間たちに思いを馳せると、ロシー通りの斜視のリュディがこう言ってくる。マル、やったじゃねえか、半年は安泰だ、大事に使えよ。今日は俺の番、明日はお前だ、と言って笑う。

一週間後、その日は朝から大騒ぎだった。看護婦たちは私たちをいつもより手早く洗い、内緒にしてないといけないの、と言って笑う。しかし午後には何事か明らかになる。怪我人たちのいる広間に入ってきた人影に一同目を疑ったのは、ベルギー王妃その人が、簡素な看護婦の衣服をお召しになっていらしたからだ。王妃は寝台を一つ一つ巡り、負傷した兵士にその都度チョコレートあるいは煙草を所望するかと尋ねる。私には両方とも下さり、お声を掛けて頂いた。勇敢(クラジュー)であったと伺いました。祖国の誇り(オヌール)です。私は口ごもる。女王陛下、わたくしは……子供の頃、カウテル広場で王妃に歌を捧げたことをお伝えしたかった。傍らに控えていた緑の瞳の看護婦は、励ますように微笑みながら額に掛かった赤褐色の巻き毛をいじっている。言葉は喉に詰まり、嗚咽のようなものが込み上げる。王妃は再び別の寝台へ向かわれ、私はすぐにトイレに行きたかったのだが、身動きできず、動揺と当惑とで汗が流れた。

★

三週間経ったが、負傷した足は依然として一ミリたりとも持ち上げられない。

救護所で医師の診察を受けた後、二十名ほどの兵士と北フランスへ移送されることになる。車は海岸沿いを走り、担架に横たわったまま、ガタガタと揺れる際の痛みに耐える。二台の軍用車両で到着したディナールのカジノは病院に姿を変えていた。大広間は海に面している。朝の静けさ、さざめき、潮風、カモメ、彼方より聞こえる漁船の警笛。大砲の音が響いてくることはなく、その不在を耳鳴りが埋めていた。目の前に広がる不思議な光景、円形のダンスホールに寝台がびっしりと並べられ、各寝台のあいだに看護師の通る空間が確保されている。そこかしこに置かれた椅子の上には、薬瓶や色々なものが雑然と置かれていた。

初めの数日間、私は空気のような存在で、誰にも話し掛けられず、食事を持ってくる看護師たちも一言たりとも発しなかった。三日後にようやく一人の軍人がやって来ると我々の名前を尋ねる。彼はヴラーンデレン系の名前にてこずり、それぞれ紙切れに自分の名前を書いてやらねばならなかった。数時間後、自分の名が記された板切れが寝台に取り付けられる。少し経ってから軍医が二名やって来て、各兵士を数分ほど問診する。

私の寝台に来ると、一人がシーツをはがす。

足を上げて。（ルヴェラ ジャンブ）

できません。（ジュ ヌ プ パ）

曹長、足を上げろと命令しているだろう！（ルヴェラ ジャンブ セルジャン ピュイスク ジュ ヴ ロルドンヌ）

できないのです、申し訳ありません。（セ タンポシーブル ジュ スュイ デゾレ）

よろしい。様子を見よう。（ボン オン ヴェラ）

翌朝八時、腕捲（まく）りした図体の大きな男が寝台の脇に立つ。コーヒーの最後の一口に私は噎（む）せた。ワセリンの瓶を掲げ、蓋を回して開ける。一度手帳に目をやり、寝台のシーツを取り除（の）ける。

まあやってみるか！（レソン ヴォワール ジェズー）言って笑う。

私の親指の爪先の数センチ上に手の平をかざす。

さあいいか、俺の手に足をぶつけてみろ。（エ ビアン モン ヴィユー ドネ アン ボン クード ピエ コントル マ マン）

一センチも足を上げることができない。筋肉が完全に麻痺していた。

すると暴君が行動を起こす。ワセリンを塗ると、その熊のような無骨な手で私の腿を抓（つね）ったり、押したりし、手の平や側面を叩きつける。

私の両手首を掴（つか）み、寝台の下側にある鉄柱を握らせる。全身の力を込めて引っ張らせるこの責め苦はさらに五分余り続く。

私は脂汗を流し、息を噴き出し、ぐったりとして喘ぎ、痛みで窒息しそうだった。

まあいいさ（メ ヴォワイヨン）、怒鳴るなり（グレ）叫ぶなり（クリエ）好きにしろ（モン ヴィユー）、神の愛でも願うんだな（アスピレ プル アムール ドゥ ディユー モン ブラーヴ）！

疲れ切ってぐったりすると、彼は私の尻を軽く叩いて宣（のたま）う。よし、一回目はこれくらいでいいだろう（ヴォワラ サ スュフィ プル ラ プルミエール）。しゃんとしろ（フォワ トゥネ ボン）。また明日な（ア ドゥマン）。

翌朝、その悪党面（づら）が近づいてくるのが見えると、激しく吹き出した汗が額から目に滴（したた）り落ちる。

彼は満面の笑みを浮かべる。

こわかねえだろ、な（オナ パ プール アン）。

私の頬を軽く叩くと、拷問が再開される。また腕が寝台の支柱に押し付けられる。

治療が終わると、掴んでいた支柱が曲がっていた。

あんたの腿はぶっこわさないさ。寝台をこわしちゃいけねえんだ（ジュ ヌ ヴ カッス パ ラ キュイッス イル ヌ フォ パ カセ ヴォートル リ）、と言ってにやりと笑う。

十日過ぎると足にだんだんと生気が戻ってくる。あの衛生兵自身も驚いているようだった。回復の見込みが無いほど筋肉が酷く損傷していたとみていたことを彼は認める。

慎重に寝台脇に立てるようになるには、さらに丸一週間を要し、負傷した方の足で体を支えられるか試してみる。すぐに転倒してしまう。しかしこの時から、寝台の中で徐々に簡単な訓練ができるようになる。足はもう数センチ上げられるようになり、粗野な衛生兵は大喜びしてワセリンをたっぷり塗り込む。

　十月のある日、杖を突きながら、ふらつく足で初めて一人で外へ出た。海の匂いに圧倒される。空に浮かんだ不思議な光、カモメの群れが公園と貴族の館の上空を滑るように飛び、青緑色に染まった穏やかな海、そして私は堤防のそばのベンチへ座りに行く。雑談しながら散歩をしている人々が通り過ぎ、ル・プリユレ湾を出たすぐの所に小舟が二、三艘(そう)浮かんでいた。左手彼方にサン＝マロの中世の街並みがぼんやりと見える。露に濡れた黄色い木の葉の擦(こす)れる音、一陣の風に草叢がさざめく。戦争などまるでなかったかのように。

★

毎日数時間辺りを観察し、手早く素描する。帽子をしまう丸い箱を手に向かい風の中を歩く少女。黒い服を風に靡(なび)かせ、カモメにパン屑を投げ与えている老女の手元に、鳥たちが危険なほど近くまで急降下する。両手に松葉杖を突いておぼつかぬ足取りで通り過ぎる兵士、切断されて短くなった足はアイロンをかけたばかりのズボンにきちんと包(くる)まれている。

　不意に一人の老人が背後に立っているのに気付く。私の手が止まる。

　手品(ラ プレスティディジタシオン)は実に評価の低い芸術(エ タナール トレ プー アプレシエ)だ、と言って歩き去った。

　唖然(あぜん)としてしばしその背中を見送る。なぜあの見ず知らずの男は絵画芸術を評価の低い手品などと呼ぶのだろう。

ディナールからサン＝マロへ小舟が穏やかに行き来している。ある日その船に乗ってみる。波は静かで、水平線を背景に魚が跳ね、船の後ろにできた航跡の白い泡筋目掛けて急降下するカモメが甲高い声を上げる。甲板に腰掛ける私はすべてから解放されていた。そう思った途端、首元がどくりと脈打つと、泥の中を這い進み、疲れ果て、気落ちした仲間たちの姿が脳裏に蘇る。

夕方、再びカジノの建物を目指して慎重に一歩ずつ松葉杖を使って歩いていると、看護婦がやって来て、なぜそんな危険なことをするのかと咎める。さらには寝台の横に知らせが届いていた。王冠の意匠が施された封筒を破いて開ける。王冠騎士団の騎士称号授与の件で軍議の議題に私の名が挙がっていた。その翌日にはイギリスから郵便が届く。義弟のレイモンからの手紙で、自分が難民として滞在しているスウォンジーに数日訪ねにくるよう誘うものだった。


もう十一月も半ばを過ぎていた頃、早朝に二十名ばかりの兵士とサン＝マロ行きの渡し船に乗り、現地のイギリス領事館で旅券に判を貰って午過ぎ（ひるすぎ）に船の停泊している場所へ向かうと、船長に軍隊式の挨拶で迎えられた。

私はさらに一時間ほどサン＝マロの街を散策する。細い路地と浜辺の岩礁（がんしょう）。浜にタツノオトシゴの死骸が一つ落ちており、軽やかに透き通るそれは寄せては返す波に行きつ戻りつしている。独りきりの人生だ、という思いが心に浮かんだのは、浜の反対側から若い娘が歩いて近づいてくるのを目にした時で、母にもう一度会える日がやって来るのかは見当もつかない。全身黒づくめの格好であったが、優雅な佇(たたず)まいの女性だった。小さな傘を手にしており、一歩ごと杖のように固い砂に突いている。目を合わせる勇気は無かった。そばを通り過ぎた時に振り向くと、彼女もそうしていた。一瞬、視線が宙で絡み合う。

足はまだ時折痛みで引き攣(つ)り、かなり無理をしていた。疲労困憊して、午後四時頃に出航予定の船に辿り着く。もう酔っぱらっている兵士もいた。彼らは兵士が受け取る給金をあっという間に使い切っていた。ベルが鳴り、汽笛が響き渡ると、音が家々の前面に反響し、ふと、あの娘はどこに住んでいるのかと思うやどっと孤独に打ちのめされる。

船が向かうサウサンプトンの町は、三年前のタイタニック号の事故で九百人もの若者を失っていた。その大部分は船員や工員、皿洗い係や客室係として雇われていた。相手をしてくれる独り身の女が山ほどいるってこった、ある兵士がそう言って甲板に唾を吐く。船長がやって来て、呂律(ろれつ)の回らなくなった兵士たちを叱りつける。彼らは航海中ずっと甲板にいる羽目になり、コルクのベルトで腰を縛り付け、甲板前方から左舷(さげん)へ行くのを固く禁じられる。それにはちゃんと訳があった――船がイギリスに運んでいる金属製品入りの重い箱の固定具が解(ほど)けるようなことがあると、不注意な乗客が滑りくる積荷(つみに)と甲板の手摺とのあいだで挟み潰されてしまう可能性があるのだ。

私は帆で覆われた左舷のベンチに腰を下ろす。

初めのうちは万事順調で、穏やかな揺れに身を任せ、小さな島から五百メートルも離れていない所を通り過ぎるが、このセザンブル島の監獄は軍事裁判で多くのヴラーンデレン兵が送り込まれることで知られていた。

一時間後、紫色に染まった海の上に暗い積乱雲が姿を見せるや吹き荒れる強風に兵士たちは毒づき、甲板にやって来た船長に歩き回ることを厳しく禁じられる。わずか数分で船が暴れ馬さながら激しく揺れ始める。水面に口を開ける穴は時に五メートル以上の深さにもなり、金属板にぶつかったかのように舳先が鈍い音を立てる。右に左にと揺さぶられ、ベンチにしがみつきながら互いに笑みを浮かべる。さらに数分経つと頭上で雷が鳴り始める。荒れ狂う海で船はもう沈みそうだった。操舵室へ向かおうとした船長が甲板の手摺りに叩きつけられて倒れ、もがきながら立ち上がると大急ぎで船室へ入るのを一同は目にする。風が唸り、叫び、地獄の悪魔がみな解き放たれる。巨大な波が甲板に浴びせる大量の水は扇状に砕け散り、方向感覚を奪われる。私はベンチの下に横たわった。一人の兵士が私の足元に嘔吐する。それから誰もかれも気分が悪くなり、酷い船酔いにやられて体から魂が飛び出してしまいそうなほど激しく嘔吐し、怪我から回復しきっていない兵士は痛みに叫び声を上げ、嵐は一層激しさを増す。船は舳先を高く上げたまま波間に飛び込むこともあり、そうなると大変な衝撃と共に巨大な穴の中に呑み込まれ、もう終わりだとみな肝を冷やした。夜になり、方角を見失い、陸地は見えず、世界も、上も下も、右も左も無く、あるのはただ吐瀉物と塩水、騒音に船体の軋む音、船は崩壊寸前で何時間もその状態が続き、終わりは見えない。

明け方頃、船体の管や柱に体を仲間に縛り付けられていた兵士たちは、ぼろぼろになった死にかけの姿でずだ袋さながら右へ左へとなすがままに振り回されていた。船はもはや航行しておらず、何度も何度も打ちのめされ、操縦不能の状態で渦巻く海を漂っている。船長は事態を静観していた。我々兵士は酷い拷問を受けた気分で、痙攣に身を震わせもう勘弁してくれと神に祈る。予定では昨晩十時頃には対岸に到着しているはずだった。微（かす）かな光差す中に陸地は見当たらない。遭難は免れない状況で、犬のように鳴いている若者たちは、痙攣する体からわずかに残った胆汁を絞り出すように吐き出し、涎（よだれ）をたらし、痛みと惨（みじ）めさに歯ぎしりをしていた。

朝九時ごろ、嵐は大分収まっていたが海はまだ荒れており、エンジンが動き出すとその振動でみな再び酷い気分に陥る。航海は続き、気の遠くなるほどゆっくりと、風に対して斜めに向かいながら岸辺の近くまで進んで行く。波止場で揺れる幾艘（いくそう）もの船体が警笛を鳴らし、係留できないことを知らせてくる。係留しようものなら私たちの船は粉々に砕けかねなかっただろう。そんな訳で午後遅くまで波に揺られながら漂い、延々と続いた不運な出来事は、唇に噴き出した泡を始め、苛（いじ）め抜かれた体中に青と白の痕を残しており、我々は悪魔のように歪んだ顔であたかも自分自身から逃れんと這いずり回り、わずかに残された意思でもってしがみ付いていた。

塹壕よりもひでえ、と一人の兵士がしゃくりあげながら私の耳元でこぼす。船長が港を目指して船尾から一メートル、また一メートルと慎重に船を進め始めた頃には午後六時になっていた。高い波に船体が持ち上げられ、岸壁に打ち付けられそうになる。一旦百メートル波止場から離れると、他の船が警告の意を示す警笛を狂ったように一斉に鳴らす。

夜七時頃、波止場に着いた船はまだ揺れ続けていたが、船酔いにやられた獣らは虱やネズミ共々ほうほうの体（てい）で船から出ると、さらに一時間ほど雨風の中で波止場に横たわったまま喘ぎ、ズボンは糞尿まみれで顔からは胆汁の匂いを漂わせていた。

ふらつきつつも立ち上がれるようになった頃にはもう暗くなっていた。

船長は点呼を取り、人数を数える。兵士が一名欠けていた。誰にも居場所の見当がつかなかった。またか、と船長がぼやく。酔って海に投げ飛ばされた奴のためにまた弁明をしなきゃならんのか。生気を取り戻せるよう、船長が軽食の時間を取ってくれる。世話をしてくれる少女たちが口に手を当てているので、ようやく互いの様子に目をやる。みな中国人のように黄色い顔で、胆汁を吐きすぎたせいで痩せて窶れ、目は落ち窪み、頬には乾いた吐瀉物がへばりついて実に酷い有様だった。

誰も食欲は無かった。少し経って中二階の部屋をあてがわれると、すぐに簡素な板床で深い眠りに落ち、外では暗闇の中、十一月の嵐が屋根を打つ音が鈍く響いていた。

★

翌日、私はロンドンへ向かう汽車の中でまどろみ、人生の目的も進むべき方向も見失った人のように虚ろな気持ちで暇を持て余している。塹壕の仲間たちが恋しかった。ロンドンで二時間乗り換え待ちをしてからブリストル経由でスウォンジーへ。寒さに凍え、気持ちは沈み、独り不幸を抱え込む私を乗せた列車はゆっくりと無人の丘陵地帯を進んで行く。融けた雪が生け垣や木々から滴り落ちていた。誰も言葉を発さない。通り過ぎるプラットホームはしゃがんだ兵士だらけで、煙草を吹かしている者もおり、全快して戦線に復帰する途上だった。ほかの者たちは私同様、衰弱して蒼褪め、数週間療養に向かうところだった。真夜中を大分過ぎた頃に古びて荒れ果てた小さな駅に到着する。レイモンが滞在している施設への行き方を私は尋ね、海岸沿いの雪道を一時間難儀して歩いてぱっとしない温泉地に到着すると、長い通りに数軒の店と背の低い住居が並び、土手を見下ろすようにホテルが三軒建っている。なにもかもが死に絶えたような有様（ありさま）だった。土手沿いに並ぶ木造の廠舎（しょうしゃ）で一人見張りに立っていた兵士には、暗闇の中で私が将校に見えたらしく、撥（は）ねるように姿勢を正す。

今晩は、ご苦労様です。（グッドイーヴニング　ユー　ミーン　サー）

もうおはようだね。（グッドモーニング　ユー　ミーン）

破顔すると彼は尋ねる。ベルギーの戦況はいかがですか。（ハウ　イズ　ウォー　イン　ベルジアム）

ぼそぼそと二言三言発し、「ホーム・レスト」の場所を尋ねる。

引き続き海岸線を歩いて行く。わずかに雪の残る浜辺に打ち寄せる波が泡立っている。まだ一条の光も差しておらず、七時になっていた。熱っぽく、疲れ切っていたところ、ある屋敷の庭の雨除けの下にガーデンチェアが見える。そこで体を休めることにしたが、足はひりひりと痛み、動悸がして体が火照（ほて）っており、全身くたくただった。子供のように身を丸め、自分を散々責める。もう一度リヴァプールへ行って父のフレスコ画を探さないといけないというのに、こんな所で何をしているのか、レイモンに一日会いにきただけで、ほかの仲間たちは療養のためフランス南部へ行っているのに、自分はどうしようもない馬鹿だ、両足は体から取れてしまいそうなほどかじかんでおり、あの忌々しい航海はすべきでなかったのだと心が挫（くじ）けて気分が悪く、体中の骨が折れんばかりに震えていた。

冷たい朝霧に浮かび上がる堂々とした古風な館でようやく二人目の義弟に会い、母や妹たちについて尋ねるにあたって彼の気分を害さないよう気を遣ったのは、母の伴侶として彼の父に私が抱いていた思いを彼は知っていたからだ。午前十一時頃、暖炉のそばに座っていたせいかも知れないが、私は気を失って床に倒れてしまう。二日後にやっと目を覚ますと、感染していた敗血症によって発症した赤い発疹（はっしん）が体中に浮かんでいた。

この辺鄙（へんぴ）な場所で、麻痺患者のように一月（ひとつき）半過ごした――ある漁師と海へ出て、数時間後に粗い釣り糸に掛かった大きな魚は「ドッグフィッシュ」と呼ばれるサメの一種で、食用にならないこの悪魔がピチピチと跳ねて嘲笑（あざわら）うような狂気に満ちた眼差しを私たちに向けると、漁師はサメの喉に刺さった鉤針（かぎばり）をナイフで切り取り、この巨大な獲物を再び渦巻く海の中に滑り落とす。流れ出した血の筋、それだけが後に残り、私たちの顔に再び雪が舞い降りる。

ポート・タルボットに漂う潮風、ジュートにロープ、そして貧困の匂い。彼方に並ぶ炭鉱山のボタ山。

まずい魚、まずいコーヒー、まずいパン。みな歯が悪く、ゴミのような味が口に広がる。黙って咀嚼し、時に吐き気を催しつつ、灰緑色の海の水平線を背に立ち並ぶ、葉の落ちた樹々を見やる。降誕祭（クリスマス）には湿った雪と篠突（しのつ）く雨が降った。数名の看護婦が私たちと一緒に食卓に着き、つましい食事をとる。言葉が交わされることはほとんどなかった。新年にはあまり祝い事が無い。小さな礼拝堂で、死者と負傷者のために長く単調な祈りが捧げられる。翌日、目の眩（くら）むような冬の陽光と身を切るような風の中、防波堤のそばで痩せ細った馬が叩き殺されているのを見つける。なにもかもが非現実的に思われた。故郷が恋しかった。

滞在最終日にスウォンジーの弾薬工場をみなで見学する。重役の一人が辺りを案内してくれる。真っ赤に燃える炉のそばを通ると再び体に生気が戻ってきて製鉄所を思い出し、話を聞いているうちに元気が出てくる。新しい技術に目を見張った――燃える鉄の塊が一操作で、缶詰や兵士用のコップを作るのに使うごく薄い百枚ほどの鉄板に圧縮される。私の内のなにかには、頭で考えていることと目で見ているものの区別ができなくなってしまう。

来た時と同じく腹の立つほど速度の遅い列車に揺られつつ、義弟の隣で押し黙る私の前に座った三人のイギリス人少女が、純朴そうな二人のベルギー人兵士を声高に論評しており、彼女らによれば、どちらもまだ童貞であって、左側に座っている方は、花壇で鳩のフンまみれになる「間抜けな兵隊」の銅像のモデルにぴったりだという。少女たちはキャッキャと笑い転げていたが、列車を降りる際、私は能う限り綺麗な英語で、旅の無事を願う言葉を掛ける。少女らは一様に手を口元に当て、大声でありとあらゆる表現でもって平謝りしてくるが、私たちは肩をすくめ、友好的に手を振ってやりながらプラットホームへ降りて行くと、私は眩暈に襲われ、なにかが腸で暴れるような、不安と欲求とで生じた吐き気に似たその感覚は、再び乗車したガタガタと揺れる汚らしい列車で油染みた蠟燭の煤が薄汚れたガラスに残した軌跡を見つめつつ、凍えながら前線へ戻る旅路のあいだもずっと消えることがなかった。破壊行為の痕がベンチや地面の至る所にある。便所は使い物にならないほど汚れていた。休暇から前線へ戻る兵士たちは非常に粗暴で手を焼く存在だった。

再び数か月が過ぎ、我々は次々に退屈し始め、半日眠りこけていたかと思えば、突然二時間に亘って残酷な戦闘となり、予期せぬ攻撃を仕掛けられ、命令が怒鳴り散らされ、恐慌、混乱、負傷者の悲鳴が響いた後には、死んだ兵士が、先ほどまで座って煙草をふかし、塹壕で腹蔵(ふくぞう)なく喋(しゃべ)っていた若者たちの手足ばらばらになった遺体が搬送される。

私の物語が単調になるのは、戦争が単調になり、死が単調になり、ドイツ兵に対する憎しみが単調になったのと同じで、生そのものも単調になって不快になって行く。

この雑然とした日々の中で、ある出来事に心を強く揺り動かされる。ある晩、一人の兵士が瀕死の状態で運ばれてくると、片腕しかないのに大変勇敢な奴だったと人が言うのを耳にする。彼は志願兵として救護任務に就いていた。納屋の火事で落ちてきた梁に圧し潰されていた。担架に近づくと、それは絵画教室で出会った若者で、線からありとあらゆる世界を創り上げる天才的な憧れの級友だった。首が折れているらしく妙な方向に曲がっていた。彼は目を薄く開けると、私に気付く。彼はなにか言おうとし、わずかに身を起こすと、以前教室で見て心動かされたものを私の目は捉える。ずたずたになった軍服の袖の中で連動する、先の無い腕の切断部。そして彼は崩れ落ちる。なにもできぬまま、運ばれる担架にただついて歩く。救護所に着くと、もう事切れていた。

一九一六年六月のこと、三度任務を帯びて送り出されるが、今回の目的地は前線の先に設置された監視所で、それは自軍と敵軍の二つの戦線のあいだにある牛小屋だった。隊長は毎夜そこへ三名の部下を送り込んでいた。が、誰も帰還しない。不満が広がり、抵抗する者が出ると処罰と威圧とで抑え込む。一週間半後、私は二名の部下と共に召喚され、その牛小屋で監視任務に就くことになる。私は敬礼し、最善を尽くすものの、これは無謀な任務であると伝える。生きて帰ってきたら処罰ものだと隊長は吠えた。

真夜中頃に忍んで牛小屋へ向かう。くすんだ明かりの中、至る所に若い兵士の死体が転がっている。小屋にはまだ彼らの弾薬が残っていた。二名の部下に命じて弾薬を可能な限り回収させ、それぞれ牛小屋から三メートル離れた場所に配置する。

警戒しつつ私は部下の援護を受けて前進し、機関銃が設置されていると思われる地点、塹壕の長さ、防護壁の高さを描き留める。身を伏せて戻ってくる。なぜこれが他の兵士にはできなかったのか。

全員で急いで弾薬を集め、鞄にしまう。期せずして大量の弾薬が使用可能となり、一定の距離を置いて配した部下に一晩中交替で銃撃をさせるが、これを実行するにあたって必要な銃弾の数を正確に数え、かつどの程度の間隔を空けて撃つべきかを計算した。その夜、ドイツ兵は現れず、囚われの身になることもなく、明け方頃に勝ち誇った気分で帰途に就く。しかし、安全地帯に入ったと思った途端、銃撃が始まる。数秒後、隣にいた二人の若者が逃げようと飛び出すや否やあっという間に撃ち払われる。

私は息を殺して身を伏せる。数分後、警戒しながら身を起こすと、たちまち背中に銃弾を受け、背後からの卑怯な一撃は斜めに背中を撃ち抜き、銃弾は腰を貫通して臀部から抜ける。噴き出す血を止める処置をし、嘔吐しつつ、大きく裂けた前側の傷口をできる限り強く押し付けて閉じようとし、まだ暗いうちに野戦病院へ担ぎ込まれると軍医に言われる。マルシェン、お前は定期券でも持ってるのか（タ アナボンヌマン ウ コワ）。

私はにやりと笑みを浮かべ、すべてが曖昧になって三日後にようやく目覚めると、腹部には茶色い染みのついた包帯が巻かれてあり、背中が酷く痛んだ。耐え難（がた）い痛みだろうと思われたので、数日に亘って強い麻酔をかけておいたのだ、と看護師から聞く。おまけに回復した暁（あかつき）には、上から割り当てられていない弾薬を使用した廉（かど）で軍法会議に出なければならなかった。私は肩を竦（すく）め、あいつらは地獄に落ちる、と吐き捨てた。

寝たきりの生活、退屈と痛み、欲求不満、泥濘に浸かっている仲間たちへの想い。この度の療養は、イギリスは湖水地方のウィンダミアにある小さな田舎屋敷に三か月送られることと相成（あいな）った。そこでは女主人のミセス・ラムと親しくなり、カード遊びに興じ、午後のティータイムには先祖たちの話を聞く。夕暮れ時にはよく一緒に公園を散歩する。彼女の夫も前線に出ており、私たちのあいだには行き場のない親密な空気が生まれていた。毎夜、二階の広い部屋で独り床（とこ）に就き、彼女が廊下を歩く足音を聞きながら、自分はヘント出身の一兵卒に過ぎないのだと言い聞かせる。

ウィンダミアでの療養期間中に読んだ新聞記事で、新しい毒ガス、マスタードガスが使用されたことを知り、それが使用されたあとの光景は、一九一五年にすでに体験していた塩素ガス爆弾よりもさらに無残なものだった。大量殺戮の報道を読み、眠れぬ夜を過ごす――どれほど多くの仲間が自分の療養中に命を落としたか、ただ推測することしかできない。我々のいた塹壕は、毎週のように死者を出していたとはいえ、むしろ保護された比較的安全な場所だったのではないかと今となっては思うこともあった。会話の中で、不条理で理性を欠いた殺戮が果てしなく続くのを嫌悪する声を耳にすることが増える。ドイツ兵もうんざりしているらしく、逃亡兵が大量に出ていた。ヨーロッパにまだ若者はいるのかしら、とウィンダミアのミセス・ラムは問い掛け、手を私の肩に置く。イギリスの新聞を何紙か読んでいると、前線で時々手にすることのできたベルギーのフランス語新聞とはまるで別のことが載っていた。

別れ際に彼女は、黄色で切り口が楕円形になっているイギリスの煙草を一カートン、そして手縫いの襟巻(えりまき)をくれる。長い襟巻よ、冬の前線できっと必要になるわ、と気遣わし気に言う。その腕で私を抱き締める。ウィンダミアを去らねばならなかったその日、哀しみに私は身を震わせた。彼方、朝の光に照らし出された灰色の雲を背景にラングデールの山々の頂(いただき)を望む。再び待ち構えている前線、三度目の冬を迎えようとしていた。

前線に戻ると、不服従行為の廉で指揮官がまだ私を処罰しようとしていることを知らされる。負傷した私が監視所代わりの牛小屋から帰還した時、そこで拾い集めた弾薬をまだ大量に所持していた。上から支給されていない弾薬を使ってはならず、私は重い違反を犯していた。

中尉に呼び出されて赴くと、初め厳しく私を非難し、処罰の可能性を口にした。泰然と身じろぎせず気を付けの姿勢を保ち、軍法会議に出席することになるか否かの決定を待っていると、中尉は私の目を正面から長いことじっと見つめていた。私の顔に憤慨の色を読みとっていたのだろう。再び数分ほど書類をよく見直してから判を押し、署名をすると、口を開く。マルティーン、本件の手続きは完了だ。隊に合流しろ。以上。

　私は敬礼し、なにも言わなかった。しかしその日以降、気力が、とりわけ信頼心が失われてしまった。フランス語話者の将校たちはヴラーンデレンの兵士を蔑(さげす)んでおり、あからさまな侮辱や中傷は、犠牲者が増えるにつれて日に日に耐え難くなる。将校らの振る舞いは、同じフランス語話者でも素朴なワロニーの若者たちが示してくれる友情と鋭い対比を成しており、大部分の兵卒は団結していた。我々はみな揃って捨て駒だった。指はすぐに悴(かじか)み、頭には山登り用の厚手の縁なし帽、フランネルの切れ端を履き古した長靴に突っ込み、凍え死なぬように一日中体を摩(さす)り合っていた我々兵卒とは対照的に、将校たちは暖房のよく利いた農家でぬくぬくとしていた。週に一度、中尉が一人で形式的な視察にやって来ては、高慢な調子で、この厳しい冷え込みはむしろ健康的なのだと冗談を言う。害虫もみんな殺してくれる、この場合は向こうのドイツ共(ボッシュ)だ。笑うものはおらず、中尉は横柄な態度で我々に背を向け、こちらにも聞こえる声で副官に言う。あいつらは言っていることをなにも分かってない(イルヌコンプレンヌリアン)。ヴラーンデレン(セコンドフラマン)の馬鹿共は。

　ある日、私を再び呼び出した隊長はブリュッセル出身で、一文ごとに敬礼をさせる人物だった。ピエロのように扱って侮辱し、一文ごとに手を額の横に当て、踵(かかと)を打ち合わせる私の姿を彼は薄ら笑いを浮かべて眺め、横柄な調子で伝えられた配置転換の理由は、私が部下たちに親切に接しすぎており、軍規を乱す虞(おそれ)がある故とのことだった。これは上からの命令なのかと私は尋ねる。彼はフランス語で、ヴラーンデレン人(フラマン)は質問するなと怒鳴る。敬礼し、その場を辞すと、黙って自分の装備をまとめる。若い兵士たちが理解できないといった風情(ふぜい)で眺めていた。マルティーン、何やってんだよ。

配置転換だ、と短く答える。すると予期せぬことが起こる。部下たちが激高し、全員で隊長用の事務所へ向かい、拳を振り回して怒鳴り出す。すぐに投石が始まり、例の隊長が外に出て来ると、口を閉じるよう怒鳴りつけ、反逆者は即処刑されると脅すも場は収まらない。騒ぎは留まるところを知らずますます大きくなり、あちこちから兵士が加わって騒動は拡大する。声が上がる。ヴラーンデレン人よ、団結せよ！

隊長は顔を真っ赤にし、農家に入ると将校を連れて出てくる。二人は話し合っていた。騒ぎの後ろで、相変わらず持ち物を整理していた私のことを指差す。二名の中尉に拘束され、腕を取られて犯罪者のように荒々しく連行される。将校の前に来ると、姿勢を正し、敬礼した。それは軍法会議行きの件を見逃してくれた将校だった。薄く開いた両の目で、再び私を入念に検分する。

さて(エ・ビアン)、と言うと、手にした小ぶりの鞭(むち)を手袋を嵌(は)めた左手にピシャリと打ち付ける。

私は再び敬礼し、勲章を幾つかしまってある金属製の小箱を自分の袋から取り出すと、それを開け、黙って見せる。

司令官はこちらの意図を悟る。勲章を吟味すると私をじっと見つめた。

そして私の騎士勲章(オンヴザトロンペセット)を取り出すと、ゆっくりはっきり言う。上級曹長(セルジャン・マジョール)マルシェン。立派な功績(ヴザヴェドグランメリット)だ。

しかし、誰かに騙されたな(メ・デコラシオン・エテュンヌ・コントルファクシオン)。この勲章は模造品だ。

大切にしていた勲章は偽物で、本物はこれを授与してくれた隊長自身が着服していたことが明らかになる。将校は鼻を鳴らして辺りを見回す。

隊長が身を縮こまらせて割って入ろうとする。

デルリュ、黙っていろ（テゼヴー）、将校が吠えた。ヴラーンデレン人を侮辱するのはいい加減にしろ（ジャネ マルド リュミリアション デ フラマン）、と声を上げる。いいかお前たち（エヴー トゥッス）——隊長たち、そして騒ぎの対応にやって来ていた少尉らを指す——このペテンはお前たち全員のせいだ、愚か者が（ヴ ゼット トゥ クパーブル ド セット アンポステュール イディオ）。いいか（トゥネ）、マルシェン、お前は部下と元の連隊に留まれ（ヴ レステ アヴェク ヴォ ソルダ ダン ヴォートル レジマン）。

数日中に本物の勲章を渡すことを将校は約束し、それまでは証拠として模造品を持っておくようにと告げる。部下たちが歓声を上げ、帽子を空に投げた。私は敬礼し、感謝の言葉を述べると部下を落ち着かせ、ほかの将校たちから余計な恨みをさらに買うことにならぬよう努める。そうして再び、ごみ溜め、悪臭、退屈、予期せぬ砲撃と緊張に満ち、時折死んだ兵士たちが足元に倒れこんでくる場所へと戻って行く。同じ塹壕にいる一人のワロニー人の兵士が、下手なヴラーンデレン言葉で、自分も恥ずかしく思っていると伝えてくる。夜になると、どこから届けられたのか分からないが、ジンの入った小瓶が私たちの塹壕にあった。瓶を回させ、若者たちは小さな声で歌い、夜の雲が低く垂れこめると霧雨が頭上に降り注ぐ。一発の砲弾が寝床近くに落ち、地中深くに食い込むも爆発が無い。みな不安を抱いて待ち受けたが、なにも起きなかった。

時に見放され、どこか現実離れした、始まりも終わりも消え失せた暗い襞（ひだ）の中に我々は埋（うず）もれている。季節は移り変わり、雲が、白い寓話の動物たちに気紛れに姿を変える神々が明るい白昼の空を通り過ぎて行き、我々は早くも老け込み、監禁されて諦観した子供のように振る舞い、生と死に対して鈍感に、無頓着になっていた。

★

一九一七年から一九一八年に掛けての冬に再び多くの若者が死んだのは、食糧不足、寒さ、肺炎、チフス、悲嘆、内臓疾患、梅毒、絶望、怒り、原因はほかにもまだまだあったろうが、我々が耳にした最も悲惨な出来事は、一九一七年の十月から十一月にかけてのパッセンダーレでの戦闘だった。塹壕に身を潜めていると担架兵が一人また一人と呼び出されるのを目にする。パッセンダーレという言葉がみなの口に上っていた。説明を求めると将校たちは黙り込み、足下に目を落とす。遠くで鳴っている迫撃砲の音はこれまでになく激しい。マスタードガスが使用されており、耳に届く話があまりに無残だったので、自分たちは泥に浸かって腐りかけてはいるものの、厳しい寒さと機関銃による不意の攻撃、軍人たちの気まぐれの相手さえすればよかったのがむしろありがたく思われた。マスタードガスによる火傷の痛みは、人がこれまでに体験したことのないものらしい。悲鳴を上げる犠牲者たちの苦しみを和らげる膏薬や治療法もなかった。夜に凍るほど下がる気温よりも士気は低下する。そうとは悟られぬよう自殺を図る者たちが再び出始める——彼らは敵が銃撃してくる方へ向かって走り、叫ぶ。撃てよ、クソ野郎ども、俺を撃ってみろ。たいていは望み通りになる。どういう訳か強い酒が塹壕に回って来ることが増える。これは上層部の意向だと囁かれていた。気が大きくなり、呂律の回らなくなった兵士たちが、夜、星を見ながら長いあいだ泣き、感覚が麻痺して疲れ果てた挙句、朝方眠りに落ち、寒さが身体を最もいやらしく蝕む明け方に凍え死んだ。

春になると、敵の降伏は近いという噂を聞くことが増えてくる。時折彼方に、赤い夕陽を背にした黒い影法師のごとく、ドイツ兵が隊列を乱しながら次々と地平線の方へ行軍するのが見えたが、その目的は分からなかった。再び訪れる夏。蚊と虻の大群、そして感染症の季節が再びやって来る。行き止まりになった塹壕には、天にも届かんばかりの悪臭を放つ巨大な排泄物の山が聳えている。それを埋めようと土を掘っても、死体やばらばらになった四肢、手榴弾の破片ばかりが出てくる。作業を投げ出し、吐き気を覚えてその場を逃げ出す。

★

解放の後、数日の帰宅を許される。その道すがら、故国を襲った惨劇、砲撃で倒壊した家々、浮浪者に山師、そして貧困を目の当たりにする。しかし同時に、辺りには平和が訪れたことによる安堵感も満ちていた。

あちこちで略奪が試みられ、敵軍協力者に報復が行われていた。徹底的に破壊された家々もある。母と姉妹、弟たちとの再会は心打たれる瞬間だった。慌てた様子で足をもつれさせながら戸口に姿を見せた母は、片足にスリッパ、もう片方には木靴をひっかけ、勲章を見て涙を堪え切れずにいる。母は様子が変わっており、以前よりも神経質でか弱く見えた。義父のアンリは老け込み、動きは緩慢で陰気になっており、静かにひたすら飲んでいたのは質の悪いアルコールで、ルバーブという野菜と腐りかけの桃を使って密かに自分で蒸留したものだった。戦時下の貧困生活で誰もが疲れ切っていた。母の髪は真っ白になっていた。気高くぴんと伸びていた背中が曲がってはいたが、その精神力は不屈だった。姉と妹は魅力的な娘に成長しており、クラリスはフォンスという声の大きな赤毛の男と交際し、彼のふかすパイプで家中の空気が悪くなったが、都市部を貧困と苦難が直撃していた最中、彼がひっきりなしに飛ばす冗談のおかげで一家には笑いがあった。

連隊に戻ると、ある噂でもちきりだった。ドイツ市民自身が反乱を起こしていたため、前線は数か月前から崩壊しつつあったという。数週間後、任務から完全に解放されて帰還する途上、メーレルベーケ近郊で通りがかった堀を埋めつくしていた、ありとあらゆる残骸や屑、放置された大砲の中に、二一五ミリ大口径砲用の傷のない砲弾の薬莢を見つける。その重い物体を家へ持ち帰ろうとする私を見て仲間たちが笑う。汗まみれになって昼に帰宅し、その銅の薬莢を母に渡すと、花でも生けるわ、と返ってくる。花など母はかつて生けたことはなかった。後年、新しい家の階段の親柱の上にこの薬莢を置いておいたところ、掃除嫌いのガブリエルにある時言われる。ユルバン、この銅の塊は自分できれいにしてくれないかしら。それからというもの、この任務を生涯忠実に、毎週金曜日の午前、子供たちが家に遊びにやって来る週末の始まる前に行った。

★

近所の話を色々と耳にする。飢えに苦しんでいた近所の女性がドイツ人の子を妊娠したのは、この兵士が「性的関係」と引き換えにパンを与える約束をしていたからだった。戦争が終わると彼女は家から引き摺り出されて丸坊主にされ、人々に足蹴（あしげ）にされてその後（ご）流産した。ある農家の娘はドイツ兵を納屋に匿（かくま）い、毎夜彼と楽しんでいた。現場を目撃した父親に娘は蹴り殺され、ドイツ人はその農夫の頭蓋骨を砕いて逃げ去った。

雨後（うご）の筍（たけのこ）のように突然沸き出した愛国者はしかし、戦時中にドイツ兵との裏取引を熱心に行っていた者たちだった。至る所でその痕跡と証言が必死に抹消される。至る所で諍（いさか）いや妬（ねた）み、陰口に裏切り、卑怯な振る舞いや略奪があったが、新聞には喜ばしい平和を歓呼して迎える文章ばかりが載っていた。我々帰還兵は事情にもっと良く通じていた。みな黙（もく）し、悪夢と闘い、アイロンをかけたばかりのリネンのシーツの匂いや一杯の温かな牛乳に時折感情が爆発し、涙が溢れる。住まいのある通りのあちこちに国旗が掲げられ、湿った風にはためいた。

★

家の裏手、私たちの住むアーンネーメルス通りに直角に交わる通りに最近引っ越してきた商売人は、戦時中に財を成した農夫だった。穀物やジャガイモを商っている。どこで商品を調達してくるのか分からないことがよくあったわ、と母が言う。家の裏手にある細長い中庭が店の大きな貯蔵庫になっており、我が家の小さな裏庭の壁の向こう側に位置していた。自分の寝室の窓から、使用人と取引相手が行

き来するのが見える。農夫には娘が二人いた。その一人、妹の方は私の母に似ている。気高い黒髪の美人で、ゆったりと自信に満ちた風情で中庭を歩く。夕方になると我知らず、彼女が通り過ぎないかと見張りに立っていた。ある晩、窓を開けて、何年も前にジュールが持ってきたリュートを何気なく爪弾く。娘が目を上げ、私を見る。弾いていた軍歌に笑みをこぼす。蒼褪めた色の力強い瞳は母と同じで、同じ黒髪だった。心臓がバクバクと音を立て、神経が昂ったせいで、あとになってから銃創が燃えるような熱を帯びる。

もう一度前線で数週間過ごしたあいだも、その時の像が一瞬たりとも頭から離れない。唐突に訪れた停戦後、定員を超過した列車に集団で無規律に殺到し、歌を歌いながら家へ帰った私がまずしたのは、自室で見張りに立つことだった。戦争は終わった。眼下では、中庭であの娘がこちらに背を向けて作業をしている。不意になにかを感じたかのように彼女が素早く振り向き、その輝く蒼褪めた瞳を私はまともに見てしまう。気分が悪くなり、眩暈を覚え、寝台の枠にしがみつかねばならない。

Ⅲ

決して、と彼はやがて言った。人生を降りた者にとって、日々が、時が、人生が、こんなにも長いものに成り得ようとは思いもしなかった、と。

W・G・ゼーバルト

古い鏡台の前に座った彼は再び目を上げる。これから何を語るべきかに思いを巡らす。戦争の話はようやく終わり、この数年間を語った今、マリーア・エメーリアとの出会い、そしてその別れについて書かねばならない。

それは一九七六年の夏、例年にない暑さと乾燥によってある世代に記憶されている年。彼は老いていた。途中休止をはさみながら、十三年に亘ってこの回顧録を記してきた。数週間手を付けないことや、半年ものあいだ書かなかったことも一度あった。それは三度目の負傷、そして将校たちの裏切り、と彼の呼ぶ出来事について記さねばならなかった頃のことだった。思い出が鮮やかに蘇ってきて先程引っ張り出した勲章が傍らに幾つか置かれている。マリーア・エメーリアに再会した時のことを書いたところで二冊目のノートもちょうど終わりかけていた。彼女のことを書き尽くすには、残りの頁では足らない。彼は躊躇い、ペンを置き、デスクマットの下から紙挟みを引っ張り出すと手紙を認め始める。

親愛なるガブリエル
お前の愛する妹の死を想うと……

言葉が続かず、再びペンを置く。

うだるような暑さ、七月の末、世界中が干乾びそうになっていた。禿頭に載せた黒い帽子を取ってハンカチで額の汗を拭う。

三冊目のノートを買うよう娘に言いつけた方が良いだろうか。

そんな気分ではなかった。今、書き記していた事柄ですっかり疲弊していた。

なにもかもがぼんやりとし始めてもいて、字は乱れ、痛風で指が痛んだ。

毎日一時間、絵を描くことはまだなんとかできていたが、小さな画架の前に立っているのが次第に辛くなっていた。

一番上の孫にもうすぐ子供が生まれる予定だった。オランダ国境近くの小さな農場に住んでいる孫の顔を見るのは稀で、大学に入ってからというものずいぶんと人が変わってしまい、信仰心が篤く従順だったあの子は反抗的になって神とその掟を嘲り、両親を悲しませた。人生とは得てしてそういうものだ。両親が働き、大学で学ばせるために倹約するも、子供たちは学んできた事柄でもって親を馬鹿にするようになる。孫は髪を背中の中ほどまで伸ばし、酷い風体をしていた。自分の時代、若者には気骨が求められ、髪をきちんと刈り揃え、規律正しくなければならなかった。一番上の孫は楽しむことしか考えておらず、リヴァプール出身の頭のおかしなバンドの曲を聴いている――そう、よりによってリヴァプールだ――そしてなにかにつけ政治についてべらべらとまくし立てる。労働者が履くような青いズボンは所々裂けている。そんな風に政治に関わり合うようには育てられなかったというのに、ましてあのアカの奴らなんてのはもっての外だ。

暑さで少し気分が優れない。あるいは心臓の方だろうか。マリーア・エメーリアのことは考えない方が良かった。だが、考えずにはいられない。翌日から、婚約後の数か月についていくつか書き付けておくことになる。

二冊目のノートの残りの頁には、夜と恐慌のことなどについて、まとまりのない文が幾つか記されており、滲んだインクは涙の痕を思わせた。そこで彼の人生についての記述は終わっている。ある意味、あの時に彼の人生もまた終わっていた。

★

今では失われた昔の兵士の気風には、テロや暴力的なテレビゲームの時代を生きる私たちには理解し難いなにかがある。暴力の倫理に大きな断絶が生じたのだ。第一次世界大戦の初期、ドイツ軍の機関銃の恐るべき銃口に追い立てられたベルギー兵は高邁な十九世紀の倫理の薫陶をまだ受けていた世代で、誇りと名誉、純真な理想とによって育った。彼らの戦争倫理が最も重んじた美徳とは、勇気、自制心、行軍を愛し、自然と仲間を敬い、誠実で、名誉を重んじ、一騎討ちで闘う覚悟であった。読み聞かせ合うために持参した本の中には文学作品もあり、仰々しい言葉遣いであったが、そこには詩も少なからず含まれていた。信仰心、性犯罪を心底嫌悪すること、アルコールを適度に楽しみ、飲みすぎないよう自制すること。軍人は、彼らが守るべき市民の模範でなければならなかった。

こうした古き美徳のことごとくが、第一次世界大戦の塹壕という地獄で死に絶えた。兵士は最前線に送られる前にわざと酔い潰れていた（これは愛国的歴史作家にとって最大の禁忌の一つだが、祖父はこの点についてはっきりと記している）。戦争の終わりが近づくにつれ、祖父が「ティンゲルタンゲル」と呼んでいたもぐりの酒場が急増し、そこで兵士たちは性的な鬱憤をしばしば穏当ではないやり方で晴らすことができた――このように組織化されたものはまったく新しいものだった。残忍な方法と大量虐殺がこの世代の道徳心や人生観、考え方や風紀を完全に変えてしまった。踏みにじられた牧草の匂いが漂う戦場、死の間際にあってなお敬礼した兵士たち、丘と木立で満ちる十八世紀の絵のごとき田園的な戦場に残されたのは、マスタードガスで麻痺した精神の残骸に千切れた四肢、文字通りずたぼろにされた前時代の人種で埋め尽くされた耕地だった。

王党派のヴラーンデレン兵は心に傷を負って帰還し、一九一八年末のアルベルト一世のブリュッセル入城時に披露された観兵式(パレード)は一見勝利に沸く凱旋行進と見えた。しかし多くの帰還兵士は、破壊しつくされた国に平和がもたらされたことに安堵すると同時に、倦怠感と失望を覚えてもいた。それが求められる場面でも、祖国への愛情を抱いている振りをすることが難しい兵士もいた。祖父の古い小卓(しょうたく)の引き出しに入っていた小さな紙挟みに、ブリュッセルの写真家S・ポラックの手になる十二葉の風景写真が入っている。簡素な厚紙の封筒には、美しい字体で「アルベルト国王と連合国軍のブリュッセルにおける歴史的凱旋行列、一九一八年十一月二十二日」とフランス語で記されていた――しかし愛国感情は当時すでに妙な後味を残していた。高邁な理想を有した一体感はばらばらに打ち砕かれていた。西ヴラーンデレンの畑には素朴にすぎる考えとロマンチックな印象の残滓(ざんし)が蒔(ま)かれていた。「アメリカの代表団と共に」演奏された音楽や、トーガに身を包んだ男たち、「政府高官」らが挙(こぞ)って階段上の国王を取り囲んで迎えている情景を映した写真、アメリカ軍砲兵隊の行進、ベルギー軍銃兵(カラビニエ)の行進、エイゼル河畔の戦いを記念する旗を掲げた行列、スコットランドのバグパイプ隊、フランス軍のファンファーレ、勇敢なブリュッセル市長アドルフ・マックスの華々しい帰還、並んだ国王一家、そして最後に、興奮した群衆のひしめく写真。しかしどこかのネジが外れてしまっており、そのことを知っていた兵士たちは、人々と一緒に歓呼の声を上げることなく黙して見つめていた。ヨーロッパ各国間にあった親密な雰囲気は永遠に損なわれてしまったのだ。この戦争が人道主義に穿った地獄の穴から吹き込んでくるのは倫理的真空の熱波、未開の地の熱波で、その地に新しい理想の種がほとんど撒かれなかった訳は、理想というものが人をどれほど誤った方向に導いてきたのか火を見るよりも明らかとなっていたからだった。さらに大規模な破壊を引き起こす可能性を秘めた新しい政治とは、復讐と怨恨、遺恨、血による清算の政治だった。だが、行軍を名誉と見做し、バレエでも習うかのように剣術を学び、敵を刺し殺す前に愚かにも辞儀をするような軍人はもう二度と戻ってこない。塹壕の汚物、マスタードガスの死の雲、そしてドイツ兵が至る所で無防備な住民に対して行った嗜虐的な復讐行為によって、古き良き人間性の一部は失われ、同じ世紀の末にバルカンでいくつもの戦争が起きていた最中、ある平和主義者のドイツ作家が、戦争倫理から名誉を尊ぶ心が消え、敵に対する人間的な敬意が無くなり、戦闘から様式と形式への意識が失われたことで暴力行為がここまで凄惨を極めるようになったのだと記した時、彼はヨーロッパの失った様式意識の氷山の一角を示さんとしていた。メディアはこの作家をこき下ろした。そんなものは誤った懐古趣味に過ぎないと。

　心を打つこの古風さを祖父が最後まで捨てなかったのは、あまりにもそれが深く彼に刻み込まれていたからだった。しかし、後年になって唐突に姿を現した疑念、一九五〇年代の被害妄想、特段はっきりとした理由もなく、誰に対するでもなく突発的に爆発した怒り――それは自分の失った純真さに向けられたものだったのかもしれない――それは、生活を共にした私たちに、静かに、寡黙に、苦く、多くを語ってくれた。

★

彼の母が二番目の夫と結婚してから数年経った頃、一家の引っ越したヘントブリュッヘ通りの一軒家は、あの辺りでよく知られていた「五角形」――五つの通りがぶつかる所――の近くにあった。彼の起源に続く道、スヘルデ川に掛かるヘントブリュッヘ橋のそばに母の実家はあった。絵画に続く道。プリンス・アルベルト通りには友人の画家アードルフ・バーイェンスが住んでいた。思い出に続く道。ヘントブリュッヘ通りを経由してデンデルモンデ通りをデンデルモンデ方面へ向かい、そこからダンポールトへ行けば彼が幼年期を過ごした地区に辿り着く。そして未来に続く道。デステルベルヘン通りを先に行った所、スヘルデ河畔に彼は後年家を建てる。そして最後に、愛に続く道――アーンネーメル通り、ヘントブリュッヘ通りと直角に交わるこの通りに、ジャガイモと穀物を商う、シント＝デネイス＝ブーケル出身のヘイス氏が先立って居を定めていた。

　貯蔵庫越しに、下の娘が毎日行き来するのを見ている。しっかりとした足取り、交錯する二人の視線。ある晩、彼は勇気を振り絞り、ブロック塀沿いに歩いて角を曲がるとヘイス家宅のベルを鳴らす。中へ通される。一時間後、彼女を伴って外へ出てくると自分の家へ連れて行き、母に紹介する。母さん、こちらはマリーア・エメーリアです。長い沈黙。喉が詰まる。ともに蒼褪めた瞳で皮肉気に品定めをし合う、凛とした女性二人の片方は、他方を若くしたような感じだった。良かったわね、ユルバン、と母がようやく言葉を発する。息子の手を握りしめた。やや固い微笑みを浮かべた夫人を娘は抱擁する。お嬢さん、ミルクでも召し上がっていかれるかしら。いえ、結構です、お気遣いありがとうございます。静寂。その日から彼は毎日のように未来の親族の家を訪ね、商人からは実の息子同然に扱われた。

ヘントに最初の映画館が開館する。日が暮れてから優雅な婚約者を連れて見に行くのは短いニュース映画で、その灰色の幕に映る様々な像は新しい時代を象徴するものだった。彼は彼女に心底惚れ込んでいた。彼女のために車を、一九一九年製のフィアットを買いたいと思っていたのだが、それは経済的にゆとりのない男には突飛な考えだった。母親と娘とは姉妹のように見えた。戦争時の残虐行為の記憶は薄れていたが、不安感に襲われ、呼吸困難に陥り、悪夢にうなされ汗びっしょりになって息を切らし飛び起きることもある。心的外傷の治療は当時まだ存在していない。彼は独力で耐え、身を案じる母を心配させまいとする。愛が彼を癒してくれた。持って生まれたものに思われた信心深い気質は大部分失われていた。とはいえ、日曜日には相変わらず七苦聖母教会の副祭壇の前に跪き、砕けんばかりに指を固く組み合わせて祈った。

当時二十五歳だった麗しきマリーア・エメーリア・ヘイスに——彼自身は二十七歳になっていた——自分の父の描いたフレスコ画と壁画を見せ、リヴァプールで目にした絵画作品の話をする。幾度となく語り聞かせ、二人はいつも一緒だった。それは、彼の母に早世した父が抱いていたあの情愛が、この誇り高く美しい娘相手に繰り返されているような具合だった。そう考えると、安らぎと心身の平衡とを取り戻すことができ、娘を崇め、戦争の凄惨な記憶は塗り消され、心底満ち足りていた。結婚の話が進み、その間（かん）にレーデベルフのブリュッセル通りにある鉄道会社の工場で職を得た。絵画アカデミーの授業を再び受け始める。ポーズを取ってくれるなら彼女を描くと約束して。

★

回顧録にこんな記述を見つける。

妙（たえ）なる娘を見出し、婚姻を結んであの惨劇を忘れることができる。私はそう伝え、詠（うた）った。

息（いき）づき　喘（あえ）ぎ　膨らむ乳房　想っておくれ　私のことを

こんな具合に。

買い出しに一緒に出掛ける。一等素敵なのは、連れ立って牧草地へ行き、仔馬たちが跳ね回って、脚を高く蹴り上げるのを見ることだ。日曜日には音楽堂「ヘット・ヴォルク」へ踊りに行き、あの仔馬たちに似ているよ、と彼女に言う。

マリーアの気分が優れなかった時、ドイツの女流作家クルツ＝マーラーの恋愛小説を持って行くと、なにか違うのが読みたいと笑って私を掻き抱く。具合が気掛かりだった。雪花石膏（せっかせっこう）の像のように白く蒼褪めていたが、その頬は赤く燃えていて、いつも機嫌が良かった。頑張って、と彼女は言う。頑張ってね、私の兵隊さん、春には結婚するんだから。

一九一九年。疲弊したヨーロッパでスペイン風邪が猛威を振るい、アメリカ兵が旧大陸へもたらしたとされるこの病原菌は、皮肉なことに至る所で戦争の終結を祝わんと人々が集っていたためにあっという間に拡散する。世界中で一億もの命が奪われ、その犠牲者数は、終わったばかりのあの凄惨な戦争を上回った。不思議なことにスペイン風邪は主に若い成人が感染し、ある時は祖父が感染した虞れもあった。咳、発熱、喉の痛み――スペイン風邪の初期症状だった。寝たきりになり、みなが心配して見守るも、一週間後に回復する。そして今度は、彼の麗しきマリーア・エメーリアが体調を崩し、蒼白になって酷い倦怠感に襲われていた。しばしば眩暈を覚え、低血圧に苦しむ。ある日、映画館から出るとわずかなあいだ意識を失う。意識が戻るまで彼は彼女を抱きかかえている。なんでもないわ、と彼女は言う。ニュース映画で今見た戦争の映像のせいよ、あなたが体験したことをなにも知らなかった。その次の日曜日、二人がカウテル広場で花売り場をひやかしていると不調を訴え、家へ連れて帰ると彼女はすぐに床に就いた。その後数日間、酷く咳込み、食べ物を呑み込むことができない。憔悴し目に見えて痩せ衰え、彼は毎晩寝台のそばに座って彼女の両手を握りしめる。不安気な声音で二人の将来について語り合う。そして合併症に襲われた。マリーア・エメーリアは肺炎を併発する。当時はその苦しみを緩和できる手段が存在しなかった。抗生物質の発見は一九二八年、コルチゾンは一九三五年に初めて副腎皮質内で見つかり、気管支を拡張させるフェノテロールの普及は二十世紀末を待たねばならない。数週のあいだに気高き恋人が咳込む窶れた人影へと衰弱して行くのを目の当たりにし、彼女が自分の父親のように呼吸困難に陥って息をせんと喘ぎ始めた時、彼は自分の気が触れてしまうと思う。肺に水が溜まっているとの診断。致命的な症状。

ある日彼女は告げる。もう自由にしてあげる、私といたら未来は無いから。マリーア、お願いだから、と彼は哀願する。頼むからそんなこと言わないでくれ、熱があるだけだ。そして自分の手で彼女の両手を包む。その比類なき蒼褪めた瞳で見透かすようにじっと見つめられると、背筋に冷たいものが走り、戦争と共に捨て置いてきたと思っていた迸るような恐怖に襲われる。気分が悪くなり、眩暈を覚え、ぐっと堪えて彼女の上に身を投げ出し、その乱れて広がった黒髪に顔を埋める。絶望して咽ぶ恋人に覆い被さられたまま、黙してただじっと一点を見つめるその瞳は虚ろに、指で彼の髪を梳く。

彼女の最期、それについては祖父が近くにいない時にしか耳にしたことがなく、壮絶なものであったことに疑いは無い。水の溜まった肺は急激に膨張し、文字通り心臓を圧し潰し、その痛みは想像を絶する耐え難さだと聞く。最後の数日間、彼女は死を請い願い、死の間際、再び祖父を「彼女のためのあらゆる義務から解いた」――この言葉に、五十年を経た後でも彼は涙したという。彼の腕の中で死に行く彼女は、心臓が圧し潰されると共に増す痛みに身を震わせる。気を失って静かに彼の腕に身を預け、そして、息絶えた。

彼の悲しみは筆舌に尽くし難いものだった。自殺も頭をよぎり、まだ手元にあった戦争時のピストルは母親がスヘルデ川に捨てに行った。彼は再び病に倒れ、スペイン風邪が「自分を彼女のそばへ、そして聖母マリアと亡き父の御許へ連れて行ってくれるよう」願う。しかし、死ななかった。製鉄所、貧困、戦争、様々な辛苦に鍛え抜かれた彼は野良猫のように頑健かつ強靭で、自らの意に反し、岩地に咲く花がごとく生き長らえた。結局のところ心底キリスト者である彼に自殺などできず、ただ主の御心(みこころ)の前に頭(こうべ)を垂れるしかない。追悼状の写真はマリーア・エメーリア自身ではなく磔刑(たっけい)のキリスト、善良で誰よりも従順な心を持つイエスの像で、まだ意識がしっかりとしていた最後の日、彼女は彼を慰める言葉をそこに記させていた。**心より愛する貴方、共に幸せな家庭を築きたいと願っていた貴方のために、試練を乗り越える力を与えて下さるよう全能者なる神に乞い願います。**

彼の母ともすでに親しくなっていた彼女の両親がその後も定期的に立ち寄っていた。親元に残っていた上の娘をいつも同伴していたのだが、内気で寡黙な壁の花、ガブリエルは当時三十台になっており、口さがない当時の言い方をすれば、いわゆる「行き遅れ」だった。数か月後、父へイスは私の祖父を呼びつけると、立派なユルバンならうちの一家を見捨てはしまいな、と執拗(しつよう)に尋ねた。言わんとするところを彼は理解する。心を落ち着かせ、熟慮するために一週間の猶予を求め、軍人としていつもしていたことを行う。肯定の返事、求められたが故に。仰せのままに(ア・ヴォゾルドル)、隊長(モン・コマンダン)。

★

こうして一九二〇年に結婚した一等上級曹長ユルバン・ヨーゼフ・エミール・マルティーン、彼には火十字勲章に加え、三個授与されたレーオポルト騎士団勲章の一つには十字と三本の椰子(やし)が彫られており、さらに椰子が一本刻印された王冠騎士団の勲章が一つ、ほかには特別な功労に与えられる騎士十字勲章、線の入っている軍事勲章、三本の椰子と獅子二頭が彫られた戦争十字勲章、レーオポルト騎士団のものと同色のエイゼル記章、さらにその他(た)の記章、勲章を授与されていた——彼はこうして、内気で三歳年上のガブリエル・ヘイスを三十歳になる直前に娶(めと)り、四十年近くも伴侶となるこの女性を真摯(しんし)にいつくしむことで、彼らしくあり続けた。

万聖節も万霊節も、どんな天候であろうと二人はマリーア・エメーリアの墓参りに赴き、彼は妻を強(し)いて、死んだ妹がために何時間も父なる神に祈らせる。彼女に対する敬慕の情は敬虔さを備え、七苦聖母は彼の亡きマリーア・エメーリアの聖像(イコン)となる。スカルラッティ作曲の〈聖母哀傷(スターバト・マーテル)〉の歌詞にマリーアの名を耳にしたことで発作が誘発されて呼吸困難となり、即刻コルチゾン注射が必要となる。あれは一九五〇年代も終わりの頃、祖父は精神病院に入院していた。埋葬時に配られた追悼状には写真が無かったため、よく聞かされた話を別にして、私が長いあいだ彼女の容姿を具体的に思い浮かべられなかったのは、言葉がその魅力をいかに活写できようと、まだそれは肉体と結び付いていないからだった。

娘、すなわち私の母が生まれると、彼はマリーア・エメーリアと名付けることにこだわった——ガブリエルは従うほかなかった。あらゆる点において優れていた亡き妹、より聡明で、優雅で、華やかだったあの妹を敬わないなんてことがあり得ただろうか。数年ほど前に父は、あのマリーア・エメーリア・ヘイスは、私の母とまったく同じように生気盛んな女(ひと)であったはずだと私に打ち明け、言わんとしていることをはっきり分からせてくれた。私の両親は互いに夢中で居続けており、その結婚生活が情熱的で肉体的にも充たされたものであることは知っていたが、それを祖父はあのマリーア・エメーリアと分かち合えたはずだった。実際にはその代わりに、心優しいが情熱に欠ける女性の傍らで生涯を過ごすことになり、その彼女が雨合羽を着込んでベッドで眠っていたのは、夫が動物的な欲求故に自分を抱き締めようなどという無分別な衝動に駆られたことがあったためらしい。実際、彼がほんの数度しかこの女性と性交渉を持たなかった可能性は高く、そのわずかな肉体的愛の体験は極めて不満足なものであったに違いない。彼女が妊娠した折、姑のもとへ赴いて、妊娠した今となっては意味の無いあの汚らわしい行為を息子にすぐ慎ませるよう頼んだ話は一家の伝説となっていた。

後はただ、黙し、神に献身し、母なる処女マリアを祭った数々の祭壇の前で祈りを捧げ、追悼状、十七世紀の巨匠が描いたヴィーナスにアフロディーテ、サロメ、奔放なスペイン娘たち、ディアナ、聖母、白と青の衣に身を包むマリア、アングルの描いた娘たち、精緻に模写された乙女に森のニンフ、田園の妖精の模写、油彩画、芸術と苦行、罪と贖罪、罪の意識と後悔の念、悲嘆と高揚——延々と繰り返される静かな日曜日、じっと見つめるベラスケスの《鏡のヴィーナス》の複製画、目に涙を浮かべた祖父に私が出くわした時のように。愁いを帯びた肉体とその寓意。義理の父アンリを襲った運命に自分も直面したことは、彼の人生最大の皮肉であったのかもしれない——とにもかくにも、このことで彼の母は相反する感情を抱かざるを得なかったに違いない。憐れみ深い主が課された宿命に人は身を委ねなければならない、と私は家で幾度となく耳にした。いずれにせよ、陽気で心温かな女性である私の母のマリーア・エメーリアは、自分の父を密かに哀れみ、うなだれて零すことがあった。やっぱり私は違う名前だった方がよかったのよ、そうしたら父さんはもっと心穏やかでいられたのに。

温厚で心の清らかな老夫婦が腕を絡め隣り合って座っている姿が私の網膜にずっと焼き付いている。それは土曜の昼のことで、二人は街に出ようとしていた。灰色の上着の上から、黒いマンティーラを頭から肩の方へ巻きつけるのが厳とした彼女によく似合った。ナイトブルーの背広の上下を見事に着こなし、背筋をピンと伸ばして座った彼は、その力強い眼差しで彼女を吟味すると言う。素敵だよ、ガブリエル、さあ、行こう。そして彼女は愁いを帯びた笑みを溢しつつ立ち上がる。まあお上手ね、ユルバン。

二人の背後でドアが閉まる。しんと静まる家。

ちなみに、彼は車の運転をもう二度と習いたがらなかった。ガブリエルがそれに反対で、ああいったことにはちょっと神経質すぎるの、と言い添えた。

★

心から愛した人の姉と一生を共にするというのは一体どのようなことなのか。炎のように情熱的なマリーア・エメーリアの面影を有してはいるが、夫の抱擁を拒む内気なガブリエルと生きるということは。こうすることで心から愛した人の近くにいたのだろうか。あるいは、あの女の特質の幾つかが別の姿の女性の内にもやはり見出されてしまう事実は、是が非でも避けるべき責め苦だったのだろうか。やはり愛の幻想というものは、掛け替えのなさと唯一性という原理に依るのだろうか。愛した人とほぼ瓜二つでありながら、そこに相伴う「完全に同じではない」という感覚、これこそがその原理の核心を損なうものではないのか。決定的な差異が類似の内に認められ、似ているが故に違いが際立つのを感じながら生きるのは、もう一人にとって耐え難いことではないか。祖母が親密な関係を拒んだのは、このことを黙したまま感じ、理解し、それに苦しみ、屈辱を覚えていたからではないのか。彼女に近づきながらも彼は再び想像上の別の女（ひと）を求めており、実の妻を抱き締めようとするも、その都度（つど）悲劇的なまでに拒絶される時、それは彼にとっていわば不貞のような形となっていたのではないか。そのことは二度目の、そしてこの度（たび）は生涯に亘る責め苦となってしまったのではなかったか。情熱的なマリーア・エメーリアへの初恋は、自分を押し殺したガブリエルとの深い結び付きへといかにして形を変えたのだろうか。

神経学については明るくないので、不意にある特定の姿や視線、振る舞いに強い印象を受け、それによってある人物が自分にとって特別な存在になる時、何が具体的に起こっているのかを推し量ることは難しい。恐らくは非常に複雑な事象が一瞬のうちに起こっており、特別な印象を引き起こす様々な連想が爆発的に生じ、そのすべてがたちまち無条件に意味と意義とを有する感覚なのだろう。恋をしていると誰でも些細な物事に象徴を認めるものだ。最も複雑なのは、当事者の脳に影響を及ぼすまとまりのない大量の心理的、感情的影響と、肉体的な現象とが区別なく混ざり合ってしまうことに思われる。私の祖父の場合、さらに三番目の要素が加わっている。つまり、敬愛した実の母親と恋に落ちた女性とのあいだに肉体的、性格的類似が存在していた。あるいは、この類似も彼がある程度でっちあげたものだったのだろうか。しかし、母親と彼女とが似ていたかを覚えている証人が年老いた兄弟姉妹の中にいたのではなかったか。

四人の女性が作る四角形——彼の母、死んだ恋人、その姉、宿命の名を負った彼の娘——に囲まれて祖父は生涯を過ごした。そこから逃れる唯一の道が絵画芸術の精神世界だった——ジョルジョーネとラファエッロの描く崇高にして永遠なる若々しい肢体、パルマ・イル・ヴェッキオの華麗な肖像画に描かれた若い娘、あるいは彼の手になる《ディアナとカリスト》の裸体の娘、ティツィアーノの《ウルビーノのヴィーナス》、ティエポロのフレスコ画に描かれた数多の官能的な娘たち、アングルの《グランド・オダリスク》——それぞれ異なる女性だが、彼が画集からちぎり取って蔵書に山と挟み込んでいた絵に描かれているのは主に黒髪の女性で、神話画の中でポーズを取っている過去の世紀の俗世の女性のほ

か、肖像画に描かれた気高き市民階級の女性の中には金襴の胴着に片手を添えているものもあり、上品に光の当てられた首元に指を添えて観者の方に向けているのは、ささやかな真珠を一粒付け、結い上げた髪からわずかに覗く、小さな耳。

★

二〇年代のことについてはあまり情報が無い。二人はまず「川向う」の小さな家に住む。一九二九年、世界恐慌の年に義理の両親の資金で、スヘルデ川対岸の使われなくなった曳舟道沿いに細長い土地を購入することができた。その土地は安く、戦前のゴミ捨て場を埋め立てた場所だった。土壌の浄化などといった発想はまだない時代。屋根がオランダのゼーラント地域風のこぢんまりと落ち着いた邸宅は、十九世紀末の考古学的遺物が豊富に眠る土壌の上に建っていた。痩せた黒土を掘ると小動物の骨がよく出てきたことを覚えている。祖父が「戦時中に作られた」粗織りの帆布で作ってくれた簡素なテントの中に骨を並べたものだ。その「戦時」を私は第二次世界大戦のことだと受け取っていた。

私の母は一九二二年に生まれた。華奢な上に自分の父親や祖父同様喘息持ちだったが、快活で陽気な性格は寡黙な母親とあらゆる点で対照的で、波打つ金髪をなびかせ跳ね回る、まるで別種の生き物は、いつもひっそりしている両親の家の中の空気を気儘にかき乱し、それに異を唱えた。長ずるにつれ、取り澄ました両親のしきたりに悩まされる。十三歳の時に突然初潮を迎え、それを露骨な言い方で伝えたことで父親からは平手打ちを喰らい、寡黙な母親からはフランネルの布切れを山と渡される。

家は快適だった。台所は裏手にあり、流しの上部に付いている二つの金属製の手押しポンプは雨水用と井戸水用になっていた。かつてゴミ捨て場だった地下から井戸水は直接吸い上げられ、煮沸せずに好きなだけ飲んでいた。さらに井戸のすぐそばに汚水溜めがあり、それ自体が真っ黒に煤（すす）の溜まった石炭置き場の下にあった。春になると、二メートルほどの長さの棒の先に桶を取り付けて汚水溜めの掃除をしたのを覚えている。祖父はこの道具を「ルーテ」と呼んでいたが、このヴラーンデレン特有の語は、辞書によると本来は土などを削り落とすための道具を指す。水肥（すいひ）は葡萄の木のほか、薔薇やグラジオラス、アヤメ、チューリップ、スモモに桃の木、フサスグリやセイヨウスグリの茂みに撒かれた。春と太陽の記憶と結び付いた甘く強烈な臭い。

夢想的な気配も湛（たた）えるスヘルデ河畔のあの家で、祖父は幸福かつ穏やかになったはずだった。祖父は一九三〇年代の半ばまで鉄道会社に勤めていたが、この頃に精神障害の最初の兆候が現れた。医学的な検査を受け、一九三六年、四十五歳の時に神経過敏の症状故に年金生活に入る。慎ましい生活が始まった。一九一八年以降、戦後直後から財務省は「国軍恩給台帳」に登録されていた祖父に、傷痍（しょうい）軍人年金として年一五〇〇ベルギー・フラン（三・七五ユーロ相当）をすでに支給していた。また、「兵役給与手帳（カルネ・ド・ペキュール）」には払込金額が日付と共に詳細に記されている——払込の額は二から五ベルギー・フランのあいだで変動があった。最後の払込時には次のようにフランス語で記されている。「一九一九年十二月二十三日、総額五八一フラン七〇サンティームで支給を停止。担当　主計将校」一九二二年一月十七日には、恩給台帳に九五四番で新たに登録された年金証書を受け取っている。この文書は「ヘント近郊モン＝サン＝タマン（シント＝アマンスベルフ）にて」(1)作成されている。十七年後の一九三九年に軍人恩給は倍額となったが、いずれにしてもささやかなものだった。一九三九年十一月九日付けの（それはミュンヘンでのヒトラー暗殺未遂の翌日にして、ベルリンの壁が崩壊するちょうど五十年前の日）黄ばんだ文書には、支給された年額の詳細が記されている。軍人恩給一二六九フラン。いわゆる「最前線手当」は二二四八フラン、そしてベルギーの騎士団関連の年金が七四八フラン、すべて合わせると年間四二六五フラン、すなわち一〇六ユーロになる。彼の軍事年金がこんなにも少額なのは、戦争時の功績に対して一等上級曹長以上の階級を得なかったからだ。そのことで彼は苦い思いを味わった。ワロニー人の軍曹はその功績によって全員中尉に昇級していたと彼は主張しており、義理の弟のダーヴィット・ヘイスですら、彼曰く怪我一つしていないのに、ワロニーに住んでいたおかげで昇級していた。祖父の方はしかし、数々の勲章を授与され、幾度も負傷した（回顧録には記されていない四回目、さらには五回目の負傷について語ることもあった）にも拘わらず、「ヴラーンデレンの多くの若者と同様」曹長のままだった。

　恐らくはそれ故にヴラーンデレン民族主義に火が着いたのだろう。この頃から祖父は自分の名前Urbain（ユルバン）をUrbaan（ユルバーン）とオランダ語風の綴（つづ）りで書くようになり、妻の名前をGabriella（ハブリエラ）と書くこともあった。塹壕で一緒だったヴラーンデレンの若者たちは王室贔屓（びいき）で、フランス語話者は共和主義者であったと零（こぼ）

（1）現ヘント市シント＝アマンスベルフ地区のフランス語名。当時、ベルギーの公文書は地域を問わずフランス語が使用されていた。

し、それにも拘わらず王室は戦後ヴラーンデレン人に報いずフランス語話者をより重んじ、フランス語話者たちは——と彼は恨みがましく言う——この恥ずべき差別的待遇以来、自分たちこそが王室をヴラーンデレン人から守る選ばれし庇護者であるかのように振舞っている。「ここに我々の血がある、権利はいつ我々に与えられるのか」と、メルケムにある戦争記念碑に落書きされた有名な一文を引用しながら、怒りで彼は下唇を噛む。

絵を描くことは慰めだったが、緻密に描き込まれすぎて個性の無くなった静物画にしか取り組まなかった。作品に強度を与えるある種の力を彼から奪っていたものこそ、高度な技術への志向だった。セザンヌやヴァン・ゴッホ、その他の「へぼ絵描き（クラックポッテル）」を彼は嫌悪していた。奴らは筆を逆（さか）さまに持って描いてる、と毒づく。娘マリーアの愛らしい肖像画を描く。人形を腕に抱き、小さな葦（あし）製の椅子に座って少女はじっと見つめている。父親から受け継いだその青い瞳に映る穏やかなる虚空。髪の一本一本まで描き込まれているように見えるが、写実主義とは、彼自身も分かっているように、良く考え抜かれた効果が肝なのだ。

★

あれほど愛した母セリーヌの死についてはなにも見つからず、回顧録にもまったく言及が無く、まだわずかに存命中の親族たちからも話は聞けなかった。一九三一年九月に彼女は亡くなっており、当時四十歳の彼自身はヘントブリュッヘにある鉄道会社「フロート・アルセナール」の作業場で働き、九歳の娘の父親であり、結婚を約束した女（ひと）の姉と結婚し、スヘルデ河畔に建築中の家の主（あるじ）であった。残された一葉（いちよう）の写真で彼は妻の傍らに座り、その妻の隣には母親がいる。恐らくは彼女の生前最後の写真だろう。

それはフランスの写真家アンリ・カルティエ＝ブレッソン風の、少なくとも雰囲気と情景設定に関してはそれを思わせる一葉だった。一列に並んで腰掛けている彼と、二〇年代末に流行した釣り鐘型の洒落たクローシェ帽を被った妻のガブリエル、そして顔の丸々としたふくよかな女性、そこに若い頃の優美な女性の面影は無い。時と共にセリーヌはいつしかむしろ恰幅の良い農婦のような姿になっており、丸みを帯びた両手は暗色の服を身に着けた膝元に置かれ、上唇の上の淡い影は産毛がうっすらと生えていることを思わせる。やはり狂騒の二〇年代末を象徴する丸みを帯びた帽子を被り、にっこりと彼に微笑み掛けている彼女はとても楽しそうである。彼自身はボルサリーノを頭に載せ、黒のハーフブーツに白いシャツと暗色の背広、襟元には記章、そして、この写真ではやや短く見えるが、なくてはならぬあの裾の長い蝶ネクタイ。三人は草の生えた斜面に座っており、その背後、写真の上端に見える何十名もの人々は、写真には写っていないものを立って凝視している。私の見慣れた格好をしているが、まだ若い祖父の顔つきは後年の彼と奇妙な対照を成していた――厳格な暗色の服に身を包んだ四十の男性、そこからも彼の生きていた厳格な感情世界が窺われる。今どきの平凡な四十男の姿とは似ても似つかない。ジーンズにTシャツ、スニーカー、時にはキャップを被るような若者っぽい恰好は、人生に抱く幻想を私たちがなかなか捨てられないでいることを物語っている。当時の市民階級の厳格な服装に身を包んだ彼は、当然のように若さという幻想から距離を取ることに成功したようである。写真には収められていないなにかを座して見ている彼は恐らく話をしており、不自然な位置にある手は、目に見えないごく細い指揮棒でも指先に挟んでいるように見える。この一葉は、私の記憶に残る一九五七年の夏の光景、あのオーステンデの砂浜を呼び起こす。二十七年という時は彼の外見にほとんど影響を与えていないことに気付く。その写真の裏側に彼は細い万年筆で次のように書き付けていた。

母さんはディクスモイデ墓地への最初の巡礼に参加した二百名の一人だった。あの人が一九三〇年葉月に参加した最後の巡礼。二十五万人のヴラーンデレン人がこの日、死者たちに恭敬の意を表した。

少し調べてみると、エイゼルに建てられた最初の小ぶりの塔――これは一九四六年三月に大部分爆破され、その代わりに今日目にできる、より大きな塔が建てられた――は一九三〇年八月二十四日に落成式が執り行われた。最初の塔には、エイゼル川の戦いの英雄の一人として、写真と共に彼の名前が刻まれていたらしい。いわゆる「未解決」の爆破事件は、第二次世界大戦時に対独協力者となったヴラーンデレン人に復讐するがため、対独抵抗運動家の支援のもとフランス語話者の軍上層部の命によって実行されたと囁かれており、これによって名前と写真の痕跡がすべて抹消された。エイゼルの塔を訪れてみると、古い塔のあったすぐそばの一帯に唯一ある斜面がその場所だと分かった。写真の彼らは式典がよく見える位置に座っていたのだ。

一九二四年以前は、エイゼル周辺に点在する記念碑を訪ねる巡礼が行われていたが、一九二四年以降は当の写真が撮影されたディクスモイデが巡礼地となっていた。すなわち、この写真は著名な落成式についての歴史的な価値を有する記録でもあるが、私にとってはさらなる意味があった。彼の母親が慎ましやかな一家にすっかり馴染んでおり、大勢が出席する式典に当然のごとく同行していたことだ。この日、本当に二十五万人もの人がディクスモイデの野原に集ったのだとしたら驚くべきことだが、多くの資料は六万から十万だとしている（彼が大群衆と式典の華やかさに圧倒されたのだろうと私自身は考えているが、いずれにせよ当時のエイゼル巡礼からは爽やかな活気がまだ発散されていたに違いなく、民族の地位向上を求めた昔日の人道的ヴラーンデレン運動の観点に依っていたそれは、ネオナチに毒された八〇年代の情勢や、かつて「ヴラームス・ブロック」[2]という党名だったヴラーンデレンの極右政党の愚か者らが、元軍人たちの平和主義的言説は「左翼すぎ」で、自分たちの嗜好に合わないと空気をぶち壊した時代とは根本的に性質の異なるものだった）。

祖父が母親のことを聖女でも指すように「あの人」と大文字で書いているのは、彼の場合論理的とも言えた。しかし当時八歳だった娘の方のマリーアはこの時どこにいたのだろう。私たち現代人が使い慣れているのよりずっと複雑な機構を持った撮影機材でこの子が写真を撮ったとでもいうのか。義父のアンリ・デ・パウは当時すでに亡くなっていた。この翌年の九月には、現代の基準からすれば若くして母親自身も亡くなる。この写真からは心落ちつかせる日常性が窺われ、平凡な人々が人混みから二十メートルほど離れ、草の生えた斜面で休んでいる。ガブリエルの顔の辺りに感光乳剤の染みが付いているせいで表情をはっきりと読み取ることはできないが、笑っているような印象を受ける。この女性は、私の祖母であったあの年老いた内省的な女性とは似ても似つかない。形の良い下肢を交差させ、ヒールの付いた靴を履いたその姿はあらゆる点で典型的な、身なりの良い市民階級の女性だった。当時四十三歳。セリーヌはこの写真が撮られる二週間前の八月九日に六十二歳になっていた。

しかし、彼女の死について回顧録には一言も記されていない。いずれにしても三〇年代についてはほとんどなにも分からなかった。「Cilense」……。静寂が、この時期の彼の生活のすべてを物語っているのかもしれない。恐らくは平凡な日常の繰り返しに感謝していたのかもしれないが、その一方で全世界は知らぬまに新たな破局へと——彼の方は最初の電気ショックの治療へと急ぎ足で向かっていた。しかしこれまでに明らかになったことを合わせて今になって思えば、この時期にあの秘密の肖像画を、禁じられた彼の夢、後年になって私が見つけることになるあの絵も描いていたのだった。

★

第二次世界大戦は自宅で過ごし、彼のわずかな年金で一家は生活した。この時期については、開戦から一年半後、スヘルデ川の澄み切った水に掴(つか)めるほどたくさんの魚がいたことや、汚染源の工場が操業を停止していたため、毎日のように驚くほどの魚が取れたこと、あるいは煙突から煙が吐き出されることがなくなっていたので、静かで空気が澄んでいたことについて語り聞かせてくれた。確かに、一ポンドのバターやベーコンの塊、数キロのジャガイモ、あるいは育ち盛りの娘に飲ませる牛乳を手に入れるために数キロほど歩いて行かねばならなかったが、死ぬほど大変なことではなかった。若い頃の貧困生活が少し戻ってきていた。彼の話を聞いた私に言えるのは、彼にとって大した困難ではなかったという

（2）ヴラーンデレン民族主義を掲げる極右政党。その人種差別的姿勢によって二〇〇四年に有罪判決を受け、「ヴラームス・ベラング Vlaams Belang（ヴラーンデレンの利益）」に改称。

ことだ。むしろ沈黙する世界に癒されていた。前線の話を伝え聞いて何を思い、感じ、言ったのかは分からない。この時期のことは沈黙に包まれている。ドイツ兵と幾度か遭遇したことはあったらしい。帰りが遅れて外出が許可されている時間を過ぎてしまい、「商品（マルシャンディーズ）」を見せるよう求められたことが幾度かあった。貧相な戦利品は、遠いラールネの農家から法外な値段で購入してきた食料。姿勢を正し、彼は言う。第一上級曹長マルティーン、退役軍人であります。ドイツの軍人も同じようにきちんと敬礼を返すと、彼を行かせた。当時は配給券が必要で、パンの質は悪く、戦争の真っただ中の時期、ある近所の婦人はなにか尋ねにやってきたドイツ兵に対して土地の言葉で「ええダンナさん、まだよく覚えてますとも。金曜日には土曜日でしたよ」などと適当なことを言ってあしらい、鼻先で戸を閉められたドイツ人が唖然としていたという話もあった。

開戦から一年後には絵具の供給が止まり、紙が不足し、画布はもうまったく手に入らなかった。しばらくのあいだは奥の間の箪笥（たんす）に仕舞ってあった材料を基に自分で絵具を作って板に絵を描いていた。それも足りなくなり、油彩画は戦争が終わるまで待たねばならなくなる。再び木炭で素描を始め、明暗の表現に磨きをかけた。

★

信じ難い話だが、特定の色が正しく見えていないことに彼が気付くのはずいぶん後になってのことだった。一九六〇年代の半ばであったかと思う。色覚異常、もとい色盲は不思議な疾患だ。色合いの区別の度合いが問題であるため、患者の数だけ症例が存在するといってもよい。彼の場合は症例の多い部分色盲で、特に赤と緑の区別が難しかった——赤と緑が常に区別できないのではなく、特定の色合いに限られていた。例えば、鮮やかな緑と赤がどういう訳か同じように見える。特に日光が真っ直ぐに降り注いでいると、ナナカマドの熟した真っ赤な実と揺れる梢の葉の色の区別がほとんどつかなかった。深緑と黒も難しく、車の表面のように輝いていると見分けるのに大変難儀した。不思議なことに、色の違いを指摘しさえすれば彼は目を凝らして、こう言うのだった。確かにそうだ、今なら自分にも見える。この種の疾患は男性から男性に受け継がれるようだが、潜性形質のため必ず女性を介して、分かりやすく言えば、常に娘を介して祖父から孫の男児へ隔世遺伝する。つまり、彼は母セリーヌの父親、アンドリース氏から受け継いだことになる。特定の色合いが区別できないことの影響は大きく、例えばある色を作るために「レンブラント」ブランドの絵具チューブを三、四本捻って開け——中に入っている色の名前は当然記されているのでそこで間違えることはない——亜麻仁油を数滴加えてから混ぜる作業に移るとする。そこでなぜ問題が生じるかというと、色を混ぜ合わせると、気付かぬうちに作ろうとしていた色からかけ離れてしまうからで、一緒に住んでいた私たちは、彼が丹念に描いていた情景の現実再現性にあまり注意を払っていなかったため、風景の一部が茶色すぎたり赤過ぎたりするのは彼個人の解釈か、独特な光の効果のせいだろうと安易に捉えていたのだった。ベルヘンクロイスにある城館の庭園で絵画仲間の画家アードルフ・バーイェンスと絵の制作をした日、ようやくこの障害の程度を自覚するに至る。二人はそこへ徒歩で赴く——巡礼地になっているベルヘンクロイスは住まいからほど近い場所にあった。背の高いブナの繁る並木道を散歩がてら歩いて向かう、暖かな陽気にも拘わらずきちんと背広の上下に身を包み、白いシャツに蝶ネクタイ、頭には帽子を載せた二人の古風な紳士は、それぞれ腕にイーゼルを抱え、肩には画材を入れて持ち運びできる木製の箱を掛けている。いまだに十九世紀のバルビゾン派の一員でもあるかのように、屋外の良き所で絵を描くために腰を据える。そこで二人は森の外れに建っている農家を描くが、それぞれまったく風合いの違う絵を手に家路につく。バーイェンスがより表現主義寄りで、その筆致が角ばっているというだけでなく、一方の絵の農家は青く、他方の絵では赤茶色だった。その時から、祖父は自分の感覚に疑念を抱くようになり、エビ漁をしている海辺の風景に何度目かに取り組んでいたある朝、画布に描いた海が自然な緑色ではなく、おかしな赤茶っぽい色になっているのに気付く。茶色い海、なんたることか。偶然にも私はこの劇的な瞬間に居合わせていた。彼は呪いの言葉を吐くと、目に涙を浮かべ、小ぶりの油彩画を愛用の机に叩きつけ、怒りに任せて画布を引き裂こうとするも、生乾きの絵具が手にこびりつく。上っ張り(うわば)で手を拭き、狼狽(うろた)えた様子で私を見つめ、一言も発しなかったが、どうしようもない怒りに襲われて歯の隙間から息を漏らしていた。手を拭(ぬぐ)った上っ張りに生まれた抽象画を前にした私に、当時は眼前で起こった事件の意義を正確に計り知ることはできなかっただろう。それは彼の妻が亡くなってから何年も後の出来事で、計算によれば一九六二年頃、私は当時十一歳だったはずである。ガブリエルは一九五八年に亡くなっていた。それほど長いあいだ気付かないなどということがあり得るのだろうか。

それ以降、作風がやや変わる。突如肩の力を抜いたように、より曖昧に、無頓着に描くようになるのだが、目が衰え始めたというのもその理由として十分あり得た。彼が一番得意とし、見事なぼかし技法の使える木炭画に再び逃避するようにもなった。森の中の泉のほとりの数多(あまた)の半裸の少女たち、原初の無垢さを思わせる薄暗い森に現れた妖精のような姿のもの、夢想的な雲の塊、人のほとんど通っていない小道に繁る夏の緑が作りだす光の戯（たわむ）れ。物憂げで牧歌的な雰囲気を生み出す技術においては名人だった。こうした作品の多くは贈り物として家族や友人、知人に譲って手放していた。油彩や素描の対価として、わずかたりとも昔のベルギー・フランを受け取っているところを見たためしがない。そんなことは彼には想像だにできなかっただろうし、生涯絵画芸術に追い求め続けた高貴なるものに対する彼の気持ちを害してしまっただろうと私も思う。あるいは、ずっと貧しいままだった父親、フレスコ画家のフランシスキュスに対する裏切りにもなりかねなかったのかもしれない。

★

一九五八年にブリュッセルで開催された万国博覧会へ連れて行ってくれた彼は、一九一三年のヘント万博も見ていた。私の記憶に残っているのは白い色で、白い建物、白い並木道、明るい色のぴかぴかで真新しい建築物、近代的な大きな窓、太陽、白い太陽、私の目を眩（くら）ませた世界——記憶の中ではなにもかもが白かった。古い造りの薄暗い家に住んでいた世代にとってはすべてがまばゆかった。アトミウムが白く見え、樹々が白く見え、世界は白だった。パンまで白く、白い「万博パン」なるものもあった。なぜなにもかも白かったのだろう。アメリカのパビリオンか未来的なフランスのパビリオンを見た時の断片的な記憶だったのかもしれないが、良く分からない。人々だけが黒かったことは確かだ。男性は揃って黒づくめ、女性の方は黒いスカートに白のブラウス姿で、黒づくめの祖父に、黒い帽子を被って黒い蝶ネクタイを締めた彼に私は手を引かれて歩いていた。白黒の世界。ただそれだけ。私は七歳で、その年の春に妻を亡くしていた彼は深く喪に服し、寂しく思っていたはずだ。私の記憶に残っているのは、早朝苦しそうに喉を鳴らしながら腰掛けていたその椅子で彼女が死んでいたことくらいで、それは同年五月の出来事——七歳の子供にしてみれば、八月にはすべてもう昔の話になっていた。半世紀過ぎた今になって、あらゆる事柄が、黒と白のあの世界が奇妙なほど身近に感じられることがある。

★

スヒップラーケン、二〇一二年一月。

グーグル上では、まだわずかながら昔の面影が地図に残っており、戦いのあった森のことを思い浮かべることができる。セイシェス大通りとベートーヴェン大通りのあいだ、「ボディ・ファッション」という名の店とパトレイゼン通りのあいだ、住宅地化されたヴラーンデレンの風景にある石作りの野営地でカーソルを動かすのは、3Dの軍用地図を使って土地を観察し、探査しているような、あるいは軍用ヘリコプターで地図に記すべき土地の上空を飛んでいるような具合だ。その俯瞰的眺めは玩具のような出来ではあったが、気晴らしに割いたその日の昼に、様々な物事を身近に感じられるようになった気がする。例の教会墓地はビースト通りにあるのか、よし、とはいえ実際に車で来てみたのは肌寒い薄曇りの日で、この星のほかの場所、より幸運に恵まれた場所ではすがすがしい青空が果てしなく広がっているのに、ここでは永遠に濡れ雑巾の下で生きていかねばならぬように思わされる、そんな日だった。ひたすら平坦な不毛の地。新しい建造物は無個性で、延々と並ぶ鬱陶しい糸杉にセイヨウバクチノキ、滑らかな芝生も同様だった。コンクリートの通りに人気は無く、配送業者のワゴンが路面の継ぎ目でガタガタと立てる単調な音だけが響いている。立って見ていると、墓地の横にある小学校から子供たちが出てくる。教員が無人の通りに向かって横断旗を振る。不意に四方からＳＵＶ車に高級車、ワゴン車、そして徒歩でやって来る親たちが姿を現す。子供を迎えると車内に押し込み、ドアが閉まるや車は動き出し、辺りに点在する邸宅の方へ次々と走り去る。再び訪れる静寂。揺れる枯れ木が奏でる風の音。身を切るような寒さ。墓地の入口に垂れ下がる旗は鳥の死骸に似ている。記念碑の写真を撮る――横に延びる壁面に黒い鉄で刻まれた文字。「スヒップラーケンの戦いの英雄達に捧ぐ」

中央に設置された暗色の立像の台座には「祖国の為に」の文字と共に、戦闘の記録が記され（一九一四年八月二十六日～九月十二日）、この付近で起きた出来事の唯一の証となっている。石の十字架は台座から外れており、後には濃い灰色の十字の跡が残っている。ベルナール・カリーの手になる青銅製の立像は母親の姿で、死なんとしている兵士に頭を垂れている。兵士は軍用の外套を身に着けヘルメットを被った頭部を、立っている彼女の膝元に凭せ掛けている。女性は棕櫚の枝を兵士の肩に置こうとしているらしい。背嚢はまだ青銅製の喉元に引っ掛かっている。台座からずり落ちそうな片足が、この像の劇的な印象を強めていた。青銅の表面は湿気による染みと苔でまだらになっている。壁面に沿って二列に並ぶ百名近い戦死者の小さな墓石――というよりは斜めに設置された銘板といった方が近い――、壁面の向こうでは、不格好に伸びた二本の糸杉の隣に小学校の屋根が少し顔を覗かせている。この若者たちを祖父が知っていた可能性が高いと思いつつ、幾人かの名前を書き留める。A・ヴァン・デザンデ、B・デ・ミュンテル、A・ヴァンデカンデラーレ、歩兵J・ビュッフェル、砲兵D・デ・バッケル、E・デ・ヨンゲ、J・ヴェルハーへ、A・デ・フローテ、L・L・クーネ、J・クラヴェ、第二戦列連隊の全兵士の名を。

名前を書き留めることに意味など無い。なにかしないと落ち着かなかったのだが、すぐに指がかじかみ、ポケットに手を突っ込むと身を丸めて向かい風に逆らって歩く。教会墓地裏手の草地には大きな十字架が台座に設えてある。壁の向こうで枯木の梢が冷たい風に揺れている。この樹々が茂る中でそれは起こったのだ、と思う。再び車に乗り込み、砂塗れの小道をいくつも走り、住宅地のあいだに点在する人気のない林を抜ける。見るべきものなど本当に無く、ただ森の中に打ち捨てられているタイヤの無い車だけは、孤独を内に凝縮したようなそれは、なんらかの記憶を指し示すことができたはずのものが不在であることを体現していた。再び車を降り、辺りを見回す。樹々ですら今あるものと違っていたのだ。ここに樹齢百年を超えるような樹は一本たりともない――おそらくはすべて第二次世界大戦後に植えられたものなのだろう。ここにはいかなる証人もいない。砂の中にも、樹々にも、家にも、通りにもいない。ここ何年ものあいだ私の心を捉えていたあらゆる事柄が、自分の時代からいかに遠く隔たっているのかという事実を不意に、ほとんど身体的に意識したのは、あまりに若いこれらの樹々における不在について夢想している時だった。この黙せる、若すぎる樹々は偽善者であり、時の共犯者と言ってもよかった。

やはり悲惨な戦いのあったシント＝マルフリーテ＝ハウテムへ車を走らせ、第二十二戦列通りを抜け、ウェールデとエーレウェイトを通り過ぎ――この村が爆撃を受けて燃え盛るのを彼は目にしていた――ボールトメールベークからカンペンハウト、そしてウィンクセレへ、彼が行軍し、野営し、戦い、穴を掘り、眠り、必死に駆けた場所。同様に完全なる忘却、ありふれた愛おしき平穏、ごきげんよう、マーリア。一軒の食料品店、パン屋、無人の駐車場、小さなスーパーマーケット、鼻につくほど洒落た薬局、錆びた交通標識、合成樹脂でできた奇抜な外観の売店、冬の昼時のコンクリートの道は虚ろなリボンを思わせる。屋外には誰もおらず、時折、車が凄まじい勢いで走り去って行く。車載ラジオから流れるストラヴィンスキー作《管楽器のための交響曲》の劇的かつ流麗な旋律が、無個性な郊外の街並みを走り抜けるのに見事なまでに合う。二時、そして二時半になり、私はこの絶対的な無を体に浸み込ませんとぐるぐる走り回っており、現在という名の無は安全な繭のごとく私を守ってくれる。収穫も無く引き返す私には、森の小道のひんやりとした汚い一摑みの砂ですら、ここでかつて起きた出来事との接点を形として示すものには感じられなかった。減速帯、交通標識、制限速度を守ろうとする私にヘッドライトを明滅させてくる短気な運転手は、わずかでも可能と見るや否や、環状交差点でカーブから飛び出さんばかりに猛烈な速度で追い抜いて行く。紀元二〇一二年のヴラーンデレン。無。絶対的なる無。無意味かつ、安全な、とにもかくにも有難きかな。さらに何枚か写真を撮り、家でまたグーグルを覗いたが、こうして見る方が実物よりもずっと興味深く思われた。

★

彼は夏になると毎週金曜日に妻を連れて、私たち娘一家もよく同伴してブリュッヘへ赴き、彼が「血の礼拝堂」と呼んでいた、当地の聖血礼拝堂で燭台を掲げる役を務めていた。

夏の金曜の昼時、儀式中に列から離れた彼が、金色の台座に立てられた巨大な蠟燭を受け取ると、ミサを執り行う司祭に付き従い、祈るか讃美歌を歌う群衆のあいだを厳めしい面持ちで前に進んで行くのを幾度となく目にした。礼拝中に信者が口付けする聖遺物に、私は嫌悪と魅惑の入り混じった感情を抱いていた。一人の司祭が小さな講壇の席に着くと、茶色くなった年代物の布切れに包まれたガラスの管を、彼自身若干避けているような些かぎこちない動きで供覧に付す。その可惜物は、私の記憶では、縁に精緻な金細工が施されていた。その前に人々が跪き、恭しく口付けする度に司祭が白い布巾で泰然と罪人たちの唇の痕を拭き取り、他の人の熱烈な信仰心故に生じる細菌に感染する危険を冒すことなく、次の信者が古来続くこの伝統に慎ましやかかつ官能的に寄与できるようにするのだった。外ではブリュッヘの世俗的で賑やかな日常生活が営まれている。いくつもの旗が音を立ててはためき、小舟が運河の濁った水を切って進み、ジョルジュ・ローデンバックの代表作『死都ブリュッヘ』の英訳がローゼンフート河岸で声高に、リルケの詩「ローゼンフート河岸」がフランス語で高らかに朗誦される。教会内の私たちは、十二世紀にヴラーンデレン伯ティエリー・ダルザスことディーデリック・ヴァン・デン・エルザスが、その後この惑星で最も危険な場所となるあの聖地から血塗れの布を持ち帰った際（今日のエルサレムにおいて複雑な問題ではあるが、現代であれば国家の遺産を不正に持ち出した廉で訴訟沙汰になるだろう）、彼の働きかけによって導入された秘密めいた儀式に参加していた。昇天祭の日には聖血行列を見守る証人を務めた。私は自分が毎週口付けしていた、茶色く変色し血の染みたぼろ切れに想いを馳せていたが、歳と共に、聖遺物である血に染まったぼろ切れの布地の耐久性を訝しく思うようになった。この布切れが実際に救世主の血を吸ったものではあり得ないと思うにつれ、厳粛な雰囲気に満ちた儀式の有する不可思議な魔力、聖歌や様々な仕草、確たる証のないものに長年続けられてきた献身、つまるところ、信仰という信者たちの純粋な超越的力に対する感嘆の念が強まって行った。外の世界、それこそが乳香満つる薄闇に沈む教会内の宗教をかくも魅惑的かつ深遠にしていた。距離を置いてみると、世界は常に魅惑と深みとを増すように思われる――ブリュッヘ旧市街の池、ミネワーテルを白鳥の群れが泳いで行き、最後まで残ったベヘイン会の女性たちが息を引き取り、八月、湿気の多い中庭の水辺に沿ってイヌサフランの花が咲き誇る。日本人観光客がなにも理解せずせかせかと街中を歩いて行く。「聖血」の記憶は、たっぷりとよそったアイスクリームを貰うこと、ザント広場をぶらつくこと、どこかのレストランのテラス席で昔ながらのレモネードを飲みながら、恋人たちの様子をじっと見ていることと分かち難く結び付いている――年嵩の男性が穴の開くほど見つめながら話している若い金髪の娘は、巻き毛を風になびかせ、その腕には鳥肌が立っていたが、恋する二人が夢中で見つめ合い、実のところ似合いでもないのに当然のごとくなにか親密なものを共有している様子を見て、私の心は理解し難い感情で一杯になる。宗教、観光、初めて抱いた性的な感情、夏と天高く流れる雲、はためく小旗に古い教会の匂い、白い小舟の舳先が水を切る緩慢な音。

「この杯はあなた方の為に流される血によって成される新しい契約である」――司祭の言葉が、理解されぬままに耳の中で響く。毎週行われる儀式で燭台を掲げることが祖父にとって時の基準で、夏の生活にリズムを与えるもので、ピンと伸ばした背筋、蠟燭の金色の光に鈍く輝く儚げな禿頭を思い浮かべてみると、なぜ彼がこの儀式にあれほど執心していたのかが分かる。実際、彼自身に中世的なところがあり、聖杯伝説に記されているような時代を超越した勇猛さ、騎士道精神を受け継いでいた。こうして、血の礼拝堂の茶色のガラス容器は、年を経てから記憶の中でパルジファルを巡る古い物語と溶け合い、実際に、前からずっと祖父が「清き愚者」であったことを私は理解し、彼の芯からの純朴さに心底感嘆させられていたのは、そこに利己的なところや、うぬぼれも思い上がりもなく、ただひたすら当然のように服するその姿にはどこか英雄的かつ高貴なうつけ者のごとき印（しるし）が刻まれていたからだ。それを理解した時、ある日再びブリュッへに赴き、長い年月が過ぎ去った後（のち）に、聖血礼拝堂の中で息をするのも忘れて目を見張って立ち尽くすと、実のところ自分がごくわずかしか理解していないことを悟るのだった。

★

祖父の死後何年も経ってから、彼のささやかな書斎でジョルジュ・ローデンバックの著名な小説『死都ブリュッへ』の古びた一冊を見つけた。主人公のユーグ・ヴィアーヌは、亡き妻の軽薄な生き写し（ドッペルゲンガー）に出会うも、結局のところ彼女は自分が元々抱いていた情熱を戯画的に具現できるに過ぎないことを知るという、この物語の所々に鉛筆で線が薄く引かれていた。黄ばんだ頁を繰（く）ると、心に染みる写真が数々収められており、その十九世紀の雰囲気を湛える淡く色付けされた腐食銅版（エッチング）によってゴシック的静謐（せいひつ）に満ちたブリュッへが呼び起される。本の中程に青色の油彩絵具の染みがあり、顔の素描を描きかけた痕跡が空白の頁にあった。「ブリュッへは彼の亡き妻であり、亡き妻はブリュッへだった。すべてが相似の運命の内に交じり合い、一体となった」この物語では聖血行列の儀式が決定的な役割を演ずる。儀式の行われる日、悲嘆に暮れる主人公が長年に亘って収集し、幼稚と言い得るほどの敬慕の念から後生大事に保管していた骨董品を愛人の女がからかう。浅はかな女はそれに留まらない。冒瀆的な物真似をしてみせ男を挑発する。亡きオフィーリアの一房の髪を手に取り、嘲りながら部屋中をのし歩く。その瞬間、ユーグは我を失う。彼女を絞め殺したのは、その冒瀆行為によって、自分が昇華したものの背後に隠れた皮肉な現実を眼前に突き付けられたからだった。唯一無二の恋を再現することの不可能性を巡る物語。それはまた近代的なオルフェウスの物語でもある。オルフェウスがごとく、ユーグは亡くした妻の姿を取り戻そうと黄泉の国のような所へ降りて行くもそれは失敗に終わる。オルフェウスがごとく、ユーグは愛する人の記憶を生ける地上の生き写しと混同してしまったが故に、彼女を今一度失うことになる。

　幾度となくこのオルフェウス的恋物語を読み返したのだろうか。例えば下線が引かれているのは、自分のオフィーリアを思い起こす神秘的な行為によってのみ、ユーグは自殺を思い留まることができていたのだと、作者ローデンバックが記している部分だった。この物語の主人公がごとく、祖父は失った恋人の精神的霊廟と共に密かに生きた。ユーグ・ヴィアーヌがごとく、唯一無二の女がその生き写しに、ましてやその女の内気な姉の内になど戻り得ないことを彼は思い知った。この本を手にしている時だしぬけに、結婚していながら祖父は寡夫同然であったことに気付く。密かに、この小説の主人公と同じ想いを抱きながら悼んでいた。終わりの方の頁に——驚かされたのは、当時は繋がりを見いだせなかったからなのだが——かつてそれを手に涙していたところを目撃した、あのベラスケスの《鏡のヴィーナス》の複製画を千切り取った紙が挟み込まれていたことだ。数頁後ろには、丁寧に折り畳まれたごく薄い透写紙が挟まれており、中には数本の長い黒髪が一度綺麗に指先に巻き付けてから入れてあり、完璧な輪っかを成していた。

秘められた強い想い、秘密の教訓はなにも私たちに教えてはくれない。存在しないものへの忠誠、しかしそれがすべてを定め、形を与え、隠れた意味を付与する。最も大切なものを彼はほかの人と分かち合うことができなかった。だから描いた。樹々を、雲を、孔雀を、オーステンデの砂浜を、厩舎、そして片付けかけの机の静物、ごく日常的な事物を描くこと、それは世界の嘆きを鎮めるための途方もない、人知れぬ、ひたむきな服喪の手続きだった。

★

戦争の情景を描いたことは一度たりともなかった。戦争の記憶を描こうという考えを抱いたことは一度たりともなく、回顧録で言及されている木炭で描いた仲間の肖像画については、彼の死後見つけたものの中に、そのいかなる痕跡をも認めることができなかった。残されたどの画布にも軍人の姿は描かれておらず、恐らく例外といえるのは、勲章を着用した小ぶりの自画像で、かなり規範的な様式で描かれたその自画像は一九二〇年以前に描かれたと思われるが、それはまるで軍人的な雰囲気を感じさせない、旅券用の写真を引き伸ばしたような趣の油彩画で、病身のマリーア・エメーリアを喜ばせようとしたものだったのかもしれない。軍服に身を包んだ彼の姿を拝めるのは大きな額縁に入れられた白黒の肖像写真だけで、戦後に撮られた写真を引き伸ばしたものと思しきそれには木炭で手が加えられていたため、私はずっと素描だと思い込んでおり、幾つかの線はごく淡くぼかされていた。額に入れられた写真の下に彼は自らこう記している。「ユルバンが一九一四年から一九一八年まで続いた戦争から帰還した時の姿」背面にも同じ書き込みがあったが、筆跡が異なっているのは彼の母の手になるものだからだろう。それ以外はなにも記されていない。彼がものした数多(あまた)の絵に暗い影は一片たりとも認められず、青みがかった消えそうな雲が夕日の前に浮かぶのを、やや粗い筆致で貂(テン)毛の絵筆を用いて描き込むくらいで、ビーダーマイアー風の牧歌的な理想郷の上空にジョルジョーネが描いた《嵐(ラ・テンペスタ)》を予感させるようなものでもなかった。

いずれにせよ、自分の色覚異常に気付いた時期は小さな絵を数点描くに留まり、六〇年代半ばまで大作に取り掛かる踏ん切りがつかずにいた。アンソニー・ヴァン・ダイクの手になる作品の一つに、聖マルティヌスが自分のマントを二つに引き裂き、半分を物乞いに与える姿を描いた大変印象的な作品がある。図像学の分野で良く知られるこの逸話は、様々な作品で繰り返し描かれている有名な題材で、名の知られていないハンガリーの巨匠やシモーネ・マルティーニ、ヤーコプ・ヴァン・オースト、そしてエル・グレコによっても描かれている。ヴァン・ダイクはこのモチーフを二度描いた。いずれの作品においても、画家は躍動感と劇的な効果を高める解釈を加えている。祖父が模写したのは、ブリュッセル近郊のザーヴェンテム小教区教会が所蔵しているもので、ヴァン・ダイクはブラーバント公国のオランダ領事だったフェルディナント・ヴァン・ボワショットの依頼を受けて制作し、この年に依頼主は貴族に叙せられている。

ほぼ真っ白な馬に跨(またが)ったマルティヌスの胴鎧(どうよろい)は鈍く輝き、高貴さと威厳を醸(かも)し出している。しっかりと鐙(あぶみ)に掛けられた片足からは力強さと熟練した腕前が窺(うかが)われる。まだ若い男性は優美な黒い帽子をかぶり、そこに付いた大きな羽飾りは傾いて垂れている。左手（マルティヌス自身からみれば右手）に見えるもう一人の騎手は暗めの装いで、額に白い斑（ぶち）のある鹿毛（かげ）の馬に乗っている。マルティヌスの右側、筋骨隆々とした、解剖学的にも見事な表現の背中を観者に向け、裸の物乞いが藁束（わらたば）に腰を下ろしている。この男は、切り裂かれている途中の燃えるような赤のマントに、卑しくもすでに手を伸ばして引っ張っている。その傍（かたわ）らにいる、東洋風の頭巾を巻いたもう一人の物乞いは、やや疑わし気に下唇を突き出し、寛大な貴人を見上げている。身体の不自由なこの男は膝で立っており、袖の陰に少し覗いた松葉

杖を握りしめ、身を支えている。力強く前方へ傾げられた馬の首、持ち上げられた片脚、物乞いの背中の張り切った筋肉。躍動感、力強さ、そして漲る生命力、この絵から感じられるのはこれだけと言ってもよい。マルティヌスは、胸のすぐ前で非常に細い片手剣を水平に構えているが、やや傾いだ姿勢で馬に跨っているため、絵を見ている私たちの目にはやや斜めに傾いており、切り裂いている布地の端の成す線に対しておおよそ九〇度の角度で交わっている。下端は垂れ下がって右手方向へなびいており、それの誘う視線の先には布を受け取る逞しい物乞いがいる。一瞬後にはマントが完全に切り裂かれ、赤い布切れは形を失って物乞いの手に落ちるだろう。画の右端にはさらに古代風の柱の一部が見え、遠く後方には、淡く陽に照らされた夕暮れ時の雲が低く垂れこめている。見事な一枚。優美さと明るい色彩、そして明瞭な線がヴァン・ダイクの技術の高さのみならず、この作品を描いた一六二一年当時、弱冠二十二歳だった画家の情熱と若々しさとを証している。

★

庭の隅にある葡萄栽培用の温室で、大きな木枠を祖父が一週間掛けて工作していたのはこの絵のためだった。ザーヴェンテムの原作は縦一七一センチ、横一五六センチだが、不思議なことに祖父は二メートル四方近い大きさに拡大していた。それは意外なまでの意気込みと冒険心に満ちた取り組みで、大きさを移し替えるため本の複製画に緻密な線を格子状に引いて計算した。晴れ着姿で金曜広場の画材店「デ・ハウデン・プロイム」へ赴き、買い求めた二メートル半四方の大きさの画布を家まで難儀して持ち帰るにあたっては、路面電車の乗客の注目を浴びながら生真面目な顔で前を見据え、大きな円筒形の包みを肩に載せているので、向きを変える際には至る所で通行人に軽い一撃を食らわせた。木枠に画布を張る段になり、作品を掛けるつもりだった場所、つまり、あの中二階の小部屋の上方の壁に収まらないことが判明する。階段の吹き抜けの右側の外壁は緩やかに湾曲しているため、そこに画布がうまく収まらない。その上、天井もわずかに傾いているので枠の上側を斜めに切らねばならなかった。木枠を今一度分解し、知らずして当時非常に流行っていた「変形カンヴァス」、つまり不規則な形をした画布を拵える。細かな大工仕事をして、雲の塊が古代風の柱の隙間から伸びる灌木へ移り変わる右上の角部分を加工した。これによって右側部分は柱の一部も欠けることとなったが、あまり大きな損失ではない。画布を緩く張り、柔らかな海綿で裏側を軽く湿らして三日置いたら、今度は先端の平らなペンチを用いて慎重に画布をピンと張り、鋲を打って完全に固定する。問題の無いことを確認すると、大きな画布を引き摺るようにして段を上がり、中二階の自室へなんとか運び込んでベッドの脇に置く——おかげで部屋の中は足の踏み場もないほど狭くなり、夜ベッドに辿り着くのも困難な状況となった——そしてそれから半年ほど、この大作に掛かりっ切りになる。

複製画に線を格子状に引き、拡大鏡と真鍮のコンパス——ちなみにこれは一九一六年にウィンダミアであの素敵なミセス・ラムから贈られたものだった——を手に、数週間ものあいだかじりついて絵を上から覗き込んで矯めつ眇めつしていた。一九一四年の秋、スヒップラーケンでの激戦の後で聖マルティヌス教会に掛かっているのを見たあの絵、不思議なことに今日に至るまでこの教会にあることがほとんど知られていないのだが、実物を良く見るためにザーヴェンテムの質素な小教区教会へ赴く必要は無かった。細部に至るまですべて彼の脳裏に刻み込まれていた。まだ戦争が始まって間もない当時、数週間前に経験したスヒップラーケンとシント＝マルフリーテ＝ハウテンでの惨劇に心かき乱されたまま、日曜の午前に身を震わせて自分の守護聖人の前に座り込んで祈りを捧げていたのだから。

注目すべきは、模写が欠けるところなく完璧であり、実物を隣りに掛けて比較することこそできないものの、私の見る限り色合いも正確に再現されていた。そう、模写の色合いは若干明るめで、原画に洗浄が施された感じだった。自分の守護聖人を描くことに愛情を注ぐという点で、リヴァプールで自分の守護聖人である聖フランシスコを描いた父親の仕事を祖父は繰り返していた。円環（えんかん）を完成させたことは彼に深い充足感をもたらしたに違いない。これをもってその死を悼（いた）んで已（や）まない父へ弔意を表していた。素描が保管されている所に、ヤコブス・デ・ウォラギネの有名な聖人伝『黄金伝説（レゲンダ・アウレア）』から破り取られた頁が幾つかあった。それは古代ローマの軍人からキリスト者となったマルティヌスの聖なる生涯について記された部分だった。様々な興味深い事柄を語りながら、デ・ウォラギネはマルティヌスの美徳を次のように総括している。謙遜さ、戦いにおける高潔さ、公正さと忍耐、祈りに身を捧げること、悪魔の正体を見破るその能力。最後の点に祖父は赤鉛筆で線を引いている。マルティヌスはあらゆる兵士の守護聖人となった。フランスの王たちは戦いに際して聖人の記章（スカプラリオ）を身に付けた。アンソニー・ヴァン・ダイク自身も同じような記章を所有していたといわれている。

本作の主題は祖父が後年制作した浅浮彫り（バ・ルリエフ）の霊感源にもなっており、これの施された砂岩製の壁面装飾（ティンパヌム）は小さな屋敷の入口上部に取り付けられた。当時七十二歳にしてなお実に精力的だった。自分の貧しい出と家の名を、偉大なるヴァン・ダイクの絵画作品の光輝の内に昇華したこの大作をものして後（のち）、妻を悼む気持ちは若干和らいでいたようだった。称賛の声は多かったが、友人の画家アードルフはこの大作を吟味すると、ただ素っ気なく述べた。こんなことをする根気はとても無いな、模写なんて。そして娘のマリーア・エメーリアにもの言いたげな目配せをし、二人の友情は冷え込んだ。

★

ある平日に私がザーヴェンテムにある原作を見に出掛けると土砂降りに見舞われる。がらんとした教会内には穏やかな音楽が流れていた。重厚な柱に沿って進み、右手側の副祭壇に掛かっている絵に慎重に近づくと、一九一四年十月に泥だらけの軍服姿の彼が二段ある木の階段の一段目に跪（ひざまず）き、背嚢は背負ったまま、銃と凹（へこ）んだ飯盒（はんごう）は脇へ置き、進撃してきたドイツ軍との最初の激突の生々しさに打ちひしがれている姿を思い浮かべようとする。拡大されている祖父の複製を見慣れていたせいで実物はやや小さく感じられる。そして色合いも確かに暗めだった。それは幅広の板を七枚繋げたものに描かれており、修復の痕がはっきりと認められる。後から塗られた油絵具の輝きがやや強すぎ、この名作に過剰な光沢が生じてしまっている。加えて、時間の経過と湿度の変化によって板が少し膨張しかけており、七枚の板の六つの継ぎ目が見えていた。祭壇で絵の両脇を固めるコリント式の柱は「人工大理石（フォー・マルブル）」模様と「金箔（ドレ）」で彩られていた。絵の上部、ルイ十五世様式の装飾の上方では、金箔を施されたフェルディナント・ヴァン・ボワショットの輝く紋章が弧を描いている。その「人工大理石（フォー・マルブル）」の質感が、天井の高い自宅廊下に模写を取り囲むようにして祖父が自ら取り付けたものとよく似ていることに私は気付いた。ちなみに、「見せかけの（フォー）」表現は、祖父が得意とした技法の一つで、ドアや壁、そして柱に、昔日（せきじつ）の「職人（アルティザン）」がごとく木目や大理石模様を描き込む術（すべ）を心得ていた。

祭壇右手の陰から、世話好きな聖具納室係の男性がいつの間にか姿を現していた。私が絵の前で長時間座って写真を撮り、メモをしていると、親切にもランプを幾つか持ってきて火を灯（とも）してくれる。絵画芸術における世界遺産として第一級の価値があるこれほどの名作が、ヴラーンデレンの小教区教会で無防備に人知れず飾られていることに対する驚きを伝えた。男性は信心深そうに骨ばった手を組み合わせると、第二次世界大戦時にナチスの手に落ちぬよう、脆（もろ）い木板を分解してそばの地下室に隠した際に自分が居合わせたことを話してくれた。折り畳んだ一枚の紙を手渡され、そこに記された事柄を確認すると、その日にまたスヘルデ河畔の家まで車を走らせて模写を見に行き、その明るく激しい色彩、優美さ――複製では失われてしまいがちな原作の輝きがあることに驚かされる。

★

この時期には、ほかにも著名な作品の良質の模写を制作している――例えば、ヤン・エラスミュス・クウェリニュス二世の手になる、紐（ひも）につないだ猟犬を二匹連れた男児を描いた独特な肖像画。悪趣味な女装をさせられ、光沢のある、薔薇色がかった青のたっぷりとしたワンピースを着てポーズを取っている。逸話性と情感に重きの置かれたこの絵自体はさほど興味深いものではないが、高い技巧に裏打ちされた傑作であり、アントウェルペンのバロック精神の典型を示す見本のような作品で、恐らくはきらきらとした布地の描写に挑まんとして選んだのだろう（あるいは、時々笑い話として聞かせてくれていたのだが、少年の頃の自分が女の子っぽかったことも理由にあったのかもしれない。十九世紀後半、ワンピースは汚しにくいため、まだ一人できちんと用の足せない幼い男児も女の子のように着させられることがあった）。彼は絵に制作年を記しておらず、《鏡のヴィーナス》を模写していた時期は特定できなかった。描き方に鑑（かんが）みて、早い時期の作品、恐らくは三〇年代、あるいはそれ以前に描かれたのだろうと私は推測している。

★

彼のもっとも優れた作品はしかし、大作の練習用に描かれたものではあったが、著名な肖像画の模写だった。長年レンブラント作とされてきた《黄金の兜の男》はベルリンの絵画館（ゲメルデ・ガレリー）に所蔵されているが、巨匠の真作でないことが明らかとなり、当時二千万マルクとされていた価値が百万マルクへと激減したという曰くがある――興を削ぐこの真実が祖父の耳に入ることはなかった。専門家がこの結論に至るのは一九八五年、祖父の死から四年後のことだった。本作の模写を祖父が非常に気に入っていたことに疑いは無い。評判が大変良く、友人用に本作の模写を幾度か行っているため、彼の手になるそれらの模写の正確な所在は分からない（そんな訳で、かつてブリュッセルのレストラン「ル・パン・ロワイヤル」の二階のバーで見つけたオランダの動物画家、デ・ホンデクーテル作《白孔雀のいる鳥小屋》が祖父の模写であることを認めて茫然としたのは、この世における悪の支配を寓意的に描いたこの絵に着想を得て私自身が本を書いている最中だったからだ。誰の手を経てここに辿り着いたのかは謎に包まれている。署名は無く、私の手元にあるものに比べると技術的にはかなり劣っていた）。

★

ミカンにシナモンクッキー、人型のチョコレートでいっぱいになった机に素敵な小型飛行機を見つけたのは、一九五〇年代の聖ニコラウスの日(3)の朝だったはずだ。優しい聖人が昨夜来てくれたらしい。飛行機は薄い木板で作られた複葉機で、胴体は青、翼は赤で尾翼は黄色と黒に塗られていた。上手く車輪代わりにしてある昔の二十五セントは大きめの鉄の硬貨で、中心に小さな穴が開いている。そこに差し込んだ細い串で車輪を機体に固定してある。胴体側の穴の直径は串よりも大きいので車輪がちゃんと回転した。串は鋲（びょう）を二つ打って留めてある。糸鋸を使ってややおおざっぱに切り出してからやすりをかけて作った飛行機は祖父のお手製だったのだが、私は長いこと聖人が持ってきてくれたものと信じ込んでいた。そんなこともあって、大変な労苦と愛情を費やしてくれたこの飛行機のことで感謝を受けるべき祖父にその意を伝えたことは一度もなかった。飛行機のその後の行方は分からない。葡萄栽培用の温室で土の入った埃まみれの籠にでも紛れていて、車輪が欠けるか翼が一枚折れるかし、糸くずが絡まり、どこかの留め金が折れた手足のように突き出してしまっているのか、私には見当もつかない。数十年後、子供時代についての夢が時として有する明晰（めいせき）さと共にあの飛行機が不意に眼前に現れ、読み取れた機体の文字と数字が目覚めてからもはっきりと目に焼き付いていた。DK100710。それを書き留め、祖父があの飛行機を「実物同様」に作らんとして、私には絵のように見えるそのコードネームを描き込んだことを知り、夢のおかげでその日は子供時代に失くしてしまった玩具にまつわる様々な事柄を思い出し、そしてまた忘れてしまった。

ただ、回顧録を読んで色々なものを捜し回っていると、ダニエル・キネの、祖父が一糸纏わぬ姿の娘が現れるのを目にした池にほど近いポルト・アルテュールの敷地に操縦する飛行機が墜落した、ベルギー初の飛行士の命日を目にする。キネが墜落したのは一九一〇年の七月十日、十時頃のことだった。見舞いに行くも祖父が入れなかったあの病院でキネが、彼の英雄だったその男が数日後に亡くなったことを思い出す。DK100710が意味するものとはつまり……。小さな飛行機が突如秘密めいた、しかし具体的な暗号を、ベルギー空軍の英雄を巡る彼の思い出を解き明かす暗号を帯びたように思われた。私が理解していないことは一体どのくらいあるのか。読むほどに無知を痛感し、それに耐えることを学ばねばならなかった。

こんな具合にほかの徴も記憶に蘇り、回顧録が靄を晴らしてくれたおかげでだんだんと色々な徴を理解し始める。私が初めて吸った煙草は楕円形の黄色がかった古い紙巻で、例の祖父の小卓の細い抽斗に入っていた銀の平たい煙草入れからくすねたものだった。十五歳の私は煙草を吸ってみたい年頃で、

---

(3) ベルギーには、十二月六日の朝に聖ニコラウスから子供たちが贈り物を貰う風習がある。

戦利品を手に庭の隅にある繁みの陰に腰を下ろし、味のきつい風変わりな煙草を半分ばかり吸ってみた。すぐに酷く気分が悪くなり、少ししてから座ったまま吐いてしまう。回顧録を読み、ウィンダミアの謎めいたラム夫人から煙草入りの銀のケースを貰い、知る限り祖父は決して煙草を吸わなかったので、物神(フェティッシュ)のごとく指一本触れず長年保管していたことを知る。私の妹が一時期よく身に着けていた長いスカーフは、彼が前線に戻らねばならなくなった時にこの夫人から贈られたものに相違なく、彼の中で神話的な地位を獲得したそれは、語り聞かせる度(たび)に長さを増しているように思われた。しかし、現物のスカーフは古ぼけた抽斗にしまい込んで放ってあった。こうした振る舞いも、固執していた過去と彼がどのように向き合っていたかを物語っている。このようにして、当時の私には理解することのできなかった徴が、子供の頃至る所にあったことが明らかとなる。そして読み知ったことを記憶と結び付けるようになってようやく、救いがたいほど無知だった当時の自分のためにささやかながらも償(つぐな)いを、不十分ながら「贖罪(ヴィーダーグートマッフング)」を始めることができたのだった。

★

不意に映像が、今まさに眼前で繰り広げられているかのように、この情景が目に浮かぶ。ある春の日、四月だったか、光は白く低い位置にあり、きっと午前だったはずだ。雨水貯水槽の鉄製の蓋の上に立った彼は私に兵士の心得を説き、まだまだ多くを学ばねばならんと諭(さと)している。鼻をほじりながらも、感嘆の眼差しを注いでいた私が、おじいちゃん今でも三点倒立できるの、とだしぬけに聞いたので、鋭い一瞥を投げるや否や彼は一息つき、ボルサリーノ帽を壁脇のベンチに置くと、それっ、と一声、そして起きる奇跡。七十の男性が素早く逆立ちをして見せ、上っ張りが顔の前にずり落ちるも、そこで止めはしない。どうだ、と圧し殺した声が聞こえると、彼は片手を私の方へ上げてみせたので、今や一方の手とほとんど髪の無くなった頭だけで体を支えている。ズボンの裾がゆっくりとずり落ち、真っ白な脛が杭のように突き出ている様子を私は見ている。膝を直角に折り曲げ、足を少し開けていた。驚きから覚めるより早く、再び私の前にすっくと立っており、手に付いた塵を払って帽子を被り直すと少し赤らんだ顔で言い放つ。なんだってできる、望めばな。子供時代の自分の英雄の言葉に頷くと、私は黙ってすごすごとその場から逃げ出した。彼の方は、剪定しに行く、と言うや口笛を吹きつつ庭に消える。

★

どういう訳か長年二の足を踏んでいたのが、ベルギーとフランス東北部にまたがるウェストフーク地帯に無数に存在する、白い墓石の並ぶ教会墓地や歴史好きの訪問者向けに「本物同然」の姿を展示せんと実に良心的に演出された塹壕を訪ねることだった。エイゼル川に掛かるテルヴァーテ橋のほとりに立つことにどんな意味があるのか、ストイヴェーケンスケルケや、いまだに不発弾が大量に埋まっている干拓地のどこかに行ってみたところで、机上の古い手記以上に彼の体験を身近に感じさせてくれないことは分かっているのだ。ヴラーンデレン南西部出身の恋人と同棲していた一九八〇年代、その辺りを日曜日に巡り、ドイツ人の芸術家ケーテ・コルヴィッツがドイツ兵墓地のために制作した記念碑やタルボット邸[4]、英兵の埋葬されているタイン・コット霊園、果てしなく広がる無数の墓地といった、第一次世界大戦とウェストフークについて語るなら見ておかねばならないものはすべて訪ねていた。あのソメ川での戦闘、イギリスの若者たちの隊列が機銃掃射で次々と薙倒されていく様子について記された凄惨な内容の書籍を何冊も読んでおり、これほどの惨劇に補足できるようなものがまだなにかあるのかと自問していた。

しかし、ほんの数年前に自分の息子を連れてようやくディナンの要塞を見に行き、三十分ほど祖父の体験に恐ろしいほど近づく。戦争博物館内に復元された息苦しい雰囲気に満ちる塹壕、薄暗い照明、戦時中の兵士たちの生活の再現は幼稚ではあったが効果的といえた——それは暗い空間に設置されており、傾いた通路を苦労して手探りで進まねばならないので、不意に、祖父が暗い所を歩く時の慎重な足取りとの繋がりを見つけた気がした。セメントで固められた砂袋に手が触れ、戦闘地域の模型や銃、罠にかかったネズミのようにひしめいて座る兵士たちを模した不格好な人形が目に入る。漂う黴臭さ、歴史博物館特有の匂い。動かぬ人影が白熱灯のくすんだ光に侘しく照らし出され、塹壕の模型に伸びた影が暗い染みを作っている。さながら死者の世界へ通ずる道を逆方向に進んでいるような具合で、記憶のエウリュディケーが立ち上がるや私の手を取った。鉄槌を手にしたあの繊細な哲学者が著書『反キリスト』でかつて的確に述べたように、絵画作品を見る際、私が描かれた身振りに目を向けずにいられなくなっていたのは、歴史とは、潔白さではなく、罪悪に満ちた本を読むことであると理解したからで、それが自分自身の生の琴線に触れたのだった。

★

この物語を語るのも徐々に終わりに近づいている今、残るほかの絵、心を捉えて離さないガブリエルの肖像画と、最後の最後になって見つけた、彼女の妹が描かれた秘密の裸体画にも目を向けねばならない。慎重を期し、言葉を控えてこれらの絵に向かうのは、さながら想像上の美術館の中で後ろ手に組んだ男が慎重に近づいてくるような具合で、彼は鼻に載せた近視用眼鏡を外し、絵の方に身を乗り出すと自分だけに分かる細部の描写を見つけて笑みを浮かべる。記憶の広間は静まり返り、一人の女性が男の背後を通り過ぎて行くが、手にしたパンフレットを扇代わりにしている彼女は風変わりな男性に気付かぬ風である。羊を思わせる笑みを浮かべた男は、罅（ひび）の入った金縁の額に収まった年代物の画布に鼻を付けんばかりにして、憑（つ）かれたように絵を凝視している。

ガブリエルの肖像画は、追悼状の小さな白黒写真を基に描いたもので、写実主義の伝統に従って描かれた女性肖像画の名作の幾つかに比しても遜色（そんしょく）ない、名画といってもよい出来映えだった。白髪を黒

（4）大戦中の一九一五年に英軍に提供され、兵士の慰安所として使用された。現在は第一次世界大戦についての資料館となっている。

のマンティーラで覆い、灰色の上着を身に着け、白いレース地のブラウスの襟元を象牙のカメオで留めている。穏やかに落ち着き払って観者を見つめる彼女。穏やかな日々の眼差し、庭のベンチに腰掛け、幸せを感じさせてくれる身近なありふれたものを眺める日常の眼差し。やや金色がかった色合いが主調を成し、夕暮れ時を思わせる陽の光が顔を照らし出している。

このある意味での理想化は、彼女に対する祖父の慈しみとまごころ、すなわち浄化と、ようやく見出した調和を物語ってもいる。彼女の死に様に鑑みるに、それは判然としなかった。死の一年前、ガブリエルは脳出血に倒れ、回復は困難を極めた。やや痴呆気味になってしまった彼女は、歩くことや食べる

こと、話すことを学び直さねばならなかった。彼は甲斐甲斐しく世話をし、献身的に尽くし、毎日身だしなみを整え、身体を洗い、服を着せてやっていた——こうなったからにはそれまでのように彼女は取り澄ましてはいられず、やむなくではあったのだが、いずにせよ肉体的な親密さを充足させるには遅すぎた。ずいぶん遅くになってもうけた二人目の子供であるかのように、再び自分の足で立てるよう、もう一度その足で歩けるよう、幾度となく転ぶ彼女が身を起こすのに手を貸す。思考——及び言語能力に明らかな障害が残ってはいたものの、だんだんと、彼女はわりあいに朗(ほが)らかかつ穏やかで物静かな老女となり、腰掛けてうつらうつらとし、自分が現状に満足している旨を伝えることができた。ある朝、二度目の脳出血に襲われる。よく使っていた窓辺の椅子に腰掛けた彼女が突如目を剝(む)くや喉元の静脈が異様なほど膨れ上がり、首と顔が紫に変色すると、ゼイゼイと鳴る喉を摑(つか)み、椅子から斜めに崩れ落ちる。恐慌に陥った母と祖父の姿が私に強い印象を残した。ぞっとして身を凍らせ、母に部屋から出されて学校へ行くよう命じられるまで、立ち尽くしてその光景を見ていた。

ずっとこの時の像が私の頭から離れず、彼女を目にしたのもそれが最後だった。夕方家に帰ってくると再び病院に運ばれた後で、その数日後に亡くなった。実家に帰る度(たび)、その堂々たる肖像画にじっと見つめられる。悲痛な記憶と相反しながらもそれは実に見事な出来栄えで、今にも話し出しそうなほど真に迫っていた。

模写を除けば、それは間違いなく祖父が残した唯一の大作で、彼の生涯はこの肖像画の精華をものすがための鍛錬であったかとも思われた。と同時に、ガブリエルを描く彼は、彼女の妹が生きていたならばどんな風に老いていたかと問うていたのだろうか、と私は自問せずにいられなかった。内に秘めていた彼女の姿が老いることなどあり得ず、その代わりとでも言うかのように彼女の姉は日に日に老けて行った。ガブリエルはあの自惚れたドリアン・グレイの肖像画[5]のようなものだった。そういった訳で私にとって祖母の肖像画は、少し傾けると違う像が見えるので子供が飽きもせず遊ぶあの古くさいだまし絵に似たものとなる。二人の姉妹、その姉の方は妹の瞳の光が作った偽物で、ともに死後描かれた。

★

実に念入りに隠してあったとはいえ、妹の方の肖像画を見つけることになろうとは当時思いもしていなかった。しかし一週間後に再び川沿いの実家へ向かっていた。高齢の父に様々な出来事や事情について微に入り細を穿って質問をぶつける。父はブリキの箱を見つけていたが、それがあったのは仕切られて隠し部屋のようになっていた屋根裏の一角で、かつて私が子供部屋として使っていた。それを開けるための小さな鍵は無かったので、私たちは尖ったドライバーを使って慎重に箱を開ける。中に入っていた何十枚もの写真には祖父の両親を写したものもあり、初めてフランシスキュスとセリーヌの姿を目にするが、山間の風景が縫い取られたカーテンと木の柱のそばでぎこちなくポーズを取っているのは世紀が変わる頃だろう。ほかには三十代と思しき祖父の旅券用の写真。戦時中に発行された「従軍証明書」もあった。このおかげで祖父が一九三八年に、つまりは鉄道会社から年金生活に入って二年も経ってから、当時の通貨で数百ベルギー・フランのささやかな障害年金を受け取る権利を得たことが分かった（無数ある火十字勲章授与者名簿を後に調べ、第三十七—三十八巻十四頁で彼の名前を見つける。二人後ろに載っているヘントブリュッヘ出身のシャルル・マルティーンについては、親族なのかどうか確認ができなかった）。父と私でさらにブリキの箱を調べると、祖父が湖水地方のウィンダミアから母親に宛てて送った絵葉書が何通も入った紙挟みや、多数の家族写真、兵士たちの追悼状、真鍮のコンパスが入っていた見事な木製の製図道具入れがあり、「十字架を運び、冠を戴く」と記されたリボン状の絹地の栞には十字架と王冠の精巧な刺繍が施されていた。リヴァプールの上品なイギリス人看護婦を写した一葉には「かしこ　モード・フォレスター」との署名がある。軍学校時代の写真（ハンチング帽に輝くボタンの付いた青色の上着といった出で立ち）、「文芸総局」が一九四八年に発給したベルギー国内の美術館の入場証。さらには彼が父から譲り受け、私が壊してしまった時計の残骸もそこに入っていた。その脇には、ポケットナイフで「一九一六」と不器用に刻まれた銃弾。

　しかしとみに目についたのは、写っている人物の名や日付のない写真で、その若い女性こそマリーア・エメーリアその人にほかならなかった。それが確信に変わったのはガブリエルと彼女が一緒に写っている写真を見つけた時で、双子のような二人はしかし、その佇まいと雰囲気とがあまりにも異っており、あいだに挟まれて堂々と立つ実の母親の肩に片手をともに添えている。マリーア・エメーリアが立っている側のぼやけた焼き増しがほかに十数枚ほどあり、その大部分は絵葉書よりやや小振りのサイ

（5）アイルランド出身の作家オスカー・ワイルドの代表作『ドリアン・グレイの肖像』（一八九〇）では、肉体の代わりに肖像画に描かれた主人公が老いて行く。

ズ（十三×八センチ）に引き延ばされていた。そしてついに、箱の底、封のされた包みに仕舞ってあった、正面からはっきり捉えられた肖像写真を見つけるに至って、もはや疑いの余地は無かった。これぞマリーア・エメーリアの相貌。初めて目にする落ち着き払ったその顔つき、祖父の心を密かに占め続けた女（ひと）の顔（かんばせ）、その若い女性は私の祖母となり、彼女からなんらかを私が受け継いでいたかもしれない。すっと真っ直ぐに伸びた鼻、青白いが繊細な瞳、黒髪はしっかりと結わえられ、顎（あご）は優美に尖り、長い首が簡素な白いブラウスの襟ぐりから伸びている。すぐに気付く。この女（ひと）が私の祖母でなどありえなかったことを。祖父が自分の夢であったこの女性と結婚していたならば、私は欠片（かけら）も存在してなかっただろう。もう一人の私などあり得ないことを彼女は体現していた。

　数多（あまた）ある写真の複製はそれぞれ仕上がりや大きさが明らかに異なっており、一度に焼き増しされたものではない。つまり、思い付きの所産ではなかった。陰画（ネガ）のない写真を複製させるため、一度は聖心会の小教区教会前の広場に店を構えた「写真焼付屋」へ三十分ほどの道のりを歩いて行かねばならなかった。新しい陰画と焼き増しができるのをそれから一週間待ち、往復優（ゆう）に一時間掛かる道のりを再び歩く。なぜこの写真の焼き増しがこんなにもあるのか。そして陰画の行方は。ずっと彼女の肖像画を描くことを夢見ながら、その勇気をついぞ持てなかったのだろうか。この灰色の写真群を幾度となく手にしたのではなかろうか。なぜその美しい大きな肖像写真は封を施した紙包みにしまい込まれていたのか。私には知る由（よし）もなかった。

　ロンドンのナショナル・ギャラリーで息子とベラスケスの《裸のヴィーナス》を前にした時にぼんやりと心に浮かんだ推測を思い出し、この絵の模写が今どこにあるのか覚えているかと父に尋ねる。子供の頃に屋根裏のどこかで見た記憶はあった。少しガタつく梯子で父と屋根裏に上がると、その一角で見つけた二十枚ほどの絵は埃にまみれて額にも入れられておらず、もう何十年もまとめてここに捨て置かれていたのだろう。最後から二枚目に《鏡のヴィーナス》の模写はあった。二人で画布の山からこの絵を抜き取り、埃を吹いて飛ばすと、そこには素裸の彼女が、泰然と誇り高く、優美さをごく自然にまとって身を横たえている。ベラスケスのヴィーナス。

なんたることか……頭に血が上る。私たちを見つめる鏡に映ったその顔は――ベラスケスのモデルのそれではなく、紛れもなく今し方、包みに入っていた灰色の写真で見知った彼女の――蒼褪めた瞳に輝きを湛えた――マリーア・エメーリアの顔。ロンドンで髪色の濃さの違いに気付いたのもそのためだったのだ……。眩暈のようなものを覚えつつ認める。複製画としての出来がどんなに良かったにせよ、これは決して模写などではなく、秘められた愛の行為であったことを。巧みな複製画家であった祖父は細心の注意を払って細部に変更を加え、亡き恋人の裸体をかりそめに思い描こうとしたのだ――重い罪、彼の深い欲求の対象は、彼の損なわれた心を生涯に亘って蝕んだ。その欲求は一度も目にすることのなかった「彼女の」裸体を描くことによってではなく、鏡に写った顔を――鏡に映る顔は実のところ肉体から切り離されているのだが――彼女のものに変えることで叶えられた。こうして父と私の前に突如として、埃まみれの古い画布の上で二重の像が一糸まとわぬ姿で新たに横たわる。理想化されたマリーア・エメーリアの顔をしたベラスケスのヴィーナス。模写と見せかけて隠されていたのは彼の情熱の源――こうしてその判じ絵は、彼が忘れ得なかった秘密の恋の寓意となっていた。恋の打撃を決して、一世紀近く生きてなお乗り越えられぬ人も世にはいる。

この絵が何十年ものあいだ屋根裏部屋にあった訳がようやく分かる。敬虔なガブリエルはこれを見て慄いたに違いない。自分の妹を裸のヴィーナスとして描いたこの肖像画、婚姻関係にある二人の愛を冒瀆するこの絵こそ、性的接触を拒むようになった本当の理由であったのかもしれない。もう私に知る術は無い。包みに入っていたその写真を自宅に戻ってから見ると、そこには鉛筆で格子状に薄く引いた線を消しゴムで消した痕が淡く残っていた。

★

五月にしては冷え込んだ二〇一二年のある朝、エイゼル川が湾曲するテルヴァーテを訪ねてみる決心をしたのは、祖父の回顧録を読んで知るに至った物事がそこへ行けば実際に見られるからという以上に、自分の良心の呵責を鎮めるためだった。

干拓地に霧の立ち込める日に漂う潮の香り、失われた海を思い起こさせるあの匂いが昔から好きだった――水面のように平らで、失われた海を想わせる底知れぬ静謐な大地。小川に流れる塩気を含んだ水、空気に漂う潮の香り、土壌と家畜の強い臭い、懐かしさを呼び起こす素朴な大地、あるもので満足する田園地帯の生より発せられる慰め。このような土地の只中に一万もの若者たちが、ヴラーンデレン、ドイツ、フランス、イギリスの若者たちが泥にまみれて埋まっており、泥は吸い上げ、呑み込み、乾燥すると乾いた音を立て、粉と砕け、罅割れて、不意の俄雨にひんやりと湿った空気を再び一杯に吸い込むと酸っぱい匂いを吐き出す――五月か九月の干拓地、とんぼ返りをしながら畑の上空を舞うタゲリ、酸味を含んだ匂いを漂わせるポプラの樹々、豚の厩舎、見渡す限り伸びる地平線。五感を虜にする魔力。

テルヴァーテ自体はごく小さな集落でしかない。道案内の検索結果に出るのはディクスモイデ市内の「テルヴァーテ通り」のみ。ストイヴェーケンスケルケ村を抜けて行くと姿を見せる瀟洒な城館には優美な弧を描くポーチがあり、車道と美しい中庭を備えたそこは、洗練された隠遁生活にお誂え向きの安らかなオアシスだ。今では「城館付属農場ヴィコーニア」という名のホテルになっている。一九一四年、この土地はヴィコーニュ家の農場として知られていた。一分の隙もなく手入れの行き届いた庭木と小道に沿って歩いて行くと、戦時中、司令部の一つを置くためにこの屋敷が短期間ドイツ軍に接収されていたことを知る。この農場は、数百メートルほど離れた所にある、あの忌まわしいエイゼル川の湾曲部渡河作戦において戦略的に重要な地点となる可能性があったらしい。エイゼル川に掛かる橋とストイヴェーケンスケルケの教会は直前に木っ端微塵にされていたが、この建物も同様に一九一四年十月二十四日、ベルギー軍の攻撃で灰燼に帰す。戦略上重要なこの三カ所を破壊したことでドイツ軍の進撃は止まる。回顧録によると一九一四年の十月十七日から二十四日にかけてあったエイゼル川での戦闘に参加した祖父が言及している小作農場とはヴィコーニュ家のものらしい。

川へ続く道は閑散としている。エイゼル川の堤防に登ると見えるテルヴァーテ橋は二つの世界の境目であった。占領されたヨーロッパと連合軍のヨーロッパ。現在そこに立つ観光者向けの掲示板には「ヴァーテ」という語が「浅瀬」を意味し、ここが「エイゼル流域で歩いて川を渡ることの可能な浅瀬」であることが記されている。

ここではなにもかもが見渡せ、起伏が無く開けているということは、逃げ場が無いということでもある……。できることといえばネズミかモグラのように土の中に潜り込むくらいしかない。果てなく広がる空からの逃亡。視界の八分の三が地面、八分の五が空となる辺りに地平線が走るのは、風景画家と美学の理論家にとっての黄金比である。圧倒的な存在感の空の下にポプラの樹々や牧草地、泥濘(でいねい)地に湿地帯、小川、そして右手には、あのS字をした死の湾曲地帯。穏やかな風景、罪深き風景。

オオバンの規則正しく柔らかな鳴き声を背中越しに聞きつつ歩を進めると、橋を少し過ぎた所にささやかな記念碑を見つける。あとで文字に起こすために写真に収めておく。

一九一四年十月二十二日
参謀部補佐　少佐ヘンドリック・ドゥルトルモン伯爵
の命による
突撃作戦にて
戦死せる
第二大隊所属
第一擲弾兵(てきだんへい)に捧ぐ

文言は金文字で綴られ、合成樹脂製の薔薇が添えられた合板製の十字架は真っ直ぐにしてもそよ風にたちまち倒れてしまう。対岸の牛小屋から響く雄牛の唸り声。岸辺に茂る葦(あし)の中からはもう数十年も耳にしていなかったヨシキリの歓呼して啼(な)く声が聞こえてくる。向こう岸からもはっきりと聞こえてくるカッコウの声――やはり近頃耳にすることは稀(まれ)である。古い言い伝えによれば、春にカッコウの鳴き声を聞くと良い年になるらしい。

かくも清らかな手付かずの風景。穏やかに。安らかに。

柔らかなこの遠いざわめきを、彼も、そして死の恐怖に打ち震えながら待機していた全兵士が耳にしたはずだ。地獄の中の牧歌的ひと時。

黙する風景、単調な自然、甘美なる、忘却の大地、生と死を隔てたであろう川の穏やかな流れの内に忘れ去られて。霧の立ちこめる今朝、鳥たちは私には理解できぬなにかを叫び続ける未知の生物の魂を思わせた。時空の神秘。私たちの住み慣れた世界とはかくも神秘に満ちている。

「ドゥースビュルフ」と船名の記された小型船が通り過ぎ、手帳を手に立ち尽くして流れを見つめるベルギー人に、気の良いオランダ人たちが親しげに手を振ってくるところを見ると、「その土地(クルール・ロカール)ならではの雰囲気」の演出に私は一役買ったらしい。カモメが餌を求めて内陸の方へ飛んで行き、茶色い流れの水面の直ぐ下を服の袖のようなものが漂っている。細い道を走り抜ける配送車、遠くで吠える一匹の犬、運河沿いに繁るトネリコの若木、高く伸びた草叢(くさむら)にいる乳牛はコンスタブルの時代の風景画の緑に飲み込まれたかのよう。川が変わった曲がり方をしているせいで、どの部分がどちらの岸なのか見定めにくいことがあり、何がどこで起きているのか判断するのは容易でなかったはずだ。茂みからドイツ兵の角付きの兜(かぶと)が突き出しているのを目にして、実際にはまったく川を渡ってはいないのに、ドイツ兵がもう自分たちのいる岸に上陸していると勘違いすることもあっただろう。しかし逆もまた然りで、死が突如首元に襲い掛かり、ゲーテの言葉で何事か喚かれる。咲き誇るサンザシにセイヨウヒルガオ、キンポウゲ、ガマ、タンジー、しかし芥子の花は、どこにも赤い染みは緑の中に見当たらない。「ヴラーンデレンが野に一輪の芥子なし」(6) 現在、自然は慎みを増している。芥子はとりわけ荒れた大地で育ち、花開く。すなわち、皮肉なことだが、戦争で土地が荒れると芥子は過剰に繁茂するのだ。

　肌寒さの残る五月の静かな日に水辺のポプラよりも安らかにさざめくものなどこの世にない。カワウやオオバン、風変わりな冠毛を持つカンムリカイツブリといった鳥が水面近くを飛び、杭の上に止まった一羽の鷺は、私が近づいても飛び立たない。羽を休めたまま警戒し、自分が思考できないという現実について考えを巡らしているようにも見えた。

　テルヴァーテ橋には鐘が一つ付いており、船を通過させるために跳ね橋が開く時に鳴る。数百メートル離れた所でも鐘の音は聞こえ、さらに遠くにある農家の雄鳥の鳴声も耳に届く。なにもかもが聞こえ、視界に入り、しんとしていた。それは実に風変わりな、楽園のごとき罠であったはずだ。なにもかもが砲撃によって瓦礫と泥へと化する――地響きと共に生と死が一つに融け合う――前までは。地球外生物がその瞬間にこの惑星に下り立ち、その音を初めて耳にすることを思い浮かべてみる。その幻惑、魅惑に脳は未知の恍惚を知るに違いない。ヨシキリの歌声。この奇跡、いかなる手がそれを成し得るのか。

　人気の絶えた川沿いの道を数百メートルほど歩いてみる。身を隠せる場所は一カ所しかない。高く築かれた対岸の土手。土手が平坦なこちらのストイヴェーケンスケルケ側から見ると、それは障壁として重要な役割を果たし、その陰に忌々しいドイツ兵たちは身を隠すことができた。山なりの軌道で榴弾の狙いを定めざるを得ず、当たるのを祈って闇雲に発射したのだろう。「ああ、ヴラーンデレンの大地よ」[7] ベルギー兵は意外な地点から撃ち返し、盛り土の陰と、至る所に張り巡らされた塹壕伝いに素早く移動する。ドイツ軍は欲求不満を募らせ、不注意なベルギー軍の歩哨に憂さを晴らす動機はいつだって十分にあった。

土手の道はサイクリングコースとしてくらいしか今では利用されていないらしい。一定の間隔で現れるアマチュアサイクリストは近頃一様にユニフォームに身を包んでおり、プラスティックのゴーグルを装着した目をアスファルトに落とし、息を切らせて鼻息荒く走り去って行く。ぴったりと体を包む生地に高価な運動用のシューズ、ぴかぴかのヘルメットといった出で立ちで、ピンと引き締まった両大腿部のあいだで高価な自転車が鳥のように風を切って進む。鉛のような重装備に身を包んだ兵士たちの曾孫に当たるスポーツマン。同じ年頃の、別世界の若人たち。

歩を進めるにつれ、土手を攻撃した際に祖父がどこで危険な目に遭ったのかおおよその見当をつける

（6）カナダ人ジョン・マクレイ（John McCrae 一八七二～一九一八）作の反戦詩『ヴラーンデレンの野にて *In Flanders Fields*』の一節「ヴラーンデレンが野に芥子の花咲く」を踏まえたもの。

（7）ヴラーンデレンの詩人シリエル・ヴェルスハーヴェ（Cyriel Verschaeve 一八七四～一九四九）の詩の一節。

ことができた。湾曲部を過ぎた頃には、どのようにしてドイツ軍の目を盗んで何日間も筏を隠し、あるいは対岸の敵に見つかることなく密かに物資を補給できたのかも分かる。文字通りすべてはこのS字に蛇行する流れと関係していた。戦地の論理、偶然と死を操るチェスゲーム。

湾曲部を過ぎた所にこんな掲示がある。「自然を大切にする釣り人は、定められた釣り場のみを使用し、河川の植生を尊重します」今では草木どころか、葉っぱ一枚すら傷つくことのないこの土地では、人間という、生物環境に優しい上にすぐ腐植土となる妙な肥料を糧にした肥沃な土壌の奥深くにまで根が張り巡っている。こんな非日常的な静けさに満ちた辺鄙な場所があのような惨劇の舞台となろうとは――それはあらゆる戦争の論理が、自然現象や平常な時間、物事の通常の流れ、すなわち結局のところなにも望まず、人の営みをほとんど考慮しない物事の流れといかに矛盾するものであるかを改めて示している。

また一隻の小型船が通りがかり、今度は小学生と教師たちを一杯乗せている。その船はふざけたことに「エイゼルスター(エイゼル川の星)」という名前だった。楽しげにおしゃべりをしている乗客が川べりに立つ人影に手を振ると、彼もまた手を振り返してくる。かくも穏やかな平原の風景。敵陣の塹壕を覗くには木によじ登りさえすればよかった。ただし、当時そこには一本たりとも木が生えておらず、穴と、掘り返された盛り土が広がるばかりだった。

猛禽類のチョウゲンボウがアスファルトに一羽押しつぶされてあり、風を切る自転車乗りに踏まれ羽が舞う。風景の罪深さという概念を紹介したのはオランダの現代芸術家アルマンドだったか。あるいは映画『ショア』で人を欺く森を描いたクロード・ランズマンだったろうか。いずれにせよこの風景は、ドイツの現代画家アンゼルム・キーファーの絵、惨禍を呑み込み、目に見えぬ傷痕を抱えた風景画となり得るだろう。いや、違う、キーファーではあり得ない。彼の筆致は繊細かつ優しすぎ、花々の一つ一つ、葉の一枚一枚が見える。当然ながらそれはロマン派風の絵でなくてはならず、以前は思い当たらなかったが、古風な画風の、おまけに緑色に若干の色覚障害を抱えた繊細な画家にこそお誂え向きで、周囲には見事な色合いの緑が広がり、彼の眼を惑わす赤い芥子の花は一輪たりともない。

パーチやローチ、ブリーム、カマツカ（再び緑色の掲示板にご丁寧に説明されている）といった魚の産卵地を通り過ぎると、まるで彼のためにここに建造されたかのように、小さなマリアの礼拝堂が道沿いにある。

人の足よ
マリアに
畏敬の念もて挨拶することなく
ここを通り過ぎること勿れ

人の足がいかにしてマリアに挨拶できるのかと自問していると、轟音と共に近づいてきたトラクターが、その虫を思わせる突起でもってまもなく野原に毒物を散布する。「ヴラーンデレンが野に一輪の芥子なし」なにもかも遠い昔の、一世紀も前のことで、受け継いだ彼の遺伝子と共にここを歩く私は独りでいるよりもなお孤独で、なにもかも手遅れだった。そして再び聞こえるカッコウの声、今度は近く

で、夢の中でのように大きく響いたのにびくりとする。ひんやりとした春の日に、子供の頃聞いたように啼きながら鳥は低木の上を飛んで行く。その声が真似していたのは、家の中心部にある薄暗い部屋にあったカッコウ時計で、その銅の重りを持ち上げた祖父は、時間について私の母に不明瞭に何事か語っている。

★

晩年の彼の心をとみに揺り動かし、その最後の音符が鳴り止むまで、私たちの手の届かぬ想像の世界へと彼を連れ去る曲があった。フランツ・シューベルトのバレエ曲《ローザムンデ》。やや甘ったるいが、実に滑(なめ)らかな旋律の何が彼の琴線に触れたのか判然とせず、この曲がなんらかの具体的な思い出と結び付いているのかも見当がつかない――あるいは誰かと連れ立って行った演奏会で流れたことがあったのか、ラジオで放送され、あの壁に取り付けられていた五〇年代製の茶色い箱から聞こえてきた時になにかが起きたのか。当時は詳細な放送予定表などなかったので、たいてい《ローザムンデ》は予期せぬ時にラジオから流れてきた。すると咽ぶような息遣いが聞こえ、両手を顔に当てて辛そうに呼吸し、落ち着きを取り戻して息遣いがゆっくりとなると、自分の父のように喘ぎながら、この曲に気付いた身体器官が今し方受けた衝撃と折り合いをつけられる呼吸の間隔を探った。

妖精の舞を思わせる軽やかなバレエ曲の調べで始まり、陰気な調子の男の応答から旋律の一節が続くと、再び舞うようなリズムへ回帰する。しかし彼の心を不可思議なまでに揺さぶったのは三番目の間奏曲で、沸き上がる感情に周囲の世界の存在を忘れてしまうのだった。憂鬱と庇護された安心感とがアンダンティーノ（急ぎ足）のテンポにごく自然に融け合い、それが私の幼年時代の記憶を愁いと遥けき美しさとを帯びた淡い覆いで包むので、ぼかし技法（スフマート）で消えそうなほど淡く女性像を数多描いた木炭画の一つ、紙の黄ばんだのが埃をかぶったガラスに収まっているのを見る度に、自分が描いた風景の中、誰にも見つからないドイツの泉のほとり、空想のドイツの森のどこかで彼が腰を下ろしている姿が目に浮かんだ。ボルサリーノを頭に載せ、苦しそうに息をして。否、どこか遠くからこのアンダンティーノの調べの初めの音が鳴り、秘密というものが人生に自然に溶け込み、人生を形作り、その黙せる欲求の秘められた柔らかさでもって人生を彫琢していた灰色の静かな時代の像が姿を現すその時まで、その瞬間まではなにもまったく聞こえはしない。バレエ曲第二番は彼に落ち着きを取り戻させてくれるらしい。ト長調のアンダンティーノの旋律で《ローザムンデ》は締め括られ、愁いの後には牧歌的な軽やかさが――彼本来の気質が――戻る。シューベルトも彼が特に心を通わせられるよく似た性格の持ち主だったのかもしれない。その鬱々とした気質、純化された性への憧憬、自身の悲劇的人生と結び付いた内面への嗜好という、祖父に訴えかける要素が揃っている——シューベルトは生涯無名のまま貧困にあえぎ、兵役に創作活動の進展を脅かされていた。早世した自分の父と同じ名の作曲家。無邪気さと繊細な感性の調和に、多感さと相まった生に対する陰鬱な気分といった性格がシューベルトの音楽にはあり、それがこの曲のアンダンティーノの無垢な響きに表現されている。この曲に祖父が耳を傾け、私たちの周囲に沈黙が降りる、そんな日曜が幾度となくあった。それともほんの数度しかなかった出来事が、私の記憶の中で一つの人生へと凝縮されてしまったのだろうか。

　これらの疑問に答えることはできない。だが、しんと静かな父の家からマリーア・エメーリアの写真の入ったあの箱を持ち帰ったあの日、よりによってこの若い女性の面影を初めて目の当たりにした日——自宅に帰る道すがら、車載ラジオから《ローザムンデ》のアンダンティーノの調べが聞えてきた時、経験したことのない、車道から逸れそうになるほどの衝撃を受け、強い動悸とこめかみが脈打つのを感じて道路脇に車を止め、震える手でブリキの箱を再び開けて写真を指で摘まむと、なにかが私の中でこみ上げ、いわば亡き祖父がそばにいて、優しい悪魔のごとく私の体を乗っ取るや、彼は自分の感情と、私にずっと閉ざされていた世界とで私の体中を満たし、他方の私自身はやりきれない思いに喉を詰まらせ、下唇を噛みしめてその場に座しているあいだ、ラジオの音声が、今流れたのが七分足らずのアンダンティーノであったことをもう一度伝え、この後はパガニーニ——名人ぶった空疎な技巧をひけらかすこの作曲家を私は嫌っていた——の作品が続くことを告げる。ヴィルヘルム・アウグスト・リーダーが一八七五年に描いたシューベルトの肖像画（すなわち、半世紀前のパステル画を基に、彼の死後五十年ほど後に描かれたもの）で、作曲家は右手に羽ペンを持ち、肘は楽譜の上に載せている。当時

二十八歳の作曲家の眼差しは自信に満ち、健やかかつ朗らかな様子で、染み一つない真っ白なシャツに大きな黒の蝶ネクタイを締めている。この時期、彼に宮廷作曲家の職の申し出があったものの、自由で束縛のない環境を保持するために固辞しており、その堂々とした佇まいは、祖父の試みたあまり出来の良くない自画像に似ており、この自画像で彼は左手にしっかりとパレットを握っている。

★

晩年になると絵を描くことがますます難しくなって行った。痛風に悩み、関節が曲がりにくくなり、手が痙攣するために絵筆が指から滑り落ちてしまい、白内障で視界が曇ってしまったがために時として触覚を頼りに制作をすることを強(し)いられ、指を使って描く近代の「へぼ絵描き(クラックポッテル)」をなべて嫌悪していた彼が、細部まで忠実に写し取り、オランダ語で「画家泣かせ(スピルデルスヴェルドリート)」という名で呼ばれるハルサメソウの儚(はかな)く小さな白い花弁を緻密に模写することもできたあの小さな巨匠が、絵具をやむなく指で擦(こす)り付けて印象派風の斑紋(はんもん)にすることもあった。この時期は点数が少なく、人の顔が描かれていると思(おぼ)しき小品には妙な染みが浮かんでおり、自室の窓から見えるスヘルデ川の運河沿いに並ぶ丸いタイヤを履いたなんの変哲もない車を、初めて油彩を使う子供のようなぎこちない筆さばきで描くのは、自由の利かなくなった指先で記された珍妙な記録、手探りで画布に触れ、震える指を滑らせ、あるいは半裸の宮廷官を描こうとティツィアーノの複製画に想を得た染みだらけの模写は、堕落したドガ風のぼやっとした亡霊のような代物(しろもの)となってしまうが、この小さな悲劇がもたらした痛ましい皮肉を彼自身は見ることができなかった。背中が痛むため、ぎこちない立ち姿で足を滑らせるようにそろそろと、台所の床を埋める色とりどりのタイルの上を動いて行く。自分のロッキングチェアに身を沈めた彼は、紙面からニュースが嗅げるとでも言わんばかりに新聞紙を鼻先に近づけていた。小鳥のようにほんのわずかしか口にせず、身じろぎせず座ったままでぼそぼそと独りでよく口ずさんでいた。高齢になると靴下の脱ぎ履きや、硬くなった足の爪を切ることもできなくなった。しまいには自分で体を洗うこともできなくなる。娘は長い時間を掛けて説き伏せ、週に一度は風呂に入れて体を洗わせることに同意させた。その時に古びたボルサリーノを被りたがることがあったのは、隙間風が流れ込んでいる気がしたからで、いつでもどこでも、まるで人生自体に隙間ができていたかのように、暖かで風の無い日ですらそんな気がしていた。黒い帽子を頭に載せたか細い裸の白髪(はくはつ)の老人は、浴槽で、傷痕と染みだらけの背中が娘にだけ見え、触れられるようにしている。

呼吸困難がますます彼の首を締め付けるようになり、夜に医者を呼ばねばならないことが度々あった。立派な眉の、ベートーヴェンのような灰色の頭髪をしたロンバウツという名の年取った医者は、余暇に彫刻を嗜(たしな)んでおり、古びた常夜灯の淡い明かりの下に座した二人の紳士は、低い声で理想的な解剖学や「ウィトルーウィウス的人体図」、「パッラーディオ的アーチ」の数学的比例について語っていた。夜が明ける直前に医者は来た時と同じ帰路に就く。背広を綺麗に着こなし、太いネクタイは少し緩められているが優雅さを保っている。出て行く時に必ず振り返り、コルチゾン注射が効き始めて呼吸が楽になった老人を向いてこう言うのだった。「無理するなよ、上級曹長マルティーン」祖父は息を切らしつつも喉を鳴らしてそれに笑って応じ、柵に繋がれた馬がやるように頷いてみせる。午前七時半頃にはもう身を起こして着替えさせてもらうのを待っており、ジャムなどを塗ったパンとコーヒーで軽く朝食を済ませると、アトリエの小卓の席に着いてペンを衰えた指に挟み、私が数十年後にようやく読むことになる書き物をしたり、震えながらも全身全霊を注(そそ)いで中世の人物の顔の輪郭を写し取ろうと努め、染みだらけになった紙から目を上げて言うのだった。あの画家のデューラーはやっぱり本物の天才だった。お前もそう思わないかね。

★

まだ幼い頃、とある英語の唄を歌ってくれることがあった。

祖父の時計
棚に入らぬ大きさで
九十年も床の上……

最後の一節はサイドテーブルを片手で叩いて調子を取った。

でも急に（ボーンボーン）止まってしまって（ボーンボーン）
もう動かない
その老いた人が亡くなると（ボーン……ボーン）

後年、兄弟の一人が祖父に贈ったビニール盤のレコードに収録されているこの曲に耳を傾ける。かくも無邪気で愚かな年頃の私には、この歌の云わんとするところが分かっていなかった。

★

この惑星には、迫る離別の光に目を向け始めると必ずや、長く続く驚きを呼び覚ますものが実に多く存在する。例を挙げれば、分子が水中で振動して日暮れ時の移ろう光の美妙なる戯れを誘い、南の海の入り江、そう、例えばイタリアの海辺の町ラパッロの砂利浜にて、風が凪ぐと色を濃くした海の青に染まる夕暮れの雲がありとあらゆる色合いの薔薇色を見せてくれる——そして目と意識とを有する生けるものは、この二つの計り知れぬ複雑な器官でもって、実に驚嘆すべきこの生物空間に適応しつつ、しかしそれをすべて自明のものと見なし、この種の機構用に完璧に設計されて、そこで息づいている。

最晩年の祖父は、見ることに聡く、驚きを覚える感性を失っていなかった。年と共に驚きは深くなって行くようにも思われた。高齢においてなおこの特異な気質を有していた彼は、日々、今日もまた生きているという事実、自分より優れ、かつ明らかに自分を高めてくれるものに携われることへ筆舌に尽くし難い喜びを覚えていた。死を間近にして祖父はようやく真に心からの幸福を感じていたと言ってよいと思う。とはいえ自画像は重々しく陰気で、その気配はほとんど認められない。愛用の帽子を手にし、白いシャツにあの飾り紐の長い例の大きな蝶ネクタイを締め、ナイトブルーの上着を身に着けた自分の姿を描く。視線は鋭い、というより強張っていて、全体的に、繊細かつ活き活きとした印象を与える妻の肖像画とはあらゆる点で異なっており、隣り合って掛けられた自画像は存在感と生気に欠けている。妻の肖像画には現実の彼女に与えたかったすべてが注ぎ込まれている一方で、自分自身はまるで虚ろであるかのように描いており、毎日鏡で見ざるを得なかったというのに、目の奥までよく覗き込んでいた自分の顔に生気を吹き込めていない。自分を上手く描けないという黙せる事件の意味を理解するのにも私は長い年月を要し、この二点の肖像画に今あらためて目を向けると、この二人を結び付けていた静かな悲劇がそこで繰り返されているのが見えるのだった。

興味深いことに、その数年後に再び自画像を描いており、その絵ではガブリエルの肖像画が背景に（その反対側に静物画が掛かっているのはなんとも皮肉である）描き込まれている。ここでも頭に帽子は無く、鏡を前にして脱いだとも見える。見る者を真正面から見据えて。片方の手にパレットを持ち、穴に通した親指が突き出ている。パレットを不器用に体の前で構えているのが奇妙な点で、盾を思わせるそこに絵筆で私たちになにか秘密の合図を記そうとしているのか、なにか釈明をせねばならぬことが

あるかのようにも見える。緻密な画家で有り続けた彼の空想的な付属物（アトリビュート）として、そのパレットはまったく適切なものではなかった。その佇まいから厳格さは完全に失われており、元税関吏で夢幻的な動物や異国の植物を描いた、素朴派の画家ルソーの絵を思わせる。ここでの眼差しは硬直しておらず、なにもかも見通すような鋭さで、姿勢はしゃちほこばってはいたがなにか心を打つものがある。肩幅はずいぶん狭くなっている。この画の要（かなめ）は、針のような鋭い眼差し、ぎらつく青い瞳にある。若者のような手、指に乗っている絵筆からは重さがほとんど感じられない。ちょうどシューベルトが手にしていた羽ペンのように。

自画像で上手くいかなかった点を、レンブラント作の黄金の兜の男の模写では見事に克服してみせている。休息する兵士の陰気な肖像画、頭部の周囲の空気は重く、黄金に輝く兜の華麗なきらめき——それは晩年の祖父そのものだった。ここでも彼は複製画に謎を掛けていた。原作の線を写し取りながら、男の眼差しは紛れもなく彼のもので、誰にも見られていないと思って陰鬱に一点を凝視している時に彼が何を考えていたのかは神のみぞ知る。最初の自画像では軍人の要素を取り除けず、それ故に自分自身

★

を描いたものとは言えなくなっていたが、レンブラント作とされてきたこの絵の——数多の素人画家によって飽きるほど模写されている——模写では、画家としての存在感が軍人のそれを見事に超えている。人生の真実は、しばしば信憑性と無縁だと思われている所に潜んでいる。人間の道徳や教条よりもそこでの人生はずっと繊細なものである。人生とはこの複製画家のごとく、真実を表すことになる外観を用いることで作用するのだ。

★

そんな風にこの矛盾が彼の人生の基調を成していた。やむを得ずなった軍人と、なりたいと望んでいた芸術家のあいだで振り回され続けた生涯。戦争とテレピン油。晩年の穏やかな日々が心的外傷にゆっくりと別れを告げさせた。七苦聖母に祈ることで平穏へと至る。亡くなる晩、次の言葉を残して床に就いた。マリーア、今日はとても幸せな一日だったよ。娘は頷き、就寝前の口付けを贈る。彼は中二階の自室へ向かった。

毎晩しているようにボルサリーノを窓際の小卓に置く。上っ張りを脱ぎ、絹地の黒い蝶ネクタイを外してベッド脇の椅子の背に丁寧に掛ける。白いシャツ、そして肌着を脱ぐ。背中には青黒い創傷と厳しい製鉄所時代の傷痕がいくつも浮かんでいる。そして裾の長い下着を脱ぐと、衰えた下腹部の、鼠径部のすぐ脇と痩せた大腿部に青黒い染みがもう一つずつ露わになる。英雄的行動の証、躰に刻みこまれた勲章。丈の長いフランネルの寝間着を身に着けて横たわり、翌朝早朝に具合が悪くなったのだろう。ベッド脇に置いてあった白い琺瑯引きのバケツに嘔吐し、実際に吐き出されたのは食物ではないわずかな胆汁にすぎず、悪い夢を見て出てきたと思しきただの液体だった。それから再び身を横たえる。少し顔を顰め、少し息苦しそうに。夢の中、枝木の細い、すぐに吹き飛ばされてしまいそうな棘のある大きな灌木の中で絡まっている。撃たれた手負いの野獣さながら身動きが取れず、解体用の梯子に四肢を広げて縛り付けられた獣よろしく腕と足が四方に伸ばされており、そして彼は呼吸を止める。脳内に灯っていたあらゆる光が滅じて行き、見知らぬ暗い空間に溶解する。かくして、かのエイゼル前線で幾度となく敵の銃弾に命を曝した無謀なる英雄は、七十年近い時を経て平穏な死の眠りに就く。数時間後に娘が目にする彼は実に穏やかな表情を浮かべ、生涯最後に見た像になおも快い驚きを覚えているかのようにその口はわずかに開いていた。東の窓から陽光が注ぎ、庭に深い青を湛えたアヤメが咲き誇り、聖霊降臨祭を告げる鐘楼の音が一帯に響き渡る。私の母はそっと彼に触れる。まだ温かかった、涙を流しながら後年話してくれた。

★

　こうして、自らも記憶の森の欠片の一つとなり、浮かび上がる彼は風に吹かれる一条の煙よりもなお軽やかだった。長いあいだ待ち焦がれていた天国の門に辿り着き、愛しい人々にまみえるのに胸を高鳴らせつつ、再び兵舎で軍医を前にしているかのように、ぴんと気をつけの姿勢で立って入場の許可を待つ。

上級曹長（セルジャン＝マジョール）マルシェンかな。恐ろしくぶ厚い火十字勲章授与者名簿を繰（く）りながら、天国の門番を務める聖ペテロがようやく口を開く。

いえ（ノン）、隊長（モン・コマンダン）。マルティーンと申します（ジュマペル マルティーン）。マルシェンではありません（パ マルシェン）。仰せのままに（ア ヴォゾルドル）。

彼は敬礼を送る。

謝辞

本訳書は松籟社の翻訳叢書「フランダースの声」の四冊目として刊行される。本企画の特色は何を措いてもリュック・ヴァン・ハウテ氏の協力にある。日本文学のオランダ語翻訳者として長年活躍されている氏は、本翻訳においても誤訳や訳し漏れの精査のみならず、適宜日本語訳の提案もして下さり、訳文の質を高める上で極めて重要な役割を担われた。この膨大かつ煩雑な作業を氏に務めて頂けたのは「アーツフランダース・ジャパン」の企画立案及び経済的支援があってこそで、関係各位には心より感謝申し上げたい。またベルギーのオランダ語文学振興機関である「Literatuur Vlaanderen」は、前身の「ヴラーンデレン文学基金 Vlaams Fonds voor de Letteren」時代に在アントウェルペン「翻訳者の家 Vertalershuis」へ二度お招き頂いた他、作者ステファン・ヘルトマンス氏との連絡係も務めて下さり、作業を円滑に進める上で大きな助けとなった。作者ヘルトマンス氏には、多岐に亘る訳者の疑問点や確認事項に数度に亘って丁寧に回答頂き感謝の言葉も無い。そして松籟社の木村浩之氏は編集者として訳者の牛歩の歩みに辛抱強く付き添われ、氏の叱咤が無ければ完成まで辿り着くことはできなかっただろう。校正段階では通常の作業に加えて、既刊の英訳を参照しつつ訳漏れのみならず、時系列や登場人物の年齢等に鑑みて齟齬がないか一語一句綿密に照合して下さり、最終段階における訳文の彫琢に協力を惜しまれなかった。無論、不可能性を前提とする翻訳という両義的な営みにおいて唯一無二の完璧な訳文などありようもなく、本翻訳にも至らぬ点があることは避け得ないが、その責は偏（ひとえ）に訳者個人にあることは言を俟たない。

蛇足でしかないが翻訳方針について若干記しておく。オランダ語はドイツ語と類縁関係にある言語であるものの、現代オランダ語の文体はドイツ語のそれとは異なり、関係代名詞等を使用した副文を重ねる複雑な長文は避けられ、簡潔な短文がよしとされる傾向にあるが、本作において著者は一文が半頁に及ぶ文体を意図的に多用していること、また句読点の使い方は作家の文体的独自性の一部であるが故に尊重すべきとのヴァン・ハウテ氏の助言もあり、訳文にも能う限り反映させた。

オランダ語の地名、人名の日本語表記については統一的な慣例と呼べるものが無いため一般に様々な表記が混在しており、オランダとベルギーにおける「標準オランダ（ネーデルラント）語」の発音の差異も問題となるが、本翻訳では、本作の舞台であり、規範的な発音をより保持しているとされるベルギーの標準的なオランダ語の発音に基づいてカタカナに転写した。また、ベルギーは現在蘭仏独三つの公用語と言語圏を有する多言語国家で、主要都市は各言語で異なる呼称を有するが、オランダ語圏の地名はオランダ語、フランス語圏の地名はフランス語の発音に基づく表記を訳文では使用した。人名についてもオランダ語話者の名前はオランダ語、フランス語話者の名前はフランス語の発音に基づいた表記を原則としているが、オランダ語圏である北部ヴラーンデレンでは、本作の主人公一家の様にフランス語の名前も伝統的に広く使用されつつも、時として発音は標準的なフランス語と異同があるため、作者に逐一確認した上でカタカナに転写した。尚、訳文中の注記は全て訳者による。

二〇一三年八月に発表された本作の翻訳に際し、二〇一四年四月に発行された第十五刷を底本として使用したが、作業の過程で後の版において異同が数ヵ所あることが判明したため、該当箇所については二〇一八年十一月に出版された第二十五刷を参照して訳出した。

最後に、数年に亘る翻訳作業を支えて下さった全ての方々に重ねて感謝申し上げる。

新目亜野

本書は公益財団法人アーツフランダース・ジャパン及びフランダース文学基金より助成・協力を得て刊行されました。

Image credits:

Portrait photograph of Arthur Schopenhauer by Johann Schäfer, 1859, Frankfurt am Main University Library

The Slaughtered Ox by Rembrandt Harmenszoon van Rijn, 1655, Louvre Museum

The Toilet of Venus (The Rokeby Venus) by Diego Velazquez, the National Gallery, London

The Skaters by Emile Claus, Museum of Fine Arts, Ghent

Portrait of Peter Benoit by Jan Van Beers, 1883, Royal Museum of Fine Arts, Antwerp

The Fourth Estate by Giuseppe Pellizza da Volpedo, 1901, Museo del Novecento

Portrait of a young woman (La Bella) by Palma il Vecchio, Thyssen-Bornemisza Museum

St Martin Dividing his Cloak by Anthony Van Dyck, the Church of Saint Martin, Zaventem

Portrait of Franz Schubert by Wilhelm August Rieder, 1875, Vienna Museum

The Man with the Golden Helmet, attributed to the circle of Rembrandt, Gemäldegalerie

All other images from the author's personal collection.

［訳者］

新目亜野（にいめ・あの）

オランダ語文芸翻訳者。
ウィーン大学文学部オランダ学科卒。

フランダースの声

戦争とテレピン油

2020年10月20日　初版発行　　定価はカバーに表示しています

著　者　ステファン・ヘルトマンス
訳　者　新目　亜野
発行者　相坂　一

協　力　フランダース文学基金
　　　　アーツフランダース・ジャパン

発行所　松籟社（しょうらいしゃ）
〒612-0801　京都市伏見区深草正覚町1-34
電話　075-531-2878　振替　01040-3-13030
url　http://www.shoraisha.com/

印刷・製本　モリモト印刷株式会社
Printed in Japan　カバーデザイン　安藤紫野（こゆるぎデザイン）

Ⓒ 2020　ISBN978-4-87984-395-1　C0397

東欧の想像力 6

ヨゼフ・シュクヴォレツキー『二つの伝説』(石川達夫＋平野清美 訳)

ヒトラーにもスターリンにも憎まれ、迫害された音楽・ジャズ。全体主義による圧政下のチェコを舞台に、ジャズとともに一瞬の生のきらめきを見せ、はかなく消えていった人々の姿を描く、シュクヴォレツキーの代表的中編2編。

[46判・ハードカバー・224頁・1700円＋税]

東欧の想像力 4

ミロラド・パヴィッチ『帝都最後の恋』(三谷惠子 訳)

ナポレオン戦争を背景にした三つのセルビア人家族の恋の物語、三たび死ぬと予言された男をめぐるゴシック小説、あるいは宇宙をさまよう主人公の、自分探しの物語……それらが絡み合った不思議なおとぎ話が、タロットの一枚一枚のカードに託して展開される。

[46判・ハードカバー・208頁・1900円＋税]

東欧の想像力 2

ボフミル・フラバル『あまりにも騒がしい孤独』(石川達夫 訳)

故紙処理係ハニチャは、故紙の中から時折見つかる美しい本を救い出し、そこに書かれた美しい文章を読むことを生きがいとしていたが……閉塞感に満ちた生活の中に一瞬の奇跡を見出そうとする主人公の姿を、メランコリックに、かつ滑稽に描き出す。

[46判・ハードカバー・160頁・1600円＋税]

東欧の想像力 9

ラジスラフ・フクス『火葬人』（阿部賢一 訳）

ナチスドイツの影が迫る1930年代末のプラハ。葬儀場に勤める火葬人コップフルキングルは、妻と娘、息子にかこまれ、平穏な生活を送っているが……

［46判・ハードカバー・224頁・1700円＋税］

東欧の想像力 8

サムコ・ターレ『墓地の書』（木村英明 訳）

いかがわしい占い師に「おまえは『墓地の書』を書き上げる」と告げられ、「雨がふったから作家になった」という語り手が、社会主義体制解体前後のスロヴァキア社会とそこに暮らす人々の姿を『墓地の書』という小説に描く。

［46判・ハードカバー・224頁・1700円＋税］

東欧の想像力 7

イェジー・コシンスキ『ペインティッド・バード』（西成彦 訳）

第二次大戦下、親元から疎開させられた6歳の男の子が、東欧の僻地をさまよう。ユダヤ人あるいはジプシーと見なされた少年に、強烈な迫害、暴力が次々に襲いかかる。戦争下のグロテスクな現実を子どもの視点から描き出す問題作。

［46判・ハードカバー・312頁・1900円＋税］

東欧の想像力 12

ゾフィア・ナウコフスカ『メダリオン』（加藤有子 訳）

ポーランドにおけるナチス犯罪調査委員会に参加した著者が、その時の経験、および戦時下での自らの体験を踏まえて著した短編集。第二次大戦中のポーランドにおける、平凡な市民たちの肖像をとらえた証言文学。

[46判・ハードカバー・120頁・1600円＋税]

東欧の想像力 11

ミルチャ・カルタレスク『ぼくらが女性を愛する理由』（住谷春也 訳）

現代ルーマニア文学を代表する作家ミルチャ・カルタレスクが、数々の短篇・掌篇・断章で展開する〈女性〉賛歌。

[46判・ハードカバー・184頁・1800円＋税]

東欧の想像力 10

メシャ・セリモヴィッチ『修道師と死』（三谷惠子 訳）

信仰の道を静かに歩む修道師のもとに届けられた、ある不可解な事件の報。それを契機に彼の世界は次第に、しかし決定的な変容を遂げる……

[46判・ハードカバー・458頁・2800円＋税]

東欧の想像力 15

デボラ・フォーゲル『アカシアは花咲く』（加藤有子 訳）

今世紀に入って再発見され、世界のモダニズム地図を書き換える存在として注目を集めるデボラ・フォーゲル。その短編集『アカシアは花咲く』と、イディッシュ語で発表された短編 3 作を併載。

[46 判・ハードカバー・220 頁・2000 円＋税]

東欧の想像力 14

イヴォ・アンドリッチ『宰相の象の物語』（栗原成郎 訳）

旧ユーゴスラヴィアを代表する作家アンドリッチの作品集。複数の言語・民族・宗教が混在・共存していたボスニアを舞台に紡がれた 4 作品「宰相の象の物語」、「シナンの僧院に死す」、「絨毯」、「アニカの時代」を収録。

[46 判・ハードカバー・256 頁・2200 円＋税]

東欧の想像力 13

ナーダシュ・ペーテル『ある一族の物語の終わり』（早稲田みか＋簗瀬さやか 訳）

祖父から孫へ、そしてその孫へと、語り継がれた一族の／家族の物語。その「終わり」に立ちあったのは、幼いひとりの男の子だった─現代ハンガリー文学を牽引するナーダシュの代表的中編。

[46 判・ハードカバー・240 頁・2000 円＋税]

『東欧の想像力　現代東欧文学ガイド』
（奥彩子・西成彦・沼野充義 編）

20世紀以降の現代東欧文学の世界を一望できるガイドブック。各国・地域別に、近現代文学の流れを文学史／概説パートによって概観するとともに、重要作家を個別に紹介する。越境する東欧文学も取り上げる。

[46判・ソフトカバー・320頁・1900円＋税]

東欧の想像力 17
ファトス・コンゴリ『敗残者』（井浦伊知郎 訳）

自国での生活に絶望した同国人とともに、海を越えて「新天地」へと向かおうとしながら、出発直前で自ら船を下りてしまったひとりの男。彼が思い起こす、「敗残者」としての人生とは。無名の元数学教師を一躍、アルバニアの最重要作家の地位に押し上げた、ファトス・コンゴリのデビュー小説。

[46判・ハードカバー・272頁・2200円＋税]

東欧の想像力 16
オルガ・トカルチュク『プラヴィエクとそのほかの時代』
（小椋彩 訳）

ノーベル賞作家（2018年）トカルチュクの名を一躍、国際的なものにした代表作。ポーランドの架空の村「プラヴィエク」を舞台に、この国の経験した激動の二十世紀を神話的に描き出す。

[46判・ハードカバー・368頁・2600円＋税]